KB273769

여긴 서점이니까

SHOTEN GIRL

여긴 서점이니까

SE.1 페가수스 서점 기치조지점

아오노 케이 지음 · 임지인 옮김

書店ガール

등장인물 소개

페가수스 서점 층별 안내

3F 잡지·문학 코너

4F 전문서·실용서 코너

5F 만화책·청소년 도서·참고서 코너

페가수스 서점 관련 인물

니시오카 리코: 부점장, 3F 전체 책임자, 문학 담당

기타무라 아키(오바타 아키): 만화책 담당

야마네 쇼코: 만화책 담당

미타 타카히코: 전문서 담당

오자키 시호: 문학 담당

하기와라 마미: 참고서 담당

쓰지이 료스케: 4F 전체 책임자

하타케다 요시오: 5F 전체 책임자

노지마 타카노리: 점장

와타나베 타카유키: 본사 총무부 전무

야마다 노부오: 본사 인사과 부장

히토쓰보시 출판사 관련 인물

오바타 노부미쓰: 만화부 편집장 대리

곤노 사토루: 만화부 편집자

시바타 슌스케: 영업부 차장

이와타 카즈히로: 영업부 사원

그 외 인물

아가치 나오: 인기 만화가

호시노 사부로: 서점 손님

일러두기

1. 본문의 각주는 모두 역자 주이다.
2. 외국 인명·지명은 외래어표기법을 따르되 일부는 관용적인 표기를 따랐다.
3. 책·신문·잡지명은 『 』, 영화·연극·TV·라디오 프로그램명은 「 」,
   시·곡명은 〈 〉, 음반·오페라·뮤지컬명은 《 》로 묶어 표기했다.

1

무대 위에 있던 사람들이 바뀌었다. 다음 순서로는 악기 연주가 시작될 모양이다. 사회자는 신랑 측 대학 동기들이 준비한 축하 연주라고 소개했다. 동기들은 무대에서 기타와 베이스 튜닝을 시작했다. 튜닝을 먼저 끝낸 한 명이 신랑 오바타 노부미쓰를 무대로 이끌었다. 아무래도 신랑에게 노래를 부르게 할 생각인 듯하다. 노부미쓰는 처음에는 사양하는 기색이더니 이내 주위 사람들의 성화에 못 이기는 척 무대 정중앙을 향해 걸어 나갔다. 손사래 치며 싫어하는 척하지만 노부미쓰의 표정은 환하다. 노래 실력에 자신이 있기 때문이다. 마이크를 쥐고는 아, 아, 하고 발성 연습을 할 정도로 의욕이 넘쳐 보였다.

"신랑이 신부에게 바치는 곡입니다. 아야카×고부쿠로의 〈WINDING ROAD〉*."

연주 멤버 중 한 명이 곡명을 말하자 신랑이 불만스러운
듯 툴툴거렸다.

"뭐? 그걸 부르라고?"

사전에 협의하지 않은 곡이었다.

"그건 듀엣곡이잖아."

마치 그 말을 기다렸다는 듯 노부미쓰의 동기들이 신부
인 기타무라 아키를 둘러싸고는 무대에 올라오게 하려고
했다. 듀엣곡을 선곡한 걸 보면 동기들은 처음부터 신랑과
신부에게 노래를 부르게 할 속셈이었던 것 같다. 그러나 아
키는 크게 고개를 저었다. 싫어하는 척만 했던 신랑과 달리
신부는 겉치레가 아닌 진심으로 싫어하는 눈치다. 신랑 동
기들이 어르고 달래도 잔뜩 굳은 표정으로 꼼짝도 하지 않
는다. 그렇게 한참 실랑이를 벌이다 보니 결혼식장 안이 웅
성대기 시작했다. 어쩔 수 없이 노부미쓰가 무대에서 내려
와 아키에게 다가가 어깨를 감쌌다. 사회자도 아키에게 무
언가 귓속말을 건넸다.

그제야 아키는 포기한 듯 무대 위로 올라갔다.

신부가 노래를 부를 모양이네. 이건 좀 볼만하겠는걸?

평소에 알고 지내던 영업사원과 전자책을 주제로 한창

• 싱어송라이터 아야카와 남성 듀오 고부쿠로가 컬래버레이션하여
2007년에 발매한 싱글 앨범으로, 내일에 대한 희망을 노래하는 곡이다.

열을 올리며 대화하던 니시오카 리코는 잠깐 대화를 멈추고 무대를 주목했다. 이탈리안 레스토랑을 대관한 결혼식장 안은 수많은 하객으로 넘쳐났다. 적어도 백 명은 훌쩍 넘을 것 같다. 신랑이 대형 출판사인 히토쓰보시의 만화부 편집자인 데다 신부도 대형 서점인 페가수스의 인기 직원이다 보니 하객은 대부분 업계 관계자들이다. 개중에는 무대 쪽은 눈길도 주지 않고 활발히 명함만 교환하는 영업사원들도 있다.

남의 결혼식장에서까지 저래야 하나. 출판사 파티도 아니고 이런 자리에서는 예의를 좀 지키면 좋을 텐데. 축의금 낸 만큼 인맥을 늘려서 본전을 뽑겠다는 건가?

니시오카 리코는 기타무라 아키의 직속 상사로, 페가수스 서점 기치조지점의 부점장이다. 워커홀릭인 리코는 마흔 살이고 아직 싱글이다. 이목구비가 또렷한 데다 지적인 외모라 실제 나이보다는 다섯 살쯤 어려 보인다. 오늘은 세련된 레드와인색 원피스를 입었는데 라인이 살아 있어 날씬한 몸매가 돋보인다.

"리코 씨, 오늘 근사하네요. 평소에도 아름답지만 오늘은 완전 눈부셔요!"

리코가 서 있는 테이블 옆을 지나가던 영업사원이 입에 발린 말로 칭찬을 했다.

"고마워요. 아시다 씨가 그렇게 말해 주니 더 기쁘네요."

그렇게 말하며 영업용 미소를 지어 보였더니 아시다는 쑥스러운 듯한 표정을 지었다.

설마 내가 진심으로 받아들였다고 생각하는 건 아니겠지? 기분 좋은 척하는 것도 영업의 한 부분이라 그런 건데.

무대 위에서는 키보드 연주자가 노래의 첫 음 키를 눌러 아키에게 음정을 알려 주고 있었다. 그 음이 울려 퍼지자 웅성대던 하객들도 점차 조용해졌다. 아키는 식장에 있는 모든 사람의 주목을 받으며 마침내 각오한 듯 마이크를 잡았다. 그러고 나서 깊이 숨을 들이마시고는 첫 소절을 불렀다.

"굽이진 길 끝에- 기다리고 있는 여러 개의 작은 빛."

첫 소절을 듣고 리코 옆에 서 있던 서점 직원이 풉, 하고 웃음을 터뜨리고는 손바닥으로 입을 틀어막았다. 맞은편에 있던 영업사원은 음식이 목에 걸렸는지 콜록거리며 기침을 해댔다.

누가 들어도 음정이 맞지 않았다. 첫 소절은 무반주로 부르는 구간이어서 엇나간 음정이 더욱 도드라졌다.

"아직 멀어서 보이지 않지만- 한 걸음씩 그저 그것만-을 믿으면서 걸어가자."

여기까지 부르고 나서 드디어 신랑 동기들의 연주가 시작되었다. 노랫소리를 살리기 위해 음량을 줄인 연주였다.

그러나 연주가 시작되어도 여전히 음정은 맞지 않았다. 연주자들도 당황한 듯한 표정을 짓고 있다. 조금 못 부르는 정도라면 애교로 봐줄 수도 있겠지만 이 정도로 심한 음치일 거라고는 생각하지 못한 것 같다. 사회자도 놀란 듯 입을 크게 벌리고 있다.

하지만 하객들은 모두 즐거워했다.

"완벽해 보이는 아키 씨에게도 약점이 있었군요. 전혀 몰랐네요."

"회식 때 노래방에 갈 때마다 싫어했던 이유를 이제 알겠네요. 저런 노래 실력이라면 안 가고 싶은 게 당연하죠."

식장에 있던 모든 하객이 필사적으로 웃음을 참으면서 무대를 바라보고 있었다. 바쁘게 명함을 교환하던 사람들도 이때만큼은 동작을 멈추었다. 리코도 웃음을 참느라 무진 애를 썼다. 아키가 부르는 노래 때문이 아니라 어찌할 바를 모르는 주위 사람들 모습이 우스워 견딜 수가 없어서였다.

신부의 노래 실력이 어떤지 정도는 미리 파악했어야지. 신랑 신부의 알콩달콩한 모습을 연출하려는 의도였을 텐데 신부만 웃음거리가 됐네.

하지만 엄청난 음치임에도 불구하고 무대 위의 아키는 눈부시게 아름다웠다. 원래도 예쁜 편인데 오늘은 웨딩드레스를 입어서 그런지 한층 더 매혹적이다. 1부 예식 때와 달리 지금은 캐주얼한 미니 웨딩드레스 차림인데 날씬한 긴 다리와, 목에서부터 어깨 그리고 양팔의 매끈한 라인이 그대로 드러나 있다. 새하얀 볼을 발갛게 물들인 채 긴 속눈썹을 내리깔고 수줍어하는 그 모습은 감미로운 여성미를 물씬 풍긴다. 남자라면 누구나 반할 만한 모습이다.

그녀의 노랫소리만 듣지 않는다면.

"어느 것에도 지지 않을 만한- 커다란 다정함이 넘쳐흐르고 있어."

세상 모든 음치가 그렇듯, 진지하게 부르면 부를수록 음정이 불안해진다는 가슴 아픈 패턴이 이어지고 있다. 하지만 여기에 신랑 노부미쓰의 하모니가 섞이기 시작했다. 아키가 도와달라는 듯한 얼굴로 노부미쓰를 바라보자, 노부미쓰는 걱정 말라는 듯 자신감 넘치는 눈빛으로 아키를 향해 고개를 끄덕였다.

"아직 멀어서 보이지 않지만~ 한 걸음씩 그저 믿으면서 걸어가자."

모두가 노부미쓰의 노래에 감탄했을 것이다. 노부미쓰는 멋진 미성과 정확한 음정으로 낭랑하게 노래를 불렀다. 노부미쓰가 리드하자 아키의 노랫소리도 점차 음정을 잡아가기 시작했다.

"도망치기만 한 어제보다도~ 부딪히며 흘린 오늘의 눈물~."

신랑 신부는 마주 보며 열심히 서로의 목소리를 맞추었다. 처음에는 웃음을 참지 못하던 하객들도 노력하는 두 사람의 모습에 감동했는지 표정이 점점 진지해졌다. 둘 사이에 흐르는 달콤한 호흡이 하객들에게도 전해져 비웃음 짓던 시선이 따스하게 바뀐 것이다.

뭐야, 결국은 감동의 하모니잖아. 시시해.

리코는 무대에서 시선을 돌려 잔에 반쯤 남아 있는 와인을 벌컥 들이켰다.

남자친구한테 차인 지 얼마 되지도 않았는데 행복한 커플의 모습 따위 보고 싶지 않아. 왜 하필이면 이럴 때 결혼식을 하는 거야? 방에 틀어박혀 울고 싶은 기분인데.

무대 위에서 부르는 노래가 최고조에 달했다. 노부미쓰가 아키의 어깨를 부드럽게 감쌌다. 마지막에는 볼을 거의 맞대듯이 불렀다.

"굽이진 길 끝에 꿈꾸던 그날의 내가 기다리고 있으니까."

마지막 소절이 끝나자마자 큰 환호성이 터져 나왔다.

"두 사람, 완전 멋져!"

"뜨겁다, 뜨거워!"

진부한 추임새가 두 사람을 향해 쏟아졌다. 이 기획을 준비한 신랑 측 동기들이었다. 무사히 끝나 안심했는지, 혹은 망신당한 신부에게 미안해서였는지 그들은 짐짓 유난을 떨며 수런거렸다. 그들이 의도한 그림과는 조금 다른 형태가 되었지만, 결과적으로는 신랑 신부의 사랑스러운 모습을 하객들에게 선보일 수 있었다. 신부의 음치 덕분에 전화위복이 된 셈이다.

"신랑 신부에게 힘찬 박수를 보내 주시기 바랍니다!"

사회를 맡은 히토쓰보시 출판사의 영업사원 이와타 카즈히로가 하객들을 향해 우렁차게 외쳤다.

"이렇게 아름다운데 몸매도 완벽하고 업계 제일가는 능력자에 우리 영업사원들과 실랑이를 벌여도 결코 한 발짝도 물러나지 않는 두둑한 배짱까지! 하늘은 공평하다지만 아키 씨만큼은 재능을 두 개, 세 개 받았다고 생각했었는데요. 하늘도 네 개까지는 주기 싫었는지 노래 실력만큼은 조금 아쉬웠네요."

이 말에 하객들로부터 일제히 웃음이 터져 나왔다. 아키는 멋쩍은 듯한 웃음을 지었다. 입꼬리는 올라가 있지만 입모양은 일그러져 있다.

"하지만 인생이라는 무대에서는 무슨 일이 벌어질지 아무도 모릅니다. 질색하는 일을 억지로 해야만 할 때도 있지요. 다만 혼자서는 힘겨울지라도 두 사람이 힘을 모은다면

극복할 수 있을 겁니다. 어려운 상황에서는 이렇게 노부미쓰 군이 듬직하게 아키 양을 받쳐줄 테니까요."

모두의 시선이 노부미쓰에게 향했다. 신랑은 쑥스러워하는 얼굴로 하객을 향해 꾸벅 고개를 숙였다.

"두 분은 부디 오늘의 일을 잊지 마시고 앞으로도 힘을 모아 인생의 거센 파도에 맞서 나아가 주십시오. 멋진 하모니를 들려준 신랑 신부를 향해 다시 한번 힘찬 박수 부탁드립니다!"

다시금 성대한 박수가 일었다. 노부미쓰는 아키의 허리에 손을 두르고 하객들을 향해 밝게 웃으며 손을 흔들었다. 굳은 표정의 아키 옆에서 노부미쓰는 쑥스러워하며 헤헤거리며 웃고 있었다. 얼굴이 그대로 녹아내리는 게 아닐까 싶을 정도다.

신랑이야 남자로서의 체면도 세웠으니 기분이 좋겠지만 신부는 과연.

리코는 또 와인을 죽 들이켰다.

헤헤거리는 남자의 얼굴을 보기만 해도 속이 뒤틀린다. 헤어지자는 말을 꺼낼 때의 전 남자친구 얼굴이 떠오르기 때문이다.

"다행이에요. 기타무라 씨가 노래를 시작했을 때는 어떻게 되려나 조마조마했는데."

옆에 있던 노지마 타카노리 점장이 리코를 보며 이렇게 말했다. 점장은 리코보다 다섯 살 연상이지만, 마른 데다 머리카락도 새카매서 나이보다 훨씬 젊어 보인다. 접객업을 오래 해서 그런지 말씨나 태도도 사근사근 부드럽다.

2부 행사장에는 여기저기 원형 테이블이 놓여 있고 테이블마다 서로 친한 사람들끼리 모여 앉았다. 리코의 테이블에는 페가수스 서점 직원들이 뭉쳐 있다.

"오바타 씨의 노래는 기대를 저버리지 않네요. 저도 사인회 뒤풀이 때 듣고 오랜만에 들었는데 역시 잘 부르는군요."

아키 씨의 노래는 여전히 듣기 괴롭지만요, 라는 말을 리코는 삼켰다.

"아 맞다! 그때 다 같이 노래방 갔었죠?"

신랑 오바타 노부미쓰와 신부 기타무라 아키가 처음 만난 건 약 1년 전이다. 페가수스 서점에서 만화가인 아가치 나오의 사인회를 주최했었는데 당시 담당 편집자였던 오바타가 동행했고 만화책 코너 책임자인 아키가 행사를 담당했었다. 사인회가 끝난 뒤, 작가와 함께한 뒤풀이에서 2차는 아가치의 요청으로 노래방에 갔고 노부미쓰는 애니메이션 주제가를 열창했었다.

그때도 아키는 절대 마이크를 잡으려 하지 않았다. 오바타가 그렇게나 열심히 권했는데도 말이다.

오바타 씨는 신부가 심각한 음치라는 사실을 알고 있었을까? 뭐, 단단히 콩깍지가 씌었으니 그런 부분도 귀여워할 것 같지만.

노부미쓰는 여전히 헤실헤실 웃는 얼굴로 하객들과 대화하고 있다.

"신혼여행은 하와이로 간다면서요? 좋겠다, 나도 가고 싶네요."

같은 테이블에 있던 쓰지이 료스케가 부럽다는 투로 중얼거렸다. 30대 중반인 쓰지이는 페가수스 서점 4층 책임자다. 구릿빛 피부에 마르고 키가 꽤 크다. 일보다 노는 것에 더 열정을 쏟는 타입으로, 유급 휴가를 써가며 바다와 산으로 열심히 놀러 다닌다.

"하와이에서는 할레쿨라니 호텔에서 머무르나 보더라고요. 와이키키 해변 근처로 호텔을 잡을 때는 쉐라톤 호텔이나 로열 하와이언 호텔*로 예약하는 관광객이 많은데 아무래도 할레쿨라니가 독보적이죠. 가격이 비싼 만큼 인테리어도 근사하고 레스토랑도 좋으니까요. 무엇보다 서비스가 최고예요."

정보통인 하타케다 요시오가 궁금하지도 않은 정보를

---

* 세 호텔 모두 와이키키에 있는 고급 호텔이다.

술술 읊었다. 마치 자기가 할레 뭐라는 호텔에 묵어보기라도 한 듯한 말투이지만, 짠돌이에다 여행을 귀찮아하는 그가 하와이까지 갔을 리가 없다. 만약 갔다고 해도 그런 고급 호텔에서 묵었을 리가 없다. 분명 인터넷 검색으로 알게 된 정보일 것이다.

하타케다는 쓰지이와 또래로 5층 책임자다. 쓰지이와는 대조적으로 체구가 땅딸막하다. 서점에서 일할 때는 나른한 얼굴로 멍하니 있는 주제에 자기가 아는 자잘한 지식을 남들 앞에서 떠벌릴 때만큼은 생기 넘치는 얼굴이 된다.

"오, 페가수스 서점분들 아니십니까! 점장님, 부점장님까지 다 오셨군요."

갑자기 큰 목소리 하나가 뜬금없이 대화에 끼어들었다.

"사회를 어쩜 그리 잘 보세요? 덕분에 즐거웠답니다. 애드리브도 재치 있던걸요? 이와타 씨에게 그런 재능이 있는 줄은 몰랐네요."

"과찬이십니다. 부끄럽네요."

리코의 칭찬에 이와타는 싫지 않은 표정으로 대답했다. 이와타는 신랑 노부미쓰의 동기이자 페가수스 서점 담당 영업자이다. 체육인 출신으로 체격이 좋고 목소리도 우렁차다.

"오늘 하객이 엄청나네요."

술을 못 마시는 노지마가 이와타를 향해 우롱차 잔을 기울이며 건배하는 시늉을 했다. 이와타는 손에 든 잔을 들어 답례했다.

"그러게요. 초대 인원이 백 명이 넘는다고 하더라고요. 오바타 씨도 업무상 알고 지내는 사람이 많고 기타무라 씨도 영업 담당자들에게 인기가 있으니까요. 여러 출판사에서 오신 것 같아요."

"그렇겠군요. 히토쓰보시 출판사 관계자만 해도 많을 테고요. 영업부는 총출동한 거 아닌가요?"

"그게 말이죠."

이와타가 웃음을 억지로 참는 듯한 표정으로 말했다.

"정작 시바타 차장님은 출장이 잡히는 바람에 못 오셨어요. 차장님이야말로 기타무라 씨 팬클럽 회장인데 말이죠. 우리 부서에서는 웨딩드레스 입은 기타무라 씨의 모습을 보고 싶지 않아서 일부러 결혼식 날에 출장을 잡은 거라는 말까지 나오고 있어요."

"그런데 차장님은 지난달에 결혼하지 않으셨나요? 세이신여자대학교* 출신의 열일곱 살 연하인 분과."

하타케다가 또 그다지 중요하지도 않은 정보를 떠벌렸다.

* 가톨릭 계열의 사립 여자대학교.

차장 아내가 졸업한 대학교는 도대체 어떻게 알아낸 걸까. 그런 열정을 좀 더 생산성 있는 일에 쏟으면 좋을 텐데.

"그건 별개이지 않을까요? 아니면 와이프 때문에 일부러 안 오신 건가?"

쓸데없는 얘기에 남자들이 우르르 달려들었다. 또 이 얘기인가, 하고 리코는 생각했다. 시바타 차장의 어린 아내에 관한 화제는 남자들 사이에서 종종 오르내리는 단골 주제다. 열일곱 살 연하라는 게 포인트로, 요즘 히토쓰보시 출판사 영업사원들은 틈만 나면 이 얘기를 꺼낸다.

"천하를 호령하는 시바타 차장님도 어린 와이프 앞에서는 꼼짝도 못 하나 보죠?"

노지마도 유쾌하다는 듯이 그렇게 말했다. 노지마 같은 애처가도 어린 아내는 부러운 모양이다. 남자들이란 어째서 저렇게 어린 여자를 좋아하는 걸까.

"그러게요. 시바타 차장님 말이죠, 결혼하고 나서 모임 참석률이 뚝 떨어졌어요. 사나흘쯤 전에는 시나가와에서 업무 미팅이 있었는데 회의가 끝나자마자 쏜살같이 귀가하시더라고요. 그때가 겨우 다섯 시였어요. 아직 초저녁이었는데, 놀랍지 않나요?"

"밤의 황제라 자칭하던 차장님이! 어지간히도 와이프를 사랑하시나 보네요."

"참, 며칠 전에도……."

리코도 분위기를 맞추기 위해 웃음 띤 얼굴로 듣고는 있었지만 남의 어린 아내 이야기 따위는 솔직히 아무 관심도 없었다. 억지웃음을 지으며 리코는 벌컥벌컥 와인을 들이켰다.

이게 지금 내 앞에서 할 얘기는 아닌 것 같은데. 다들 너무 무신경해. 그러니까 당신들은 어린 여자한테 인기가 없는 거라고!

리코는 속으로 욕을 퍼부었으나 남자들은 전혀 모르는 눈치다. 그렇게 한참을 신나게 떠들어댔다.

"이런! 슬슬 다음 무대를 소개할 시간이네요. 전 다시 돌아가 볼게요."

이와타가 서둘러 사회를 보던 자리로 돌아가자 그제야 지겨운 이야기가 끝났다. 리코는 한시름 놓고 또 와인잔을 비웠다. 노부미쓰의 동기들은 여전히 무대 위에서 연주하고 있다. 지금 연주하는 곡은 촉촉한 발라드다.

"그나저나 기타무라 씨가 이렇게 빨리 결혼할 줄은 몰랐는데."

여태 잠자코 있던 쓰지이가 나직이 중얼거렸다.

"사귄 지 겨우 반년밖에 안 됐지?"

하타케다가 대답했다. 쓰지이와 하타케다는 외모도 성

격도 정반대지만 나이가 비슷해서 서로 잘 맞는지 둘이 잘 붙어 다닌다. 오늘도 밖에서 따로 만나 식장까지 같이 왔다고 한다.

"요즘 젊은 친구들은 뭐든 다 빠르네요. 결단력이 좋다고 해야 할까, 환승이 빠르다고 해야 할까."

사실 환승이 빠른 건 젊은 사람들만 그런 건 아니다.

전 남자친구의 빠른 결단에 리코는 어안이 벙벙했다. 요령 좋은 사람들은 기회가 왔을 때 조금도 주저하지 않는다.

"그건 좀 말이 심하잖아요. 니시오카 씨, 취한 거 아니에요?"

노지마가 평소처럼 부드러운 말투로 주의를 주었다.

"고작 이 정도로 취하지 않아요. 그리고 다들 기타무라 씨가 환승이 빠르다고 생각하는 거 아니었어요?"

완전히 취한 말투였다. 안 되겠다는 듯이 노지마가 고개를 저으면서 쓰지이와 하타케다 쪽을 보았다. 쓰지이도 맙소사, 하고 한숨을 내쉬는 듯한 시선을 노지마에게 보냈다. 하타케다는 평소와 다름없이 무표정하다.

"니시오카 씨, 너무 많이 마셨어요. 오늘 무슨 일 있었어요?"

"죄송해요. 말이 심했네요. 하지만 우리 여직원들, 상당히 반발하고 있어요. 오늘 결혼식에도 저 말고는 아무도 안

왔잖아요.”

아키는 노부미쓰와 사귀기 전에 서점 동료인 미타 타카히코와 사귀고 있었다. 그러나 노부미쓰가 등장하는 바람에 아키는 미타와 헤어졌다. 서점 직원들은 모두 이 사실을 알고 있다.

“그러고 보니 여직원들이 안 왔네요. 니시오카 씨 말고는 다들 안 온 건가요?”

“아뇨, 하기와라 씨만 와서 지금 접수대를 지키고 있어요.”

노지마의 질문에 쓰지이가 평소처럼 부루퉁한 말투로 대답했다.

하기와라 마미는 참고서 코너를 담당하는 아르바이트생으로, 아키가 유일하게 친하게 지내는 여직원이다. 접수대뿐만 아니라 이 파티의 간사로도 도움을 주고 있다.

“다들 청첩장은 받았을 텐데…….”•

무대 위에서는 연주자들이 퇴장하고 다음 순서를 준비 중이었다. 다음은 아키의 사촌이 하프 연주를 하는 모양이다. 무대에 하프를 옮기고는 연주자가 공연 준비를 하기 시작했다.

“받기야 했죠. 근데 그렇게나 난리를 피웠으니 아무래도

• 일본에서는 청첩장을 받으면 참석 여부를 꼭 알려 주어야 하는 풍습이 있다.

오기 껄끄럽지 않을까요?”

쓰지이의 말을 듣고는 리코가 무심하게 말했다.

“미타 씨한테도 청첩장 보냈으려나.”

그렇게 말한 찰나에 아차 싶었다. 리코의 그 말은 예상외로 식장 내에 크게 울려 퍼졌다. 무대 위에서 악기 체크를 끝내고 마침 연주를 시작하려고 했던 터라 잠시 조용했기 때문이다.

그러나 그런 것도 잠시, 금방 아무 일도 없었다는 듯 연주가 시작되었다. 연주자는 완전히 몰입한 얼굴로 현을 어루만졌고 하객들도 하프 연주에 푹 빠졌다. 리코의 목소리를 신경 쓰는 사람은 아무도 없는 것 같았다.

다행이다. 잘 안 들렸던 모양이야. 들렸더라도 별로 신경 안 쓰겠지만.

그러고 보면 미타와 아키가 사귀었던 사실을 알고 있는 사람은 이 식장 내에 그렇게 많지 않다. 미타가 그리 유명한 인물도 아니니 분명 서점 직원 외에는 다들 모를 것이다.

리코는 자신을 달래듯이 와인을 목구멍으로 천천히 흘려보냈다.

리코의 생각은 맞았다. 식장에 있던 사람들은 리코의 말을 대수롭지 않게 여겼다. 리코 근처에 있던 몇몇만이 연주가 시작되려는 참인데 매너도 없이 떠들어대는 여자네, 하는 시선으로 눈살을 살짝 찌푸렸을 뿐이다.

하지만 단 한 명, 리코의 말을 듣고 낯빛이 어두워진 사람이 있었다. 바로 신부인 아키였다. 아키는 리코가 내뱉은 말에 강렬한 악의를 느꼈다. 이제까지 장밋빛으로 물들어 있던 식장이 리코의 말 한마디에 먹물이 번지는 것처럼 흐려졌다. 그저 착각일 수도 있지만 착각만큼 무서운 것도 없다.

어째서 저 여자는 하필이면 내 결혼식 날 타카히코의 이름을 꺼내는 거지? 설마 일부러? 나를 괴롭히려고?

애초에 아키는 이미 화가 나 있었다. 절대로 남들 앞에서 노래하지 않겠다고 결심했는데 억지로 무대에 끌려나가 창피를 당했으니 화가 날 법도 했다. 다만 노부미쓰와 그의 동기들이 나쁜 의도로 그러지 않았다는 것 또한 알고 있었기에 화를 낼 대상이 없었다. 그때 마침 적당한 대상이 나타난 것이다.

나중에 꼭 따질 거야. 부점장이고 뭐고 알 게 뭐야. 결혼식장 분위기가 엉망이 됐는데.

아키는 성격이 솔직하고 성미가 불같아서 종종 사람들과 대립하곤 한다. 리코가 얄밉다고 생각하자마자 아키의 화는 걷잡을 수 없이 부풀기 시작했다.

저 여자가 날 좋아하지 않는다는 건 알고 있어. 입사했을 때부터 싫어했으니까. 뭐든 본인 생각에 맞추려고 드는 사람이니 자기한테 대드는 나 같은 사람은 눈에 거슬리겠지. 내가 노래를 부르게 된 것도 혹시 저 여자가 사회자를 꼬드긴 거 아냐?

무대로 나가기 싫다며 버티던 아키에게 사회자는 이렇게 속삭였었다.

"아키 씨, 노래 잘하신다면서요? 직장 상사분에게 들었어요. 자, 모두가 있는 앞에서 노부미쓰와 듀엣으로 달콤한 사랑의 노래를 불러 주세요."

아키는 이 '상사'라는 사람이 리코일 거라고 짐작했다. 그래서 화가 난 것이다. 일부러 자신이 난처해지게끔 만든 거라고 아키는 생각했다.

하지만 아키가 오해하는 것도 무리가 아니었다. 아키의 상사는 5층 책임자인 하타케다와 부점장인 리코, 점장인 노지마뿐이다. 직속 상사로 치면 그렇다. 세 명 다 아키가 음치인 걸 알고는 있지만 무뚝뚝한 하타케다나 사람 좋은 노지마가 그랬을 리는 없으니 당연히 리코일 거라고 생각한 것이다.

그런데 공교롭게도 이와타가 말한 상사란 여기저기 떠벌리기 좋아하는 쓰지이였다. 4층 책임자인 쓰지이는 직속은 아니지만 평사원인 아키에게는 상사이다. 이와타는 서점에 영업을 나간 김에 쓰지이를 붙잡고 결혼식 피로연 파티 무대라고는 말하지 않은 채 넌지시 물었다.

"아키 씨는 뭘 잘해요?"

"그야 노래죠, 노래. 기타무라 씨 노래는 꼭 한번 들어봐야 해요!"

쓰지이는 농담 삼아 한 말이었으나 이와타는 이를 곧이곧대로 받아들였다. 초등학교부터 대학교까지 유도를 했던 체육인 이와타는 안타깝게도 농담이 잘 통하지 않는 타입이었다. 그는 그저 좋은 정보를 얻었다고만 생각했다. 노부미쓰의 뛰어난 노래 실력은 이미 알고 있으니 둘이 함께 노래하는 걸 서프라이즈로 준비해야겠다는 게 그의 생각이었다. 뭐, 어디서나 흔히 일어날 법한 해프닝이다.

이와타가 하필 쓰지이에게 물어본 이유는, 3층 책임자인 리코는 늘 바빠 보이는 데다 평소에 잡담을 잘 하지 않았고, 5층 책임자인 하타케다는 무뚝뚝해서 말을 걸기 어려웠기 때문이다. 그래서 남은 쓰지이를 골랐다. 전문서 코너가 있는 4층은 손님이 적어서 그런지 쓰지이는 대체로 한가해 보이기도 하고 수다 떠는 것도 좋아해서 슬쩍만 말을 걸어도 온갖 이야기를 다 해준다. 이와타에게는 고마운 정보원이다. 물론 쓰지이 본인은 자신이 그런 말을 했는지 까마득히 잊어버리지만.

무대에서는 하프 연주가 이어지고 있었다. 아키는 연주를 듣는 척하면서 머릿속으로는 리코에 대한 불만들을 수두룩하게 떠올리고 있었다.

"기타무라, 아니 오바타 씨•."

누군가가 부르는 소리에 아키는 정신을 차렸다. 눈앞에는 노지마 점장의 수더분한 얼굴이 있었다.

"아, 점장님. 오늘 와 주셔서 감사해요."

"나야말로 초대해줘서 고마워요. 난 볼일이 있어서 먼저 가 볼게요."

"네, 그럼 노부미쓰를 데려올게요."

아키는 노부미쓰를 눈으로 찾았다. 노부미쓰는 반대편에서 동기생들에게 붙들려 있었다.

"괜찮아요. 한창 이야기하고 있는데 방해하면 미안하니까."

"정말 괜찮으시겠어요?"

"물론이죠. 오늘 정말 멋진 결혼식이었어요. 두 사람의 행복한 모습을 보니 나까지 마음속이 따뜻하게 채워진 기분이에요."

<hr>

• 일본에서는 결혼을 하면 아내가 대개 남편의 성을 따른다.

"하아, 네에-."

아키는 자기도 모르게 얼빠진 대답을 하고 말았다. 아키로서는 음치인 게 들통난 데다가 전 남자친구의 이름이 식장 내에 울려 퍼지기도 하고 한마디로 엉망진창인 결혼식이었다. 아키의 얼굴에 그늘이 드리워진 걸 보고 노지마가 어설프게 마음을 썼다.

"미안하게 됐어요. 모두가 오진 않아서……."

옅게 미소 짓고 있던 아키의 표정이 굳어졌다. 껄끄러운 사실이 떠올라서였다. 미타를 제외한 모든 직원에게 청첩장을 보냈지만 참석한 건 관리직급뿐이다.

일부러 일정을 앞당겨 석 달에 한 번씩 있는 건물 점검일, 그러니까 서점 직원 모두가 쉴 수 있는 날로 결혼식 날짜를 잡았는데 전혀 의미가 없었다.

"여직원들이 좀 어른스럽지 못하죠? 결혼식인데, 다 같이 와서 축복해 주면 좋을 텐데 말이에요. 니시오카 씨도 환승이 빠르다는 둥 함부로 말하기나 하고, 거참."

환승이 빠르다고? 내 사정이 어떤지 알지도 못하면서.

아키의 마음속에서 다시 화가 끓어올랐다.

"하지만 신혼여행에서 돌아올 때쯤이면 다들 진정이 돼 있을 거예요. 여러 일이 있었지만 이렇게 결혼식도 했으니 뭐. 신혼여행에서 돌아오는 건 일주일 후인가요?"

노지마는 자기가 한 말이 불난 집에 부채질한 꼴이라는 것을 전혀 모른 채 실없는 위로를 건넸다.

"네, 7월 5일부터 출근해요."

"즐거운 시간 보내고 와요. 여행담 기대하고 있을게요."

"감사합니다."

아키는 노지마를 출구까지 배웅했다. 아키가 다시 식장 안으로 돌아오자 하프 연주가 끝나고 정리 중이었다. 다음 순서는 노부미쓰가 감사 인사를 하기로 되어 있었는데 사회자 성화에 못 이겨 아키까지 노부미쓰와 함께 다시 무대에 섰다. 노부미쓰는 늘 그랬던 것처럼 농담을 섞어가며 하객들에게 웃음을 선사했다. 무대에서는 식장의 풍경이 한눈에 들어왔다. 아키의 시선이 자연스럽게 리코에게 향했다. 리코는 식 진행을 무시하는 듯한 태도로 노부미쓰의 인사말에는 전혀 귀를 기울이지 않은 채 누군가와 열심히 이야기하고 있었다.

저럴 거면 뭐 하러 온 거야? 축하해 줄 마음이 없다면 차라리 안 오는 게 나았을 텐데.

큰 박수 소리에 아키는 퍼뜩 정신을 차렸다. 노부미쓰의 인사가 끝난 모양이다. 노부미쓰의 동작에 맞춰 아키도 황급히 고개를 숙였다.

"그럼, 끝으로 신부가 행복을 나누어 드리기 위해 싱글인 여성분들에게 부케를 던지겠습니다. 행복을 쟁취하는 사람은 과연 누구일까요?”

무대에서 내려가고 있던 아키는 사회자의 말에 서둘러 다시 돌아갔다. 사회자는 말을 이었다.

“싱글인 여성분들, 준비되셨나요?”

환호성을 내지르며 젊은 여성들이 무대 앞으로 모여들었다. 그러고는 자신이 꼭 받아내겠다는 듯이 손을 위로 뻗었다. 리코의 모습도 눈에 들어왔다. 일부러 등을 지고 본인과는 상관없는 일이라는 듯 영업사원과 대화를 나누고 있었다.

그렇게 등지고 있지 않아도 당신 같은 사람한테 내 소중한 부케를 주진 않을 거야.

아키는 부케를 꽉 쥐었다.

“그럼 신부님, 부케를 던져 주세요!”

사회자의 말에 따라 아키는 새하얀 장미 부케를 리코에게서 멀리 떨어진 쪽으로 던졌다. 부케는 꽃잎을 흩날리며 드높이 날아오르더니 그대로 천장에 부딪혔다. 그러자 그 반동으로 방향이 바뀌면서 인적이 드문 곳을 향해 떨어지기 시작했다. 여기저기서 아쉬워하는 목소리가 들렸다. 누군가가 힘껏 손을 뻗었는데 손끝으로 부케를 세게 치는 바람에 오히려 더 뒤로 날아가버렸다. 그러면서 무대를 등지고 담소를 나누던 리코의 머리 위로 부케가 떨어졌다. 리코는 깜짝 놀라 반사적으로 손을 뻗어 부케를 받았다.

"이야, 페가수스 서점의 니시오카 리코 씨께서 부케를 받으셨습니다. 축하합니다!"

사회자가 큰 목소리로 리코에게 축하의 말을 건넸다. 모두가 단숨에 리코를 둘러쌌다.

"축하해요."

누군가가 리코의 어깨를 살짝 두드리며 축복했다.

"다음은 니시오카 씨 차례로군요."

쓰지이가 놀리는 말투로 말했다. 누가 봐도 흥미롭다는 듯한 얼굴이다. 리코의 얼굴이 순식간에 벌게졌다.

일부러 날 망신 주는 건가? 마흔인데 아직 싱글이라고, 날 구경거리로 만들 속셈이야?

리코는 아무 말도 못한 채 우두커니 서 있었다.

한편 아키는 아키대로 속으로 혀를 찼다.

하필이면 저 여자한테 내 소중한 부케를 주게 되다니.

이왕이면 친한 사람이 부케를 받기를 바랐다. 받는 사람의 행복을 기원하며 주는 건데, 무엇보다 평생에 한 번뿐인 이벤트인데.

아키도 아무 말 없이 가만히 서 있었다. 그런 두 사람은 내버려둔 채 식은 계속해서 진행되었고 사회자가 마무리 인사를 하는 것으로 결혼식은 끝이 났다. 식장 스태프는 아키와 노부미쓰를 문 쪽으로 안내했다. 이제부터 출구 옆에 서서 귀가하는 하객들에게 인사를 해야 한다. 접수대에서 짐을 정리하던 하기와라 마미가 아키의 모습을 발견하고는 달려왔다. 마미는 아키보다 네 살 어린 스물셋으로 새하얀 피부에 발그레하게 물든 뺨, 깊이 파이는 보조개가 인상적인 얼굴이다. 오늘은 회색 민소매 드레스에 까만 구두를 신어서 그런지 분위기가 꽤 어른스럽다.

"아키 씨, 축의금은 제가 다 챙기고 있어요. 결혼식 일정이 끝날 때까지 기다릴게요. 대기실에 두는 건 아무래도 불안하니까요."

하지만 입을 열면 혀 짧은 어린애 같은 말투다. 마미는 손에 들고 있던 종이봉투 입구를 펼치며 내용물을 아키에게 보여 주었다. 지폐와 동전 외에 축의금 봉투도 보였다. 정해진 회비를 내는 형식으로 결혼식을 진행했던 터라 현금으로 낸 사람이 많았지만 예의를 지켜 축의금 봉투에 담아 건넨 사람도 몇몇 있었다. 가장 위에 있는 축의금 봉투에 문득 '니시오카 리코'라는 이름이 보였다. 그 이름을 보자 응어리졌던 감정이 선명한 형체를 드러냈다.

"이거 좀 가져갈게."

아키는 리코의 이름이 적힌 축의금 봉투를 끄집어냈다.

“어, 뭐 하시게요?”

아키의 등에 대고 마미가 물었지만 아키는 대답하지 않고 식장 안으로 들어갔다. 마미도 엄마 오리를 쫓는 새끼 오리처럼 그 뒤를 쫓아갔다.

“아키!”

노부미쓰가 당황해하며 이름을 불렀으나 아키는 못 들은 척 인파 속을 헤치며 성큼성큼 걸어갔다. 아키는 식장 안을 둘러보다 몇몇 영업사원과 정답게 이야기하고 있는 리코를 발견하고는 거침없이 다가갔다. 리코는 조금 전에 받은 부케를 안고 있었다.

“부점장님, 잠깐 시간 좀 내주시겠어요?”

아키가 드레스 차림과는 어울리지 않는 경직된 얼굴로 말을 걸었다. 리코는 의아하다는 표정을 지었지만 이내 대화하던 영업사원에게 미소 지으며 인사를 하고는 아키 쪽으로 다가갔다. 리코는 아키 앞에 서자 웃음기가 싹 가신 표정으로 불쾌감을 감추지 않으며 물었다.

“무슨 일이죠?”

“여기서는 좀 그렇고요.”

아키는 리코의 팔을 붙잡고 식장 안쪽으로 끌고 갔다. 가는 도중에 모두가 오늘의 주인공에게 말을 걸려고 했지만 아키는 잰걸음으로 그냥 무시하며 지나쳤다.

"신부는 출구에서 인사해야 하는 거 아니에요?"

"그건 나중에요."

질문을 던지는 리코를 대기실 안쪽으로 재촉했다. 마미도 아키와 리코를 따라 대기실 안으로 들어갔다. 대기실 문을 열자 눅진한 공기가 느껴졌다. 대기실에는 에어컨이 켜져 있지 않은 듯했다. 두 평쯤 되는 삭막한 대기실에는 긴 테이블 두 개만 덩그러니 놓여 있었고 그 위에 식장 관계자들 짐이라든가 챙겨 온 드레스, 액세서리 보관함 등이 널브러져 있었다. 아키는 문을 닫고 리코를 노려보듯 쳐다봤다.

"부점장님, 저 정말 실망했어요."

첫마디를 듣고 리코는 하아, 하고 탄식했다. 아키가 꼭 연기하는 것만 같았다.

"실망이라니, 뭐가요?"

리코는 술을 잔뜩 마신 데다 얼마 전 남자친구에게 실연 당한 상태라 행복을 쟁취한 상대에게 어느 정도 반감도 느끼고 있었다. 하물며 그 상대는 건방진 부하직원이다.

"불만이 있으면 똑바로 말씀하세요. 직장 상사라고 돌려 말하지 않아도 되니까요."

옆에서 지켜보던 마미는 가슴이 두근거렸다.

제대로 한판 붙으려나? 만화에서는 자주 봤지만 실제로 보는 건 처음이네. 나중에 참고가 될 수도 있으니까 잘 봐둬야지.

마미는 만화가 지망생이다. 만화가로 데뷔하기 전까지 생활비를 벌기 위해 서점에서 아르바이트하는 거라고 본인은 말하지만, 여태 한 번도 원고를 완성한 적이 없다. 그리는 도중에 결국 그만둬 버린다. 그러니 아직은 만화가를 꿈꾸는 만화광일 뿐이다.

"부점장님은 제 결혼이 탐탁지 않은 거죠? 점장님께 들었어요. 환승이 빠르다고 하셨다면서요?"

"그게 무슨 소리예요?"

취기가 오른 리코는 자기가 한 말을 깡그리 잊어버렸다. 게다가 그건 아키를 두고 한 말이라기보다는 리코를 버리고 다른 여자를 택한 전 남자친구를 두고 한 말이었다.

"발뺌하지 마세요. 제가 미타 씨를 버렸다고 비아냥거리는 거 아닌가요? 일부러 다 들리게 큰 소리로 이름까지 말했잖아요."

"맞아요. 저도 똑똑히 들었어요."

옆에서 마미가 대화에 끼어들었다. 아니, 본인은 끼어들었다기보다는 도와줄 생각이었다. 자신이 아키 편임을 명확하게 하고 싶어서였다.

"그건……."

분명 그 이름을 말하긴 한 것 같다. 그런데 왜 그 이름을 꺼냈더라?

아키에게는 리코가 시치미를 떼는 것처럼 보였다. 그 태도가 아키를 더 화나게 했다.

"저를 싫어하시는 건 상관없어요. 그런데 결혼식장에서 그런 행동은 어른스럽지 않다고 생각해요. 정말 유감이에요."

리코는 반론하려고 했다. 하지만 본인이 어떤 말을 했고 어떤 행동을 했는지 제대로 기억나지 않아서 뭐라고 대꾸해야 할지 난감했다.

"이거 돌려드릴게요."

아키는 들고 있던 걸 리코 손에 억지로 쥐어 주었다. 그걸 보고 리코는 경악했다.

이거, 내가 낸 축의금 봉투잖아!

취기가 번개처럼 사라지는 느낌이었다. 순식간에 정신이 말짱해졌다.

"축하해 주고 싶은 마음이 없었다면 굳이 안 오셨어도 됐을 텐데요."

아키는 리코를 경멸하는 듯한 눈빛으로 바라보았다.

한 방 먹였다, 하고 옆에서 보던 마미가 생각했다.

멋있어. 아키 씨의 완승이야.

마치 연극 대사 같은 그 말에 리코는 울화가 치밀었다.

"그렇다면 나도 이걸 돌려줄게요."

리코는 그렇게 말하며 아키에게 부케를 떠밀었다. 새하얀 꽃잎 몇 개가 나풀대며 바닥에 떨어졌다.

"기타무라 씨야말로 일부러 나한테 부케를 던진 거 아닌가요? 나이 마흔에 아직 싱글이라고 모두에게 광고해서 창피 주려는 속셈인 거죠?"

부케를 받고 이름이 불렸을 때 리코는 얼굴이 화끈거렸다. 이 나이에 아직 결혼하고 싶어하는 것처럼 보일까 봐 부끄러웠기 때문이다.

"아니에요! 소중한 부케를 누가 그런 마음으로 던지겠어요?"

"그럼 어째서 내 쪽으로 던진 거죠? 받고 싶어하는 사람한테 주면 될 텐데."

"그쪽으로 던지려고 한 거 아니에요. 부케가 멋대로 날아갔다고요."

"그럴 리가 있나요? 부케에 날개가 달린 것도 아니고."

"하, 그러네요. 지금 생각해 보니 악의가 있었나 봐요. 그래서 제 부케도 악의를 품고 있는 사람에게 날아간 게 틀림없어요."

"악의라니, 그게 무슨 뜻이죠? 이런 걸 나한테 던지는 기타무라 씨야말로 악의에 가득 차 있는 거 아닌가요?"

"아뇨, 전 아니에요. 그런 쪽은 부점장님이죠."

"아니, 기타무라 씨가 그런 것 같은데요."

리코와 아키는 서로 노려보았다. 불꽃이 튈 것만 같다.

재밌어! VIP석에서 이런 아수라장을 직관하게 되다니, 완전 최고야!

마미는 숨을 죽이고 돌아가는 상황을 지켜보았다.

둘은 계속 노려보면서 꼼짝도 하지 않았다. 마치 먼저 움직이는 쪽이 지는 거라는 듯이.

그때 문이 열렸다.

"어, 여기 있었군요. 주인공이 없으니까 다들 인사를 못 한다며 난처해하고 있어요."

짐을 챙기러 온 쓰지이의 김새는 목소리가 대기실 안에 울려 퍼졌다. 그 순간 아키는 정신을 차렸다.

"참, 내가 이러고 있을 때가 아닌데."

그렇게 말하며 아키는 리코에게서 시선을 돌려 그대로 대기실 밖으로 나가려는 찰나에 문득 떠올랐다는 듯이 쓰지이를 보며 말했다.

"이거 쓰지이 씨에게 드릴게요."

그렇게 말하며 아키는 들고 있던 부케를 억지로 떠넘겼다.

"여자친구분에게라도 드리세요."

"엥? 저 지금 여자친구 없는데요. 여자친구 없이 지낸 지

1년 4개월이나 됐어요.”

쓰지이의 대답을 듣지도 않고 아키는 얼른 대기실을 빠져나갔다. 이어서 리코가 말했다.

“이것도 줄게요. 데이트 비용으로 써요.”

그렇게 말하면서 쓰지이 손에 무언가를 들이밀었다.

“부점장님까지 뭐예요. 저 지금 여자친구 없다니까요?”

그러고 나서 넘겨받은 것을 보고는 깜짝 놀랐다.

“아니, 이건 축의금 봉투잖아요? 이걸 왜 저한테 주시는 건데요?”

그러나 리코도 험악한 얼굴을 한 채 쓰지이 옆을 지나 복도로 나가버렸다. 리코가 세차게 문을 닫는 바람에 쾅 하는 소리가 크게 울려 퍼졌다.

태풍이 지나가고 대기실은 다시 고요해졌다. 넋을 잃은 듯 꿈꾸는 표정이 된 마미와 어리둥절한 표정을 짓고 있는 쓰지이만 남겨졌다.

“둘 다 왜 저러는 거예요?”

쓰지이가 대기실에 남겨진 마미에게 물었다. 마미는 감개무량하다는 표정으로 고개를 좌우로 저으며 말했다.

“여자의 인생은 정말이지 파란만장하네요. 꽤 공부가 됐어요.”

“그게 무슨 말이에요?”

“여자친구가 없는 쓰지이 씨는 아마 모를 거예요. 하여간 여러모로 복잡하다니까요.”

쓰지이는 어깨를 으쓱거리고 말았지만 마미는 황홀한 눈빛으로 아키와 리코가 나간 문을 물끄러미 바라보았다.

2

"얘기 들었어요, 부점장님. 기타무라 씨가 엄청 버릇없게 굴었다면서요?"

리코의 얼굴을 보자마자 오자키 시호가 말했다. 오자키는 리코와 함께 3층 문학 코너를 담당하고 있다.

"축의금을 돌려주다니, 저 같은 사람은 상상도 못할 일이에요!"

맞장구친 사람은 만화책 코너 담당인 야마네 쇼코였다. 신난 마음을 감추지 못한 말투였다. 아키의 험담을 하는 게 즐거운 것인지 그저 싸움 구경하는 게 재미있는 건인지 정작 신이 난 이유는 본인도 잘 모를 것이다.

"저래 봬도 벌써 스물일곱 살이잖아요. 그런데 정말 기본 상식이 없네요."

툭 내뱉듯이 말한 건 마찬가지로 만화책 담당인 마키하

라 미나코였다. 아르바이트생인 그녀는 스무 살의 대학생이다. 매장 오픈 전 뒤쪽 창고에서 여직원들끼리 모여 뒷담화에 한창 열을 올린 모양이다.

역시 소문이 다 났구나 싶어 리코는 어깨를 떨구었다.

하룻밤 자고 일어났더니 제정신이 돌아왔다. 싸움을 건 아키에게 동조한 게 실수였다고 깊이 반성했지만 이미 엎질러진 물이었다. 모든 직원이 어제 리코와 아키가 싸운 이야기로 떠들썩했다.

쓰지이와 마미, 목격자가 둘이나 있어서 아니라고 할 수도 없다. 그렇지 않아도 숙취가 심한데 두통이 파도처럼 밀려왔다.

"본인이 음치인 걸 들켜서 예민해졌던 거 아냐?"

"그러니까 괜한 곳에 화풀이한 거겠지."

다들 즐거운 표정으로 이야기하고 있다. 아키는 여직원들 사이에서 겉도는 존재다. 예쁘고 남자들에게 인기가 많다는 것만으로도 한데 섞이기 어려운 데다, 자신이 옳다고 생각하는 것에는 주변을 신경 쓰지 않는 한결같은 면이 있어 협동심을 중요시하는 여자들의 눈에 거슬리는 존재가 된 것이다.

결국 미타 씨도 기타무라 씨의 강력한 대시에 넘어갔을 거야.

미타가 아키와 사귀기 시작했을 무렵, 억울하다는 듯 다들 그렇게 수군거렸다. 미타는 4층 전문서 코너를 맡은 계약직 사원으로 키가 크고 잘생겨서 인기가 많았다. 게다가 친절하고 업무 처리도 빨라서 여직원들 사이에서 평이 아주 좋았다. 팬클럽까지 생겼을 정도다.

팬클럽이라는 건 농담 반 진담 반이지만, 어쨌든 여직원들 사이에서 '누구든 미타에게 먼저 대시하지 않는다'라는 암묵적인 규칙이 있었는데 아키는 그걸 무시한 채 거리낌 없이 행동해서 모두의 원성을 샀다.

그러나 그 시점에서 아키의 행동이 큰 문제가 되지 않았던 건 아키가 몇 안 되는 정직원이기 때문이었다. 이곳에서 여성 정규직은 부점장인 리코를 제외하고는 아키뿐이다. 정규직을 당해낼 수 없다는 다른 여직원들의 체념 비슷한 감정은 어느 순간 분노로 바뀌었다. 아키가 3년간 사귀었던 미타를 버리고 대기업 출판사 편집자인 오바타 노부미쓰로 갈아탄 사실을 알아챘을 때부터다.

같은 여자로서 결코 용서할 수 없다며 여직원들은 일제히 반反기타무라 동맹을 결성했다. 그때부터 아키에 대한 괴롭힘이 시작되었다. 꼴 보기 싫은 여자 한 명만 있으면 나머지 여자들이 단합하기에는 충분하다. 그러니까 이번 사건도 자신들이 옳았다는 게 증명된 거라며 즐거워서 어쩔 줄 모르는 것이다.

큰일이다. 여자들의 기싸움에 끼고 싶지 않은데.

솔직히 리코도 아키를 좋아하지 않는다. 하지만 부점장인 만큼 사사로운 감정싸움에는 휘말리고 싶지 않았다. 자신이 여직원들 편을 들면 아키를 괴롭히는 것을 정당화하는 구실을 제공하는 것이기 때문이다.

"그래서 몇 번이나 말했잖아요. 부점장님도 결혼식에 안 가는 게 좋을 거라고요."

리코의 직속 부하인 오자키가 안타까운 듯 말했다. 진심으로 동정하는 눈치였다. 리코는 멋쩍은 미소를 지을 수밖에 없었다.

이번 일은 내가 자초한 거니 잠자코 있을 수밖에 없어. 하지만 그럼 난 저절로 반기타무라 동맹의 우두머리가 될 텐데 이걸 어쩌지?

"저기, 점장님! 기타무라 씨가 부점장님한테 너무 심했다고 생각하지 않으세요? 쉬는 날에 일부러 결혼식까지 참석했는데 하는 짓이 너무 무례하잖아요."

야마네가 마침 지나가던 점장에게 말을 걸었다. 노지마는 모두의 시선이 집중되자 부담스러워하며 대꾸했다.

"그러게요. 기타무라 씨, 아니, 오바타 씨도 윗사람에게는 좀 더 공손하게 굴면 좋을 텐데, 거참."

소심한 점장은 여자들끼리 충돌하는 감정싸움에는 이도 저도 아닌 태도로 일관한다.

"그렇죠? 아직도 기타무라 씨는 부잣집 아가씨처럼 행동한다니까요?"

"그러니까요. 결혼도 했으니 서점은 그만두고 그냥 전업주부로 전향하면 좋을 텐데."

다들 한바탕 아키에 대한 험담을 했다. 그러나 축의금 봉투를 돌려준 얘기는 해도 부케 얘기는 아무도 꺼내지 않았다. 잡담하는 걸 좋아하는 쓰지이와 입이 가벼운 마미가 부케 얘기를 하지 않았을 리가 없는데.

아마도 다들 리코의 나이를 언급하지 않으려고 일부러 부케 얘기는 꺼내지 않는 것 같다. 그 배려가 거슬린다. 정작 자신은 크게 신경 쓰지 않는데 세심하게 배려하면 오히려 불편하다.

나이를 먹는다는 게 그렇게 나쁜 건가? 나름 착실히 경력을 쌓아서 여기까지 왔다는 자부심을 가지고 있는데. 그러나 그걸 입 밖으로 꺼낼 수도 없다. 자신도 예전에는 그랬지만, 젊은 사람들은 나이 먹는 걸 좋게 받아들이지 않는다. 그러니 자신의 생각을 말한들 정신승리라고밖에 생각하지 않을 것이다.

혹은 패자의 절규로 생각하려나. 그러고 보니 그런 제목의 베스트셀러°도 있다.

"자자, 이제 곧 조례 시간이니까 슬슬 이동합시다."

모두의 잡담을 끝내려는 듯 점장이 재촉했다. 여직원들의 뒷담화에서 해방된 리코는 짧게 한숨을 내쉬었다.

한 단 분량의 책을 서가에서 앞으로 몇 센티미터 튀어나오게 꺼낸 뒤 양손 손바닥으로 살짝 밀어서 다시 집어넣는다. 조금씩 밀면서 서가 가장자리에서 5밀리미터 정도 튀어나왔을 때쯤 딱 멈춘다. 그다음 책등을 살살 쓰다듬듯이 눌러 정돈한다. 서가의 이쪽 끝에서 저쪽 끝까지 이 동작을 반복한다. 그러면 같은 단에 있는 책들이 서가에서 5밀리 정도 튀어나온 상태로 일직선이 된다.

문학 코너 서가 앞에서 리코는 그 작업을 한 단씩 차례대로 반복하고 있었다.

"서가에서 5밀리 정도 책이 나와 있는 게 이상적이야. 그렇게 하면 책등이 나란해져서 질서 정연할뿐더러 책등 위로 손가락을 걸어 책을 꺼내기도 편하거든."

서점에서 일하기 시작했을 무렵, 선배에게 가장 먼저 배웠던 부분이다. 그때는 선배에게 말대꾸를 하는 건 상상도

• 사카이 준코의 『패자의 절규(負け犬の遠吠え)』를 말하는 것으로, 국내 번역서의 제목은 '서른 살의 그녀, 인생을 논하다'이다.

할 수 없던 시절이라 그저 시키는 대로 했었다.

"책을 진열할 때는 책과 책 사이가 너무 촘촘해도 안 되고, 여유 공간이 너무 많아도 안 돼. 책을 꺼냈을 때 손가락 한 개 들어갈 정도의 틈만 생기도록 진열해야 해."

요즘 서점 직원들은 진열하는 책의 내용에는 신경을 써도 진열 방식은 소홀히 하는 것 같다. 다른 서점을 가 봐도 서가에서 5밀리 앞으로 나오게끔 진열하는 곳은 거의 보지 못했다. 오히려 서가 안쪽까지 책배를 끝까지 밀어붙여서 진열하는 곳이 더 많다. 그래서야 일반 가정집과 다를 바 없고 서점 상품답지 않다고 생각하지만 젊은 직원들은 전혀 신경 쓰지 않는다. 아무리 올바른 진열 방식을 가르쳐줘도 그렇게 진열하는 직원은 없다. 기타무라 아키는 입사 초기에 신입사원 교육 담당이었던 리코를 향해 대놓고 당당하게 말했다.

"무슨 말씀인지는 알겠는데요. 그 방식은 꽤 손이 많이 가잖아요. 매출에 딱히 도움이 되는 것도 아니고요. 다른 작업을 먼저 다 하고 시간이 남을 때 해도 될까요?"

본인은 아주 천진난만하게 말했으나 그 이후부터 리코는 아키가 싫어졌다. 매출에 딱히 도움이 되는 것도 아니라니.

서점이 책을 보기 좋게 진열하지 않으면 어쩌자는 건가. 생선 가게에서 생선을, 채소 가게에서 채소를 깔끔하게 진열하는 것과 똑같은 일이다. 이렇게 서가에 라인을 맞춰 책을 꽂아두면 마치 손님이 꺼내주기만을 목을 빼고 기다리는 것 같은데 말이다. 다들 평대만 신경 쓰지만 서가에 책을 꽂아두는 방식도 중요하다. 5밀리만 튀어나오게끔 정돈한 뒤 일직선으로 책등이 보이게 한다. 가름끈이 책등 쪽으로 삐져나오지 않게, 매출 전표*도 튀어나오지 않게 책 마지막 페이지에 끼워 넣는다. 그런 세세한 부분을 챙기는 것이 바로 서점 직원이다. 시간을 들여 한 단씩 정돈한 서가는 보기만 해도 즐겁다. 손바닥의 감촉으로 책을 실감하게 된다. 바쁘다는 핑계로 이 작업을 게을리하면 그 근처는 공기가 침체되는 듯한 기분이 든다.

왼쪽 끝에 두었던 바이엇**을 가운데에 둘까? 좋은 책인데 잘 안 팔리고 있네. 아, 여기 두는 게 옆의 책 표지와 색감이 잘 어우러져서 더 좋아 보이는 것 같아. 아까보다 훨씬 더 책이 돋보이는걸?

책을 정리하면서 책의 순서도 다시 점검했다. 신기하게도 내내 안 팔리던 책이 위치만 조금 바꿨을 뿐인데 팔리는 경우도 있다. 평대에서 서가로 옮기자마자 손님의 눈에 띄어

* 일본에는 책 속에 기다란 매출 전표가 끼워져 있다.
** 『소유』로 부커상을 수상한 영국 대표 소설가 앤토니아 수전 바이엇을 말한다.

구매로 이어지기도 한다. 논리만으로는 설명할 수 없는 무언가가 영향을 끼치는 것이다. 그건 하타케다처럼 컴퓨터로 매출 데이터를 검색하기만 해서는 절대 알 수 없다. 그런 부분이 서점 업무의 흥미로운 점 아닐까.

이곳 페가수스 서점은 신주쿠에서 JR로 약 20분 거리인, 잡지 설문조사에서 '살고 싶은 지역 1위'에 곧잘 오르는 기치조지에 있다. 젊은 세대가 많이 모이는 번화가이자 예전부터 부유층이 주로 거주하는 고급 주택가라는 양면성을 지닌 이 동네에서 페가수스 서점은 가장 오래된 노포이기도 하다. 역 앞 교차로 쪽, 여러 업종이 들어와 있는 낡은 상가 건물의 3층부터 5층까지를 서점이 임대하고 있다. 300평이라는 바닥 면적은 한때는 도쿄도 내에서 가장 큰 평수였다. 페가수스 서점은 도쿄도를 중심으로 지점이 스무 곳 정도가 있는데 그중 이곳이 1호점이며, 리코는 입사 이후 계속 이 지점에서만 근무하고 있다. 그래서 이곳 서가에 진열된 책에 관해서는 모르는 게 없다고 자부한다.

그리고 책을 만지고 있는 이 순간이 가장 서점 직원답다고 생각한다. 손님을 응대하는 것도 싫지는 않다. 단골손님과 책에 관해 이야기하는 시간은 즐거운 데다 업무에 도움도 된다. 게다가 이곳은 갑질하는 고객도 없는 편이다. 젊은 손님들은 역 건물 내에 새로 생긴 서점으로 가지만 오래

전부터 이 동네에 살고 있는 애서가 주민들은 이곳으로 온다. 단골손님 중에는 학자나 작가, 번역가도 많아서 인터넷이나 잡지에서는 얻을 수 없는 정보도 얻을 수 있다. 하지만 서가의 책을 정돈하는 이 작업을 할 때 훨씬 마음이 편안하다. 손끝으로 책등의 감촉을 한 권씩 확인하고 있으면 아키 때문에 덜컹거리던 마음도 조금씩 차분해진다.

정말이지 세상 물정 모르는 아가씨 같으니라고.

리코는 깊은 한숨을 내쉬었다.

'아가씨'는 아키의 별명이다. 어느 날 아키가 신은 신발을 보고 누군가가 무심코 "신발이 엄청 편해 보여요. 그거 어디서 샀어요?" 하고 물은 적이 있다. 종일 서서 일하는 서점 직원에게 발이 편한 신발은 큰 관심거리다. 게다가 이곳은 오랜 전통을 자랑하는 만큼 스니커즈는 금지하고 가죽 구두 착용을 원칙으로 하고 있어 더더욱 그렇다. 그러나 아키의 대답은 꽤 당혹스러웠다.

"이거 주문 제작한 구두예요."

그렇게 대답하며 아키는 구두 브랜드명을 알려주었다.

"제 발 모양을 딴 목형이 있어서 늘 그걸로 제작하고 있어요. 저는 발등이 낮은 데다 발볼도 좁아서 기성화는 맞지 않거든요. 페라가모 구두가 딱 맞긴 하지만 그런 걸 매일 신을 수는 없으니까요. 그래서 평소에는 이걸 신어요."

자랑하려는 의도로 그렇게 말한 건 아니었겠지만 듣는 쪽은 어이가 없었다. 주문 제작 구두는 페라가모만큼이나 비싸다. 아키처럼 부모님 집에 살면서 월급을 모두 용돈으로 쓸 수 있는 사람만 있는 건 아니다. 부잣집 외동딸인 아키는 그런 비싼 구두쯤은 아무렇지도 않게 살 수 있겠지만 조금만 배려심이 있었다면 자랑처럼 들릴 만한 그런 말은 하지 않았을 것이다. 그날 이후 직원들 사이에서 아키의 별명은 '아가씨'가 되었다.

그리고 이 '아가씨'라는 별명에는 '저 사람은 특별하다'라는 의미도 담겨 있다. 원래 서점 내 여성 정규직은 리코뿐이었다. 여성 신입사원을 채용하는 일도 거의 없었다. 그런데 아키는 처음부터 정규직으로 입사했다. 그녀가 페가수스 서점과 거래하는 대형 문구업체 회장의 손녀이기 때문이다. 이 사실은 서점 직원 모두가 알고 있었고, 그래서 처음부터 그녀는 특별대우를 받았다. 입사 직후 본사 고위층에서 신입인 아키가 잘 적응하고 있는지 연락해 온 적도 있었다. 아키의 교육 담당자였던 리코는 복잡한 기분이었다. 자신은 아르바이트로 입사한 뒤 정규직이 되기까지 5년이 걸렸고 본사 직원들이 리코의 이름을 외우기까지는 또 몇 년이 걸렸었는지.

그래도 아키가 고분고분한 타입이었다면 그럭저럭 잘 지

낼 수 있었겠지만, 설령 상대가 상사일지라도 본인이 하고 싶은 말은 해야만 하는 성격인 데다가 아르바이트생들과는 반말을 하며 친구처럼 지내고, 출판사 직원들과도 필요 이상으로 허물없이 친하게 지낸다. 몇 번이나 주의를 줬지만 고쳐지지 않는다. 좀 더 옳고 그름을 분별하면서 행동하라고 말하고 싶다. 몇 안 되는 정직원이기 때문이다.

그런 아키가 결혼 후에도 서점에서 계속 근무할 생각이라고 말한 것은 조금 의외였다. 그 말을 듣자마자 "정말요?" 하고 되묻고 말았다. 서점에서 일하는 여직원 대부분은 결혼이나 출산을 계기로 일을 그만둔다. 서점 직원은 월급이 많지도 않고 장시간 근무에다 휴무도 불규칙하다. 더욱이 페가수스 서점에는 기혼 여성을 배려하는 제도도 없다. 상당한 각오 없이는 일과 가정을 병행하기 어렵다. 리코는 능력 있는 여직원들이 가정을 위해 일을 그만두는 모습을 너무나 많이 봐왔다. 속 편하게 사는 아키가 그렇게까지 각오를 다지면서 일을 계속할 것 같지 않았다. 직장 동료들과의 관계도 뒤틀려 있고 남편은 고액 연봉을 받고 있으니 굳이 일하지 않아도 될 테니 말이다.

"남편도 일이 바쁘다 보니 집에 늦게 오거든요. 일요일에 출근할 때도 많고요. 일이라도 하지 않으면 너무 한가해서 그게 더 고역일 것 같아요."

해맑게 아키가 말했다.

심심하니까 일하겠다는 말인가. 그래, 겨우 그 정도의 마음가짐이겠지.

리코는 까칠한 마음으로 생각했다. 싱글이라 일을 해야만 먹고살 수 있는 자신의 처지와는 전혀 다르다.

"그러니까 그 책은 4층에 있어요."

"하지만 우리 딸이 여기 3층에서 봤다고 했어요. 몇 번이나 확인했다고요."

어린 아르바이트생과 한 손님이 잡지 판매대 앞에서 실랑이를 벌이고 있다. 리코는 무슨 일인가 싶어 가까이 다가갔다.

"하지만 여기엔 문학 분야 도서와 잡지만 있어요. 펜글씨 책은 실용서니까 4층으로 가셔야 해요."

주부로 보이는 한 여성의 질문에 어린 남자 아르바이트생이 곤혹스러워하고 있었다. 이 손님은 얼굴이 낯설다. 아주 가끔씩 오거나 처음 온 손님일 것이다.

"무슨 일이신가요?"

리코가 상냥한 미소를 지으며 두 사람에게 말을 건넸다. 처음 온 손님이라면 나쁜 인상을 주지 않도록 더욱더 조심해야 한다.

그러나 손님 쪽이 아니라 아르바이트생이 리코에게 대답했다.

"저, 이분이 펜글씨 책을 찾고 있는데요. 그건 3층에 없다고 몇 번이나 말씀드렸는데 자꾸 아니라고 하셔서요."

"어제 TV에서 그 책을 봤어요. 내가 그 책을 살 거라고 했더니 우리 딸이 이 서점 3층에 있다고 알려줬어요. 틀림없다고요."

손님이 불만 섞인 목소리로 말했다. 아무래도 위층에 올라가는 게 귀찮은 듯하다. 이곳은 3층이 잡지와 문학 도서, 4층이 전문서, 5층이 만화책과 청소년 도서와 참고서로 층마다 분야가 나뉘어 있다. 사무실은 5층이다. 그러나 오래된 건물이라 에스컬레이터가 없다. 다른 층으로 이동하는 방법은 엘리베이터 혹은 계단을 이용해야 한다. 그건 이곳에서 일하는 서점 직원들조차 귀찮을 때가 많다.

"어떤 책인가요?" 리코는 손님과 눈을 맞추며 물었다.

"그러니까, 어제 TV에서 소개한 책이에요. 펜글씨로 고전문학을 따라 쓰는 책이라고 했던가."

그 말을 듣고 리코는 단박에 어떤 책인지 알아차렸다. 최근 TV에서 화제가 되는 책이라면 분명 그 책일 것이다. 고전문학의 문장을 펜으로 필사하는 시리즈이다.

리코가 손님에게 책 제목을 말하며 찾는 책이 맞는지 물었다.

“맞아요, 그거! 요즘 엄청 잘 팔리죠?”

손님이 기쁜 듯이 말했다.

“네, 그렇습니다! 그 책은 여기에 있어요. 이쪽으로 오시겠어요?”

리코는 계산대 앞 베스트셀러를 진열해 둔 평대까지 손님을 안내했다. 그 책은 평대 구석 모서리에 있었다. 재고가 얼마 안 남아 구석으로 옮겨놓은 것이다. 네다섯 권 정도 쌓아둔 책 더미에서 맨 위에 있는 책을 집어 손님에게 건넸다.

“고마워요.”

손님이 건네받은 책을 휙휙 넘겨본다. 그 얼굴에 옅은 만족감이 어렸다.

“이 책 맞네요.”

그렇게 말하고는 책을 도로 평대에 내려놓았다. 그러고는 가장 아래에 있는 책을 꺼냈다.

“이거 계산대로 가져가면 되죠?”

흠, 내가 드린 책도 아주 깨끗한데.

리코는 속으로 그렇게 생각했지만 미소를 유지한 채 감사하다고 인사했다. 손님이 자리를 떠나자 어린 아르바이트생이 죄송하다며 고개를 숙였다.

“죄송해요. 도와주신 덕분에 잘 해결됐네요.”

"손님이 하는 이야기는 제대로 들어야죠. 게다가 베스트 셀러 제목 정도는 기억해 두는 게 좋아요. 오늘 근무 끝나면 저한테 잠깐 오세요."

나중에 접객 지도를 해야겠다고 생각하며 다시 작업을 하러 돌아가려는데 이번에는 대학생 정도로 보이는 남자 손님이 말을 걸었다.

"저기, 여기에 라이트노벨은 없나요?"

"죄송합니다. 라이트노벨은 5층 만화책 코너 옆에 있어요."

"그래요? 니시오 이신*은 여기 3층에 있던데요."

"신서판 시리즈는 3층에 두지만, 문고본은 4층에 있습니다."**

"뭔가 이상하네요. 같이 두면 좋을 텐데."

남자 손님이 투덜거리며 계단 쪽으로 걸어갔다.

확실히 이상하다고 생각할 수도 있다. 최근에는 신서판 라인업도 다양해서 단순히 출판사명이나 시리즈명으로 구

• '이야기' 시리즈로 유명한 일본의 라이트노벨 작가이자 미스터리 소설가이자 만화가.

•• 문고본은 원 도서 출간 후 이를 작은 판형과 저렴한 종이로 다시 제작하여 출간한 것을 말한다. 신서판은 주로 일본에서 발달한 판형으로 문고본보다 세로가 좀 더 길며 가볍게 읽을 수 있는 내용의 책들이 대부분이다.

분하기에는 억지스러운 부분이 있는 게 사실이다. 카야타 스나코*의 책도 학문적인 딱딱한 내용이 담긴 책들 속에서 한 권만 따로 논다.

가만히 그런 생각을 하던 리코의 머리에 불쑥 스치는 단어가 있었다.

그 축의금은 어떻게 됐을까. 정말로 쓰지이 씨가 써버린 걸까? 오늘 아침에 아무 말도 없긴 했는데. 아까워. 이제 와 돌려달라고 말하기도 그렇고. 허세 부리지 말걸 그랬어.

그때 딩동, 하고 벨이 울렸다. 계산대에 손님이 몰렸으니 바쁘지 않은 직원은 와달라는 서점 직원들만의 신호였다.

리코는 생각을 멈추고 계산대 쪽으로 향했다. 어느 층이든 계단 근처에 계산대가 하나씩 있다. 계산대 앞에는 손님 대여섯 명이 줄을 서 있었다. 아침 이 시간대에는 조금 드문 일이다.

"안녕하세요."

리코는 인사하며 자연스럽게 카운터 안으로 들어가 계산을 하고 있는 아르바이트생 옆에 섰다. 그러고는 계산대에 놓인 문고본을 집어 들고 미소 지으며 말했다.

"북 커버를 씌워 드릴까요?"

---

* 일본의 라이트노벨 작가로 『델피니아 전기』로 200만 부 이상의 판매 기록을 세웠다.

3

신혼여행은 즐거웠다. 노부미쓰가 꼭 가고 싶다고 말해서 그곳으로 결정했지만 신혼여행지가 하와이라니 너무 뻔하다고 아키는 생각했다. 그러나 비행기 트랩에서 내린 순간부터 아키는 하와이의 개방감에 매료되었다. 기분 좋은 바람과 그 바람에 실려오는 달콤한 꽃향기, 리조트의 여유로움과 도시의 쾌적함이 위화감 없이 어우러지는 곳이었다. 하와이를 잘 아는 노부미쓰가 고른 최고급 호텔은 위치도 좋아서 와이키키의 번화한 중심가와도 가까웠다. 그러면서도 마치 다른 세계처럼 조용하고 객실 창문 너머로는 바다가 바로 내려다보였다. 호텔 서비스도 최고였다. 첫날부터 아키와 노부미쓰는 바닷가 산책은 물론, 쇼핑과 드라이브로 바쁘게 움직였다. 여행을 왔으니 잠자는 시간도 줄이며 놀러 다녀야 한다는 생각이 서로 잘 맞았다. 이런 성향이 맞지 않으면 서로 불편해지고 분위기도 험악해진다. 때로는 나리타 이혼*의 원인이 되기도 한다. 단둘이 해외여행을 온 건 이번이 처음이었는데 노부미쓰는 여행 메이트로서도 합격이라고 아키는 슬며시 생각했다.

타카히코였다면 어땠을까.

아키는 문득 그런 생각이 들었다. 미타 타카히코는 전 남자친구다. 결혼식 보이콧 소동의 원인이 되었던 사람. 타카히코는 그다지 활동적이지 않다.

"아키, 쇼핑하러 갈 거면 혼자 갔다 와. 나는 해변에서 책 읽으면서 기다릴게."

타카히코라면 분명 그렇게 말했을 것이다. 아키의 의사를 부정하지는 않지만, 그렇다고 억지로 맞추려고 하지도 않는다. 여섯 살이라는 나이 차 이상으로 타카히코는 어른스러운 사람이었다. 아키가 고집을 꺾지 않고 끝까지 주장하면 난처한 표정을 지으면서도 따라와 주었다. 때로는 그 얼굴이 보고 싶어서 일부러 억지를 부리기도 했다. 그가 가고 싶어 할 만한 곳이라면 보더스나 반스앤노블 같은 대형 서점일 것이다. 호놀룰루에도 대형 서점 몇 군데가 있다. 아키나 노부미쓰는 업무를 떠올리기 싫어서 일부러 들어가지

● 나리타 공항 도착 후 이혼한다는 말로, 신혼여행에서 돌아오자마자 이혼하는 것을 뜻하는 말이다.

않겠지만 타카히코였다면 업무에 참고하기 위해서 가 보고 싶다고 말했을 것이다. 커트 보니것은 원서로 읽는다고 말한 걸 보면 영어 원서도 좋아하는 것 같다.

그러고 보니 타카히코와 사귀었던 3년간 어딘가로 여행을 가거나 먼 곳으로 외출해본 적도 없다. 기껏해야 아쿠아리움이나 미술관 정도였다. 그래도 아키는 타카히코의 차분하고 어른스러움을 진심으로 좋아했었다.

미타 타카히코가 신경 쓰이기 시작한 건 창고에서 잡지를 반입하고 있을 때였다. 입사한 첫해였고 연말이 다가오던 시기였다. 그날은 여성지의 발매일이었다. 새해 특집호라며 거의 모든 잡지가 부수가 늘고 부록도 있었다. 반입 수량도 여느 때보다 많았다. 부피도 커지고 무거운 데다 부록을 끼워 넣는 작업도 성가셨다. 아키는 이런 시기에 잡지 반입 당번이 된 것이 그저 원망스러웠다. 이걸 전부 다 하려면 얼마나 많은 시간이 걸릴까. 그날의 당번도 여느 날처럼 세 명뿐이었다. 아키와 미타, 아르바이트생인 남자 대학생 하나가 전부였다.

“이렇게나 부록이 많은 거, 너무 싫어요.”

부록을 끼워 넣고 고무줄로 묶는 작업을 하면서 아키는 푸념했다. 마름모꼴로 한 번에 잘 묶이지 않아서 몇 번이나 다시 해야만 했다. 고무줄 위치를 바로잡으려고 이리저리

당기다가 그만 잡지 종이에 손가락이 베였다. 종이는 때로 흉기가 되기도 한다.

"아얏!"

아키가 저도 모르게 외쳤다.

"괜찮아요? 이거 붙여요."

미타는 그렇게 말하며 주머니에서 반창고를 꺼내주었다.

"고맙습니다."

아키는 건네받은 반창고를 손가락에 붙였다. 반창고 위로 피가 번지는 게 보였다. 한숨이 절로 나왔다. 서점에서 일하면서부터 손은 상처투성이가 되고 손끝은 거칠어졌다.

"이런 걸 기획하는 사람들은 서점 직원들이 수작업으로 잡지에 부록을 붙인다는 걸 알고 있을까요?"

아키가 그렇게 투덜거렸다. 잡지 크기보다 큰 부록, 10센티나 되는 두께의 박스형 부록은 특히나 귀찮다. 부록에 잡지가 덤으로 붙어 있는 게 아닌가 하는 생각이 든다.

"나는 이 작업이 싫지만은 않아요."

담담하게 작업을 하면서 미타가 말했다. 그는 4층 전문서 판매 담당이어서 여태껏 대화를 나눠본 적이 거의 없었다. 그러나 독서광에다 박학다식해서 점장과 부점장도 미타의 지식은 절대적으로 신뢰한다는 사실은 알고 있었다.

"네? 정말요?"

아키는 자신도 모르게 큰 소리를 냈다. 그 바람에 잡아당기던 고무줄이 끊어지면서 손에 튕기고 말았다.

"단행본의 경우 새 책이 나왔다는 걸 우리가 가장 먼저 알게 된다는 즐거움이라도 있지만 잡지는 매회 엇비슷한 내용이잖아요. 게다가 부록을 끼우는 귀찮은 작업도 해야 하고. 도대체 어떤 부분이 좋다는 거예요?"

궁금한 것은 그 자리에서 바로 물어보는 게 아키의 스타일이다. 부점장 같은 엄격한 사람이었다면 그게 우리가 해야 할 일이잖아요, 하고 분명 혼을 냈겠지만 미타라면 하찮은 질문에도 정성스레 대답해줄 것만 같은 기분이 들었다.

"이건 나만의 생각일 수도 있는데요. 어떤 잡지든 인쇄소에서 인쇄한 열기가 아직 남아 있을 때 도착하니까 날것 그대로랄까, 종이에 혼이 깃든 느낌이 들거든요."

"혼이요?"

"네. 아무도 만지지 않은 잡지는 생기가 없다는 느낌이 들어요. 너무 딱딱하달까, 왠지 사람이 다가오지 못하게 하는, 그저 인쇄한 종이가 겹겹이 쌓여 있을 뿐이라는 생각이 들어요."

"아, 네에."

아키는 맥 빠진 대답을 했다. 지금까지 그런 시선으로 잡지를 본 적이 없어서 잘 와닿지 않았다. 그러나 미타는 개의치 않고 말을 이었다.

"하지만 이렇게 고무줄로 묶거나 부록을 잡지 안에 끼워 넣으면 종이 뭉치가 점점 잡지가 되어 가는 느낌이 들어요. 잡지로서의 생명을 얻은 것 같은 기분이랄까."

"흐음, 재미있는 사고방식이네요."

살짝 놀리는 듯한 말투로 말했더니 미타는 쑥스러워하며 말을 이었다.

"단순한 인쇄물이 진정한 책이나 잡지가 되는 건 사람들에게 관심을 받거나 읽히기 때문이 아닐까 싶어요. 우리가 이렇게 한 권 한 권 만지면서 서점에 진열해야만 잡지는 진짜 잡지가 된달까. 그러니까 우리는 잡지에 생명을 불어넣는 작업을 하는 셈이죠. 그렇게 생각하면 이런 단순 작업도 의미가 있다는 기분이 들지 않아요?"

"미타 씨는 로맨티스트네요."

그렇게 말하면서 아키는 놀라움과 감동을 동시에 느꼈다. 이런 식으로 생각하는 사람도 있구나, 남들은 성가시게 여기는 작업에서 그런 의미를 찾아내다니 서점 직원으로서 일하는 걸 어지간히도 좋아하는구나, 하고 생각했다.

그날 이후 아키는 미타가 일하는 모습을 눈여겨보게 되었다. 정중한 고객 응대, 후배에게 친절한 모습, 책에 대한 깊고 폭넓은 조예, 그런 모습 하나하나가 아키를 감탄하게 만들었다. 업무뿐만 아니라 미타라는 사람 자체에 끌리고 있다는 사실을 알아차리는 데는 그리 오랜 시간이 걸리지 않았다. 서점 여직원들이 미타에 관해 이러쿵저러쿵 얘기할 때 가만히 있을 수 없는 자신을 깨달은 것이다.

"미타 씨를 좋아해요. 저랑 사귀어 주세요."

아키는 그렇게 먼저 고백했다. 미타는 갑작스러운 고백에 놀란 듯했으나 거절하지 않았다. 두 사람은 그렇게 사귀게 되었다. 아키는 밀당을 싫어하고 성격이 급한 편이라 남자가 먼저 고백하게 만들거나 고백받을 때까지 가만히 기다리지 않았다. 좋아하는 사람이 생기면 자신이 먼저 손을 내밀었다. 고백해서 거절당하면 거기까지라고 생각한다. 부모님의 직업 때문에 고등학교 시절을 캘리포니아에서 보낸 탓인지 아키에게는 미국식의 솔직한 인간관계가 몸에 배어 있기 때문이다.

하지만 미타와 사귀기 시작하자 주위의 시선이 미묘하게 바뀌었다. 미타의 팬이었던 여직원들이 질투하고 있다는 말을 한 남자 직원에게 듣고 나서야 겨우 그 원인을 알게 되었다. 계약직이지만 정규직보다 일을 더 잘하고 모두에게 친절한 미타는 여직원들 사이에서 인기가 많았다. 대놓고 괴롭히지는 않았지만 아키는 마미를 제외한 거의 모든 여직원과 얼마간의 거리가 생겼다. 그리고 반년 전에 미타와 헤어지고 지금의 남편인 오바타 노부미쓰와 사귀게 되자 그녀들과의 균열은 더욱더 깊어졌다. 꼭 필요한 게 아니면 아키에게 말을 걸지 않았으며 모임에도 부르지 않았다. 아키가 말을 걸려고 하면 노골적으로 피하기도 했다. 아키가 결혼한다는 것을 알고 나서부터는 훨씬 더 심해졌다. 실내화가 사라지는가 하면 회의 일정을 전달받지 못할 때도 많았고 오후 근무인 줄 알고 출근했는데 오전 근무여서 결국 지각하게 된 적도 있었다. 전날 갑자기 아키의 근무 시간이 오전으로 변경되었다는 사실을 아무도 알려 주지 않은 것이다.

"한심해."

아키는 그런 일을 당할 때마다 화가 나기보다는 어이가 없었다. 마치 초등학생 수준이다. 실내화에 압정을 넣어두는 것과 다를 게 없다. 너무 유치하다. 미타가 자신과 헤어져서 다시 솔로가 되었으니 지금이야말로 기회일 텐데, 미타가 좋다면 가까이 다가가서 사귀자고 하면 될 것을 왜 자신을 괴롭히는 걸까.

아키는 그런 것에 전혀 위축되지 않았다. 자신이 움츠러드는 것이야말로 모두가 바라는 바라고 생각했기 때문에 일부러 더 밝게 행동했다. 다행히 모두가 아키의 적은 아니었고 하기와라 마미와 남자 아르바이트생들은 아키의 편이었다. 결혼을 하고 나면 머지않아 괴롭힘도 사라질 거라고 안이하게 생각했는데 그렇지 않았다. 기세등등하게 지내던 아키였지만 결혼식에 관리직과 마미 외에는 아무도 오지 않아서 꽤 충격을 받았다.

왜 그렇게까지 하는 걸까. 내가 그렇게나 싫은가.

그런 생각에 빠져 있는데 옆에서 운전을 하던 노부미쓰가 말을 걸어 얼른 정신을 차렸다.

“아키, 지도 좀 봐 줄래? 여기서 우회전하면 되는 거지?”

“어, 잠깐만.”

서둘러 손에 들고 있던 지도를 펼쳤다. 렌터카를 빌려서 노스쇼어*까지 드라이브를 하던 중이었다. 두 사람은 와이키키에서 서쪽으로 향하고 있었는데 호놀룰루의 번화가를 빠져나오자 주변은 민가가 드문드문 보일 뿐 한적했다.

“맞아. 왼쪽은 공항으로 가는 길이니까 여기서는 우회전하면 돼.”

“응.”

“여기를 지나면 앞으로는 계속 외길인 모양이야.”

“알겠어.”

노부미쓰는 마치 더는 말하지 말라는 듯 오른손을 휘휘

---

* 오아후섬 남쪽에 있는 해안으로 서핑 장소로 유명하다.

내저었다. 노부미쓰는 핸들을 잡으면 의외로 신중해져서 운전 중에는 말수가 줄어든다. 옆에 사람을 태우면 긴장되기 때문이라고 했다. 게다가 오늘은 익숙하지 않은 왼쪽 핸들에 우측통행이라서 웬만하면 말을 걸지 말라고 신신당부까지 했다.* 그래서 말없이 앉아 있다 보니 하잘것없는 생각까지 하게 되었다.

"아키, 물 좀 꺼내 줄래?"

노부미쓰가 시선을 앞에 둔 채 말했다.

"응."

아키는 배낭을 열어 생수병을 찾았다.

이런, 지금은 노부미쓰와 드라이브 중인데, 쓸데없는 생각만 하다가 모처럼의 시간을 엉망으로 만들 뻔했어.

"있잖아, 돌 플랜테이션**에 도착하면 잠깐 쉬었다 가자."

아키는 노부미쓰에게 생수병을 건네면서 자신의 기분을 북돋우려는 듯 조용히 미소 지었다.

신혼여행지에서의 시간은 별 탈 없이 흘러갔다. 레스토랑에서 신혼여행 중이라고 말하니 샴페인과 케이크가 선물로

* 일본은 핸들이 오른쪽에 있고 좌측통행이다.
** 제임스 드러먼드 돌이 설립한 하와이 최초의 파인애플 농장.

나왔다. 크루즈에서는 댄서들이 신혼인 아키 부부의 테이블을 둘러싸고 축하해 주었다. 적극적인 노부미쓰는 자리에서 일어나 함께 훌라댄스를 춰서 주위 사람들에게 큰 박수를 받았다. 노부미쓰와는 사귄 기간도 짧았고 서로 바빴던 터라 단둘이 시간을 보내기가 어려웠다. 노부미쓰가 고수를 못 먹는다든가 정해진 브랜드 치약만 쓴다는 사실도 몰랐다. 그런 사소한 발견 하나하나가 아키에게는 신선했다.

그렇게 4박 6일 일정의 마지막 밤까지 업무 생각은 전혀 나지 않았다. 서점 일을 떠올린 것은 마지막 날 저녁 식사 자리에서였다. 두 사람은 야경이 보이는 로맨틱한 레스토랑에서 로브스터를 먹고 있었다.

야경 불빛을 돋보이게 하기 위해 레스토랑에서는 각 테이블 위에 올려진 촛불만 켜두었다. 살랑살랑 흔들리는 촛불이 낭만적인 분위기를 연출했다. 내 얼굴도 예뻐 보일까? 햇볕에 그을려서 메이크업이 좀 뜨긴 했지만 이렇게 어두우니 별로 티는 나지 않겠지, 하고 아키는 생각했다. 의상은 오늘 구매한 무무***다. 민소매에 복사뼈 아래까지 내려오는데 그 옷자락 끝에는 프릴이 잔뜩 달렸고 크림색 원단에 화려한 히비스커스꽃이 그려져 있다. 노부미쓰는 빈티지

<hr>

••• 하와이 전통의상으로 화려한 색채의 헐렁한 원피스.

가게에서 산 서프보드 무늬의 알로하 셔츠를 입었다. 키는 170센티가 조금 넘는 정도이지만 어렸을 때부터 수영을 했던 터라 어깨가 넓고 탄탄하다. 게다가 성격도 쾌활해서 알로하 셔츠의 밝은 분위기와 잘 어울린다. 누구에게나 우리는 잘 어울리는 커플로 보이겠지, 하는 생각이 들어 아키는 즐거웠다.

낮에 온종일 바다에서 실컷 놀아 피곤했는지 말없이 로브스터를 먹고 있던 노부미쓰가 문득 아키에게 말했다.

"나 아무래도 내일 공항에서 곧장 회사로 가야겠어."

"뭐? 정말?"

호놀룰루에서 출발하는 건 이른 아침이지만, 시차 때문에 일본에 도착하는 것도 오전이다. 그래서 두세 시쯤에는 출근이 가능하다.

"꼭 가야 해? 피곤하니까 하루쯤은 푹 쉬는 게 좋을 텐데."

아키가 실망한 목소리로 말했다. 귀국 후 이튿날부터는 자신도 출근해야 해서 휴가 마지막 날에는 집에서 노부미쓰랑 느긋하게 보내고 싶었기 때문이다.

"편집부 일이 어떻게 진행되고 있는지 궁금해서. 지금 나, 편집장 대리니까."

자랑스러운 듯 노부미쓰가 말했다. 그전까지는 남성 만

화 잡지에서 부편집장을 맡고 있었으나 아가치 나오의 히트작을 담당한 공적을 인정받아 편집장 대리로서 새로운 만화 잡지 창간을 책임지고 있다. 반년 후, 잡지 창간호가 나오면 편집장으로 승진할 것이다.

"어쩔 수 없지. 그럼 회사에 돌릴 선물은 기내용 캐리어에 넣어둬야겠다."

"응. 그러는 게 좋겠어."

"선물은 뭐 샀어?"

"니먼 마커스 백화점에서 초콜릿 포테이토칩. 그런 게 회사 직원들한테는 반응이 좋을 것 같아서. 그리고 상사에게는 술 선물."

"뭐, 그런 게 아무래도 무난하겠지."

"아키는?"

"일단 사기는 했는데, 서점 사람들을 떠올리면 우울해져. 여러 일이 있었으니까."

"신경 쓰지 마. 서점에 싱글들뿐이니까 부러워하는 거겠지. 이제 결혼식도 했으니 더는 그러지 않을 거야."

노부미쓰는 태평한 말투로 말하고는 지나가던 웨이터에게 맥주를 한 잔 더 주문했다.

"그렇지 않을걸. 다들 오래 마음에 담아두는 성격이야. 게다가 나, 부점장님에게 축의금을 돌려줘 버렸어."

아키는 손에 들고 있던 나이프와 포크의 움직임을 멈추고 말했다. 이제야 자신이 너무 지나쳤다는 생각이 들었다. 결혼식이어서 긴장하기도 했고 억지로 노래도 부르게 되어서 감정이 격양되어 있었다. 직장 상사이기도 하니 역시 자신이 먼저 사과해야겠다고 다짐했다.

"이미 엎질러진 물인데, 어쩔 수 없잖아."

노부미쓰는 눈을 내리깐 채 적당히 대답했다. 그저 접시 위의 로브스터를 써는 데 열중할 뿐이다.

"그렇지만 자꾸 떠올라. 심하다고 생각하지 않아? 다들 결혼식 청첩장에 답장도 보내지 않았다고."

"이제 그만해. 이미 끝난 일이잖아."

여전히 노부미쓰는 태연한 말투로 대답했다.

"휴가 끝나고 출근하려니 너무 우울해. 그래서 말인데."

부점장님에게 사과하는 게 좋을까? 하고 말하려는데 노부미쓰가 단호하게 말을 잘랐다.

"아키, 이제 그 얘기는 그만하자."

나이프도 멈춰 있다.

"지금은 하와이에서 보내는 마지막 밤이기도 한데 그런 이야기로 분위기를 깰 필요는 없잖아."

"그건 그렇지만……."

"나도 회사에서 짜증 나는 일 엄청 많아. 하지만 일일이 말하자면 끝도 없고 아키랑 단둘이 있을 때는 늘 즐거운 기분으로 있고 싶어. 그런 대수롭지 않은 얘기는 안 들었으면 좋겠어. 나까지 기분이 처진다고.”

“그것도 그렇네.”

아키는 마지못해 동의했다. 분명 이런 장소에서 어울리는 화제는 아니다. 하지만 고민이 되니까 노부미쓰에게 조언을 듣고 싶었던 것이다.

“앞으로 집에서는 회사 일에 대해 이야기하지 말자. 즐거운 일이라면 상관없지만, 복잡하거나 어두운 얘기는 금지. 그걸 우리 집 룰로 정하자.”

노부미쓰는 그렇게 말하고 천진하게 웃었다. 스스로 좋은 아이디어라며 만족하는 눈치다.

“우리 집…….”

왠지 현실감 없는 말이다. ‘우리’를 두고 하는 말이라고는 아직 느껴지지 않는다. 게다가 즐거운 일만 말하는 가족이라니, 어쩐지 억지스럽다. 아키는 내심 그렇게 생각했으나 입 밖으로 꺼내지는 않았다. 창 너머로는 야경 불빛이 여기저기서 반짝거리고 있었다. 경이로울 정도로 아름다운 야경이 이 레스토랑의 자랑거리였다. 조금 전까지만 해도 신혼여행 마지막 날에 어울리는 낭만적인 풍경이라고 생각했는데 갑자기 흔해 빠진 풍경으로 보이기 시작했다.

이 정도는 도쿄에서도 충분히 볼 수 있는데.

입속의 로브스터가 묘하게 퍼석거린다. 아키는 쓴 약을 삼키듯이 그걸 씹지 않고 그대로 샴페인과 함께 삼켜 버렸다.

4

　리코는 지하철에서 내려 A3 출구로 나왔다. 계단을 올라가 오른쪽으로 돌면 바로 구민회관 건물 입구가 나온다. 이미 밤 11시가 넘었다. 이 시간에는 당연히 입구가 잠겨 있다. 구민회관 앞에는 작은 화단과 벤치가 자리한 삼각형 모양의 작은 공간이 있다. 타일이 깔린 지면에는 모자이크로 꽃무늬가 그려져 있다. 공원이라고 하기에는 너무 협소하지만 자투리땅을 구민들이 만남의 장소로 활용할 수 있게 만들어 보겠다는 취지인 듯했다. 리코는 젖은 벤치를 손수건으로 닦아 낸 뒤 거기에 앉았다. 7월에 접어들었는데도 아직 장마가 완전히 끝나지 않았다. 오후 늦게까지 계속 비가 와서 그런지 그 시간에도 눅눅한 열기로 뒤덮여 있었다. 그래서 피부에 닿은 벤치의 서늘한 감촉에 기분이 좋아졌다. 거기에 앉아 있으면 지하철 출입구를 오가는 사람들을 한눈에 볼 수 있다. 이곳은 긴자에서 지하철로 10분이 채 안 걸린다. 옛날에는 촌스러운 목조가옥이나 공장뿐이었는데 재개발이 이루어지면서 이 부근에도 고급 아파트가 늘었다. 주위를 둘러보면 30층 넘는 고층 아파트가 몇 채나 보인다. 그래서인지 생각보다 많은 회사원이 지하철 계단을 올라왔다.

그가 집에 가려면 반드시 이곳을 지나야 한다. 몇 번인가 같이 걸었던 적이 있어서 잘 알고 있다. 마지막으로 이곳을 지나간 게 언제였더라. 그러고 보니 헤어지기 석 달 전부터 집으로 부르지 않았다. 이런저런 핑계를 대며 만나려고 하지 않았고 어쩌다 만나더라도 밖에서였다. 집에서 만나는 게 내키지 않는다, 차라리 호텔이 편하다며 입버릇처럼 말하던 사람이어서 크게 신경 쓰지 않았는데 돌이켜 보니 빨리 집에 가고 싶어했던 것 같다.

그때 좀 더 주의 깊게 관찰했더라면 좋았을 텐데. 하지만 그 당시에는 마음의 여유가 없었다. 서점도 바쁜 시기였고 집 수리 등으로 자잘하게 신경 쓸 일이 많았다.

그래서 끝까지 그에게 다른 여자가 있다는 사실을 전혀 눈치채지 못했다. 평소처럼 밥을 먹고 단골 바에서 가볍게 마시고 이제 호텔로 가려나? 하고 생각하고 있었는데 헤어지자는 이야기를 천천히 꺼냈다.

처음에는 그가 무슨 말을 하는지 잘 몰랐다. 들은 말을 이해할 수 없었다. 이해하는 것을 거부하고 있었는지도 모른다. 눈앞에 있는 남자가 맨 넥타이가 유난히 화려하네, 그런 생각만 멍하니 하고 있었다.

회사 부하직원과 관계를 가졌고 그녀가 임신했다, 그러니까 너와 더는 만날 수 없다, 헤어져 주면 좋겠다, 여자 쪽이 겨우 스물일곱 살이니 자신으로서는 결혼을 해서 그 책임을 지고 싶다, 요약하면 이런 내용이었다. 그걸 깨닫기까지 몇 분이 더 걸렸다.

"처음부터 그럴 생각은 없었어. 나보다 많이 어리고 부하 직원이기도 했으니까. 물론 너랑 만나고 있기도 했고. 하지만 그 애가 먼저 사귀자고……."

결국 양다리를 걸쳤고 리코는 버려진다는 내용이었다.

"너한테는 정말 미안하지만, 우리는 성인이고 결혼 얘기도 한 적이 없으니까……."

그의 말이 띄엄띄엄 들려왔다. 어쩜 저렇게 진부한 대사를 내뱉는 걸까. 마치 삼류 드라마 같았다. 적어도 좀 더 배려 있게 말해 주면 좋았을 텐데.

"임신했다는 말을 들었을 때는 머리끝이 쭈뼛할 만큼 놀랐는데…… 이게 마지막 기회일지도 모르고…… 역시 이 나이가 되면 자식을 갖고 싶다는 마음이 절실히……."

이게 마지막 기회일지도 모르겠다니. 나한테는 결혼에 한 번 실패해서 결혼은 질렸다느니 혼자가 편하다느니 몇 번이나 쐐기를 박듯 말했으면서.

그의 장황한 변명이 계속 이어졌다. 리코는 그의 말을 듣고 있지 않았다. 그 여자는 리코의 존재를 알았을까?

그러고 보니 지금 입고 있는 와이셔츠도 처음 보는 색이다. 게다가 세탁소에 맡긴 게 아니다. 깃도 빳빳하게 서 있지 않고 소맷부리에 다리미 자국이 엉성하게 남아 있다. 다림질이 서툰 사람이 다린 것이다.

거기까지 생각하고야 겨우 깨달았다.

아, 그 여자구나. 그 여자와 이미 같이 살고 있구나.

그 여자가 이 남자의 옷을 세탁하고 다림질한다. 자신의 존재감으로 남자를 감싼다. 마치 보호막이라도 치듯이.

'내 남자야, 다가오지 마.'

갑자기 그 여자의 존재가 생생하게 느껴져서 숨이 막히고 가슴이 조여들었다.

"끝내자는 거지?"

답답했던 나머지 그렇게 말을 내뱉었다. 이제 그 자리를 떠나고 싶었다.

"이해해 줄래?"

남자는 노골적으로 안심한 표정을 지었다. 미간에 세로

로 잡힌 주름이 펴지고 눈썹 끝이 내려갔다. 입가에는 희미하게 미소가 걸려 있다. 너무나도 당연한 반응이다. 이렇게나 평범한 남자였던가.

아니, 평범해서 좋아했었다. 서글서글하고 건강하고 속이 뻔히 보이는 남자. 이 나이가 되면 섬세한 남자는 골치 아플 뿐이다. 좌절도 굴절도 모르는 남자의 쾌활함이 좋았다. 자기가 하는 일에 만족하는 남자의 자신감도 마음에 들었다.

하지만 그런 남자는 때로는 너무나도 무신경한 데다 자신이 우위에 있다는 사실을 서슴없이 과시한다. 물론 알고는 있었지만.

"그래도 너랑은 업무상 관계가 지속될 테고, 좋은 친구로서 앞으로도…… 넌 능력 있는 사람이니까……."

남자는 온갖 구실을 갖다 댔다. 무슨 말을 더 해도 달라질 게 없는데. 자신의 마음은 이미 정해져 있고 리코에게는 통보하는 것뿐이면서.

그저 뒤탈 없이 자신이 미움받지 않고 끝나도록, 오직 그것만 바라는 주제에.

"그만 나가자."

남자의 말을 단호하게 자르며 리코가 말했다. 불과 석 달 전의 일이다.

“그런 남자는 잊어버려. 결국 어린 여자한테 당한 거나 마찬가지인데 그것도 깨닫지 못하는 멍청한 남자일 뿐이야.”

친구들은 모두 그렇게 말했다. 싱글인 중년의 친구들은 상처받은 리코를 다정하게 위로해 주었다.

“응, 그래야지.”

리코도 싱긋 웃어 보였다. 어른이니까 이까짓 일로 상처받지 않아. 남자와의 이별 따위 여러 번 경험해 봤고, 라면서 애써 담담한 척했다. 연애가 서툰 어린 여자도 아니고 실연 정도로 우울해하거나 상처받지 않는다.

하지만 친구들도 사실은 알고 있다. 더는 젊지 않은 우리에게 다음 연애가 그리 쉽게 찾아오지 않으리라는 것을. 어릴 때보다 남자 보는 눈도 까다로워졌고 자존심도 강하다. 그저 그런 남자는 싫다. 게다가 비슷한 나이의 남자들은 대개 가정이 있다. 이 나이에 불륜을 저지르고 싶지도 않다. 불륜은 결국 여자가 더 많은 상처를 받을 수밖에 없는 관계이다. 그 정도의 분별력은 있다. 그렇다고 어린 남자에게 돈을 쏟아붓는 것도 한심하다. 상대의 젊음에 밀리지 않을 자신도 없다.

이런 식으로 생각하면 남자에게 연애 감정을 품는 것 자체가 쉽지 않다.

그래서 이미 끝난 사랑에 매달려 있는 것일까.

이제 무슨 말을 해도 소용없다.

무슨 짓을 해도 소용없다.

남자의 마음은 돌아오지 않는다.

관계는 회복되지 않는다.

잘 알고 있다.

머리로는 이해하고 있지만, 산산조각 난 마음은 머리를 따라가지 못한다. 가슴이 아프다. 숨 쉬는 것도 힘들다. 이토록 그 남자를 좋아했다니, 하고 새삼스레 깨달았다.

딱 한 번만 더 만나고 싶다.

이대로 끝내는 건 너무 슬프고 참담하다.

그날 이후로 연락 한 통 없었다. 그에게는 이미 끝난 일일 것이다. 분명 만날 수 있을 거라 생각했던 결혼식에도 오지 않았다. 그가 참석할 것 같아 억지로 간 거였는데. 자신과 얼굴을 마주치는 것조차 싫은 걸까.

그래서 결국 이곳까지 오고 말았다. 약속도 하지 않았고 퇴근 시간도 불규칙하니까 만날 수 없을지도 모른다.

분명 어린 아내가 기다리고 있는 그 집에 일찍 들어갔을 것이다.

어쩌면 그게 더 나을 수도 있다. 마주치지 않는 편이 더 좋을 것이다.

만나게 되면 그를 원망하는 말을 하게 될 테고 그러면 더 비참한 감정을 맛보게 될 테니까.

하지만 비참한 감정을 느끼는 편이 차라리 나을 것 같았다. 어른스러운 척 깔끔하게 헤어지려고 하니까 미련이 남는다. 서로 욕을 퍼부으면서 진흙탕 싸움을 한다면 남자를 증오하며 다른 곳으로 향할 에너지가 생겨날지도 모른다. 지금 상태라면 리코 혼자만 헤어진 그날에 머물러 마음이 얼어붙은 채로 있을 수밖에 없다.

밤늦은 시간이라 그런지 지하철이 역에 도착했다는 걸 쉽게 알 수 있었다. 그때만 사람이 지하철 출입구에서 쏟아져 나오기 때문이다. 상행선에서는 몇몇 사람만 올라왔지만 하행선에서는 열 명 넘는 사람이 드문드문 나타났다. 벌써 그곳에 앉아 기다린 지도 한 시간이 넘었다. 기온도 꽤 내려갔다. 여름이지만 밤바람은 조금 쌀쌀하다. 게다가 자신이 타고 돌아갈 지하철도 곧 끊길 시간이다. 한 대만 더 기다려 보고 그걸로 끝내자, 그렇게 다짐하고 있는데 지하철이 도착했는지 사람들이 올라오고 있었다. 몇 명 되지 않는다. 저 사람이 마지막일까.

……거봐, 역시 없잖아. 이렇게 늦은 시간이라면 그는 지하철이 끊기지 않아도 택시를 타고 싶어 했다. 그러기 위해

서 도심에 사는 거라고 말하곤 했다. 월급을 많이 받으니까 그런 사치도 부릴 수 있구나, 하고 내심 생각했었다.

이제 됐어. 그만 돌아가자.

역시 그 남자와는 인연이 아니었던 거야.

그렇게 생각하며 벤치에서 일어나 치마에 묻은 먼지를 털어내고 지하철 입구로 향했다. 그렇게 계단을 내려가려던 찰나, 한 남자가 계단을 올라오고 있었다. 그 남자다. 리코는 숨을 들이쉬었다가 멍해졌다. 그 사람이다. 희끗해지기 시작한 정수리. 낯익은 트위드 수트.

고개를 숙이고 계단을 올라오던 남자가 인기척에 문득 얼굴을 들었다.

그는 리코와 정면으로 마주 보는 꼴이 되었다.

"헉!"

남자는 귀신이라도 본 것처럼 얼굴이 일그러지더니 외마디 소리와 함께 리코를 밀쳐냈다. 그러고는 남은 계단 몇 개를 큰 보폭으로 단숨에 뛰어 올라가 그대로 전속력으로 달아났다.

이제 곧 마흔다섯이 되는 남자라고는 생각할 수 없을 정도로 힘차게 내달렸다. 마치 토끼가 부리나케 달아나는 모습 같았다.

리코는 아득히 멀어지는 남자의 뒷모습을 신기한 광경이

라도 되는 듯 쳐다보았다. 남자가 밀치는 바람에 균형을 잃고 옆으로 쓰러져서 간신히 계단 난간만 꽉 붙들고 있었다. 남자의 모습이 모퉁이를 돌아 더는 보이지 않게 되었을 때 리코는 그제야 자세를 가다듬고 두 다리에 힘을 주면서 똑바로 일어섰다. 난간에서 손을 떼고 숨을 크게 들이쉬었다가 내뱉었다. 밀쳐지는 바람에 벽에 부딪힌 오른쪽 팔꿈치가 욱신거렸다. 멍들지 않아야 할 텐데.

그때, 무언가 차가운 것이 볼을 타고 흘렀다.

눈물이다. 눈물이 이렇게나 많이.

그렇게 생각한 순간 리코는 큰 소리로 울고 있었다.

5

“어, 죄송해요.”

휴가가 끝나고 서점에 출근해 문을 연 아키는 하마터면 미타 타카히코와 부딪힐 뻔했다. 미타는 사무실에서 나오는 중이었다. 그의 얼굴을 보자 아키는 가슴이 철렁했다.

“오늘부터 근무하는 거야?”

미타는 평소와 같은 온화한 말투로 말을 걸었다.

“네, 뭐.”

“많이 탔네. 하와이는 날씨 좋았어? 여긴 내내 비가 내렸거든.”

“네. 공항에 도착했더니 습기가 엄청나더라고요. 그대로 하와이로 유턴할까 생각했다니까요.”

평소처럼 농담을 주고받으며 아키는 내심 안도했다. 주변의 따가운 시선도 느껴졌다. 솔직히 부점장보다 미타와 얼굴을 마주하는 게 더 마음이 무거웠다. 관심도 없는 여직원들이야 자신을 어떻게 생각하든 아무렇지도 않았지만, 미타가 자신을 피하면 좀 괴로울 것 같았다.

"하지만 오늘부터 다시 파이팅할게요!"

아키는 한시름 놓았다. 좋은 징조일지도 모른다. 아키는 가벼운 발걸음으로 5층 사무실로 향했다.

"오래 자리를 비워서 죄송합니다."

그렇게 말하며 점장에게 신혼여행 선물로 산 초콜릿 상자를 건넸다. 고디바 초콜릿 종합 세트로, 사무실용과 아르바이트생들이 모이는 휴게실용까지 두 개를 샀다.

"신혼여행이니까 그렇게 신경 안 써도 되는데. 그래도 고맙게 받을게요."

점장은 싱긋 웃으며 초콜릿 상자를 건네받았다.

"하와이는 어땠나요? 제법 탄 것 같네요."

"네. 정말 최고였어요. 매일 바다에서 수영해서 그런지 많이 탔네요. 선크림을 챙겨 발랐는데도 말이죠."

그렇게 말하며 아키는 소매를 살짝 걷어 보였다.

"건강해 보여 좋군요. 여긴 계속 비가 내려서 매출도 별로였어요. 아, 히토쓰보시 출판사의 시바타 차장한테서 어제 전화 왔었어요. 결혼식에 참석 못 해서 미안하다고."

"일부러 전화 안 주셔도 되는데. 신경 써 주셔서 감사하네요.”

시바타 슌스케는 아키가 친하게 지내는 출판사 영업사원 중 한 명이다. 아키가 자기가 다니는 출판사의 직원과 결혼한다는 사실을 알고는 무척 반가워했지만 급하게 출장이 잡히는 바람에 결혼식에는 참석하지 못했다.

“오늘부터 출근한다고 했더니 다시 전화하겠다고 했어요.”

“그렇군요. 나중에 제가 전화해 볼게요.”

“그래요. 난 회의에 참석하러 본사에 가야 해요. 저기, 이거 모두에게 전해 주세요.”

점장은 옆에 있던 사원에게 아키의 신혼여행 선물인 초콜릿을 건넸다.

“오랜만이야.”

아키는 점장에게 인사를 마친 뒤, 자신의 담당인 5층 사무실로 갔다.

“아, 기타무라 씨, 아니 오바타 씨, 잘 다녀오셨어요?”

아르바이트생인 오노가 반갑게 인사해 주었다.

“오바타 씨가 돌아오기만을 기다리고 있었어요. 만화책이 엄청나게 쌓여서 여기에 더는 안 들어갈 지경이에요.”

“뭐? 그게 무슨 말이야?”

페가수스 서점 3층에는 널찍한 창고가 있다. 그곳에서

책을 분류하거나 잡지에 부록을 끼우는 작업을 한다. 일단 그곳에 책을 반입하고 각 층의 창고로 운반하는데 5층에 있는 창고는 1.5평 정도로 그리 넓지 않다. 그래서 일시적으로 책을 보관하거나 간단한 작업만 할 수 있다. 그런데 5층 창고 서가에 개봉하지 않은 책 더미가 넘쳐나고 있었다.

"이게 다 뭐야?"

"오바타 씨가 없는 동안에 도착한 주문 서적이에요. 잘 팔리는 신간은 어쩔 수 없이 제가 꺼내놨어요."

"어떻게 된 거지? 내가 마키하라 씨한테 정리해 달라고 부탁해 뒀었는데."

마키하라 미나코는 아르바이트생으로 만화책 코너를 함께 담당하고 있다. 유명 대학의 법학과에 재학 중인데 일주일에 나흘 정도 로테이션으로 근무한다.

"마키하라 씨는 과 합숙이 있어서 휴가를 냈어요."

"뭐? 언제부터? 난 못 들었는데?"

"지난주 목요일부터였나? 아키 씨가 신혼여행 간 다음 날부터요."

"언제까지?"

"저도 자세히는 몰라요. 하타케다 씨가 알고 있을 거예요."

"저 불렀어요?"

마침 하타케다 요시오가 창고에 얼굴을 내밀었다. 하타케다는 30대 후반에 싱글이다. 머리카락이 귀가 가려질 정도로 긴데 앞머리도 늘어뜨리면 볼에 닿을 정도다. 이 긴 앞머리를 7대 3 가르마를 타고 다닌다. 아키 눈에는 미용실에 몇 주는 안 간 것처럼 덥수룩해 보이지만 자기 나름대로 추구하는 스타일이 있다고 한다. 존경하는 애니메이션 감독의 헤어스타일이라나. 자신은 컴퓨터를 좋아해서 책장을 정리할 때보다 컴퓨터로 데이터를 살피는 게 더 잘 맞는다고 한다. 그래서 그런지 매장에 나와 있을 때보다 사무실에 있는 자기 책상에서 컴퓨터로 작업하는 시간이 훨씬 길다. 야망이 있는 건지 없는 건지 헷갈리는 하타케다는 현장 작업에 관해서는 일절 참견하지 않는다. 한마디로 같이 일하기 편한 직속 상사이다.

"마키하라 씨 휴가는 언제까지예요?"

"아마 다음 주까지일 거예요."

하타케다는 모두에게 존댓말을 쓴다.

"그럼 지난주부터 입고된 만화는 손도 안 대고 그대로 있는 거예요?"

"일단 주요 출판사 신간은 오노 씨랑 하기와라 씨가 진열해 줬어요. 대형 출판사 책도 여러 권 있어서요."

"야마네 씨는요?"

야마네 쇼코도 만화 담당 아르바이트생이다.

"야마네 씨는 지난주부터 문학 파트 행사를 돕고 있어서요. 3층에서 요청이 있었거든요. 게다가 만화책은 오바타 씨가 돌아오면 본인이 직접 할 테니 괜히 손대서 일을 만들지 말라는 말을 듣기도 했고요."

하, 그렇게 나오시겠다? 내가 없는 동안 만화책 업무를 잔뜩 쌓아두고 나 혼자 처리하게끔 할 속셈이었네.

마키하라도 야마네도 아키의 부하직원이지만 리코와 더 친하다. 야마네는 미타의 팬클럽 부장이라고 농담 삼아 말할 정도니까 반아키파의 유력한 멤버였다.

"야마네 씨야 애초에 기대도 하지 않았지만 마키하라 씨는 좀 더 책임감 있게 일을 할 줄 알았는데. 휴가를 쓴다는 말은 못 들었거든요."

자포자기하는 심정으로 말하자 하타케다가 황급히 선을 그었다.

"저는 아무것도 몰라요. 들은 대로 전했을 뿐이에요."

골치 아픈 일에 휘말리는 건 딱 질색이다, 라는 태도가 역력하다.

"죄송해요. 하타케다 씨를 탓하는 건 아니에요. 돌아오자마자 해야 할 일이 산더미처럼 쌓여 있어서 조금 힘이 빠진 것뿐이에요."

더럭 겁을 먹은 듯한 하타케다의 얼굴을 보고 아키는 농담 섞인 말투로 살짝 미소 지었다.

"아무리 그래도 이건 정말 너무하네요. 야마네 씨도 마키하라 씨도."

카트에 가득 실은 만화책에 비닐 래핑을 하면서 마미가 말했다. 페가수스 서점에서는 만화책은 신간이든 구간이든 고객들이 내용을 보지 못하게 비닐로 싸는 래핑 작업을 한다. 마미는 만화책 담당은 아니지만 같은 층에서 일하고 있어 짬이 날 때면 이렇게 래핑 작업을 도와준다. 마미가 래핑을 끝낸 책은 아키가 서가에 진열한다. 오늘은 카트 다섯 대 분량은 족히 되어서 마미의 도움이 반가웠다.

"뭐, 어쩔 수 없지. 어차피 이렇게 될 거라 예상했어."

BL 서가를 젊은 층 취향의 책들로 바꿔 보자는 이야기를 마키하라와 하면서 만화책을 대량으로 주문했더니 질릴 정도로 많은 책이 도착해 있었다. BL 서가는 마키하라의 담당이니까 당연히 본인이 정리할 거라고 생각했다. 설마 복귀하자마자 자신이 정리하게 될 줄은 꿈에도 몰랐던 터라 어떤 식으로 진열할지, 어떤 책을 반품할지 감이 잡히지 않았다.

'BL'은 '보이즈 러브Boys Love'의 약칭이다. 단어 뜻 그대로

소년끼리의 연애를 그린 창작물을 말한다. 젊은 여성을 주 독자층으로 삼는 만화 또는 소설 형식인데 주로 표지는 만화 그림 캐릭터가 그려진 문고본 형태로 출간된다. 페가수스 서점에서도 BL 소설은 라이트노벨의 아류로 분류해 라이트노벨 옆에 진열한다. 귀여운 표지와 달리 성적 행위를 노골적으로 묘사하는 책도 적지 않아서다. 다만 팬층의 연령대 폭이 의외로 넓어서 서점에도 BL을 좋아하는 여자들이 적지 않다. 마키하라나 마미도 BL 장르의 팬이다.

"음, 이 책은 꽤 오래전부터 있었으니까 이제 슬슬 반품해도 되겠어."

아키는 BL 도서 몇 권을 꺼내 카트 위에 올렸다.

"어, 이 책 반품하시게요? 안 돼요!"

아키를 지켜보고 있던 마미가 비명을 내지르듯이 말했다. 뒤쪽 책장에서 책을 고르고 있던 손님이 깜짝 놀라 뒤돌아보았다.

"가쓰라 네네는 지금 가장 뜨고 있는 작가예요. 『러브 머신』에 연재하고 있는 '혼자 보내지 마'가 인터넷에서도 엄청 인기 있다고요. 공sadist 역할인 남자 캐릭터가 독보적이기도 하고 올해 안에는 꼭 유명해질 거예요. 그러니까 가쓰라 네네는 반품하면 안 돼요."

마미가 거세게 항의했다.

“일단 알겠고 마미 씨, 지금 기계가 멈췄어.”

“앗, 큰일 났다.”

마미는 다급히 정지 버튼을 눌러 비닐 래핑 기계 앞쪽에 달린 손잡이를 내렸다. 그러자 만화책 서너 권이 한 덩어리로 래핑된 채 배출구로 튀어나왔다.

“죄송해요. 또 실수했네요.”

래핑은 그렇게 어려운 작업이 아니다. 만화책을 기계 안에 한 권씩 일정한 속도로 넣기만 하면 보통 막힐 일은 없다. 그런데 이런 간단한 작업에도 요령이 있는 사람과 없는 사람은 티가 난다. 마미는 래핑 작업을 할 때마다 꼭 한 번은 사고를 쳤다. 책이 한 덩어리로 래핑 되는 건 그나마 괜찮은데 어떨 때는 책 표지에 기계 자국을 남겨서 파본으로 만들 때도 있다. 파본이 되면 매장에서 판매할 수 없다. 신간이어도 그대로 반품해야만 한다.

“제대로 보면서 해.”

“죄송해요.”

마미는 BL을 좋아해서 동인지* 활동까지 하고 있다. 아르바이트 면접 때도 만화책이나 라이트노벨 코너에서 일하고 싶다면서 자기만의 BL론을 펼쳤다고 한다.

---

* 사상이나 취미 따위가 같은 사람들끼리 모여 만드는 잡지로, 일본에는 특정 분야 마니아들이 동인지를 만드는 문화가 있다.

"BL 코너를 좀 더 알차게 만들고 싶어요. BL은 힐링 문학이거든요."

마미에 의하면, 여학교 출신은 세상과 단절되어 있어서 성차별이나 불평등을 체감하기 어렵다고 한다. 그러다가 대학에 가거나 사회에 나오면 그제야 현실과 마주하게 되어 이제껏 몰랐던 여러 문제에 직면한다고. 연애에 있어서도 남녀 사이에 완전한 평등은 있을 수 없다는 사실에 낙심하게 되고, 그런 일상에 지쳤을 때 남자와 남자의 대등한 연애를 그린 BL을 읽으면 치유가 된다는 말이었다.

그런 마미를 점장은 흥미로워했다. 하지만 부점장인 리코에게는 미운털이 박혀서 만화책 판매 코너에 결원이 있었음에도 불구하고 마미는 참고서 판매 코너로 배정되었다.

취향이 강한 사람은 본인이 좋아하는 분야를 담당하지 않는 게 좋다, 라는 게 리코의 주장이었다. 그래도 포기가 안 되는지 마미는 종종 같은 층에 있는 만화책 코너에 놀러 오곤 했다. 그러면서 오늘처럼 자기 생각을 말하기도 한다. 아키는 만화책 코너 책임자여도 BL에는 아무 관심이 없어서 마미의 의견도 한 귀로 듣고 한 귀로 흘리지만, BL 팬인 마키하라는 선을 넘는 행동이라며 마미를 딱히 달가워하지 않았다. 아키는 잘 모르지만 아무래도 서로 책 취향에 차이가 있는 모양이다. 마키하라는 아키가 없는 데서 마미에게 담당도 아니면서 참견하지 말라며 한마디 쏘아붙인 적도 있다고 한다. 물론 맞는 말이긴 하지만 마미도 나쁜 의도로 그런 건 아닐 거라고 아키는 생각했다.

"그럼 마미 씨, 이 책장에서는 어떤 책을 반품하면 좋을까?"

아키가 마미에게 물었다. 마키하라가 없으니 지금은 마미의 지식에 기댈 수밖에 없다.

"잠깐만요."

마미는 래핑 기계를 멈추고 아키 옆으로 다가갔다.

"음,『하인에게 반항할 수 없다』시리즈는 이제 필요 없을 것 같아요. 전에는 인기가 있었는데 솔직히 말해서 요즘 시대랑은 안 맞거든요. 이것 보세요, 그림체가 좀 올드하잖아요."

표지를 들이밀며 보여 줬지만 뭐가 올드하다는 건지 아키는 알 수 없었다. BL 그림체는 다른 만화에 비해 캐릭터 얼굴이 길쭉한 느낌인데 또 어떤 만화는 극단적으로 동그랗다. 여러모로 공부도 하고는 있지만 BL에 흥미가 없는 아키가 트렌드를 구분하는 등 미묘한 차이를 알기는 어려웠다.

"이 책 말고는?"

"가만있자, 아마노 미키나 히로이 우미도 이젠 별로."

아키는 마미가 말한 책을 척척 꺼냈다. BL 장르에 애착이 없어서인지 주저하지도 않는다. 마미의 의견에 따라 책을 빼고 넣는 사이 산더미처럼 쌓여 있던 BL 만화책이 순식간에 정리되었다.

"고마워. 덕분에 도움이 많이 됐어."

"아니에요. 이런 일은 저도 재밌으니까 언제라도 불러주세요. 그럼 전 이만 돌아가 볼게요."

그때, 아키의 앞치마 주머니에 들어 있던 직원용 휴대전화가 울렸다.

"여보세요."

"오바타 씨, 히토쓰보시 출판사의 시바타 차장님한테서 전화가 와 있어요."

하타케다의 목소리였다. 사무실로 전화가 온 모양이다.

"감사합니다."

그렇게 대답하자 전화가 외선으로 연결되었다.

"여보세요, 시바타 씨?"

"기타무라 씨? 아, 오바타 씨라고 부르는 게 좋으려나?"

"뭐든 상관없으니 편하신 대로 부르세요."

시바타 슌스케는 대형 출판사 히토쓰보시의 영업부 차장이므로 서점 평사원인 아키와 친하게 어울릴 위치는 아니다. 그러나 아키가 입사했을 때부터 술자리 모임에 불러

주는가 하면 밥을 사주는 등 항상 챙겨주었다.

“결혼식에 참석 못 해서 미안해. 뜬금없이 출장이 잡히는 바람에 말이야. 오바타 씨한테도 면목이 없네.”

“아니에요, 신경 쓰지 마세요. 일이 우선이니까요.”

“그래서 말인데, 대신 결혼 축하 선물을 보냈어.”

“네? 어디로요?”

“집 주소를 몰라서 서점으로 보냈는데. 이상하네, 아직 못 받았어?”

“아, 제가 오늘부터 출근이라 아직 우편물 확인을 못 했어요. 아마 도착해 있을 거예요. 그보다도 정말 감사합니다. 여러모로 신경 써 주셔서.”

순간적으로 얼버무렸지만 아키는 불안한 예감이 들었다. 우편물은 출근하자마자 바로 확인했는데 택배는 도착한 게 없었다. 시바타와 얼마간 전화로 담소를 나눈 뒤 아키는 5층에 있는 사무실로 향했다.

우편물 두는 곳을 다시 확인했지만 역시나 없었다.

“저한테 택배가 하나 왔을 텐데, 아시는 분 없나요?”

아키는 사무실에 있던 사람들을 향해 물어봤지만 안다고 대답하는 사람은 아무도 없었다.

“휴게실에 있는 거 아닐까요?”

누군가가 그렇게 말해서 바로 옆에 있는 휴게실로 향했다.

이곳은 주로 아르바이트생들이 쉬는 장소다. 지금은 쉬는 시간 전이라 아무도 없다. 아키는 짐을 두는 구석진 곳을 대강 훑어보고 테이블 아래 선반을 들여다보았다. 몸을 일으키다 문득 휴지통에 눈길이 닿았는데 가슴이 덜컹 내려앉았다. 낯익은 상자가 버려져 있었다. 고디바의 황금색 종이상자다. 오늘 아침에 직원들 선물이라며 아키가 건넸던 신혼여행 선물. 휴지통에서 꺼내니 초콜릿이 후드득 떨어졌다. 초콜릿은 거의 손도 안 대고 그대로 휴지통에 버린 모양이다. 상자에는 '기타무라 씨로부터의 신혼여행 선물입니다'라는 메모가 그대로 붙어 있다.

"이건 너무 심하잖아!"

끝까지 자신을 괴롭히고 싶은 걸까. 아무리 그래도 너무 아깝다. 먹기 싫으면 안 먹으면 그만일 텐데.

초콜릿 상자를 도로 휴지통에 넣고 휴게실을 빠져나오는데 우연히 구마자와 히로미와 마주쳤다. 히로미는 30대 중반으로 4층 전문서 코너를 담당하는 아르바이트생이다. 결혼했기 때문에 환영회나 송별회를 제외하고는 회식에 참가하지 않는다. 여자들끼리 모여서 뒷담화하는 일도 거의 없다. 그래서 아키와도 리코와도 적당한 거리에서 좋은 관계를 유지하고 있다.

"어머, 기타무라 씨 오랜만이네. 여기는 어쩐 일이야?"

휴게실은 주로 아르바이트생이나 계약직 사원이 사용한다. 정사원은 이곳을 사용하지 않는다는 게 암묵적인 룰이다.

"뭐 좀 찾을 게 있어서요. 혹시 저한테 온 택배 못 보셨어요?"

"누가 보낸 건데?"

"히토쓰보시 출판사의 시바타 차장님이요. 서점으로 결혼 축하 선물을 보냈다고 하셨는데 안 보여서요."

"어머나, 누가 또 괴롭히는 거야? 정말 유치하다니까."

"아…… 구마자와 씨도 알고 계셨군요."

"그야 오자키 씨나 다른 직원들이 그렇게 큰 소리로 욕을 해대니 안 듣고 싶어도 귀에 들어오니까. 여러 일이 있었나 보던데?"

"네, 뭐. 시간이 지나면 괜찮아질 줄 알았는데."

아키가 한숨 섞인 목소리로 말하자 구마자와는 동정하듯 말했다.

"그러게. 뒷담화고 뭐고 너무 신경 쓰지 마."

"감사합니다. 근데 애써 보내 주신 축하 선물이 대체 어디로 간 걸까요?"

"아!"

구마자와는 외마디를 내뱉고는 입을 다물었다.

"왜 그러세요?"

"아니, 내 착각일 수도 있는데."

"그냥 편히 말씀해 주세요."

"어…… 내가 말했다는 건 비밀로 해 줘."

"물론이죠."

"오늘 아침에 부점장님이 택배 상자를 들고 뒤쪽 쓰레기장 근처에 있던 게 떠올라서. 부점장님은 청소 업무랑은 상관없는 사람이잖아. 왜 저런 곳에 계시지? 하고 의아했거든."

부점장은 청소 업무에서는 제외되어 있다. 그러니까 쓰레기장에 있었다는 건 확실히 이상하다.

"다른 사정이 있었다면 내가 괜한 말을 하는 거겠지만……."

"무슨 말씀인지 알아요. 일단 확인하러 가 볼게요."

아키는 서둘러 휴게실을 나섰다. 엘리베이터를 타고 1층으로 내려가 뒷문으로 들어갔다. 건물 뒤편에는 전체 층의 쓰레기를 두는 수거장이 있다. 밖으로 나오자마자 실외기의 열기가 훅 끼쳤다. 타는 쓰레기, 타지 않는 쓰레기 푯말이 달린 1미터쯤 되는 정사각형 콘크리트 블록으로 구분된 수거장 안을 들여다보았다. 두 군데 다 쓰레기가 담긴 비닐봉지 몇 개가 있을 뿐이다. 더 안쪽에는 대형 쓰레기를 두는 곳이 있다. 그런데 거기에 무언가 새하얀 상자 하나가 덩그러니 놓여 있었다. 가까이 다가가서 보니 유명 백화점 포장지를 조잡하게 휘감은 상자였다. 주소지 스티커가 붙어 있었는데 보내는 이는 '시바타 슌스케', 받는 이에는 아키의 이름이 적혀 있었다. 틀림없이 시바타 씨가 보내 준 결혼 선물이다. 상자를 들었더니 포장지가 스르륵 떨어졌다. 그러자 리본과 결혼 축하 메시지가 인쇄된 흰색 종이에 싸여 있는 붉은 상자가 드러났다. 바카라*였다. 상자 뚜껑을 열어 보니 심플한 형태의 크리스털 와인잔 두 개가 종이상자 안에 들어 있었다. 그런데 난폭하게 넣은 건지 와인잔을 지탱하는 종이 틀에서 떠 있었다. 아키는 와인잔을 꺼냈다.

"너무해."

와인잔 하나는 입을 대는 부분부터 아래쪽까지 금이 가 있다. 다른 하나는 바닥 부분이 깨졌다. 고의인지 사고인지 와인잔은 모두 깨져 있었다. 정작 자신에게는 도착도 하지 못하고 이런 곳에 버려져 있다니.

"누가 이런 짓을……."

아키는 떨리는 손으로 상자 구석에 남아 있던 유리 파편을 집어 들었다.

* 프랑스의 고급 크리스털 브랜드.

"적극 협력이야 했지만 제가 그렇게 대단한 일을 한 것도 아니고요. 요란하게 이름을 올릴 정도까지는……."

"그렇게 말씀하지 마시고, 저희 부장님도 꼭 니시오카 부점장님에게 코멘트를 받아 오라고 하셔서요."

"난감하네요. 제가 여태껏 그런 일을 하지 않았다는 건 알고 계시죠?"

문학 판매 코너에서 리코는 출판사 영업사원과 입씨름하고 있었다. 다다음 달에 출간되는 문고 신간의 홍보를 위해 리코의 코멘트를 대대적으로 활용하고 싶다는 게 영업사원의 요청이었다. 리코가 거절할 거라 예상했는지 오늘은 일부러 담당 편집자까지 동행했다.

최근에는 서점 직원이 인터뷰를 하거나 잡지나 신문에 책을 소개하는 기회가 많아졌다. 판매업 중에서 이렇게나 매스컴에 등장하는 횟수가 많은 업종은 아마 없지 않을까 싶을 정도이다. 리코도 친분 때문에 어쩔 수 없이 자주 인터뷰를 하긴 했지만 책 띠지나 홍보 문구에 자신의 코멘트를 싣는 일은 되도록 피해 왔다. 출판사와는 상부상조하는 관계다. 히트작이 나오면 출판사뿐만 아니라 서점에도 이득이 되기 때문에 가능한 한 협력한다. 마케팅 회의에도 기꺼이 참석하고 교정지를 읽고 의견을 들려 달라는 요청에도 본업에 지장이 없는 범위 내에서는 수락한다.

　그러나 홍보 문구에 자신의 이름이 나오는 것만큼은 사양하고 싶다. 자신은 서평가도 아니고 대단한 독서가도 아니다. 그저 서점 직원일 뿐이다. 책 한 권의 판매에 그렇게 큰 책임을 지고 싶지도 않고 자신의 이름이 이용되는 것도 내키지 않는다.

　"이 책이 문고본으로 나오게 된 건 부점장님의 추천이 있었기 때문이에요. 따지고 보면 이 책을 낳은 부모나 다름없다고요. 그러니까 앞장서서 응원해 주세요."

　담당 편집자도 옆에서 끼어들었다.

　"그렇게 말씀하시면 저도 좀 곤란한데요……."

　실제로 이 문고본이 출간되는 데 리코가 관여하지 않은 건 아니다. 리코가 추천했다고 말해도 거짓은 아니다. 다만 원래부터 그럴 의도는 아니었고 그저 헤어진 전 남자친구와 잡담을 나누다가 무심코 나온 말이었을 뿐이다.

　전 남자친구가 출판사 영업부에 있었으므로 같이 있을 때면 자연스레 책에 대한 이야기를 할 때가 많았다. 한번은 그가 부러움과 푸념이 섞인 말투로 당시 큰 화제가 된 문고본에 대해 말한 적이 있었다. 처음에 그 책은 청소년서 전문 출판사가 출간했는데 그것을 어느 대형 출판사가 문고본으로 다시 출간했다. 청소년 대상 도서로서는 히트작이었지만 성인 대상 문고로는 잘 팔리지 않을 거라는 예상을 뒤엎고 그 책은 엄청난 판매를 기록했다. 근래에 보기 드문 흥행작이 된 것이다.

"제대로 당했어. 하긴 D출판사가 출간한 책이었으니까."

그가 한탄한 이유는 자사의 문고본 판매가 저조하기 때문이다. 서적 전반에 걸쳐 매출이 떨어지는 추세였고 문고본도 예외는 아니었다.

"D출판사는 아동서 전문이니까 문학 담당 편집자들이 그런 책의 존재까지 다 알고 있기는 어렵겠네."

이런 이야기는 리코도 싫어하지 않는다. 그래서 자신도 모르게 이렇게 말했다.

"그런가 봐. 아동문학도 그렇지만 라이트노벨 출신 작가들도 히트작을 내고 있어. 편집자들도 도대체 어디서 작가가 나오는 건지 짐작도 할 수 없다고 토로하더라고. 특히 라이트노벨은 워낙 출간 종수가 많아서 일일이 다 체크할 수도 없고 말이야."

"어쩌면 20대 여직원들의 의견을 들어보는 게 도움이 될 수도 있어. 옷이라든가 음악이라든가 어떤 장르든 요즘 그 나이대 친구들의 감이 좋거든. 책도 그렇고."

"서점에서 일하는 어린 여직원들을 말하는 거야?"

"응. 이를테면『소설 클럽』을 읽을 만한 애들."

“『소설 클럽』이 뭐야?”

“말하자면 책을 좋아하는 여성을 위한 도서 추천 가이드북이라고 할 수 있는데, 타겟 독자층이 여자 오타쿠들이야.”

“여자 오타쿠?”

“보이즈 러브 같은 류의 책을 좋아하는 애들 말이야. 그 애들은 스스로를 ‘부녀자’*라고 하더라고.”

“아, BL. 하지만 그런 일부 마니아를 위한 책이 아니라 엄청나게 히트 칠 만한 책을 내고 싶은데.”

“어, 무시하면 안 돼. 그 애들은 힙한 책을 가려내는 감각이 발달해 있거든. 그 애들이 푸시하는 책들은 꽤 잘 팔려. 지금 인기를 끌고 있는 아사노 아쓰코라든가 미우라 시온도 처음에 푸시했던 건 BL 쪽 팬들이었어.”

“그래? 근데 그런 작가들은 BL이랑은 상관없지 않아?”

“맞아. 그러니까 그 애들한테는 완전 BL이 아니어도 상관없는 것 같아. 그런 분위기가 느껴지는 책이랄까. 오히려 대놓고 쓰지 않은 작품에 BL적인 요소를 발견하는 걸 더 좋아하기도 해. 게다가 단지 그런 분위기가 섞여 있다고 무조건 좋아하는 게 아니라 작품성도 좋은 책이어야 하고. 그

---

* 腐女子, BL 장르를 좋아하는 여성 오타쿠를 자학적으로 지칭하는 말이다.

애들은 그런 책을 발견하는 감각이 정말 독보적이야. 세상에 알려지고 유명해지는 건 그다음이지. 당신이 말한 그 문고본도 유명해지기 전에 이미 『소설 클럽』에서 특집으로 다뤘었어. 혹시 『소설 클럽』을 본 편집자가 그 문고를 기획한 거 아닐까?"

"흐음, 그럴지도."

보수적인 남자다 보니 BL은 반짝 유행하고 사라지는 가벼운 책으로만 여긴다. BL 팬층은 전혀 머릿속에 없었을 것이다. 하지만 책을 좋아하는 여성 중 몇 퍼센트는 확실히 그런 취향을 가진 사람이다. 그리고 한 장르만 파는 라이트노벨의 남성 팬과는 달리 그녀들은 BL 이외의 장르도 많이 읽는다는 차이점이 있다. 그녀들은 일반 문학 작품 속에서도 자신들의 편애 대상을 찾아내고 좋아한다. 작가가 의도한 문맥과 전혀 다른 문맥으로 책을 읽고 남성끼리의 우정을 뛰어넘는 애정을 멋대로 발견하면서 기뻐한다. 일부러 잘못 해석하면서 읽기 때문에 사실은 수준 높은 독서력이 필요하다. 이른바 문과 여자들의 수준 높은 놀이가 BL적 독서라고 할 수 있는 것이다.

"그래서 나도 신간을 둘 때 그 애들 의견을 참고하기도 해. 그러고 보니 최근에는 N출판사의 『언젠가 너의 목소리가 닿을 때까지』가 다들 굉장하다고 얘기해서 서점에 진열해 뒀거든. 그랬더니 정말로 반응이 좋아. 벌써 4권까지 나왔으니까 이것도 문고본으로 만들면 꽤 잘 팔릴 거야.”

“무슨 내용인데?”

“소년합창단에 관한 내용이야. 일본에서 프로로 활약하고 있는 아이들의 이야기인데, 정말 꼼꼼하게 자료 조사를 했더라고. 합창단 실정이 상세하게 쓰여 있어서 엄청 감탄하면서 읽었어. 게다가 보이 소프라노라는 게 노래할 수 있는 시기가 한정적이잖아? 그 덧없음에 열정을 쏟는 남자애들의 모습이 좋더라고. 캐릭터도 다 개성 있고. 주인공과 라이벌이 경쟁하면서 우정을 쌓는다는 대목은 조금 뻔한 설정이긴 하지만.”

리코는 BL 팬이 아니다. 하지만 소녀 만화를 읽으며 자란 세대여서 그런 장르에 끌리는 여자들의 마음도 모르지 않는다.

“그럼 편집자한테 얘기해볼까? N출판사라면 문고본 판권 확보도 쉬울 것 같고. 제목 다시 말해 줄래?”

그게 벌써 반년 전의 일이다. 그날 이후 리코는 이 대화를 완전히 잊고 지냈다. 단순한 잡담으로 여겼고 애초에 남자의 업무에 참견할 생각도 없었다.

그러나 남자는 정말로 편집자에게 그 책에 대해 말했

고, 이후 편집자가 책을 읽고 마음에 들어 실제로 N출판사에 연락을 취해 문고본 판권을 획득했다. 지금은 편집 작업이 끝나고 홍보를 준비하는 단계다. 라이벌 출판사가 비슷한 책으로 크게 성공했기 때문에 이번 책을 대대적으로 홍보하려는 듯했다. 문고본으로서는 이례적인 홍보비를 투자한다고 한다. 출판사 측은 문고본 띠지에 리코의 이름을 넣게 해달라고 했다. 그리고 문고본의 출간 경위에 대해 잡지에 소개하고 싶다며 인터뷰를 부탁한다고 영업사원은 요청했다.

"어쩌죠. 우리는 부점장님이 꼭 승낙해 줄 거라 믿고『빈티지』에 취재 요청도 다 끝낸 상황이거든요."

영업사원의 목소리에 리코는 현실감을 되찾았다.『빈티지』는 이 출판사의 메인 잡지다. 젊은 남성이 주로 읽는 그라비아 정보지인데 요즘같이 잡지가 잘 안 팔리는 시대에 50만 부 이상의 발행 부수를 자랑한다. 이런 잡지에 책 기사를 실으면 홍보에 대단히 효과적일 것이다.

"그렇게 말씀하셔도 저는 좀……."

"잠깐만요, 부점장님."

말하는 도중에 별안간 아키가 끼어들었다. 손에는 빨간 상자를 들고 있다.

"이 상황을 설명해 주시겠어요?"

그렇게 말하며 상자를 리코에게 내밀었다.

“지금 여기서 뭐 하자는 거예요?”

“여기건 저기건 그게 무슨 상관인가요?”

화가 나서 그런지 흥분해서인지 아키의 얼굴은 벌게져 있었다.

“그만해요. 하고 싶은 말이 있으면 나중에 듣죠.”

출판사 직원들 앞에서 서점 직원끼리 다투는 모습 따위 보이고 싶지 않았다. 아키의 경솔한 태도에 리코는 혀를 차고 싶은 심정이었다.

“지금 도망치시는 거예요?”

아키는 더욱더 말이 격해졌다. 흥분한 아키의 기세는 멈출 기미가 없었다.

“죄송해요. 이 얘기는 나중에 다시 해요.”

리코는 출판사 직원들에게 양해를 구했다. 여기서 말다툼하는 모습을 그들에게 더는 보이고 싶지 않았다.

“부점장님, 꼭 부탁합니다.”

“부탁드려요. 부디 협조해 주세요.”

영업사원과 편집자가 동시에 깊이 고개를 숙였다.

“알겠어요. 알겠으니까 나중에 다시 얘기해요.”

“감사합니다. 그럼 내일이라도 다시 구체적인 일정에 대해 말씀드리겠습니다.”

영업사원이 기뻐하며 활짝 웃었다. 어쩔 수 없이 리코는 책 홍보에 협조하게 된 것 같다. 그러나 지금은 눈앞의 아키를 어떻게든 해야 한다. 리코는 아키를 창고로 데리고 들어 갔다.

“부점장님이시죠? 이걸 이렇게 만든 거.”

아키가 빨간 상자를 열어 금이 간 와인잔을 리코에게 보였다.

“그게 무슨 말이에요?”

“부점장님이 아니라면 부점장님이 누군가에게 시켜서 이렇게 한 거 아닌가요? 신혼여행 선물로 사 온 초콜릿도 버리더니 이젠 제 결혼 선물까지 이렇게 엉망으로 만드는 건가요? 정말 최악이에요!”

“조용히 해요. 매장 안까지 들리겠어요.”

리코는 차분하게 말을 이었다.

“와인잔이 왜 그렇게 된 거죠? 그거 오바타 씨 거예요?”

리코의 말을 듣고 흥분한 아키도 기세가 한풀 꺾이는 눈치다. 리코는 고개를 갸우뚱하며 말했다.

“결혼 선물이 왜 그렇게 된 거죠? 어디에 뒀었는데요?”

“이건 히토쓰보시 출판사의 시바타 차장님이 서점으로 보내주신 거예요. 결혼식에 참석 못 해서 미안하다고 하면서요. 그런데 제가 받기도 전에 쓰레기장에 버려져 있었어요."

아키의 목소리는 조금 전보다 차분해졌다.

"그랬군요. 그런데 왜 내가 그걸 버렸다고 생각하는 거죠? 왜 내가 그런 짓을 했다고 생각하는 거예요?"

"그건…… 본 사람이 있어서예요. 부점장님이 상자를 들고 쓰레기장으로 갔다고 해서요."

"내가요? 아, 아침에 서점 문을 열기 전에 반입 장소 문제로 의논할 게 있어서 1층 관리실에 가긴 했지만 쓰레기장에는 안 갔어요."

"그럼 이 와인잔에 대해 모르신다는 건가요?"

"물론이에요."

아키가 잠자코 리코의 얼굴을 바라보았다. 리코도 눈길을 피하지 않고 아키를 마주 보았다.

"내가 그런 유치한 짓을 할 사람으로 보이나요? 만약 내가 그랬다면 좀 더 그럴싸하게 했을 거예요. 일부러 그런 식으로 증거를 남기지 않았을 거라고요. 상자째 절대로 찾을 수 없는 곳에 숨긴다든가. 그렇게 하는 게 안 들킬 테니까요."

"찾을 수 없는 곳이라니요?"

"이를테면 내 사물함이라든가. 그러면 절대로 찾을 수 없을 테고 사고인지 고의인지조차 알 수 없을 테니까요."

그 말을 듣고 아키는 생각에 잠기는 듯하다가 이내 반론했다.

"범인은 깬 와인잔을 일부러 방치해서 저에게 상처를 주고 싶었던 걸지도 모르죠."

"그럴 수도 있겠지만 범인의 의도를 내가 어떻게 알겠어요? 방금 한 이야기는 만약 내가 한다면 그렇게 하겠다는 말일 뿐이에요. 진실이 어떤지는 나도 모르죠."

그렇게 말하고 리코는 어깨를 으쓱했다. 아키는 납득이 된 것 같기도, 안 된 것 같기도 한 복잡한 표정을 지었다.

"게다가 나는 오바타 씨의 직장 상사예요. 마음만 먹으면 괴롭힐 방법은 얼마든지 있는데 어째서 그런 위험을 감수하겠어요? 애초에 내가 거기 있었다고 말한 게 누구죠?"

아키는 잠시 리코를 바라보다 입을 열었다.

"죄송합니다. 제가 착각한 것 같네요."

"증거도 없으면서 무턱대고 남을 의심하는 건 나쁜 버릇이에요."

"그건……."

"가장 나쁜 건 매장에서 그런 태도를 보인 거예요. 손님도 보고 계시고, 아까 그 출판사 직원들이 어떻게 생각하겠어요? 저 사람들 입이 얼마나 가벼운지 오바타 씨도 잘 알고 있잖아요."

아키는 아차, 하는 표정을 지었다. 자신이 조금 전에 어떤 실수를 저질렀는지 깨달은 모양이다. 아마도 이 이야기는 순식간에 퍼질 것이다.

"결혼 축하 선물이 망가진 건 유감이에요. 충격받은 것도 잘 알겠지만 어쨌든 오바타 씨는 서점 직원이니까 매장에서는 사적인 감정을 드러내지 말아주세요. 매장에서 그런 얼굴을 보인 건 정말 실수한 거예요."

"……죄송합니다."

아키는 시무룩한 표정으로 매장으로 돌아갔다.

아키가 사라지자 리코는 깊은 한숨을 토했다.

어색해 보이지는 않았겠지? 수긍했으려나?

1층에 있는 자신을 누가 봤을 거라고는 생각지도 못했다.

이렇게 된 이상 계속 시치미를 뗄 수밖에 없다.

어째서 그런 짓을 했을까. 아마도 발송인의 이름을 본 순간 평정심을 잃은 거겠지.

그 남자, 시바타 슌스케는 나를 밀쳐냈다. 마치 귀신이라도 본 것처럼. 인간은 놀라면 감정이 고스란히 행동으로 드러난다. 그가 자신을 어떻게 생각하는지 리코는 그제야 이해했다. 그 남자는 이제 리코의 얼굴도 더는 보고 싶지 않은 것이다. 그날 밤 깨달았다.

그런데 다음 날 오바타 아키 앞으로 도착한 택배 상자에서 시바타의 이름을 발견했다. 리코는 꼴도 보기 싫어하면서 아키에게 결혼 축하 선물을 보내다니.

도저히 그 택배 상자를 뜯지 않을 수 없었다. 리코는 몰래 상자를 들고 나가 아무도 없는 건물 뒤편에서 상자를 열었다. 스스로도 제정신이 아니라고 생각했지만 그 남자가 어떤 선물을 골랐는지 확인하고 싶었다. 상자의 형태와 크기가 아무래도 마음에 걸렸기 때문이다.

바카라 브랜드 특유의 빨간 상자였다.

드디어 상자를 열었다.

리코의 예상은 적중했다. 제발 아니기를 바랐지만 역시 그랬다.

커플 크리스털 와인잔.

그것은 시바타가 리코에게 첫 생일 선물로 준 것과 똑같았다. 바카라에도 여러 디자인이 있는데 왜 하필 이걸 골랐을까.

그때 큰 소리가 났다. 바람이 불어 열려 있던 문이 닫히는 소리였다. 갑작스러운 소리에 너무 놀란 나머지 리코는 손이 미끄러지고 말았다. 상자는 땅에 떨어졌고 그 충격으로 와인잔이 상자에서 튀어나왔다. 딱딱한 콘크리트 바닥에 부딪혀 연약한 유리잔은 허망하게 부서졌다.

등골이 오싹했다. 도대체 무슨 짓을 한 거지.

아연실색해 있는데 누군가가 엘리베이터를 타고 내려오는 듯한 기척이 들렸다. 와인잔은 쓰레기장에 둔 채 그대로 도망쳤다. 나중에 다시 와서 처리할 생각이었다.

리코는 한숨을 내쉬었다. 자신과 아키는 진절머리 날 정도로 악연인 게 분명하다는 생각이 들었다.

리코는 사무실 옆에 있는 탈의실로 가서 자신의 사물함을 열었다. 거기에는 점심시간에 회사를 잠깐 빠져나가 근처 백화점에서 사 온 바카라 와인잔이 있었다. 출판사 사람들에게 붙잡혀 있지만 않았어도 오후에 출근하는 아키가 오기 전에 되돌려 놓을 수 있었을 텐데.

하지만 이렇게 된 이상 이 와인잔을 건넬 수는 없다.

"마치 저주받은 것만 같아."

리코는 그 상자를 바라보면서 한숨만 푹 내쉬었다. 이로써 아키와의 관계는 걷잡을 수 없이 나빠질 거라고 생각하면서.

6

"정말 최악이야."

아키는 남편에게 하소연했다. 오늘은 노부미쓰가 오랜만에 일찍 귀가한 날이다. 잡지 창간 준비로 바빠서 노부미쓰가 자정이 되기 전에 집에 돌아오는 날은 드물었다. 평일 밤에 집에서 같이 저녁 먹는 게 얼마 만인지.

"니시오카 그 여자 때문에 오늘 하루가 엉망이었어."

아키는 요리를 하면서 투덜거렸다. 노부미쓰는 주방과 마주 바라보는 카운터 테이블에 앉아서 맥주를 마시고 있었다. 테이블에는 살라미와 직접 담근 피클, 퇴근하면서 산 카망베르 치즈가 놓여 있었다.

"니시오카 씨가 부점장이지? 아키가 축의금 돌려줬다는?"

"맞아. 설마 그걸 복수하려는 건가."

노부미쓰가 일찍 귀가할 줄 몰랐기 때문에 근사한 저녁 상은 차려 주지 못했다. 하지만 맥주를 마시기 시작했으니 식사는 간단하게 먹어도 괜찮을 것이다. 냉장고에 바질 소스가 있으니 파스타라도 할까? 하고 아키는 생각했다.

"본인은 아니라고 했다며?"

"응. 그런데 자기가 했다고 순순히 인정할 사람이 어딨겠어? 화도 안 내고 이상할 만큼 냉정한 태도가 오히려 의심스러워. 그거 깬 거 아무래도 그 여자가 맞는 것 같아."

아키는 툴툴대면서도 손은 바삐 움직였다. 아일랜드 식탁 상판과 노부미쓰가 앉아 있는 카운터 테이블의 높이는 같다. 대면식이라 홍보하면서도 싱크대가 보이지 않게끔 낮은 벽으로 구분하는 곳이 많은데 이곳 싱크대는 카운터 테이블과 일직선으로 연결되어 있다. 부엌을 무대 뒤쪽처럼 숨기는 게 아니라 주방의 중심으로 만들고 싶다는 게 디자이너의 의도라고 했다. 그래서 아일랜드 식탁 상판은 대리석이고 수도꼭지의 형태도 세련됐다. 파티할 때 요긴할 것 같은 주방의 사양이 마음에 들어서 아키는 이 고급 맨션을 사는 데 찬성했었다.

"어쨌거나 범인이 누구건 도를 넘었네. 남의 물건을 부수다니. 그건 직장 내 따돌림 아니야?"

"직장 내 따돌림."

듣고 보니 정말 그렇다. 지금까지는 좀 짓궂고 심술부리는 거라 여겼는데 돌이켜보니 따돌림이라고 하는 편이 더 정확한지도 모르겠다.

"그런 일이 계속되면 직장을 바꾸는 게 낫지 않아?"

"직장을 바꾼다고?"

아키는 깜짝 놀라 어리둥절해졌다. 그런 생각을 한 적은 단 한 번도 없었다.

"갑자기 서점을 그만둘 수는 없어. 게다가 나는 부모님 연줄로 여기 입사한 거나 다름없으니까 퇴사를 한다면 뭔가 그럴듯한 이유가 필요해."

"그럼 결혼해서 그만둔다고 하면 되잖아. 결혼은 직장을 그만두는 전통적인 이유 중 하나니까."

"무슨 소리야. 결혼하자마자 퇴사라니, 너무 꼴사납잖아. 게다가 그런 식으로 그만둔다면 부모님 얼굴에도 먹칠하는 거고 다른 서점에도 갈 수 없어."

"일이라면 얼마든지 있지 않아? 꼭 서점이 아니어도 되고. 아키는 어리니까 얼마든지 다시 시작할 수 있을 거야."

노부미쓰는 격려하는 듯한 말투로 말했다.

"그러긴 싫어. 난 서점에서 일하고 싶다고!"

아키가 큰 소리로 말했다. 서점이 아닌 곳에서 일하는 건 상상도 하기 싫다.

"어째서 서점에 집착하는 거야? 월급도 적고 어차피 아기가 생기면 계속 다니기 어렵잖아."

"난 내가 서점 직원인 게 좋아. 다른 일은 하고 싶지 않아."

"뭐? 정말?"

노부미쓰는 조금 놀란 듯했다. 아키가 그렇게까지 일에 집착하고 있을 줄은 몰랐기 때문이다. 그것도 서점 직원이라는 일에.

아키도 자기가 내뱉은 말에 스스로 놀랐다. 언제부터 이렇게 서점 일을 좋아하게 된 걸까.

학창 시절부터 접객업이나 판매업에 종사하고 싶다고 생각했었다. 사람 만나는 걸 좋아하는 데다 자신이 일한 성과가 바로 눈에 보이는 일이 좋았다. 온종일 책상에 앉아서 일하는 건 적성에 안 맞을 것 같았다. 판매업 중에서도 서점을 고른 이유는 단순히 책을 좋아해서였다. 게다가 부모님 덕분에 취직이 빨리 결정되기도 했다. 별다른 이유는 없었다.

그러나 실제로 일해 보니 생각했던 것 이상으로 서점 직원은 자신과 잘 맞았다. 책만큼 자주 다양한 종류의 신상품이 나오는 업종도 드물다. 매일 새로운 책이 도착하고 매출도 바뀐다. 뭐든 쉽게 질리는 자신에게는 딱 맞는 일이다.

게다가 매일 손님들의 반응도 알 수 있다. 매장에 조금만 신경 쓰면 금방 효과가 나타난다. 그것도 보람이 있었다.

"게다가 이왕 시작한 일이니 뭔가 결과를 내고 싶기도 해. 내가 담당하는 코너에서 흥행 도서를 배출하고 싶기도 하고."

지금 시대에는 인터넷의 영향으로 지방 변두리에 있어도 열심히 노력하는 서점은 금방 입소문이 나고 좋은 평도 받는다. 신문이나 잡지, TV 같은 미디어에 소개되는 일도 종종 있다.

이왕이면 자신도 그런 식으로 좋은 평을 받는 일을 하고 싶다. 이런 식으로 그만두는 건 애써 서점 직원이 된 의미가 없다.

"아키가 그렇게까지 서점 일에 집착하는 줄 몰랐어. 그러니 지금 당장 그만두라고는 안 하겠지만 아기가 생기면 그만둘 거지?"

노부미쓰는 조금 불안해 보였다.

"그건 나도 잘 모르겠어……."

아르바이트라면 몰라도 장시간 근무해야 하는 서점 일과 육아를 병행하기란 어렵다. 페가수스 서점의 정직원 중에 워킹맘은 한 명도 없을뿐더러 이제까지 출산휴가를 신청한 사람도 없었다. 아기가 생기면 어떻게 할지는 까마득한 미래의 얘기 같기만 해서 아직 진지하게 고민한 적은 없다.

"노부미쓰는 내가 일을 그만두고 전업주부가 됐으면 좋겠어?"

"앞으로 쭉 전업주부로 살라는 말은 아니고 아이가 어릴 때는 엄마가 옆에 있는 게 좋지 않을까?"

"전에는 결혼하더라도 일은 계속해도 좋다고 말했잖아."

노부미쓰는 자신의 일을 이해하고 인정해 준다고 생각했었다. 그래서 결혼해도 괜찮을 것 같다고 생각했는데, 아키는 조금 실망스러웠다.

"그야 아기가 생기기 전까지지. 지금은 내가 너무 바쁘니까 아키도 혼자 집에 있으면 심심하잖아. 잡지 창간이 가까워지면 난 지금보다 훨씬 더 바빠질 텐데."

아키는 입을 꾹 다물고 찬장에서 유리잔을 꺼내 자신이 마실 맥주를 잔에 따랐다. 가슴 한구석에 형언할 수 없는 응어리진 감정이 쌓이고 있었다. 물론 서점 일을 하면서 육아를 병행하기란 쉽지 않겠지만 전업주부가 되는 모습은 어쩐지 잘 와닿지 않았다. 집에서 얌전히 남편이 귀가하는 것만 기다리는 건 자신답지 않다.

아키는 맥주를 단숨에 들이켠 뒤 노부미쓰를 바라보았다.

"아이가 생겨도 난 일하고 싶어. 계속 서점 직원으로서 말이야."

이게 아키의 솔직한 심정이었다. 실제로 아이가 생기면 서점을 그만둘지도 모르지만 가능하다면 계속 서점에서 일하고 싶다.

"그건 힘들지 않을까? 지금도 오후에 출근하는 날에는 10시나 돼야 집에 오잖아. 나는 더 늦게 오기도 하고. 게다가 아키 월급으로 베이비시터를 고용하는 것도 어렵지 않아? 월급보다 더 많은 돈을 베이비시터에게 줘야 하니까. 그렇게까지 무리하면서 일해야 하는 것도 아니고 말이야."

말로 하지는 않았지만 '내가 더 많이 버니까'라는 뉘앙스가 담겨 있다. 분명 노부미쓰는 연봉이 많다. 처음 노부미쓰의 월급 명세서를 봤을 때 아키는 깜짝 놀랐다. 자신이 받는 월급의 두 배 이상이었다. 편집장이 되면 여기서 더 오른다고 한다. 그 말을 듣고 아키는 단박에 풀이 죽었다. 대형 출판사는 월급이 많다고 듣기는 했지만 이렇게나 자신과 차이가 날 줄은 몰랐다. 출판사와 서점은 둘 다 책을 다루는 일인데 이렇게나 연봉 차이가 크다니. 남편 월급이 많은 건 기쁜 일이지만 자신과의 차이를 생각하면 달갑지만은 않았다.

그리고 둘 다 일하고 있는데 월급이 더 많다고 본인이 더 위라는 듯이 행동하는 노부미쓰의 태도는 훨씬 더 달갑지 않았다.

“아이가 좀 커서 손이 덜 갈 때는 파트타임으로 다시 서점에서 일하면 되잖아. 원하는 시간대에 일할 수 있고 책임질 일도 줄어드니까 그게 더 좋지 않을까?”

“그럴 수도 있겠지. 근데 여자는 아이가 생기면 집에 있는 게 당연하다는 듯이 말하는 건 좀 이상해. 노부미쓰가 그렇게 보수적인 사람인 줄 몰랐어.”

“보수적인 게 아니라 현실이…….”

“게다가 노부미쓰는 일하는 내 모습을 보고 호감을 느낀 거 아니었어? 전에 그렇게 말했잖아. 직장을 다니는 건 나에게 당연한 일이야. 아이가 생기기 전까지 심심풀이로 다니는 게 아니라고.”

아키가 단호하게 딱 잘라 말하자 노부미쓰는 당황했다.

“그래, 아키 마음은 충분히 잘 알았어. 근데 아직 생기지도 않은 아기 때문에 싸우지는 말자.”

“하지만…….”

“무의미한 논쟁이잖아. 나는 아키가 혹시 직장을 다니는 게 괴롭다면 그만둬도 된다고 말한 것뿐이야. 아키를 배려해서 말한 거라고. 나는 그저 아키가 직장에서 괴롭힘을 당하는 걸 보고 싶지 않아서 그래. 어두운 얼굴로 있는 아키를 보고 싶지 않으니까.”

억지로 대화를 끝내려는 노부미쓰의 의도가 명백했지만 그렇게 말하면 아키도 입을 다물 수밖에 없다.

"그래, 내가 미안해."

아키는 그렇게 말했지만 기분이 홀가분하지 않았다. 노부미쓰의 본심을 알게 된 것 같은 기분이 들어서였다.

"이래서 내가 회사 일은 집에서 얘기하지 말자고 했던 거야."

노부미쓰는 투덜거리면서 맥주잔을 향해 손을 내밀었다. 벌써 네 잔째인가.

"아, 맞다. 그러고 보니 오늘 아가치 선생님이 메일을 보냈어."

거북한 분위기를 바꾸고 싶었는지 노부미쓰가 다른 화제를 꺼냈다.

"아가치 선생님이 왜?"

아키는 냄비에 불을 켜고 다시 맥주를 잔에 채웠다. 요리하면서 마셔도 실수할 일은 없다. 술은 꽤 센 편이다.

"결혼식에 참석 못 해서 미안하다고. 꼭 가고 싶었다면서 아쉬워했어."

"만화가니까 어쩔 수 없지. 마감 일정이 더 중요할 테니."

아가치 나오는 노부미쓰가 이전 잡지에서 담당했던 만화가다. 지금은 노부미쓰가 다른 잡지로 옮겨서 담당 편집자가 바뀌었지만 여전히 노부미쓰에게는 특별한 작가이다. 노부미쓰가 기획한 것 중에서 가장 인기를 끌었던 작품이 바로 아가치의 『플라이 하이!』라는 액션 코미디 만화다. 다른 출판사에서 데뷔는 했으나 두각을 드러내지 못한 채 정체된 아가치에게 노부미쓰가 먼저 연락해 연재하기 시작했다. 노부미쓰와 잘 맞았던 것인지 『플라이 하이!』는 눈 깜짝할 사이에 화제가 되었다. 자연스레 잡지의 간판 작가가 되었고 TV 만화로도 제작되어 단숨에 유명해졌다. 이번 노부미쓰의 승진도 아가치 만화의 공적이 크다. 그뿐만이 아니다. TV 만화를 제작한 기념으로 작년 가을에 페가수스 서점에서 사인회를 개최했는데, 노부미쓰는 담당 편집자로서 동행했다가 서점 직원인 아키를 만난 것이다. 즉 두 사람의 만남의 계기를 제공한 사람이기도 하다.

두 사람의 결혼이 결정되었을 때 아가치는 매우 기뻐하면서 자신이 큐피드였다며 업계 동료들에게 자랑했다. 당연히 결혼식에도 주빈으로 참가할 예정이었는데 결혼식 두 시간 전에 노부미쓰 핸드폰으로 전화가 걸려 왔다. 어떻게 해도 원고가 끝나지 않는다, 내일 아침까지는 꼭 마감해야 해서 결혼식에는 참석할 수 없게 되었다, 요약하면 이런 내용이었다. 마감해야 할 곳은 노부미쓰가 얼마 전까지 몸 담았던 만화 잡지였다. 와 달라고 보챌 수 있는 상황이 아니었다.

"아가치 선생님이 마감을 끝냈다면서 집들이 선물을 들고 우리 집에 오고 싶대. 아키, 시간 돼?"

"토요일이면 괜찮아. 노부미쓰야말로 시간 괜찮아?"

그렇게 말하면서 아키는 샐러드를 건넸다. 양상추와 양파, 오이 등 냉장고에 있던 채소를 섞은 거지만 드레싱은 직접 만들었다. 프렌치드레싱 정도는 금방 만들 수 있으니까.

"뭐, 이번 달은 시간 낼 수 있을 것 같아. 게다가 선생님이 축하해 주러 오시는 거니까."

"그럼 다른 사람들도 초대할까? 이왕이면 여러 명인 게 더 좋잖아."

"그래도 되겠네. 다케자키 선생님이랑 미와 세이나 씨도 아키 얼굴 보고 싶댔어. 내가 미인 아내를 얻었다고 아가치 선생님이 엄청 자랑했대."

"미인 아내? 내가?"

아키는 실소를 터뜨렸다. 미인 아내라니, 구시대적 발언 같은데.

"다들 여자와는 인연이 없으니까 내가 결혼한 게 어지간히도 부러운가 봐."

"그럼 그 기대에 부응하기 위해 한껏 치장해야겠네. 음식도 열심히 만들어 볼게. 미인에다 요리도 잘하는 아내처럼 보이도록 해 봐야겠어.”

아키는 일부러 장난스러운 말투로 말했다. 노부미쓰의 본심을 알게 되어 기분이 상했지만 지금 여기서 논쟁해 봐야 좋을 게 없다. 아이 문제는 다음에 생각하면 된다.

“어떤 음식을 준비하면 좋으려나. 이탈리안으로 할까? 아가치 선생님 파스타 좋아하셔?”

아키는 이미 머릿속으로 집들이 메뉴를 고민하기 시작했다.

“너무 신경 쓰지 마. 그 사람들은 뭘 먹어도 좋아할 테니까. 양만 푸짐하게 준비하면 돼. 여자가 만들어 준 음식을 먹는 것만으로도 분명 감동할 거야.”

“아냐, 제대로 만들어서 인기 없는 싱글 남자들이 노부미쓰를 한껏 부러워하도록 만들어 줄게.”

그렇게 말하고 아키는 환하게 웃었다. 노부미쓰와 어색해지는 건 싫다. 신혼이기도 하니까. 아키는 억지로라도 기분을 끌어올려 보려고 했다. 아이 문제는 앞으로 천천히 논의하면 된다. 아직은 먼 이야기니까.

아키는 답답한 기분을 애써 마음속 깊이 묻었다.

“다녀왔습니다.”

리코는 그렇게 말하며 현관문을 닫았다. 서점이 있는 JR

중앙선 기치조지역에서 네 정거장, 약 10분이면 무사시코가네이역에 도착한다. 역 앞 개발로 최근 새롭게 단장한 남쪽 출구로 나와 20분쯤 걸으면 강이 나오는데, 리코의 집은 1980년대에 개발된 주택가 한 모퉁이에 있다. 이 강 근처에는 서른 평쯤 되는 주택들이 밀집해 있다. 여기 주민들은 한창 일하는 시기인 3,40대에 일제히 이 동네로 이사 와서 아이를 키웠고 자녀가 독립한 뒤에도 계속 여기에 사는 사람들이 많다. 주민들 평균 연령은 60세가 넘을 것이다. 고령자가 많아서 그런지 활기가 없는 동네라고 리코는 생각했다.

좁은 현관에 아버지 신발이 아무렇게나 널브러져 있어서 가지런히 정돈했다. 오늘은 아버지가 잠깐 나갔다 오신 건지 현관 등이 켜져 있었다. 전구를 교체할 시기가 돼서 깜빡거리는 등 밑으로 날벌레 몇 마리가 날아다녔다.

전구 사 온다는 걸 또 깜빡했다. 오늘은 꼭 사 오겠다고 다짐했건만. 예전에는 아버지가 알아서 사 오셨는데.

현관 왼편에 있는 주방으로 들어갔다. 가스레인지 위에 올려져 있는 알루미늄 냄비 뚜껑을 열었다. 아침에 만들어 두었던 닭날개감자조림이 그대로 남아 있다. 여름철에는 음식이 금방 상하니까 먹고 남으면 냉장고에 넣어두라고 신신당부했는데. 리코는 냄비에 얼굴을 가까이 대고 코를 킁

큿거렸다. 아직 괜찮은 것 같다. 아버지는 닭고기를 별로 안 좋아해서 그런지 거의 손대지 않았다. 하지만 닭날개는 싸니까 경제적이다. 아버지 취향만 존중하며 살 수는 없다. 오늘은 좀 피곤하니까 이걸로 끼니를 때우는 수밖에. 그나저나 아버지는 벌써 주무시는 건가.

계단을 올라가 오른쪽 방을 들여다보았다. 오른쪽에 있는 다다미방이 아버지인 타쓰토의 방이다. 왼쪽 방은 어렸을 때부터 줄곧 리코가 쓰고 있다. 리코는 종이를 바른 미닫이문을 살며시 열었다.

아버지는 좌식 탁자에 엎드린 채 잠들어 있었다. 입을 반쯤 벌린 걸 보니 곤히 잠든 모양이다. 그러거나 말거나 TV 속 NHK 아나운서는 입을 뻐끔거리며 무어라 열심히 말하고 있다.

"아버지, 아버지."

리코는 아버지를 흔들어 깨웠다.

"여기서 주무시면 어떡해요. 감기 걸려요."

"으, 으응……."

아버지는 요즘 들어 자주 졸게 되었다. 3년 전 재취업했던 직장에서 은퇴한 후 집에서만 지내시는데 딱히 취미도 없고 사람을 즐겨 만나는 성격도 아니다 보니 그저 시간만 흘려보낸다. 어쩌다 기분이 내키면 좁디좁은 마당을 돌보기도 하지만 그것도 요즘은 영 귀찮은지 점점 활동반경이 줄어들고 있다. 집에서 한 발짝도 나가지 않고 종일 텔레비전만 보는 날이 더 많다. 이제 겨우 예순여덟인데 부쩍 늙은 것 같다. 탁자 위 재떨이에는 담배꽁초가 수북하다. 한가해서 그런지 최근에는 더 많이 피우는 듯하다.

"담배를 이렇게나 많이 피웠어요? 담배 피우면서 잠들면 위험하다고 내가 몇 번이나 말했잖아요."

리코는 넋두리를 늘어놓으며 재떨이를 정리했다.

"어, 왔니? 그래, 지금 몇 시나 됐냐?"

"벌써 11시예요. 이부자리 펼 테니까 편하게 주무세요."

"응, 그래. 그래야지."

리코는 텔레비전을 끄고 좌탁을 구석으로 밀어 넣은 뒤 요를 깔았다. 한여름이라 이불은 얇은 타월 시트다. 20년 넘게 사용한 거라 파란색이었던 것이 어느새 희끄무레하게 색이 바랬고 표면도 보풀이 터실터실 많이 일어났다. 새 걸로 바꾸고 싶지만 아버지가 완강하게 반대해서 그럴 수가 없다. 옛날부터 고집이 셌는데 나이가 들수록 더 심해졌다. 아주 사소한 변화도 싫어한다. 이 타월 시트도 아직 쓸 수 있다는 말만 반복한다. 리코가 예전에 몰래 버리려고 뒤쪽 창고에 넣어 두었는데 어떻게 알아챈 건지 어느샌가 원래 자리였던 수납장에 들어가 있었다.

“자, 얼른 양치하고 잠옷으로 갈아입어요.”

아이가 있다면 분명 이런 식으로 말했겠지. 아버지는 요즘 부쩍 양치하는 것도 귀찮아한다. 절반은 이미 틀니라서 이를 닦아도 의미가 없다나. 그 때문에 예전보다 입냄새가 심해진 것 같다. 그렇지 않아도 올올이 밴 담배 냄새가 거슬리는데 말이다.

“그래야지. 근데 좀 귀찮네.”

“그런 말 좀 하지 마요. 조금이라도 몸을 움직여야죠.”

계단 때문에 1층에 있는 화장실에 내려가는 게 아무래도 귀찮은 모양이다. 이제라도 2층에 화장실을 만들면 좋을 텐데 아버지는 분명 반대하겠지.

반년 전, 배리어 프리를 위해 집을 리모델링하는 경우 시에서 지원금을 받을 수 있다는 기사를 읽고 시청에 지원했었다. 지원금 신청을 하기 위해서는 넌더리 날 정도로 많은 서류가 필요했다. 전문업체에서 대략적인 견적을 상담받은 후 시청에서 허가가 난 터라 드디어 공사를 할 수 있겠구나 싶었는데 별안간 아버지가 반대했다. 아버지에게 자초지종을 일일이 보고했었고 별말이 없던 터라 찬성하는 줄 알았는데 웬걸, 공사 직전에 절대 안 된다고 고집을 피웠다.

“내가 지은 집이니까 내가 살아 있는 동안에는 아무것도 손대지 말고 그대로 뒀으면 좋겠구나.”

리코가 밤낮으로 설득하고 협박도 해보고 끝내는 눈물로 하소연했는데도 전혀 통하지 않았다. 대대적인 리모델링이 아니라 바닥이랑 벽만 조금 바꾸는 수준이라고 몇 번을 말해도 듣지 않았다.

"내가 죽고 나면 그땐 네 집이니 얼마든지 원하는 대로 바꿔도 좋아. 하지만 지금은 안 돼."

아버지는 이 말만 되풀이했다. 결국 리모델링 계획은 접을 수밖에 없었다. 아버지의 완강함은 정말이지 질릴 정도였다. 리코가 얼마나 많은 시간과 수고를 들여 신청했는지 과연 알고 있을까. 아버지를 위해서 자기 시간을 쪼개 이리 뛰고 저리 뛰었는데.

리코는 주방으로 내려와 닭날개감자조림을 데웠다. 밥솥은 텅텅 비어 있고 미소시루도 없었다. 혀를 차면서 냉동고를 열었다. 다행히 냉동식품인 구운 주먹밥이 두 개 남아 있었다. 오늘은 이걸로 충분하다. 혼자 먹는데 지금부터 요리하기도 번거롭다. 게다가 점심을 먹은 지 한참 지나서 그런지 이제는 배고픔도 잘 느껴지지 않았다.

테이블 위에 우편물 두 개가 올려져 있었다. 신용카드 회사에서 보낸 카드 명세서와 저가형 프랜차이즈 양복점의 세일 광고였다. 그걸 들여다보면서 리코는 느릿느릿한 동작으로 전자레인지에 주먹밥을 집어넣고 타이머를 맞췄다. 보리차를 꺼내려고 냉장고를 열었다가 먹다 남은 어묵을 발견했다. 유통기한을 확인하니 한 달이나 지난 거였다. 이건 이제 버려야겠다, 냉장고도 정리 좀 해야겠네, 청소 안 한 지 너무 오래됐어, 안쪽에는 뭐가 있는지도 모르겠네, 하고 생각했다.

식탁 의자에 앉으니 피로감이 몰려왔다. 발바닥에 울혈이 생겨 동상에 걸린 것처럼 아프고 가렵다. 서서 하는 일에 이제는 꽤 익숙해졌다고 생각했는데 오늘 같은 날은 유달리 피로가 무겁게 짓누른다.

자신이 행복하지 않으니까 행복해 보이는 사람이 눈에 거슬리는 거겠지. 오바타 아키를 싫어하는 건 그게 가장 큰 이유라는 걸 리코도 잘 안다.

행복하다는 걸 스스럼없이 드러내고 다니는 모습을 지켜보는 게 리코로서는 너무 괴롭다.

대체 왜 그녀는 일을 그만두지 않는 걸까. 돈이 궁한 것도 아닐 텐데. 신혼집으로 5천만 엔이나 하는 호화로운 맨션을 샀다는 소문도 들었다. 자신은 20년을 근무했어도 그런 큰돈은 만져 본 적도 없는데.

집세를 내는 게 아까워서 리코는 끝내 아버지의 집을 떠나지 못했다.

전자레인지는 요란한 소리를 내며 주먹밥 해동이 끝났음을 알려주었다. 그것을 꺼내 테이블로 옮겼다.

아키도 시바타에게 꽤 약삭빠르게 행동했다.

"연상이어도 상관없어요. 40대까지는 뭐, 얼마든지요."

속이 빤히 들여다보이는 빈말에도 시바타는 헤벌쭉 웃으며 좋아했다. 어린 여자가 중년의 남자를 유혹하기란 식은 죽 먹기다. 그러고 보니 시바타와 결혼한 여자도 아키와 동갑인 스물일곱이었는데. 무슨 수를 써서 그 남자가 넘어오게 한 걸까.

세상은 공평하지 않다. 요령 좋은 여자만 이득을 본다.

그건 그렇고 그 와인잔.

생각만 해도 화가 난다. 지하철역 입구에서 사색이 된 얼굴로 자신을 밀치고 도망쳤을 때보다 더 분했다.

왜 하필 그걸 선물했을까. 바카라에도 여러 종류가 있는데.

리코는 자리에서 벌떡 일어나 찬장 쪽으로 걸음을 옮겨 커플 와인잔을 꺼냈다. 어제 깨트린 것과 같은 디자인이다. 리코는 그걸 쥐고 잠시 가만히 있었다.

이것도 깨 버릴까. 헤어진 남자와의 추억이 깃든 물건을 그대로 두는 것 따위 무의미하다.

싱크대 앞에서 잔을 내동댕이치려고 번쩍 들어올린 그 순간, 리코는 그럴 수 없다는 사실을 깨달았다. 선물 받았을 때의 기쁨, 뭔가 쑥스러운 표정을 지었던 시바타의 모습이 아직 또렷하다. 스스로는 깨뜨릴 수 없다. 깨뜨릴 용기가 자신에게는 없다.

테이블에 와인잔을 도로 내려놓았다. 그리고 손을 뻗어 선반 위에 모아 둔 여러 상자 중에서 진한 빨간색 상자를 꺼냈다. 이 와인잔이 들어 있던 상자다. 상자도 예뻐서 차마 버리지 못하고 보관하고 있었다. 그 상자 안에 와인잔을 넣었다. 애지중지 써서 그런지 작은 흠집 하나 없다. 작은 한숨을 내쉬고 뚜껑을 닫았다.

마치 끝난 사랑에 뚜껑을 닫는 듯한 기분이 들었다. 그 상자를 소중히 안고 다용도실 쪽으로 갔다. 다용도실 옆에는 불연성 쓰레기를 넣는 폴리에틸렌 재질의 기다란 분리수거함이 있다. 거기에 천천히 상자를 넣고 뚜껑을 덮었다. 눈물이 쏟아질 것만 같았다.

다시 부엌으로 돌아오자 냄비 속 조림이 바글바글 끓고 있었다. 가스 불을 끄고 담을 그릇을 꺼내려다가 손을 멈췄다.

설거짓거리를 늘릴 필요는 없지. 어차피 볼 사람도 없는데. 분한 마음으로 리코는 그렇게 생각했다. 원래는 혼자서 밥을 먹더라도 수저 받침과 코스터까지 챙겨서 사용하지만 오늘은 평소와 다르게 행동하고 싶었다. 어쩐지 자신만 예의

를 지키며 사는 게 한심하다는 기분이 들었다. 다들 제멋대
로 살고 있으니까.

　냄비 받침 위에 바로 냄비를 올리고 그 앞에 앉았다. 그
대로 냄비에 젓가락을 집어넣고는 허겁지겁 감자를 먹었다.

7

"왜 안 된다는 거예요?"

아키는 한 손에 서류를 들고 리코에게 따졌다.

"안 되는 이유를 제대로 설명해 주세요."

"몇 번이나 말했잖아요. 그 기획은 우리 서점과 맞지 않는다고요. 우리 서점 고객층이 어떤지는 오바타 씨도 잘 알고 있잖아요. 오래된 서점이라 일부러 찾아와 주시는 손님이 대부분일뿐더러 그분들은 연령대도 소득 수준도 높은, 굳이 말하자면 보수적인 분들이라고요."

"그러니까 다른 고객층도 개척해야죠. 좀 더 젊은 고객층을 확보하기 위해서는 이런 기획도 필요하다고 생각해요."

아키가 손에 쥐고 있는 건 사인회 신청 서류였다. BL 내에서 최근 주목받고 있는 가쓰라 네네 만화가의 사인회를 기획했는데 BL 작가라는 이유만으로 부점장인 리코가 난

색을 보였다.

"그렇긴 해도 굳이 팬층이 한정적인 작가로 이벤트를 할 필요는 없어요. 이런 사람은 우리보다는 만화를 전문적으로 다루는 곳에서 하는 게 더 나을 테고요. 한다고 해도 좀 더 메이저급인 만화가가 좋을 것 같아요."

"그래도 이 작가는 요즘 인기가 엄청 많은 데다 사인회는 처음이에요. 무조건 손님이 많이 모일 거라고요."

이 지역에서는 페가수스 서점이 가장 큰 규모이긴 하지만 근처에 만화책 전문점이 있어서 만화책 판매량만큼은 크게 밀리고 있다. 그래서 그런지 이 근방에서 만화가가 사인회를 할 때는 대부분 그곳에서 한다. 아키는 그게 마음에 들지 않았다. 판매대의 면적만 두고 본다면 그렇게 차이가 날 리가 없기 때문이다.

"하타케다 씨, 이 작가 책의 매출은 얼마나 되나요?"

리코가 묻자 하타케다는 컴퓨터로 검색하기 시작했다.

"음, 권당 12만 부에서 15만 부쯤 되네요. 최근 들어 초판 부수를 늘리고 있는 걸 보니 인기가 있는 것 같기는 해요."

"만화 작가치고는 애매하네. BL 작가치고는 결코 큰 숫자도 아니고. 정말 손님이 많이 올까요?."

"그러게요. 이 정도라면 모객이 조금 어려울 수도 있겠는데요."

리코와 하타케다는 둘 다 부정적인 견해를 표했다. 아키도 데이터와 전례로 판단한다면 그다지 좋은 숫자가 아니라는 건 잘 알고 있다. 그런데도 굳이 사인회를 기획한 데는 나름의 이유가 있었다.

"물론 미래 투자이긴 해요. 하지만 그렇기 때문에 더 의미가 있는 거예요. 우리가 가장 빨리 이 작가에게 주목했다는 걸 어필하는 게 목적이니까요."

아키는 쉽사리 포기할 생각이 없었다. "이 서점은 꽤 잘 갖추어져 있네"라는 BL 팬의 목소리를 매장에서 곧잘 듣곤 한다. 그래서 그 강점을 더 철저히 살리고 싶다는 마음에 요즘은 일부러 BL 장르를 공부하는 중이다. 지금보다 더 다양한 책을 두고 싶다는 욕심도 있다. 그뿐만 아니라 신인 작가 가쓰라 네네의 사인회를 가장 먼저 기획한 'BL에 강한 서점'이라는 인식을 팬들에게 심어 주고 싶었다.

"의욕이 넘치는 건 좋지만, 이 작가로 사인회를 여는 건 시기상조 아닐까요? 손님이 안 모이면 그건 우리 서점뿐만 아니라 작가에게도 타격이 커요."

손님이 오지 않는 사인회만큼 처참한 건 없다. 서점도 사인회 준비로 지출한 경비와 인건비를 날리는 꼴이지만, 무엇보다 작가 본인이 큰 상처를 받는다. 물론 번호표 배부 상황을 보면서 사람이 많이 모이기 어렵다고 판단될 때는 사전에 출판사나 서점에서 사람을 준비하기도 한다. 때로는 서점 직원이 손님인 척 줄을 서는 일도 있다.

하지만 그렇게까지 해도 사람이 부족할 때가 있다. 사람 없는 책상 앞에서 홀로 쓸쓸히 앉아 있는 작가를 리코는 본 적이 있다. 10년도 더 된 일이다. 좋아하는 작가였고 리코가 기획했던 터라 더욱더 마음이 죄어들었다. 그날 이후 안이하게 사인회는 하지 않으리라 다짐했다.

"분명 많이 오실 거예요. 아니, 제가 꼭 모아 올게요."

아키는 물러서지 않았다. 이건 사인회 그 이상의 의미가 있다. 만화책 코너의 미래를 결정짓는 일이라 여기기 때문이다.

"게다가 만화책은 단가가 싸잖아요. 사인회에 쏟아부은 수고와 경비에 걸맞은 이익을 낼 수 있겠어요?"

서점에서 사인회를 기획하는 건 매출을 올리기 위해서다. 따라서 단가가 높은 단행본을 대상으로 하는 게 보편적이고 해당 도서 외에도 그에 관련된 도서 매출을 올릴 수 있도록 하는 것이 바람직하다. 만화책 단행본은 정가가 싸다 보니 그만큼 이익도 적다. 게다가 골수팬들이 있는 작가라면 이미 과거 작품을 소장하고 있는 경우가 많다. 그래서 작가의 다른 도서 매출도 크게 오르지 않는다는 걸 리코는 경험으로 알고 있다.

“출판사도 적극 협력하겠다고 말했고 책임지고 번호표를 배부하겠다고 했어요. 우리 서점에 폐 끼치는 일은 절대 없을 거예요.”

그러나 출판사가 사인회를 한다는 건 의미가 약간 다르다. 출판사 측에서 보면 사인회를 열어 한 점포 매출이 하루 오른다 쳐도 전체적으로 보면 미미한 숫자일 뿐이다. 가성비는 좋지 않다. 그보다는 사인회를 함으로써 해당 서점과 더 깊은 관계를 맺을 수 있다는 영업적 수단인 셈이다.

또 편집부 관점에서 본다면 작가를 향한 서비스 개념이기도 하다. 사인회는 팬과 직접 만날 수 있다는 이점도 있지만, 사인회를 할 만큼 본인이 인기 있는 작가임을 자각하는 계기가 되기도 한다. 그래서 작가의 의욕을 높이기 위해 기획하는 경우도 많다.

어쨌거나 그건 출판사 사정이다. 서점에서 굳이 나설 필요는 없다고 리코는 생각했다.

“사인회를 하기 위해서는 홍보도 해야 하지만 사인회 당일에는 직원이든 아르바이트생이든 평소보다 많은 인력이 필요해요. 작가에게는 사례비라고 하기에는 그렇지만 선물도 드려야 하니 그에 상응하는 이익이 나지 않는 한 의미가 없다고요. 만화책 가격이 560엔이라고 치면 서점 이익은 20%니까 112엔. 그게 100권 팔려 봐야 11,200엔밖에 안 돼요. 가성비가 너무 안 좋은 것 같지 않나요?”

아키는 쓴 약을 삼킨 사람처럼 입술을 깨물었다. 구체적인 숫자를 거론하면 도저히 이길 수 없다.

“오바타 씨 말처럼 장기적으로 봤을 때는 분명 의미가 있는 일이겠지만 딱 이 행사만 두고 봤을 때 적자라면 굳이 할 필요가 없겠죠. 더군다나 우리 서점이 재정적으로 여유가 있는 편도 아니고요. 우린 취미로 일하는 게 아니니까요.”

고개를 떨구고 있는 아키를 리코는 계속해서 다그친다.

“이 작가는 마니아층에게는 인기가 있겠죠. 그러니까 분명 멀리서도 찾아와 주실 거예요. 하지만 과연 그 사람들이 우리 서점을 또 찾아와 줄까요? 작가 사인만 받으면 그뿐이지 아마 재방문하지는 않을 거예요. 그런 사람들을 위해서 수고를 들일 거라면 차라리 평소에 우리 서점을 애용하는 단골손님들을 위한 행사를 여는 게 더 좋지 않겠어요?”

리코의 말이 맞으면 맞을수록 아키는 마음속에서 반발심이 생겼다. 이러니저러니 말해도 결국 사인회를 하지 않겠다는 변명으로 들릴 뿐이다.

“그런 식으로 말씀하시면 결국 새로운 시도는 아무것도 못 해요. 적자만 아니라면 도전해 볼 수 있는 거 아닌가요? 직원들 사기도 올라갈 테고요.”

“사기가 오른다고요?”

“그럼요. 작가를 직접 만날 기회가 좀처럼 없으니 다들 기대하고 있어요. 가쓰라 작가 팬인 직원도 있어서 자기도 사인 받아도 되냐며 묻기도 하고요.”

아키의 말에 리코는 불쑥 화가 치밀었다. 일하는 데 사적인 감정에 끌어들이는 것은 바람직하지 않다. 본인 취향보다 손님 취향을 우선시하는 것이야말로 프로 서점원의 모습이다. 그리고 프로 서점원이라는 사실이 리코에게는 가장 큰 자부심이다.

“미안하지만 그건 공사 구별을 못 하는 거예요. 직원들 취미를 위해서 서점이 행사를 기획하는 게 아니니까요. 그런 이유로 사인회를 열 수는 없어요.”

이번에는 아키가 화가 치밀었다. 한 번도 취미로 하겠다고 말한 적은 없다. 자신은 BL 팬도 아니다.

“직원들의 사기를 북돋우는 것도 서점이 해야 할 업무 중 하나 아닌가요? 대체 왜 안 된다는 거죠?”

“그건 그렇지만, 방식이 틀렸어요. 작가를 끌어들여서 본인들 취미 생활을 즐기는 건 누가 봐도 잘못된 거죠.”

“그런 식으로 생각한 적 없어요.”

“그래요?”

리코는 아키를 뚫어지게 쳐다보았다. 아키도 지지 않고 똑바로 리코를 응시했다.

“자자, 두 사람 다 진정하고.”

보다 못한 점장이 끼어들었다.

“니시오카 씨가 말한 것처럼 이 부수로 사인회를 여는 건 아무래도 무리예요. 사인회가 잘되지 않으면 출판사 쪽에도 미안하고.”

“하지만…….”

“절대 안 된다는 게 아니라 지금보다 조금만 더 이 작가가 잘 팔리게 되면 그때 다시 생각해 봅시다. 작가의 전망은 나쁘지 않은 것 같으니까.”

“그렇지만 지금이니까 팬이 모이는 거예요. 지금 해야 BL 팬 사이에서 엄청 소문이 돌 거라고요.”

“적당히 좀 해요. 실패하면 책임질 수 있어요?”

리코의 지적에 아키는 말을 멈췄다.

저런 말은 비겁하다고 생각한다. 책임에 대한 말을 꺼내면 평사원인 아키는 어쩔 도리가 없다.

한편 리코는 짜증이 났다. 결국 아키는 평사원이다. 매출을 책임지지 않아도 된다. 자기가 맡은 분야의 판매만 신경 쓰면 그만이다. 서점 전체적으로 봤을 때 지금 해야 하는 일, 그러니까 우선순위가 있다는 걸 모른다.

“책임질 것도 아니면서 하고 싶은 걸 다 할 수 있다고 생각하지 마세요.”

리코는 그렇게 내뱉고는 매장 쪽으로 나가 버렸다.

"뭐, 조금 더 인기가 생기면 그때 다시 생각해 보자고요."

점장은 그렇게 말하며 아키를 달랬다. 아키는 화가 나서 말도 나오지 않았다. 리코가 사라진 문 쪽을 그저 쏘아볼 뿐이었다.

"네? 또 안 된대요?"

계산대에 서 있던 마미가 노골적으로 실망한 목소리를 냈다. 옆에 있던 아키가 팔꿈치로 툭 쳤다. 직원들이 계산대에서 잡담을 하면 손님이 클레임을 걸 수도 있다. 계산대 앞에 서 있던 손님이 흘낏거리며 이쪽을 쳐다봐서 아키는 아무 말 없이 손님을 향해 여유로운 미소를 지었다. 거의 벗은 미소녀 일러스트가 그려진 만화책을 안고 있던 젊은 남자 손님은 쑥스러운 듯 외면했다.

"감사합니다."

남자 손님이 계산을 끝내고 물러나자 이제 계산대 앞은 텅 비었다. 막 오픈한 이 시간대에는 이따금 이런 틈이 생기기도 한다.

"정말이지 꽉 막혀서는, 아무것도 모른다니까."

주위에 사람이 없는 걸 확인한 후, 아키는 한숨을 쉬며 말했다.

서점에는 층마다 하나씩 계산대가 있는데 오늘은 아키와 마미, 신입인 나카무라 안나가 배정되었다. 안나는 마미 소개로 이번에 새로 들어온 아르바이트생으로 만화책 코너를 맡았다. 안나와 마미는 오래된 친구로, 이른바 BL 동료다. 마키하라 미나코가 대학교 합숙으로 휴가를 신청한 뒤로 취업에 집중하고 싶다며 거의 오지 않게 되는 바람에 급하게 채용했다.

"부점장님은 너무 예민한 거 같지 않아요? 혹시 갱년기인가?"

안나가 목소리를 죽이며 말했다. 본인이 어리다고 생각하는 자만이 내뱉을 수 있는 잔혹한 대사다. 본인도 그런 나이가 될 거라고는 전혀 생각하지 않는다.

"뭐 그럴지도."

아키도 심통이 나서 동의했다. 결혼식 때 일도 그렇고 와인잔 사건도 있어서 그런지 요즘 아키를 대하는 리코의 태도가 노골적으로 차가워졌다.

"정말 심술궂다니까요. 그 피오피(POP) 건도 그래요. 그렇게까지 하지 않아도 될 텐데."

마미도 동의했다. POP란 'point of purchase advertising'의 약자로 판매 촉진을 위해 서점에서 사용하는 광고 방식 중 하나이다. 홍보 배너나 포스터 같은 것도 넓은 의미로는

POP에 속하긴 하지만, 서점에서 POP라 하면 특정 책의 홍보 문구를 써서 책 옆에 장식하는 카드를 가리킨다. 이걸 달아두면 특정 책의 매출이 극적으로 상승하기도 한다. 특히 서점 직원이 손글씨로 쓴 POP는 매우 효과적이다. 이 손글씨 POP는 책이 잘 안 팔리는 요즘 같은 시대에 매출을 올리는 데 빼놓을 수 없는 필수 아이템이라 볼 수 있다.

"그건 정말 심했어요."

아르바이트를 시작하고 매사에 의욕이 넘쳤던 안나는 바로 그 주에 자기가 추천하는 만화책의 POP를 잔뜩 만들어 왔다. 시간 외 근무라서 아르바이트비도 나오지 않는데 열심히 만들어 온 안나의 열정에 감동하여 아키는 기쁜 마음으로 매장에 진열했다. 그런데 리코는 글씨가 지저분하다며 진열한 당일에 전부 치워 버렸다. 그 전까지 만화책 POP를 만들었던 마키하라는 직원 중에서 글씨를 가장 단정하게 썼고 센스도 좋았다. 그에 비하면 안나가 만든 POP는 아무래도 좀 엉성했다. 하지만 작품에 애정이 있는 만큼 열의가 고스란히 전달되었고 그건 그것대로 나쁘지 않다고 아키는 생각했다.

저 사람이 능력이 좋을진 몰라도 남을 배려할 줄은 몰라.

"어서 오세요."

한 손님이 책을 들고 계산대로 와서 아키는 기계적으로

미소 지으며 응대했다. 계산 후 손님이 떠나자 다시 얘기를 시작했다.

"저 여자, 애초에 POP를 별로 안 좋아해." 마미가 말했다.

"아, 정말?"

안나는 뜻밖이라는 표정을 지었다. 붐이라고 해도 될 정도로 요즘은 어느 서점을 가도 POP가 있는데 그걸 싫어하는 서점 직원이 있다는 게 믿기지 않는 눈치였다.

"그래서 문학 코너를 보면 POP가 거의 없지."

"듣고 보니 그렇네."

안나는 최근에 들어왔기 때문에 다른 층에 관해서는 아직 잘 모른다.

"출판사 사람이 만들어 온 걸 안 쓸 수는 없으니까 어쩔 수 없이 몇 개만 뒀을 뿐이야."

"되도록 POP는 두고 싶지 않나 봐. 그렇게 되면 POP 뒤에 있는 책이 눈에 안 띄게 되니까 방해가 된다는 게 저 여자의 주장이야."

아키는 그렇게 말하면서 카운터 아래 선반에서 북 커버용 포장지를 꺼냈다. 문고본에 바로 쌀 수 있도록 미리 접어두기 위해서다. 그 모습을 지켜보던 안나도 따라서 손을 움직였다. 마미도 보충 주문 전표를 정리하면서 대화를 이어나갔다.

“하지만 POP를 달아두면 확실히 잘 팔리잖아요. 게다가 신간이 이렇게나 매일 쏟아지니 어떤 책을 살지 망설이는 손님에게는 추천의 역할도 하고요.”

“저 여자 말에 따르면 과한 POP는 품위가 없다나 뭐라나.”

아키가 비꼬듯 말했다. 품위를 따져가면서 서점 운영을 할 수는 없다. 그러면 남자들끼리의 베드신이 가득한 BL 같은 건 이곳에서는 팔지 않는 편이 좋을 수도 있다.

“엄청 고리타분하네요. 요즘 서점 POP는 기본인데.”

“POP 없이 어떻게 추천 도서를 팔 생각일까요?”

마미와 안나도 분통이 터진다는 식으로 말했다. 그녀들의 주장도 충분히 이해가 갔다.

“게다가 가쓰라 네네의 사인회를 하고 싶어하는 건 우리의 취미 생활을 위해서가 아니냐며 몰아붙이더라고.”

“그야 뭐, 사실 그런 면도 있긴 하지만…….”

둘은 순순히 인정했다. 아키와 달리 마미와 안나는 가쓰라 네네의 팬이다. 작가를 만나고 싶어서 사인회를 개최하고 싶은 마음이 있는 것도 사실이다.

“그렇다고 그게 뭐가 잘못된 거죠?” 마미는 진지한 표정으로 말했다.

“서점 아르바이트는 시급도 싼데 그런 재미도 없으면 어떻게 버티겠어요, 안 그래요?”

아키는 정사원으로서 대놓고 동의할 수는 없었지만 그녀들의 말도 일리가 있다고 생각했다. 서점 직원은 아르바이트생이건 사원이건 월급이 넉넉한 편은 아니다. 월급 평균액은 다른 판매업과 비교해도 낮은 쪽에 속한다. 돈을 못 버는 만큼 다른 요소로 의욕을 끌어올리는 게 과연 그렇게 비난받을 일인가? 하는 일이 재미있으면 통장에 찍히는 액수보다 더 열심히 일할 테고 그러면 서점에도 플러스가 될 텐데.

"그러게. 저 여잔 도대체 뭐가 좋아서 서점 직원을 하는 걸까?"

아키가 말하자 안나도 동의했다.

"좀 더 즐기면서 일하면 좋을 텐데 말이에요."

"아, 시시해. 난 뭔가 좀 재미있는 일을 하고 싶은데."

"그러니까요."

"POP도 안 돼, 사인회도 안 돼, 그럼 대체 우리더러 뭘 하란 건지."

"다른 서점에서는 당연히 하는 것들이잖아요."

"우리도 뭔가 성대하게 기획해서 팔아 보고 싶은데."

"맞아요. 그럼 작가도 기뻐할 텐데."

"사인도 받고."

"잡지에 실릴지도 모르고."

마미와 안나가 황홀한 눈빛으로 말했다. 커버를 접던 아키의 손이 뚝 멈췄다.

"그런 것도 저 여자는 싫어하더라고. 서점 직원이 필요 이상으로 돋보이면 안 된다는 게 본인의 방침이니까."

아키가 신랄한 어조로 말했다.

"자기 생각을 다른 사람한테까지 강요하지 않았으면 좋겠어요."

"지금은 서점 직원이 책만 팔면 되는 시대가 아닌데 말이죠."

둘의 주장은 타당하다. 자신도 좀 더 적극적으로 판매하고 싶다고 생각했다.

"그런데 저 여자가 있는 동안은 안 될 수도 있겠어. 너무 올드하니까."

아키는 다 접은 북 커버를 선반에 넣으면서 숨을 토하듯 말했다.

8

"안녕하세요."

"이야, 리코, 어서 와. 오늘 비번이야?"

계산대에서 책을 읽던 나이 지긋한 책방 주인이 책에서 눈을 떼고 다정하게 미소 지었다. 즐겁게 나이를 먹어 생긴 주름 같았다. 20평쯤 되는 책방에 손님은 아무도 없었다.

"네. 아침부터 청소며 정리며 내내 집안일만 해서 잠깐 숨 좀 돌릴 겸 왔어요."

어제 아키와 말다툼을 요란하게 해서 그런지 마음이 뒤숭숭했다. 와인잔 사건 이후로 죄책감을 느끼고 있기 때문인지 아키와 다툰 것에 대한 피로감이 평소보다 훨씬 심했다. 그래서 기분 전환 겸 산책 삼아 이 책방을 찾았다.

"그나저나 리코도 꽤 열성적이네. 쉬는 날 정도는 책과 관련 없는 곳에 가면 좋을 텐데 일부러 이런 손바닥만 한 책방에 다 오고 말이야.”

리코가 온 곳은 ‘잇신도’라는 이름의 동네 책방이다. 집에서 도보로 10분 거리라 초등학생 때부터 즐겨 찾는 곳이다. 외동에다 부모님도 맞벌이였던 터라 어렸을 때부터 혼자 지낸 시간이 많아서 자연스레 책을 좋아하게 되었다. 부모님도 책값은 아낌없이 내주었기 때문에 이 책방에 거의 틀어박혀 있다시피 했었다.

“오랜만에 아저씨 얼굴이 보고 싶었거든요. 아, 벌써 오가와 요코 작가 신간도 들어왔네요. 우리 서점에서는 금방 품절돼 버려서 지금은 중쇄를 기다리는 중이에요.”

책방 주인의 이름은 시미즈이다. 하지만 리코는 어렸을 때부터 아저씨라고 불러서 이제 와 호칭을 바꿀 수는 없다.

“이 책을 사줄 것 같은 단골손님이 있어서 말이지. 착실히 진열해 둬야 해.”

“그럼 간다*에서 구했어요?”

“응. 우리 같은 작은 책방은 이런 인기 작가의 신간을 주문해도 잘 안 들어오니까.”

이 책방에 있는 책은 모두 주인이 출판사와 중개인, 그러니까 출판유통업체에 직접 주문해서 매입한 책들이다. 혹

---

* 간다는 도쿄 외곽에 있는 서민 지역을 말하는데, 특히 중고 서점 거리가 유명하다.

은 간다에 있는 도매점에 직접 사러 간다고 한다. 가만히 있어도 신물이 날 정도로 매일 신간이 도착하는 페가수스 서점과는 딴판이다.

"그럼 이건 제가 사도 될까요? 저도 사고 싶었는데 우리 서점에 들어오는 책은 아무래도 손님이 우선이라 아직 못 샀거든요."

"얼마든지. 이 책방에서 리코는 부점장이 아니라 단골손님이니까. 그 손님을 위해서는 또 매입하러 가면 되고."

"고마워요. 다른 책도 좀 봐도 돼요?"

"물론이지. 어차피 한가하고 다른 손님도 없으니까 천천히 봐."

우선 문학 분야 평대부터 봤다. 공간은 좁고 진열된 책 종류도 권수도 적지만 전부 다 신간이다. 내용이 너무 무겁지도 않으면서 그렇다고 흔해 빠진 베스트셀러만 있는 게 아니라 애서가들 사이에서 평이 좋은 책도 한두 권씩 구석에 섞여 있다. 훌륭한 큐레이팅이네, 하고 생각한다.

문학 분야 선반 안쪽에는 문고본과 신서판이 있다. 그렇다고는 해도 그렇게 큰 공간은 아니다. 평대가 달린 자그마한 책장이 서로 등지고 4열 정도 나열되어 있을 뿐이다. 페가수스 서점에는 거의 모든 출판사의 문고본 신간이 들어오는데 여기는 그렇지 않다. 모두 주인이 주문해서 들여놓

는다. 어렸을 때부터 쭉 이 책방을 애용했는데 그 사실을 깨
달은 건 자신이 서점에서 일하게 되면서부터였다.

"아저씨, 문고본도 직접 주문하세요?"

단행본이라면 몰라도 대형 출판사의 문고본이라면 가만
히 있어도 알아서 보내 주는 거라고 당시의 리코는 생각했
었다. 하지만 이 책방에는 대형 출판사의 문고본조차 신간
은 두세 종밖에 없다.

"그럼. 달리 누가 해 주겠니?"

"하지만 영업사원에게 부탁하면……."

"그것도 힘들지. 영업사원은 이런 작은 책방에는 오지도
않거든. 게다가 신간을 전부 들여놓는다 한들 다 팔지도 못
할 테고."

주인은 그렇게 말하고는 호탕하게 웃었다. 그 정도인가,
하고 생각한다. 페가수스 서점에는 대형 출판사부터 소규
모 출판사까지 영업사원이 매일 찾아온다. 바쁠 때는 짜증
이 날 정도다. 같은 도쿄에 있는 서점인데도 이렇게나 사정
이 다르다니.

하지만 어렸을 때 이 책방에 정기적으로 신간이 들어오
지 않는다는 사실을 전혀 몰랐던 건 자신이 업계 사정을 잘
몰랐기 때문만은 아니다. 리코가 읽고 싶어하는 신간은 항
상 주인이 들여놓았었기 때문이다. 리코는 이 사실을 나중

에야 깨달았다. 평대와 서가에 진열된 책은 주인이 고심해서 고른 책들이다. 다른 동네 책방들처럼 출판사가 만든 잘 팔리는 문고본 세트를 그대로 들이지도 않을뿐더러 한때는 화제였으나 지금은 눈길도 주지 않는 과거의 베스트셀러 같은 것은 한 권도 없다. 히가시노 게이고와 미야베 미유키, 사에키 야스히데, 아리카와 히로 같은 인기 작가의 화제작은 물론, 메이저급은 아니지만 책을 좋아하는 사람들 사이에서 평이 좋은 책도 착실히 진열해 두었다.

많지는 않지만 번역서도 있다. 그중에서 리코는 레베카 브라운*의『젊음의 끝The End of Youth』을 꺼냈다. 전부터 읽으려고 했지만 왠지 모르게 사지 않고 그냥 지나쳤던 책이다.

평소에는 아무래도 화제가 된 책을 먼저 고르게 된다. 서점 업무에서는 그런 책에 관한 지식이 필요하기 때문이다. 자신의 취향에 맞는 해외 번역서는 읽으려면 시간도 꽤 걸려서 어쩔 수 없이 뒤로 미루게 된다.

그러나 이곳에 오면 시간이 천천히 흐르는 느낌이 든다. 그래서인지 반짝 화제가 되고 금방 사라지는 베스트셀러보다 원래 자신이 좋아하고 평생 읽을 수 있는 책을 고르게 된다.

---

* 미국의 여성 소설가로, 자신이 레즈비언임을 공표했으며 동성애를 주제로 한 작품이 많다.

“이것도 주세요.”

리코가 그 문고본을 계산대에 가져가자 주인이 빙그레 웃었다.

“구매해 주셔서 감사합니다, 손님! 실은 이 책, 리코가 사주면 좋겠다고 생각하고 있었어.”

“정말요?”

“전에 이 작가의 『육체의 선물The Gifts of the Body』을 무척이나 칭찬했잖아. 그러니까 이 책도 읽고 싶어하지 않을까, 생각했거든.”

“그런 걸 다 기억하고 계셨네요.”

자신이 그런 말을 했던가? 분명 그 책을 읽었을 때는 감동했지만 그건 벌써 몇 년이나 지난 일이다.

“뭐, 직업병이지. 물론 리코는 자기 서점에서 살 때도 많으니까 사줄지 어떨지 확신은 안 섰지만 일단 놔둬야겠다고 생각했어.”

“그런 식으로 손님들마다의 취향을 일일이 고려하면서 매입하는 거예요?”

“응. 우리 책방에 있는 책은 모두 손님들을 떠올리며 고른 책들이야. 이 책은 누구 씨 취향, 그 옆은 누구 씨 취향, 이렇게.”

“아저씨, 역시 대단하시네요. 저는 그렇게까지 마음 쓰면서 세심하게 일하진 못해요. 물론 책을 서가에 진열할 때 이 책은 그 손님이 좋아할 것 같다고 생각할 때도 있기는 하지만요."

"아무래도 그렇겠지. 리코 쪽은 우리보다 몇 배나 많은 손님이 오니까. 배달이 메인이면서 이웃 주민을 상대로 장사하는 우리 책방과는 차원이 다르지."

확실히 이 책방은 역에서 제법 떨어져 있고 근처에 오래된 상점가와 작은 슈퍼마켓이 있으니까 장 보러 온 김에 겸사겸사 들르는 사람도 있겠지만 단골손님 외에는 여기에 책방이 있다는 것조차 모를 것이다.

"그래도 부러워요. 저도 아저씨처럼 일해 보고 싶네요."

반은 빈말이고 반은 진심이었다. 접객업의 정석은 이 책방 같은 방식일 것이다. 판매하는 쪽에서 손님에게 상품 구매를 밀어붙이는 게 아니라 손님 취향을 파악한 뒤 그 사람에게 가장 적합한 상품이 전달되도록 하는 것, 그게 이상적이다. 손님 또한 그만큼 특별대우를 받는 것이니 분명 기쁠 테고.

바쁜 시간대가 되면 계산대 업무만 처리하기에도 벅찬 페가수스 서점 같은 곳에서는 따라 할 엄두도 나지 않는다.

"대형 서점의 부점장님이 별소릴 다 하는구나. 우리는 장사가 안 돼서 발등에 불이 떨어진 상태야. 그나마 가지고 있던 땅에 책방을 지어서 월세도 안 나가고 가족끼리 하니까 그나마 버티는 거지. 나는 오히려 몇백 평이나 되는 서점을 한 번쯤 운영해 보고 싶어. 그러면 베스트셀러든 뭐든 매장에 척척 둘 수 있을 테고 내가 좋아하는 분야의 책도 몇 권쯤은 둘 수 있을 테니까.”

“아저씨가 좋아하는 분야요? 어떤 책을 두고 싶으신데요?”

“그야 당연히 기차 책이지.”

“아, 맞다. 아저씨, 기차 좋아하시죠.”

아저씨는 책방 곳곳에 은근슬쩍 기차 사진을 놓아두었다. 아저씨가 직접 찍은 사진이다. 계산대 옆에도 모형 기차 한 대가 살포시 놓여 있다. D51[*]이라고 했던가, 아무튼 아저씨가 가장 좋아하는 기차다. 그러나 이곳 책방에 기차 관련 책은 없다. 옛날에는 둔 적도 있었다고 하는데 손님들이 아무도 관심을 주지 않아서 지금은 반품했다고 한다.

“매장이 넓으면 개인적으로 좋아하는 책도 둘 수 있어서 좋을 텐데. 우리 같은 곳은 아무래도 공간이 한정적이라서 말이야.”

“음, 그렇겠네요.”

• JR 동일본여객철도주식회사에서 운행하고 있는 전통 기관차.

페가수스 서점은 300평쯤 된다. 그리고 규모에 비해 해외 문학도 충분히 갖추어져 있다고 자부한다. 그건 리코의 취향 때문이 아니라 구매하는 손님이 있기 때문이다. 아무래도 교외인 고가네이시와 비교하면 기치조지는 도심인 데다 역에서도 가까워 다양한 손님이 찾아온다. 큰 혜택이다.

"하지만 지금은 이 느긋한 페이스에 익숙해져서 리코네 서점처럼 바쁘게 일하다 보면 나는 못 버틸 것 같기도 해. 이렇게 일하는 중간에 책도 못 읽을 테고. 뭐, 벌이는 시원찮지만 나 같은 노인한테는 이 정도 속도가 딱 좋아."

아저씨는 늘 나지막한 목소리로 천천히 말한다. 듣고 있으면 마음이 절로 차분해지는 목소리라고 리코는 생각했다. 책들 사이로 흐르는 여유로운 분위기는 손님이 적어서가 아니라 주인아저씨의 인품 때문이리라.

"나도 나이를 먹으면 이런 책방을 해볼까……."

"우리도 리코 같은 후계자가 있으면 좋을 텐데 말이야."

"후계자가 없어요?"

"응. 우리 애들은 돈이 안 되는 책방 따위 애초에 눈길도 안 주고 회사에 취직해 버렸거든. 여기는 내 대에서 끝이야."

"그렇군요. 그래도 당분간은 계속 영업하실 거죠?"

"그럼, 해야지. 단골손님도 계시고."

“가능한 한 오래 지켜 주세요. 또 책 사러 올게요.”

문을 열고 들어왔을 때보다 훨씬 기분이 편안해졌다. 역시 오길 잘했다. 여기는 리코만의 오아시스다.

책방을 나오면서 뒤돌아 계산대 쪽을 바라보았다. 눈이 마주치자 주인은 서글서글한 눈매로 활짝 웃어 보였다. 아저씨는 손님이 책방을 나갈 때까지 그 뒷모습을 바라보고 있다. 리코가 초등학생일 때부터 그건 변함이 없다.

리코도 방긋 미소 지었다. 조만간 다시 와야지, 하고 리코는 생각했다.

9

“여기는 무슨 방이에요?”

만화가인 아가치 나오가 그렇게 말하면서 거실 옆방 문을 열었다.

“헉, 멋대로 벌컥 열지 마세요. 거기는 창고처럼 쓰는 방이니까요.”

노부미쓰가 다급히 달려갔다. 그러나 아가치와 다른 작가들은 노부미쓰가 온몸으로 막는 데도 아랑곳하지 않고 그 방 안으로 들어갔다.

“우리 집보다 훨씬 깔끔한데요, 뭘.”

아가치가 그렇게 말하자 옆에 있던 만화가 미와 세이나도 감탄하며 말했다.

“그나저나 역시 만화 편집자답네요. 벽 전체가 책장이라니.”

옆방은 창문을 제외한 모든 벽에 슬라이딩 책장이 설치되어 있다. 다 합치면 열 개는 족히 된다. 절반은 문학이고 절반은 만화책이다.

"흐음, 어떤 책이 있으려나. 아, 내 책도 있네."

미와가 기뻐하며 말했다.

오늘은 오바타 부부의 집들이가 있는 날이다. 아가치뿐만 아니라 결혼식에 참석하지 못한 만화가들과 노부미쓰의 직장 동료들까지 총 여덟 명쯤 되는 사람들이 우르르 몰려왔다. 추석 연휴라 편집자한테 독촉받을 일도 없어서 작가들도 작업실을 나오기 수월한 모양인지 초대한 사람은 모두 와 주었다. 처음에는 예의를 차리며 담소를 나누던 작가들도 30분쯤 지나자 편해졌는지 서랍장을 열어젖히거나 좋아하는 CD를 켜는 등 멋대로 행동하기 시작했다.

"어, 이거 여기에 꽂아 둬도 괜찮아요? 19금인데. 아내분에게 혼나는 거 아니에요?"

아가치가 날쌔게 성인용 만화책을 꺼내며 말했다. 아가치는 마른 데다 체구도 작다. 박력 있는 펜 터치 그림체만 봤을 때는 상상하기 어려울 정도로 왜소하다. 그러나 노부미쓰는 아가치를 가냘픈 겉모습과는 달리 고집이 세고 완강한 성격이라고 판단하고 있다.

"아, 그건 와이프 거예요."

노부미쓰가 그렇게 말하자 미와가 깜짝 놀라며 큰 소리로 말했다.

"네? 아내분 취향이 이런 쪽인가요?"

필명으로만 보면 여성인 것 같은 미와 세이나는 키 180센티에 몸무게도 100킬로는 되는 덩치 큰 남자다. 눈썹이 짙고 눈이 부리부리해서 조금 험악한 인상이다. 하지만 그 거구와 맞지 않게 그림은 여성 작가처럼 섬세한 선으로 그린다. 얼굴을 한 번도 공개하지 않아서 성별이 여자일 거라는 소문이 돌 정도다.

미와가 큰 소리로 말한 걸 듣고 아키도 거실에서 작은 방에 얼굴을 내밀었다.

"앗, 그건 제 취향이어서 둔 게 아니라 업무상 필요한 거예요. 우리 서점에서 매출 10위 안에 드는 거라 한번 읽어봐야겠다 싶어서요."

아키는 그렇게 말하면서 미와 손에 들린 만화책을 잽싸게 뺏고는 다시 책장에 넣었다.

"들었죠? 참고로 이 방에 있는 책은 거의 다 와이프 책이에요. 제 책은 별로 없어요."

노부미쓰가 그렇게 말하자 아가치가 책장을 대충 훑어보았다.

"그러고 보니 소설에 비해 만화책은 장르가 제각각이네

요. 소년 만화랑 청소년 만화부터 BL에 에로까지. 취미로 모은 것으로는 안 보이긴 해요.”

“맞아요. 저는 만화책 담당인데 학창 시절에 만화는 전혀 안 읽은 터라 늦게나마 공부하고 있어요. 화제작은 대강이라도 읽어 봐야 할 것 같아서요.”

이런 이야기를 하자니 괜히 쑥스러웠다. 마치 민낯을 보이는 것만 같은 기분이 들었다.

“아, 이런 마니아적인 책까지 있네요. 이거 다른 서점에서는 잘 안 두지 않나요?”

미와가 책장 위쪽에 있던 책을 꺼냈다.

“네, 그렇지만 온라인에서도 소문이 자자했고 내용이 재미있으면 우리도 매입할까 싶어서 만화 전문점에서 사 왔어요.”

“와, 엄청 열성적이네요!”

아가치 입에서 절로 감탄사가 흘러나왔다.

“자, 이제 다 보셨죠? 좁은 방에서 이러지 말고 그만 나가요.”

노부미쓰가 재촉하자 다들 쪼르르 거실로 돌아갔다.

소파로 돌아온 아가치가 노부미쓰에게 물었다.

“저게 전부 다 아키 씨 책이라고 하면 오바타 씨 책장은 어디 있어요?”

"제 건 없어요."

"에, 없다고요? 명색이 편집자잖아요."

"저는 딱히 책을 모으고 싶은 생각도 없고 업무상 필요한 책은 회사에 다 있거든요. 그 외에는 와이프가 사 오는 걸 같이 읽으니까요."

노부미쓰가 변명하듯 말했다.

"그래도 평소 업무와 관련이 없는 책도 읽을 텐데요. 베스트셀러 같은 책을 훑어보고 트렌드를 파악하거나 하지 않아요?"

아가치가 집요하게 묻자 노부미쓰는 진지한 목소리로 말했다.

"아뇨, 솔직하게 말할게요. 편집자보다 서점 직원이 비교도 안 되게 책을 더 많이 읽어요."

"아, 그런가요?"

"생각해 보세요. 만화가와 딱 붙어서 일하다 보면 바빠서 책 같은 거 읽을 시간이 없어요. 업무상 필요한 책이야 물론 읽긴 하지만 그게 최대치예요. 마감이 다가오면 매일 밤도 새워야 하니까요. 책보다는 영화가 훨씬 더 업무에 도움이 돼서 오히려 영화를 더 열심히 봐요."

술을 마신 터라 평소보다 말투가 직설적이다. 같이 일하는 작가에게 저런 말을 해도 되려나, 하고 아키는 생각했다.

"생각했던 거랑 다르네요."

아가치는 불만스러운 듯이 말했다.

"그래도 소설 쪽 편집자는 다르지 않을까요?"

미와가 묻자 옆에서 듣고 있던 만화 편집자 곤노 사토루가 대화에 끼어들었다.

"제 동기 중에 편집부에서 소설을 담당하는 친구가 한 명 있는데요. 취직하고 나서 오히려 책을 더 안 읽게 됐다고 하더라고요. 맡은 작품의 교정지도 봐야 하고, 신인상이라든가 담당 작가가 다른 출판사에서 낸 책이라든가 하여간 업무상 읽어야 하는 책만 보기에도 벅차대요."

곤노는 노부미쓰보다 두 살 아래로 다소 신경질적으로 보인다. 최근 경리부에서 만화 편집부로 이동한 터라 아직 편집부 사람들과 잘 어우러지지 못하는 느낌이다. 노부미쓰도 인수인계를 끝내긴 했지만 곤노와 아가치 사이가 삐걱거리는 것 같다며 염려하고 있다. 노부미쓰가 오늘 집들이에 초대한 것도 후임인 곤노와 아가치의 관계가 조금 더 가까워졌으면 하는 바람에서였다.

"현실은 그런 건가요? 아무리 그래도 전도유망한 신인 작가 책 정도는 읽어 보겠죠?"

아가치가 거듭 질문했다. 아키는 대화를 들으면서 슬슬 메인 요리를 내는 게 좋을지 고민했다.

"그럼요. 부서 내에서 정기적으로 독서회 같은 것도 하고 있으니까요. 근데 문학 담당 편집자들이 검토하는 건 베스트셀러가 될 책을 쓸 것 같은 작가, 그러니까 지금 살아 있는 일본인이면서 엔터테인먼트 계통 작가뿐이에요. 우리 출판사는 잘 안 팔리는 순문학에는 공을 들이지 않거든요. 제 동기는 순문학, 그것도 해외 문학을 좋아하는데 담당은 일본 미스터리라든가 액션 소설이에요. 미스터리 쪽은 매달 신간이 많이 나오잖아요. 그러다 보니 그걸 다 읽는 것만 해도 쉬운 일이 아니라 차마 다른 책은 읽을 엄두도 못 낸다며 한탄하던걸요."

"흐음, 그렇군요. 편집자들은 책을 좋아한다는 이미지가 있어서 다양한 책을 읽는 줄만 알았어요."

"그야 일반인보다는 많이 읽겠지만 업무에 필요한 책이 우선이에요. 좁고 깊게요. 그것만 해도 엄청난 양이죠. 게다가 출판사라고 해서 소설을 좋아하는 사람만 잔뜩 모인 건 또 아니고요. 우리는 문학 쪽이 메인인 출판사가 아니다 보니 잡지를 만들고 싶어서 들어오는 사람들이 가장 많고, 최근에는 만화부 지망자도 점점 느는 추세예요. 저도 취업 면접에서 독서 경험 같은 건 묻지 않았고 제 주변만 봐도 엄청난 독서가는 거의 없어요. 월급이 괜찮으니까 이 회사를 선택했다는 사람도 많고요."

노부미쓰는 완전히 취한 것 같다. 반면 만화가들은 술을 한 모금도 마시지 않았다. 체질적으로 못 마신다고 했다. 그래서 노부미쓰랑 다른 편집자들만 술을 마시고 있었다.

"아니, 저는 책을 좋아해요. 학창 시절에는 문학청년이기도 했고요."

곤노가 반론을 제기했다. 듣고 보니 곤노는 문학청년다운 섬세한 느낌이 있다.

"거짓말하지 마. 네가 책 읽고 있는 거 한 번도 본 적 없어."

"그야 회사에서 일할 때는 안 읽죠."

술에 취한 두 사람은 시시한 이야기로 쉴 새 없이 떠들어 댔다.

"어쩐지 실망스럽네."

아키는 저도 모르게 솔직한 마음을 말해 버렸다. 편집자는 일반인보다 훨씬 더 많은 책을 읽을 거라는 이미지가 있었기 때문이다. 그건 환상에 불과한 걸까? 문학 담당 편집자라면 다를까?

"오히려 서점 직원들이 더 열광적이지 않아? 회식 자리에서도 책 얘기로 분위기가 달아오르던걸. 우리는 회식 때 책 얘기는 꺼내지도 않거든. 어째서 그렇게 열심인지 물어보고 싶을 정도야."

노부미쓰가 불쑥 머릿속에 떠오른 생각을 아키에게 말

했다. 그러고 보면 둘이 대화할 때도 노부미쓰가 먼저 책 얘기를 꺼낸 적은 없다.

"요즘엔 서점 직원들도 책 홍보에 열심이잖아요? 서점대상• 같은 것도 있고. 그렇게 해서 책이 많이 팔리면 관련된 서점 직원들이 보너스라도 받나요?"

아가치도 평소에 궁금했던지 노부미쓰의 말을 이어받았다. 그는 아까부터 케이크와 과자만 먹고 있다. 술을 못 마시는 만큼 단 것을 좋아하는 모양이다.

"설마요."

아키는 단박에 부정했다. 서점대상의 운영은 거의 자원봉사이다. 물론 책이 잘 팔리면 서점에 이익이야 되지만 운영진이나 투표에 참여한 서점 직원에게 돈이 들어오는 건 아니다.

"그런 점이 대단한 것 같아. 후보로 오른 책도 서점 직원들이 각자 사비로 사서 읽는다며? 읽는 것만 해도 쉬운 일은 아닐 텐데. 다들 굉장해."

노부미쓰가 감탄했다.

"그렇지. 투표하는 사람은 후보작을 전부 사서 읽어야 하니까 그것만으로도 꽤 힘들어. 하지만 나도 만약 문학 담당

•　2004년에 설립된 NPO법인 서점대상실행위원회가 운영하는 문학상. 신간을 다루는 서점에서 일하는 직원들의 투표로 수상작이 결정된다.

이었다면 참여했을 것 같아.”

“문학 담당이 아니면 참여 못 해?”

“꼭 그런 건 아니지만, 후보작을 전부 다 읽는 건 쉬운 일이 아니니까. 나도 매년 참여하려고 다짐은 하는데 막상 일하다 보면 소설 읽는 데 그렇게까지 시간을 할애할 수 없더라고.”

페가수스 서점에서는 문학 담당인 오자키와 학술서 담당인 미타가 매회 서점대상 투표에 참여하고 있다. 문학 분야 전문인 부점장은 오히려 참여하지 않는다. 시끌벅적한 이벤트 같은 게 싫은지 그런 쪽으로는 거리를 두고 있다.

“그러고 보니 예전에 만화 쪽 서점 직원들이 응원단 만든 적 있지 않아요?”

미와가 문득 생각났다는 듯이 말했다. 옛날에『허니와 클로버』라는 소녀 만화를 널리 알리기 위해서 여러 서점의 만화책 담당자들이 모여 ‘응원단’을 만들었다. 서점 측에서 출판사에 적극적으로 요청하여 여러 서점이 하나로 뭉쳐서 공동 홍보에 나선 것이다. 이 작품은 이후에 영화로도 만들어져 크게 흥행했는데 그 계기를 만든 건 이런 서점 직원들의 노력이 있었기 때문일지도 모른다.

“그거 정말 부러운 얘기네요. 출판사가 아무것도 안 해도 알아서 응원해 주다니. 사비로 티셔츠 같은 걸 만들기도 하더라고요. 판매 코너도 크게 잡아 주고. 부럽다. 만화책 편집자는 자기가 담당한 작품을 서점에서 그런 식으로 대대적으로 홍보해 줬으면 하고 늘 기대하고 있거든요.”

현직 만화 편집자인 곤노가 말하자 미와가 아가치 쪽을 보면서 말했다.

“편집자들보다 우리 만화가들이 더 바라는 바예요. 안 그래요?”

아가치는 입 안 가득 팝콘을 넣고 우적대느라 아무 말 없이 고개만 끄덕였다.

“그럴 만한 작품이 있다면요.”

아키가 못을 박았다. 그런 식으로 각 서점이 이해관계를 뛰어넘어 공동 홍보에 나서고 싶은 정도의 만화 작품은 흔치 않다. 작가도 작품도 인지도가 없고 연재하는 매체의 파워도 약한데 서점 직원들의 마음을 사로잡는 멋진 작품이라는 조건이 갖춰지지 않는 한, 서점에서는 움직이지 않을 것이다. 그러나 만화책의 경우 소설에 비해 누구나 쉽게 읽을 수 있고 독자 수도 많다. 소셜 미디어에서도 자주 언급되기 때문에 입소문이 퍼지기도 쉽다. 그러니까 좋은 작품은 자연스레 두각을 드러낸다.

“그런데 말야. 우리 편집자들은 자기가 맡은 작품이 히트하면 그만큼 좋은 평가를 받게 돼. 회사 내에서 대우도 좋아지고 우수편집자상을 받기도 하고 말이야. 물론 승진도 빨라지지. 근데 서점 직원은 그렇게 노력했을 때 어떤 메리트가 있는 거야?”

노부미쓰가 심술궂게 말했다.

“음, 작가들이 좋아해 주면 그것만으로도 기쁘긴 해. 뭐 꼭 그렇지 않더라도 출판사 영업사원이 좋아하니까 여러모로 일하기 수월해지기도 하고. 때로는 잡지 같은 데서 취재하러 올 때도 있고, 다른 서점 직원과 친분을 쌓을 수도 있으니 인맥이 넓어지기도 해.”

“고작 그런 걸로 만족하는 거야? 정말? 일부러 개인 시간을 써서 교정지를 읽거나 POP를 만드는데 보상이 그것뿐이야?”

아키는 노부미쓰의 말투가 불쾌했다. 마치 세상 물정 모르는 어수룩한 사람이라는 것처럼 들린다.

“그래도 히트작이 나오면 서점 매출도 오르니까. 그건 우리한테 돌아오기도 해.”

아키가 단호하게 말했다. 아가치와 미와는 부부의 대화를 흥미롭다는 듯 듣고 있다.

“그야 그럴지도 모르지만.”

“노부미쓰가 다니는 출판사처럼 대기업이라면 홍보비를 얼마든지 쓸 수 있겠지만 개중에는 돈이 없는 출판사도 있어. 아니, 실은 그런 곳이 훨씬 더 많아. 그런 곳에서도 좋은 작품은 나오고 영업사원이 열심히 하는 모습을 보면 응원하고 싶어지는 게 당연하잖아.”

“아키도 서점 직원이구나. 착실하네.”

노부미쓰가 동의인지 조롱인지 모를 장난스러운 말투로 말했다. 아키는 정색하며 반론했다.

“그래도 상관없어. 좋은 책을 발견하고 소개하는 게 우리 일이니까. 게다가 이왕이면 우리가 좋아하는 책을 좀 더 응원하고 싶다고 생각하는 게 뭐가 잘못됐다는 거야?”

“잘못됐다는 게 아니라, 그 의욕을 이용당하지 않게 조심하는 게 좋아. 서점 직원을 홍보에 이용해서 싸게 해치우려는 출판사도 많으니까. 교정지를 읽거나 감상을 보낸다 한들 돈을 받는 것도 아니잖아? 자기가 쓴 문장이 홍보 문구로 쓰여도 원고료가 나오는 것도 아닐 테고.”

“뭐, 상품권이라든가 답례품을 받기는 해. 그런데 그걸로 원고료를 받는다는 것도 좀 싫어. 돈을 받기 위해 그런 걸 쓰게 되면 솔직하게 쓸 수가 없으니까. 그 책을 무조건 칭찬해야만 하잖아.”

“그래도 카피라이터에게 의뢰하면 한 줄에 십만 엔인 세상이라고. 하여간 서점 직원을 잘도 이용해먹는다니까. 게다가 서점 직원 본인이 추천한 책이라면 그 서점 판매 코너에서도 대대적으로 밀 테고. 출판사 입장에서 서점 직원을 책 홍보에 활용하는 건 일석이조겠네.”

그렇게 말하는 본인도 출판사 직원이면서 노부미쓰는 무책임한 말을 입 밖에 냈다.

“꼭 그렇기만 할까. 이용당하는 게 아니라 우리는 즐기고 있어. 세상에는 책이 넘쳐흐르니까 어지간해서는 눈에 잘 안 띄잖아. 그러니까 이거다 싶은 책은 우리가 스스로 선택해서 밀어주고 싶어. 우리 손으로 바람을 일으키고 싶다고. 물론 출판사와 공동 홍보를 펼 때도 있지만 출판사를 위해서가 아니라 좋은 책을 팔기 위해서 하는 거니까.”

온라인 서점에 밀려 매출이 매해 떨어지는 이 시대에 페가수스 서점 같은 오프라인 매장도 손 놓고 있을 수만은 없다. 매장 내 에너지가 있으면 그 열기는 매장을 찾는 손님에게도 전달될 테고 보기만 해도 분명 즐거울 것이다. 그런 부분이 오프라인 매장을 찾는 동기가 된다고 아키는 믿고 있다.

“게다가 서점은 책의 쇼룸이잖아? POP나 장식을 해서 책이 가장 매력적으로 보이게끔 하는 게 우리 일이라고.”

“참 멋지네요. 아키 씨의 그 마음가짐.”

아가치가 흐뭇하다는 듯이 아키에게 악수를 청했다. 역시 만화가는 다르다고 생각하면서 아키는 악수에 응했다.

미와도 옆에서 박수를 쳤다.

"우리는 우리가 좋아하는 책이니까 추천하는 거고 또 그 책을 띄우고 싶어. 그렇게 해서 많이 팔리면 기쁘고. 본인의 금전적인 이익이 아니라 정말로 그렇게 생각하고 추천한 거니까 서점 직원의 의견이 손님에게도 인정받는 거겠지."

"그렇긴 하지만 그게 참 아이러니해. 결국 그렇게 열심히 한들 출판사나 작가한테 이익이 돌아갈 뿐 서점 직원 개인에게는 아무 이득이 없잖아. 그런데 얄궂게도 그렇기 때문에 서점 직원의 코멘트를 손님은 믿고 그게 매출로 이어진다는 구조가 좀."

노부미쓰가 투덜거리며 말했다.

"돈만 중요한 게 아니니까. 우리는 즐겁게 일하고 싶은 거야."

내가 한 만큼 눈에 보인다. 반응이 있다. 손님과 다른 서점, 출판사, 작가 등 여러 사람과 이어진다. 그것 자체가 무엇과도 바꿀 수 없는 즐거움이다.

"아키 씨 대단해요. 모범적인 서점 직원이군요. 저 아키 씨 팬이 됐어요. 제가 도울 일이 있으면 언제든 말해 주세요. 언제든지 협력할게요. 참, 아키 씨 트위터* 하죠?"

"네, 계정은 있어요."

서점 직원 중에서도 트위터나 페이스북을 하는 사람은

많다. SNS에서 주목받는 신작과 잘 팔리는 책의 정보를 교환하기도 한다. 트위터를 하는 서점 직원들이 함께 힘을 모아서 히트작이 된 문고본도 있다. 미야시타 나쓰의 『스콜레 No.4』[••]가 대표적이다.

"그럼 아이디 알려 주세요. 제 것도 알려 드릴게요."

"네? 필명으로 활동하시는 거 아니었어요?"

"그건 영업용이에요. 개인 아이디는 비공개로 하고 있거든요."

"아, 그럼 저한테도 알려 주세요."

노부미쓰가 말하자 곤노도 알려 달라며 가세했다.

"편집자에게는 알려 주지 않기로 정해 두었어요. 편집자가 안 봤으면 하는 글도 쓰거든요. 그러니까 오바타 씨로부터 요청이 와도 수락하지 않을 거예요."

"에, 저는 괜찮지 않아요? 이제 담당도 아닌데."

노부미쓰가 불만스러운 듯 항의했다.

"그래도 아직 만화 편집자잖아요. 곤노 씨와 같은 층에 있기도 하고. 절대 안 알려줄 거예요."

•• 　2004년 『조용한 비』로 신인상 가작에 입선하며 등단한 작가로, 2007년에 발표한 장편소설 『스콜레 No.4』는 여러 미디어에서 극찬을 받았다.

“너무하시네요.”

노부미쓰는 어린애처럼 입을 삐죽였지만 아가치는 전혀 개의치 않았다.

“아키 씨는 편집자가 아니니까 알려 드릴게요. 그래도 제 트위터 내용은 남편분에게는 비밀로 해 주세요.”

“네, 그럴게요.”

아키는 왠지 자랑스러웠다. 남편 덕에 이어진 인연이긴 해도 아가치는 아키 자체에 관심을 가지게 된 것이니까.

“아키 씨 아이디는 여기에 적어 주세요. 집에 가자마자 팔로우할게요.”

아가치가 가방에서 메모지를 꺼냈다. 그 모습을 좋겠네, 하며 노부미쓰가 부러운 듯이 바라보고 있다. 편집자라기보다는 그저 취한 사람의 말투였다.

10

“봤어?『빈티지』이번 호 장난 아니야. 부점장님 사진까지 실렸어.”

“그래? 와, 진짜 대단하네! 한 면 가득 실렸어!”

마미와 안나가 잡지를 펼치고는 떠들어댔다. 아키도 두 사람 뒤에서 기사를 훔쳐봤다.

‘서점 직원이 히트작을 만든다! 베스트셀러 뒷이야기’라는 제목으로 여섯 페이지가량 되는 특집 기사였다. 그 제목이 있는 페이지에 리코의 사진이 커다랗게 실려 있다.

언제 찍은 걸까. 리코가 3층 계산대 앞에서 문고본을 들고 활짝 웃고 있는 사진이다. 캡션에는 ‘카리스마 서점 직원 니시오카 리코 씨. 그녀의 센스가 다음 히트작을 탄생시킨다. 페가수스 서점 기치조지점에서’라고 적혀 있다. 기사 내용은 최근에 급부상한 작품과 서점 직원의 관련성을 다룬 것이었다. 서점 POP의 영향력과 서점대상의 동향 등을 소개한 뒤 다음과 같은 기사가 이어졌다.

'히토쓰보시 출판사에서 이번에 출간하는『언젠가 너의 목소리가 닿을 때까지』는 그러한 현상을 한 발 더 전진시킨 형태라 할 수 있다. 이 책은 원래 아동 문학 전문 출판사인 N출판사에서 출간한 책으로, 아동서 출판사로서는 히트작이라 할 수 있는 2만 부를 판매하는 기록을 세웠다. 다만 아는 사람만 아는 작품이다 보니 문고본으로 제작할 예정은 없었다. 그러나 이 책이 문고본 라인업에 거론된 건 한 서점 직원의 조언이 있어서였다.'

그러고 나서 니시오카 리코와 페가수스 서점의 간단한 소개 및 출간 경위를 소개했다. 기사 내용은 대수롭지 않았고 그저 기사를 가장한 신작 홍보일 뿐이었다.

"뭐야 이거, 우리가 좋다고 말했던 책이잖아!"

마미가 큰 소리로 말했다.『언젠가 너의 목소리가 닿을 때까지』는 반년 전쯤 마미와 마키하라 등 BL을 좋아하는 여직원들이 끊임없이 칭찬했던 책이다. 그녀들은 그걸로 동인지를 만들기도 했다. 니시오카가 그 얘기를 듣고 5층 청소년 도서 판매대뿐만 아니라 3층 문학 코너에도 책을 뒀는데 예상외로 잘 팔렸다고 한다. 하지만 애초에 이 책을 발견하고 떠들어댄 건 그녀들이다. 그게 마치 리코 혼자만의 안목인 것처럼 소개되어 있다. 그뿐만 아니라 리코를 극찬하며 얼마나 유능한 서점 직원인지, 고객이 얼마나 신뢰하는지에 관한 내용으로 기사를 채웠다. 마치 리코를 홍보하는 기사인 것 같다.

"우리한테는 서점 직원이 돋보이려고 하면 안 된다고 잔소리하더니. 말과 행동이 전혀 다르잖아."

"자기만 돋보이고 싶은 거겠지."

"그러고 보니 내일은 신문사 인터뷰도 한다던데?"

"정말 기분 나빠."

"이런 식으로 나오면 열심히 일하는 우리만 바보되는 거 아냐?"

"그러게, 너무 싫다."

마미와 안나가 홧김에 욕설을 퍼부었다. 아키도 그 행동을 나무랄 기분은 들지 않았다.

『빈티지』 인터뷰 기사에 대한 반응은 뜨거웠다. 무려 50만 부나 발행하는 잡지에 사진이 크게 실렸으니 조용할 리가 없었다. 몇몇 손님이 잡지 잘 봤다고 인사를 건네기도 하고, 친구들에게서 전화도 걸려 왔다. 출판사 영업사원들도 잡지 얘기를 꺼냈다. 이웃집 아주머니까지 "리코 씨 정말 대단해" 하고 기특해하셨다. 아버지만큼은 인터뷰 기사를 보여 줘도 여느 때처럼 "흐음" 하고 말할 뿐 제대로 읽으려고 하지도 않았다. 그런 무뚝뚝한 모습에 맥이 탁 풀렸지만 한편으로는 안심이 되기도 했다. 아버지까지 호들갑을 떨면 분명 더 기분이 가라앉을 것이다. 게다가 이 기사 때문인지 아니면 히토쓰보시 출판사의 입김 때문인지 신문사와 방송국에서 계속 인터뷰 요청이 들어오고 있어 리코는 머리가 아팠다.

"그렇게 야단 떨 일도 아니고 TV에 나오고 싶지도 않아요."

아무리 그렇게 말해도 리코의 의사는 완전히 무시당했다. 이참에 대대적으로 서점 이름을 알리자는 게 본사 방침이었다.

『빈티지』취재를 할 때도 '이건 내 안목이 아니라, 출판사 직원이 물어보길래 서점의 20대 여직원들이 입에 올리던 책을 권했을 뿐이다'라고 솔직하게 말했지만 기사에는 전혀 다른 내용이 실렸다. 한 시간가량 인터뷰했는데 기사로 쓰인 건 고작 두 줄이었다.

'서점에서 매일 신간을 접하다 보면 왠지 이건 잘 팔릴 것 같다는 감이 생기거든요. 그런 기운을 내뿜는 책이 있어요. 이 책도 그런 책 중 하나라고 직감했습니다.'

잘 팔릴 것 같은 책은 분명 그 기운이 있다는 식으로 말한 것 같기는 하다. 다만 마지막 문장은 기자가 지어낸 말이다. 내 의견을 듣고 싶어서 인터뷰하는 게 아니라 기자가 쓰고 싶은 말을 잘 끌어내기 위한 작업인 것처럼 느껴져서 불쾌했다.

게다가 자기 혼자만 유명해져서 여러 매스컴에 등장하는 것을 두고 점장이나 하타케다가 어떤 시선으로 바라볼지도 신경 쓰였다. 요즘 그들이 내뱉는 말마다 어쩐지 가시가 돋친 듯한 기분이 들기 때문이다. 4층 책임자인 쓰지이는 "니시오카 씨는 수완이 좋으니까요" 같은 악감정이 섞인 듯한 말을 내뱉기 시작했다. 리코만 주목을 받아 시샘하는 게 아닐까. 점장과의 사이도 미묘하게 서먹해진 것 같다. 어제는 리코만 쏙 빼놓고 하타케다 등 남자 직원들끼리만 모여서 술을 마시러 갔다고 한다. 지금까지 한 번도 없었던 일이다.

"니시오카 씨, 잡지 잘 봤어요."

멍하니 그런 생각을 하고 있는데 뒤에서 누가 말을 걸었다. 단골손님 구리하라이다. 예순쯤 되어 보이는 여성으로 한 달에 몇 번씩 꾸준히 오는데 그때마다 책을 대량으로 구매한다. 고급 주택가가 즐비한 이 지역의 전형적인 고객 타입이다. 돈과 시간, 교양도 있어서 해외 문학도 즐겨 읽는다. 베스트셀러보다 고전이나 문학적 가치를 인정받은 도서를 선호한다.

평일은 그런 손님이 많은 편이라 평대에 있는 책보다 책장에 진열한 책이 더 잘 팔린다. 반면 주말에는 기치조지에 놀러 온 김에 들르는 젊은 손님이 많다 보니 평대에 있는 베스트셀러나 화제작들이 더 잘 팔린다. 평일과 주말은 고객층도, 팔리는 책도 명백히 다르다. 그래서 책을 진열할 때 아무래도 더 고민이 되고 평일에 방문하는 오랜 단골손님 위주로 진열하고 싶다는 게 솔직한 심정이다. 주말에 오는 손님은 일회성인 경우가 대부분이지만 동네 주민인 손님은 몇 번이나 재방문하고 책도 많이 구매한다. POP를 선호하지 않는 까닭도 과한 홍보를 싫어하는 고객들이 많기 때문이다.

또한 그분들은 대개 애서가라서 취향도 뚜렷하다. POP로 서점 직원의 의견을 강하게 주장하는 건 그러한 고객이 책을 고르는 자유를 방해하는 것만 같다. 눈길을 사로잡는 문장을 POP에 써서 탐욕스럽게 두드러지게 하는 방식보다 자연스럽게 추천하는 책을 평대에 두고 그중에서 본인의 취향에 맞는 책을 고르게 하는 편이 훨씬 더 품위 있게 책을 파는 방식이라고 리코는 생각한다. 게다가 POP를 두면 그만큼 뒤에 있는 책이 가려져서 피해를 본다. 무언가를 돋보이게 하면 다른 무언가는 묻히게 된다. 그런 선별을 과연 서점 직원이 해도 되는 걸까?

리코는 서평가가 아니다. 서평가처럼 체계적으로 독서를 하는 것도 아닐뿐더러 엄청나게 많은 책을 읽는 것도 아니다. 한 달에 열 권 읽으면 많이 읽는 편이다. 좋아하는 작품을 빠른 속도로 읽어치운다. 이 정도 수준의 독서량으로는 진정한 독서가들을 당해 낼 수 없다. 페가수스 서점에는 서평가뿐 아니라 학자나 번역가도 자주 방문한다. 그런 사람들이 의도가 뻔한 POP를 보고 과연 무슨 생각을 할까.

"남편이 『빈티지』 애독자인데 이 서점이 실렸다며 보여주더군요. 그랬더니 웬걸, 니시오카 씨 기사가 실려 있어서 깜짝 놀랐지 뭐예요. 니시오카 씨는 이미 유명한 분이셨더라고요. 저만 몰랐나 봐요."

또 이 레퍼토리네. 이 얘기는 이제 진절머리가 난다. 하지만 상대방은 단골손님이다. 리코는 복잡한 심경이 목소리에 드러나지 않도록 조심하면서 웃는 얼굴로 대답했다.

"아뇨, 그럴 리가요. 잡지 기자가 기사를 부풀려 써서 그래요."

"그렇게 말씀하셔도 거짓말을 쓰지는 않았겠죠. 참 기뻤어요. 늘 니시오카 씨 도움을 받아서가 아니라 무척 좋은 분이라고 생각했거든요. 남편에게도 자랑했어요. 제가 잘 아는 분이라고요."

그녀는 부잣집 사모님다운 품위 있는 말투와 제스처로

진심으로 기쁜 듯이 말했다. 아이처럼 순수한 미소를 짓고 있는 모습을 보고 리코는 되레 가시방석에 앉은 듯한 기분이 들었다.

"부끄럽네요. 서점 직원으로서 해야 할 일을 했을 뿐인데 기사를 과장되게 써 주셔서……."

겸손이 아니라 진심이었다. 좋은 책을 찾아서 소개하는 건 서점 직원으로서 당연히 해야 할 일이다. 칭찬받을 만한 일이 아니라 성실한 서점 직원이라면 누구나 하는 일이다.

평소에 하던 일이 외부로 드러나는 건 출판사 직원이 책 홍보를 위해 서점 직원을 활용할 때 정도이다. 저 서점에서 대대적으로 다뤘더니 이만큼이나 팔렸어요, 하고 영업사원이 다른 서점에서 영업할 때 말하지 않는 이상 외부에 알려지지 않는다. 물론 그게 영업사원의 일이기도 하고 서점 직원들도 유명해지고 싶어서 그런 일을 하는 건 아니니까 크게 상관없지만, 유명해진 사람만 일을 잘한다고 여기는 건 곤란하다.

"뭐 어때요. 나쁜 일로 실린 것도 아니고요. 그나저나 니시오카 씨가 추천한 그 책, 오늘 살 수 있나요?"

"아뇨, 그건 다음 주에 출간돼요."

"기대되네요. 책이 들어오면 제 것도 챙겨 놔 주시겠어요?"

“그럴게요. 그런데 손님 취향과는 조금 안 맞을 수도 있어요.”

리코가 당황하며 말했다. 단골손님의 취향을 파악하고 있어서였다. 그녀가 좋아하는 작가는 제인 오스틴이나 이자크 디네센처럼 작품성을 인정받은 여류 소설가로, 조금 클래식한 취향이다.

“그 책은 어린 친구들이 읽는 책이어서 평소에 책을 많이 안 읽는 분에게 더 잘 맞을지도 몰라요. 그것보다 손님에게 권하고 싶은 다른 책이 있는데요…….”

그렇게 말하며 리코는 그녀를 해외 문학 코너로 안내했다.

사실 『언젠가 너의 목소리가 닿을 때까지』는 리코 취향에 맞는 책이 아니다. 물론 스토리가 흥미롭고 캐릭터도 매력적이다. 분명 일부 독자들은 열광적으로 지지할 것이다. 마케팅만 두고 봤을 때는 성공할 확률이 높다. 그래서 그런 점들이 돋보일 수 있게끔 말하기도 했다. 하지만 솔직한 감상평은 평이한 주제에 문장도 내용도 깊이가 없고 무엇보다 자신의 취향이 아니었다.

그러나 개인 취향과는 별개로 잘 팔릴 것 같은 책은 뭐든지 적극 소개하는 것, 이것이 서점 직원의 진면목이다. 바로 이 부분이 소개하는 책으로 그 사람의 독서관을 가늠할 수 있는 서평가와 다른 점이다. 그들은 이름을 걸고 원고를 쓰기 때문에 자기가 하는 말에 책임을 져야 한다. 그러나 서점 직원은 다르다. 서점 POP에는 서명이 없다. 그러니까 얼마든지 멋대로 쓸 수 있다. 최근에는 책을 읽지 않고 POP를 쓰는 서점 직원도 있을 정도다.

서점 입장에서는 팔리기만 하면 된다. 할 수 있는 모든 수단을 다 썼는데도 안 팔리면 또 다른 책을 공략하면 된다. 그리고 그 가뿐함이야말로 서점 직원의 장점이라고 리코는 생각한다.

하지만 이런 식으로 기사를 쓰면 다들 이 책이 리코의 취향일 거라고 여길 것이다. 단골손님들이 그렇게 생각하는 건 싫다.

역시 거절할 걸 그랬어.

이미 늦었지만 리코는 깊이 후회했다.

11

"그 얘기 들었어? 이번에 부점장님이 점장으로 승진한다던데?"

"뭐? 정말? 그럼 지금 점장님은?"

"본사 임원으로 간대."

"역시 그렇구나. 점장님은 사장님 친척이니까 언젠가는 그렇게 될 줄 알았어."

로커 룸에서 아르바이트생 여자애들이 말하는 얘기를 들으면서 아키는 우울해졌다. 어제 노지마 점장이 사원들만 따로 사무실에 불러서 한 얘기라 이미 알고는 있었다. 아직 공표되지는 않았지만 이달 말부터 점장이 바뀐다. 노지마 점장은 앞으로 니시오카를 중심으로 기치조지점을 잘 운영해 줬으면 좋겠다고 말했다. 페가수스 서점은 수도권을 중심으로 스무 개가량 점포가 있는데 여성 점장은 이번이

189

처음이다. 리코가 추천한 『언젠가 너의 목소리가 닿을 때까지』가 문고본으로 나오고 크게 흥행한 게 승진에 영향을 끼친 걸까? 만약 그렇다면 불공평하다. 그 책을 가장 먼저 발견한 마미와 다른 직원들은 여전히 시급 몇 푼 받는 아르바이트생 신분인데.

게다가 니시오카가 점장이 되면 지금까지 반항적으로 행동했던 자신에게 어떤 보복을 할지도 모른다. 지금껏 그렇게 싸웠어도 큰 문제 없이 이곳에 있을 수 있었던 건 노지마 점장이 감싸 준 덕분일 것이다. 하지만 점장이 노지마에서 니시오카로 바뀌면 자신을 옹호해 줄 사람은 아무도 없다.

"먼저 갈게."

옷을 다 갈아입은 아키는 그렇게 말하고 로커 룸을 빠져나왔다. 뒷문에서 엘리베이터를 타고 건물 밖으로 나왔다. 벌써 9월 중순이 지났지만 아직 무더위가 심하다. 건물을 나서니 후텁지근한 열기가 몸을 감쌌다. 오늘은 오전 출근일이라 아직 5시도 되지 않았다. 이제부터 뭐 할까, 하고 아키는 생각에 잠겼다. 아무 일정이 없었고, 집에 가 봐야 아무도 없다. 노부미쓰는 분명 오늘도 늦게 들어올 것이다. 최근 한 달 동안 노부미쓰는 새벽 두세 시나 되어야 귀가했다. 집에 혼자 있어도 딱히 할 게 없다. 저녁을 1인분만 만드는 것도 귀찮다. 역 안에 있는 가게에서 테이크아웃용 도시락이라도 사갈까?

두 사람이 사는 맨션은 서점이 있는 기치조지역 바로 옆인 JR 중앙선 니시오기쿠보역 근처이다. 도쿄에서 가장 번화한 직장 근처와 달리 이 동네는 주택가라서 역 앞도 소박하다. 개찰구를 나오면 바로 눈앞에 보이는 로터리도 자그마하고 로터리 주변으로는 은행과 카페, 부동산 정도가 있을 뿐이다. 그리고 역을 중심으로 오래전부터 자리를 지키고 있는 상점들이 올망졸망 들어서 있다. 학생들이 많아서 군데군데 세련된 카페와 앤티크 소품점도 눈에 띈다. 그런 상점가를 둘러싸고 고급 주택가가 들어서 있다. 세월의 흔적이 느껴지는 고즈넉한 목조 주택과 건축가가 디자인한 세련된 주택 등으로 다양해서 보는 것만으로도 즐겁다. 노부미쓰가 한가했을 때는 둘이서 산책 삼아 동네를 돌아다니며 멋진 집들을 구경하기도 했다. 쇼핑하는 것도 편리하고 산책하기도 좋은 동네다. 둘 다 이 동네를 마음에 들어했다.

어쩌면 처음부터 아키가 이 동네를 좋아한다고 말했기 때문에 노부미쓰가 이곳에 집을 사려고 마음먹었는지도 모른다. 하루는 대뜸 "집 보러 가려고 하는데 같이 가 줄래?" 하고 말해서 아키는 영문도 모른 채 함께 왔는데 그때 본 집이 바로 지금 살고 있는 곳이다. 아키가 엄청 마음에 들어하는 모습을 본 노부미쓰는 "나랑 여기서 살지 않을래?" 하고 속삭였다. 그게 프러포즈였다. 사귄 지 석 달밖에 되지 않았을 때였다.

노부미쓰와 사귀기 시작하자 온갖 소문이 떠돌았다. 다들 아키가 노부미쓰를 꼬셨다고 오해하는데 사실은 그렇지 않다. 처음 만났을 때부터 노부미쓰가 적극적으로 대시했다. 사인회 뒤풀이 자리에서 노부미쓰는 아키에게 "평소에 서점 직원분이랑 정보 교환을 하고 싶다고 생각했었는데 괜찮으시다면 다음에 또 함께 술 마셔요" 하고 말했다. 출판사 사람과 친해지는 건 나쁘지 않을뿐더러 게다가 편집자와 이야기할 기회는 드물다. 그래서 아키는 흔쾌히 승낙했다. 처음에는 노부미쓰와 같은 만화 편집부인 사람들과 마미, 미타와 함께 술 모임을 가졌다. 미타를 데려간 건 노부미쓰를 견제하려는 의도도 있었다. 하지만 미타는 첫날만 참석하고는 두 번 다시 가려고 하지 않았다. 노부미쓰가 적극적으로 대시하는데 어째서일까, 하고 아키는 의아하게 여겼다. 노부미쓰도 다른 편집자들도 모두 또래이기도 하고 업무상 만화 이야기로 분위기가 무르익곤 했다. 가장 나이가 많고 만화에 흥미가 없는 미타는 그 자리가 벅찼던 걸까.

처음 한두 번은 다른 사람들과 함께 만났지만 이윽고 영화나 콘서트 같은 구실을 만들어서 노부미쓰는 아키만 따로 불렀다. 아키에게 호감을 가진 게 분명했다. 노부미쓰는 성격도 밝고 재미있는 사람이었다. 늘 웃는 얼굴이어서 로맨틱한 분위기를 연출하기는 어려워도 학창 시절 동급생처럼 편하다는 매력이 있었다. 다만 아키는 그 시점까지는 아직 미타를 더 좋아했다. 그래서 노부미쓰의 데이트 신청도 웃으며 거절했다. 미타와 사귀고 있다는 사실을 넌지시 비치며 '좋은 친구' 정도의 거리를 유지했다. 그러던 어느 날, 무례한 손님 때문에 기분이 상해 있었는데 마침 노부미쓰에게 전화가 걸려 왔다. 아키는 그 일을 털어놓으면서 "오늘은 정말 지쳤어. 기분 전환하고 싶어" 하고 말했다.

그러자 노부미쓰가 "그럼 드라이브 삼아 바다라도 보러 갈래?" 하고 가볍게 권했다. 오후 출근날이라 이미 9시였다. 퇴근하면 10시가 넘는다며 거절했지만 노부미쓰는 아키의 퇴근 시간에 맞춰 차를 타고 나타났다. 둘은 그대로 오다이바까지 드라이브를 했다. 우미호타루*에서 야경을 보고 레스토랑에서 근사한 저녁을 먹고 노부미쓰가 아키를 집까지 데려다주었다. 집에 도착한 건 새벽 3시. 노부미쓰는 호텔에 가자는 말도 하지 않고 그저 웃으면서 "그럼 또 봐" 하고 돌

---

* 도쿄만과 치바현 사이 바다 한가운데에 떠 있는 유료 도로 휴게소로, 멋진 야경으로 유명하다.

아갔다. 아키는 진심으로 기뻤다. 자연스럽게 자신을 위로 해 준 노부미쓰의 다정함이 고마웠다.

그런데 나중에 노부미쓰의 동료에게 들은 바에 따르면, 그날 노부미쓰는 밤을 꼬박 새고 다음 날 거의 못 자고 출근했다고 한다. 당시 노부미쓰의 집은 치바 근처인 니시카사이여서 아키의 집이 있는 구니타치와는 완전히 반대 방향이었다. 그 말을 들었을 때 아키는 노부미쓰를 좋아하게 될 거라는 희미한 예감이 들었다. 그래서 미타에게 말했다.

"나 어떻게 할까요? 오바타 씨가 적극적으로 대시해요. 좋은 사람이에요. 이대로라면 나 오바타 씨한테 가버릴지도 몰라요."

사실은 미타가 잡아 주기를 바랐다. 만약 미타가 단호하게 말한다면 두 번 다시 노부미쓰와 만나지 않을 작정이었다. 하지만 미타는 아무 말도 하지 않았다. 말리기는커녕 아키와 만나는 것도 피했다. 아키는 도무지 이유를 알 수 없었다. 더는 자신을 좋아하지 않는다고 생각할 수밖에 없었다. 한편 노부미쓰는 그날 이후 훨씬 더 적극적으로 데이트 신청을 했다. 아키도 더는 거절하지 않았다. 노부미쓰와 만나는 것에 대해 언젠가 미타가 뭐라고 말해 주기를 은근히 기대하기도 했다. 서점에서 아키가 양다리를 걸친다는 소문이 돌기 시작한 건 이때쯤이다. 미타는 아무런 말도 없었고 아키는 노부미쓰와 데이트하는 날이 늘었다. 그리고 마침내 노부미쓰가 같이 여행을 가자는 제안을 했다. 친구 이상의 관계가 되고 싶다는 완곡한 권유라는 걸 물론 아키도 잘 알았다.

그래서 아키는 마음을 굳히고 미타를 카페로 불렀다. 아키는 그날의 일을 지금도 또렷이 기억한다. 미타는 약속 시간보다 20분쯤 늦게 둘의 단골 카페인 구구쓰소우°에 나타났다. 이곳은 미타가 좋아하는 곳으로, 퇴근길에 들러 곧잘 책을 읽곤 했었다. 조용하고 흡연도 가능해서 이 카페를 좋아하는 것 같았다.

"늦어서 미안."

그렇게 말하며 아키 앞 소파에 앉은 미타는 안색이 별로 좋지 않았다. 평소보다 한층 더 신경질적으로 보여 가까이 다가가기 어렵게 느껴졌다. 주문을 받으러 온 여직원에게도 "블렌드 스트롱"이라며 눈도 마주치지 않고 퉁명스럽게 커피 주문을 했다. 뭐라고 말하면 좋을지 계속 고민하던 아키는 미타의 얼굴을 보고는 마음을 정했다.

"오바타 씨가 같이 여행 가자고 하는데, 어떻게 할까요?"

아키는 단도직입적으로 말을 꺼냈다. 미타는 아키의 말

• 기치조지에서 커피와 카레로 유명한 동굴 분위기의 찻집이다.

을 예상했다는 듯이 차분히 담배에 불을 붙였다. 긴 손가락으로 담배를 무는 군더더기 없는 동작, 미간에 주름을 모으며 한숨과 함께 연기를 내뿜는 입 모양에 아키는 저도 모르게 넋을 잃고 바라보았다. 담배 피우는 모습이 멋있다며 서점 여자애들이 떠들어댔는데 정말 그렇다고 아키도 생각했다. 특히 오늘처럼 우울한 모습일 때는 그 섬세함이 더욱 두드러진다. 주문한 커피를 미타 앞에 내려놓았는데도 미타는 커피잔에는 손도 대지 않고 계속해서 담배만 피웠다. 카페의 어슴푸레한 분위기에 동화된 듯 미타는 자신의 존재를 지우고 있었다.

"내가 어떻게 하면 좋겠냐고요."

침묵하는 미타의 태도가 답답해서 아키는 다시 한번 물었다.

"어떻게 하다니, 아키가 하고 싶은 대로 해."

마지못해 말하는 듯한 느낌으로 미타는 그렇게 말했다.

"같이 여행 가자는 말이 어떤 의미인지 알잖아요. 정말 그래도 괜찮아요?"

아키가 되물었다. 감정이 격해져서 목소리가 약간 갈라졌다.

"난 우리가 사귀고 있다고 생각했는데 내가 다른 남자한테 가도 상관없는 거예요?"

"그럼 아키는 어떻게 하고 싶은데? 가고 싶어? 안 가고 싶어?"

"그건……."

아키는 말이 막혔다. 미타가 가지 말라고 하면 안 가겠다고 생각했는데 입 밖으로는 꺼내지 못했다. 마치 그런 아키의 마음을 훤히 꿰뚫고 있다는 듯이 미타는 말했다.

"아니면 내가 잡아 주기를 바라는 거야?"

그렇다고 말하고 싶었지만 미타의 목소리가 너무나도 차가웠기 때문에 아키는 아무 말도 할 수 없었다.

"사실은 아키도 가고 싶은 거지? 그런데 나한테 미안하니까 말을 못 하는 거 아냐?"

"그건 아니에요!"

아키는 무심코 큰 소리를 냈지만, 정말 아닌 게 맞나? 하고 자기가 내뱉은 말을 곱씹었다. 미타가 말한 대로일까. 조용한 카페라 목소리가 많이 울렸는지 안쪽 자리에 앉은 대학생쯤으로 보이는 커플이 힐끔 쳐다봤다.

"그것도 아니면 아키는 내가 오바타 씨와 싸움이라도 했으면 좋겠어? 아키한테 접근하지 말라고 몸으로 막아 주기를 바라는 거야?"

"아니에요."

이번에는 확신을 가지고 말할 수 있었다. 미타에게 그런 걸 바라는 게 아니었다. 아키는 미타의 마음을 확인하고 싶었다. 3년간 사귀면서 한 번도 사랑한다고 말해 준 적이 없었다. 침대 위에서 장난으로라도 사랑한다는 말을 하게끔 유도한 적도 있었지만 그럴 때도 미타는 그 말을 하지 않았다. 그래서 아키는 불안했다. 몇 년이 지나도 자신이 없었다. 자신을 정말 사랑하는지, 아니면 사귀어 달라고 말해서 그냥 사귀고 있는 것인지.

"나더러 결정하라는 건 비겁해. 그건 아키의 문제잖아?"

"내 문제라고요?"

"나와 이대로 사귈지 헤어지고 오바타 쪽으로 갈지, 결정하는 건 아키 본인이야."

"당신의 마음은 어떤데요? 내가 소중하지 않아요? 어째서 잡지 않는 거죠?"

"내 마음? 그건 상관없잖아. 만약 아키 마음이 나에게 향해 있다면 처음부터 오바타 씨를 거절했을 테고 나와의 관계를 재지도 않았을 거야. 마음이 흔들리는 건 오바타 씨에게 끌리니까 그런 거 아냐? 그러니까 나한테 미안한 거겠지. 먼저 사귀자고 말했는데 마음이 바뀌었으니 말이야."

미타의 말이 가슴을 후벼팠다. 미타의 말처럼 아키는 노부미쓰를 이용해서 미타의 마음을 떠보려고 했다. 하지만 그건 미타를 사랑하기 때문이었다. 진심으로 사랑했던 것이다.

"난 당신을 사랑해요. 하지만 당신의 마음을 모르겠어요. 그래서 사귀는 내내 불안했어요. 도대체 나를 어떻게 생각하는 거예요? 왜 나랑 사귀는 거죠?"

아키는 항상 미타에게 묻고 싶었던 말을 가까스로 입 밖으로 꺼냈다. 결정적인 말을 듣는 게 무서웠기 때문이다. 커피잔을 든 손이 조금 떨렸다.

"이제 와서 그런 게 뭐가 중요해?"

미타는 짜증이 묻어나는 말투로 말했다.

"중요해요. 난 계속 불안했으니까요."

미타는 늘 이런 식이다. 겁 많은 고양이처럼 가까이 다가가려고 하면 할수록 저 멀리 도망친다. 어떤 마음인지 궁금해해도 절대 알려 주지 않는다.

"그래서 오바타 씨에게 끌린 거야?"

미타가 뿌리치듯이 말했다. 아키는 순간 숨이 막혔다. 반론하려 했지만 아무런 말도 나오지 않았다. 미타의 말이 맞을 수도 있지만 미타에게 듣고 싶은 말은 그런 게 아니다.

"그냥 당신의 마음을 말해 줘요."

아키는 사력을 다해 다시 한번 말했다.

"내 마음이 어떻건 아키의 마음은 바뀌었잖아. 나보고 뭘 어쩌란 거야."

미타는 담담한 말투로 말했다.

아키의 마음은 산산이 부서졌다.

미타와의 거리는 멀다. 바로 눈앞에 있는데도 너무나도 마음이 멀다.

미타의 마음속에서 자신은 이미 과거가 되어 버렸다.

아키의 눈에서 주르르 눈물이 흘러내렸다. 그 모습을 본 미타는 놀란 듯했다.

"어째서 지금 우는 거야? 다른 남자랑 사귀고 싶다고 말하는 건 아키잖아. 버려지는 건 나라고. 네가 슬퍼할 일이 아니야. 넌 좋아하는 남자한테 가면 돼."

"나한테 화내는 거예요?"

화를 내면서 고함치고 자신에게 욕이라도 한다면 얼마나 좋을까. 얼음처럼 차가운 무관심보다 그 편이 훨씬 나을 거라고 아키는 생각했다.

"아니. 난 그저 이런 곳에서 이런 얘기를 해야 한다는 사실이 싫을 뿐이야."

미타의 목소리는 냉정했다.

"이제 더 할 얘기 없지?"

미타는 그렇게 말하며 계산서를 움켜쥐고 카운터로 향했다. 아키는 소파에 앉은 채 일어설 수 없었다.

맨션은 따뜻한 색감의 테라코타 타일이 시공된 외벽이 특징이다. 맨션 부지를 검은색 고풍스러운 디자인의 철제 울타리가 둘러싸고 있다. 현관 홀은 오렌지색으로 채광창에는 스테인드글라스가 장식되어 있다. 엘리베이터 문도 투명하고 레트로한 디자인이다. 아키의 집은 4층으로 엘리베이터에서 내렸을 때 오른쪽 복도 끝에 있다. 열쇠로 문을 열고 아키가 집 안으로 들어갔다. 썰렁한 공기가 감돈다. 아키는 그대로 거실로 향했다. 테이블 위에는 커피가 반쯤 남은 컵이 아무렇게나 놓여 있고 바닥에는 신문이 널브러져 있다. 아침에 노부미쓰가 허둥지둥 출근한 모양이다. 아키는 신문을 접고 선반에 끼워 넣었다.

노부미쓰는 부서를 이동하면 지금보다 더 일이 바빠질 거라며 결혼을 서둘렀다.

"기껏 아키와 잘 만나고 있는데 바빠서 못 만나게 되면 왠지 버려질 것 같았거든."

회사 선배 중에도 잡지 창간 준비로 바빠서 집에 계속 못 들어가다가 오랜만에 집에 갔더니 와이프가 짐을 싸 들고 떠나버린 사람이 있었다고 한다.

"이 업계에 있다 보면 그런 얘기를 종종 들으니까."

노부미쓰는 농담처럼 말했지만 바빠서 자주 못 만나게

되면 다시 미타와 만날까 봐 걱정하는 것 같았다. 결혼해서 안심하고 싶었을 수도 있다. 아키가 결혼을 승낙한 이유는 노부미쓰의 그런 솔직한 모습이 좋았기 때문이다. 미타와 헤어지면서 상처받은 만큼, 노부미쓰의 투명한 성격은 마음이 놓였다. 열심히 관심을 끌려고 노력하는 모습도 정말이지 사랑스러웠다. 강아지가 꼬리를 흔들며 다가오는 듯한 느낌이 들어서 노부미쓰와 함께라면 즐겁게 생활할 수 있을 것만 같았다. 미타를 동경했던 마음이 강했지만 반면에 그가 무슨 생각을 하는지 모를 때가 많았기 때문이다.

물론 그래서 더 가슴이 두근거리기도 했지만.

노부미쓰와는 같은 일로 웃고 같은 일로 화낸다. 학창 시절 친구처럼 편안하다. 평생 함께할 사람으로는 노부미쓰 같은 사람이 분명 좋을 것이다.

하지만 노부미쓰는 예상했던 것보다 훨씬 더 바빴다. 결혼에 실패한 선배와 자기는 다르다며 아무리 늦어져도 집에는 반드시 들어오겠다던 노부미쓰는 그 약속을 잘 지키고 있다. 너무 늦어서 회사에서 잠을 자는 동료도 많으니 이렇게 새벽에라도 귀가하는 걸 보면 노부미쓰 나름대로 노력한다고 생각했다. 하지만 아키와는 생활하는 시간이 전혀 맞지 않는다.

처음에는 아키도 자지 않고 노부미쓰가 돌아오기를 기

다렸다. 혹은 먼저 자고 노부미쓰가 돌아오면 다시 일어나기도 했다. 신혼이기도 하고 조금이라도 부부의 시간을 보내고 싶어서였다. 그러나 노부미쓰는 밤에 자지 않고 기다리고 있으면 오히려 부담스럽다고 말했다. 시간을 신경 쓰면서 일하는 것도 싫고 본인 때문에 혹 건강이라도 나빠지면 어떡하냐며 걱정했다. 그래서 아키는 신경 쓰지 않고 먼저 자기로 했다. 사실 아키도 노부미쓰의 귀가 시간에 맞추는 게 조금 버거워지던 참이었다.

그래서 밤에는 먼저 자고 아침에는 노부미쓰의 잠든 얼굴을 보면서 출근한다. 오후에 출근하는 날에는 어쩌다 대화를 하기도 하지만 거의 스쳐 지나가는 생활이다. 노부미쓰는 주말에도 출근하는 날이 많고 집에 있더라도 대부분은 밀린 잠을 잔다. 둘이 대화하는 시간이 확 줄었다. 그에 대해 아키는 불만이 쌓이고 있었다.

부부라기보다는 그저 동거인일 뿐이다.

연애 기간이 짧더라도 조금씩 시간을 들여서 관계를 깊게 만들어 가면 될 거라 생각했는데 사귈 때랑 만나는 시간이 비슷하다. 아니, 점점 줄고 있다. 노부미쓰는 잡지 창간으로 바쁜 일이 끝나면 지금보다는 여유가 생긴다고 했지만 과연 그럴까?

아키는 소파에 앉았다.

이렇게 살아도 괜찮은 걸까? 이렇게나 못 만나는데 과연 부부라고 할 수 있을까?

그래도 일이 즐거우면 그럭저럭 괜찮을 텐데 직장 상황도 좋지 않다. 뭘 해도 장애물이 생기고 여전히 괴롭힘을 당하고 있다. 니시오카가 점장이 되면 앞으로 더더욱 고달파질 것이다.

차라리 다른 서점으로 옮기는 게 나을까.

하지만 부모님 인맥으로 이 서점에 들어왔으니 무언가 그럴싸한 이유가 없는 한 다른 서점으로 옮기기도 어렵다.

하아, 귀찮아. 온 사방이 꽉 막힌 느낌이네.

생각하면 할수록 울적해져서 아키는 소파에 드러누워 눈을 감았다.

12

9월 마지막 주에 리코는 임명장을 받았다. 아침에 노지마가 회의실로 불러 임명장을 읽어 주었다. 10월 1일 자로 리코는 점장으로 승진한다.

"우리 페가수스 서점 첫 여성 점장이군요. 앞으로 열심히 해 줘요."

노지마는 평소처럼 다정한 말투로 말했다.

"감사합니다."

그렇게 대답하면서 리코는 가슴이 두근거렸다. 아르바이트생으로 5년, 사원이 되고서 15년이 흘렀다. 꼭 출세해야지, 하고 바라지는 않았지만 승진하는 건 지금까지 한 일을 인정받았다는 뜻이고 무엇보다 월급이 오른다. 게다가 서점 직원으로서 이 자리까지 왔으니 한 번쯤은 서점 전체를 맡아서 관리해 보고 싶다는 마음도 있었다. 자기 자신이 어디까지 할 수 있는지 시험해 보고 싶어서였다.

마침내 여기까지 왔다. 앞으로 또 새로운 단계로 넘어가는 거다.

최근 여러 일로 응어리졌던 마음이 한꺼번에 풀리는 듯했다. 앞으로는 새 직급으로 새로운 기분으로 일할 수 있을 것만 같다.

"그럼 오늘 조례 때 모두에게 발표할게요."

"알겠습니다."

리코는 노지마에게 고개 숙여 인사했다. 노지마는 리코의 승진과 동시에 본사 시스템 부서로 이동한다. 리코는 입사 이후 내내 이 지점에 있었다. 지금껏 몇 명의 점장을 만났던가. 잘 맞는 점장도 있었고 그렇지 않은 점장도 있었다. 노지마는 비교적 좋은 점장이었다.

나는 좋은 점장이 될 수 있을까. 모두가 잘 따라 주는 존재가 될 수 있을까.

지금부터가 진정한 승부다.

"축하합니다!"

오자키 시호가 먼저 축하 인사를 건넸다. 쨍그랑, 하고 다 함께 잔을 부딪친다. 리코의 점장 승진이 발표되고 사나흘쯤 뒤, 단골 술집인 모모키치*에서 승진 축하 파티를 열었다. 리코와 리코가 평소 친하게 지내는 여성 부하직원 다섯 명이 모였다. 멋진 분위기의 비싼 가게가 많은 기치조지에 있지만 이곳은 비교적 저렴하고 음식도 아주 맛있다. 자정까지 영업하기 때문에 퇴근길에 들르기에도 좋다. 실리를 중시하는 리코의 기준에도 만족스러운 곳이었다.

"고마워요."

"사장님, 주문할게요."

마늘 스파이스 닭 다리 구이, 연골 튀김, 멘치카츠, 야채 샐러드, 양하**와 오이의 매실 무침 등 저마다 열심히 주문했다. 서점 직원은 체력으로 승부하기 때문에 오늘 멤버들은 다들 잘 먹고 잘 마신다.

"니시오카 씨는 우리 서점 최초의 여성 점장이니까 우리한테는 희망의 별과 같은 존재예요."

오자키가 리코를 향해 말했다.

"앞으로 우리 서점은 훨씬 더 좋아지겠어요. 역시 니시오카 씨가 있어야 페가수스 서점도 있는 거니까요."

이번에는 야마네 쇼코가 말했다. 아부성 발언인 걸 알지만 기분은 좋다.

"그런데 니시오카 씨가 점장이 되면 3층 책임자는 누가

* 기치조지역 근처에 있는 가게로 닭고기 요리가 유명하다.
** 생강과 셀러리를 섞어 놓은 듯 독특한 향을 가지고 있는 채소.

되는 거예요?”

오자키가 걱정스러운 얼굴로 물었다. 그러자 옆에 있던 야마네가 대답했다.

“정직원이 아니면 안 되니까 오자키 씨가 될 수는 없을 테고. 설마…… 오바타 씨?”

정직원은 리코를 제외하면 총 세 명이다. 4층 책임자인 쓰지이와 5층 책임자인 하타케다 그리고 오바타 아키. 지금까지는 리코가 3층 책임자로 있었지만 아무래도 점장과 3층 책임자를 겸임하기는 힘들다. 정직원인 아키를 후임으로 두는 게 일반적일 것이다.

“오바타 씨에게 3층을 맡기기에는 아직 좀 이른 감이 있어요. 다른 지점에서 사원이 이동해 오거나 하타케다 씨가 맡게 될 거예요.”

불안해하는 오자키의 얼굴을 보며 리코는 그렇게 대답했다. 그 말을 들은 오자키는 안도한 듯한 표정을 지었다. 오자키는 자기가 속한 3층에 아키가 책임자로 와서 그녀의 부하직원이 되는 게 싫은 것이다. 리코도 여태껏 애정을 쏟아 온 3층 매장을 아키에게 맡길 생각은 없었다.

그때 주문한 음식이 나왔다. 그릇과 젓가락을 세팅하고 음식을 덜다 보니 대화가 잠깐 멈췄다. 각자 앞접시에 음식을 다 담자 야마네가 다시 그 얘기를 이어 나갔다.

“그런데 부점장 자리는 어떻게 되는 거예요? 따로 인사 발령이 나지 않아서요.”

“그러게요. 어떻게 되려나…….”

리코는 약간 걱정스러웠다. 원래라면 점장 임명장과 함께 부점장 임명장도 나와야 하는데 이번에는 리코와 노지마의 임명장만 나왔다.

“부점장뿐만 아니라 이번 기회에 계약직 사원들의 정규직 전환도 신청하려고 해요.”

그 말을 듣자 오자키의 두 볼에 발그스레한 홍조가 떠올랐다. 술을 마셔서 그런 건 아닐 것이다. 다음 정규직 전환자로는 오자키 아니면 미타 타카히코, 둘 중 한 명이 될 거라고 말이 나오고 있었기 때문이다. 그러나 요 몇 년간 정규직 전환 이야기는 보류되고 있었다. 노지마가 본사로 가고 정사원 수가 줄어든 지금이야말로 오자키나 미타 중 한 명, 가능하다면 둘 다 정직원으로 전환해 주고 싶다고 리코는 생각했다.

“그런 쪽으로는 본사에서 아직 아무런 말이 없나요?”

야마네가 흥미로운 듯 물었다.

“네, 자세한 건 아직.”

이미 점장에 관한 인수인계는 이루어지고 있다. 새로운 체제에 관해서도 상의하고 있는데 노지마는 자세한 건 점장이 된 후에 직접 본사와 얘기하라는 식으로 말할 뿐이다. 근래 본사에 매일 얼굴을 비추고 있는 노지마는 인사부 의향에 관해서도 대강 파악하고 있을지도 모른다. 그러나 리코에게는 아무런 말도 하지 않으려 했다. 리코는 그 부분이 마음에 걸렸다.

"내일 본사의 야마다 부장님이 우리 서점으로 온다고 하니 그때 이야기를 들어볼 수 있을 것 같아요."

게다가 이동이 결정된 이후부터 노지마의 태도가 어쩐지 쌀쌀맞아졌다. 쓰지이와 하타케다도 마찬가지다. 셋이 모여서 무언가 열심히 얘기하는 모습도 종종 보인다. 요즘은 술자리에도 부르지 않는다. 예전에는 넷이서 한 달에 한두 번씩은 꼭 모여서 '각 층 책임자 회의'라 칭하며 의논도 할 겸 회식을 했었다. 그 자리에서 서점 운영 사항이라든가 직원들에 관해 얘기를 나누곤 했다. 이른바 친목과 정보를 교환하는 모임이었다.

그 자리에 자신이 불리지 않게 된 건 어째서일까. 자신이 앞으로 점장이 되는 만큼 지금이야말로 쓰지이와 하타케다의 협력이 필요한 시점인데. 오늘 이 자리도 오자키가 그 둘에게도 권했는데 바쁘다며 거절했다고 한다. 그런 모습이 리코를 불안하게 만들었다.

"아, 맥주 한 잔 더 주문할까요?"

리코의 맥주잔이 빈 걸 보고 오자키가 말했다.

"응, 고마워요."

리코가 대답하자 오자키는 점원에게 추가 주문을 했다.

"오자키 씨가 이번에 정규직으로 전환되면 정말 좋겠네요."

야마네가 오자키 쪽을 바라보았다. 정직원으로 누굴 추천할지 그 이름을 입 밖에 낸 적은 없지만 다들 암묵적으로 오자키일 거라고 생각했다. 그런 말 하지 마, 하고 말하면서 오자키는 야마네를 가볍게 손으로 쳤다.

"정말 그렇게 되면 좋겠네요."

리코도 부드럽게 웃으면서 말했다.

오자키건 미타건 상관없다. 리코는 자기 편이 되어 줄 사람을 정직원으로 만들고 싶다. 그리고 그 사람이 자신의 오른팔이 되어 줬으면 좋겠다고 리코는 바랐다.

인스턴트커피를 컵에 넣고 물이 끓어오르기를 기다렸다. 나중에 키오스크에서 에너지바라도 사야겠다고 리코는 생각했다. 오늘 같은 날 늦잠을 자다니. 점장 취임을 축하하는 자리여서 과음했더니 아직도 몸에 술이 남아 있는 듯한 기분이다.

그러나 오늘부터는 점장이다. 지각할 수는 없다. 게다가 11시에는 본사 임원들이 올 예정이다. 부점장 건이라든가 정규직 전환 건이라든가 여러모로 의논할 게 많으니까 빨리 컨디션을 회복해야 한다.

평소에는 리코가 늦게 일어나더라도 아버지가 깨워줬는데 하필이면 오늘 아버지도 늦잠을 잔 모양이다. 어제는 직장 동료였던 친구분이랑 등산하러 도쿄 근교에 있는 다카오산인지 오우메산인지에 다녀오신 것 같은데, 외출해서 몸을 움직이는 건 바람직하지만 어쩐지 어젯밤은 꽤 지친 얼굴이었다. 안 그래도 요즘 혈압이 높다고 했는데 무리해서 몸에 탈이라도 난 건 아닐까.

간단하게 저녁 준비라도 해 두고 출근하고 싶었지만 그럴 시간이 없다. 리코는 목에 스카프를 두르는 걸로 출근 준비를 끝냈다. 커피는 블랙인 채로 들이켰다.

"다녀오겠습니다."

커피를 다 마신 후 계단 위에 있는 아버지 방을 향해 인사를 했다.

"오늘은 오전 출근이니까 저녁에 돌아올게요."

그때 2층에서 "드아"인지 "녀어"인지 알아들을 수 없는 목소리가 들렸다. 리코는 깜짝 놀랐다. 무슨 소리지? 설마 아버지 목소리인가?

"아버지, 왜 그래요?"

리코는 서둘러 계단을 뛰어 올라갔다.

“아버지!”

그렇게 말하며 방문을 연 리코는 놀라서 숨을 삼켰다.

아버지는 이불 위에 엎드린 채 쓰러져 있었다. 얼굴만 간신히 문 쪽으로 향해 있었다. 옷을 갈아입던 와중이었는지 잠옷 윗도리가 반쯤 풀어져 있다.

“리, 리, 리코…….”

혀가 잘 안 움직이는 듯 괴로워하는 표정으로 겨우 그 말만 반복했다.

“아버지!”

단숨에 달려가 아버지를 부여잡았다.

“왜 그래요? 괜찮아요?”

“우, 우, 우…….”

아버지는 열심히 무슨 말을 하려고 했다. 하지만 몸이 마비된 듯 뜻대로 되지 않는 모양이었다.

“대체 무슨 말을 하고 싶은 거예요?”

그렇게 말하며 리코는 아버지의 손을 잡았다. 세게 쥐었지만 아버지는 맞잡지 않았다. 축 처진 채로 몸에 힘이 들어가지 않는 듯했다.

“우, 움직일 수 없어…….”

쥐어짜듯이 겨우 그 말만 했다.

“아, 어떡해…… 내가 어떻게 해야 해요?”

리코는 당황했다. 머릿속이 하얘져서 뭘 어떻게 해야 할지 몰랐다.

"……다, 다카……."

아버지의 얼굴이 고통으로 일그러졌다.

"다카?"

"……다카……."

"아, 다카미 외과, 다카미 선생님 말하는 거죠?"

대답은 없었지만 아버지는 리코가 알아들어서 다행이라는 듯한 표정을 지었다.

다카미 외과는 아버지가 자주 찾는 병원이다. 벌써 30년째 다니고 있고 의사 선생님이 서글서글하고 친절해서 아버지는 여기만 간다. 감기나 위통 등 원래 내과에 가서 진료해야 하는 증상도 웬만하면 다카미 외과에서 해결한다. 그러고 보니 그저께도 혈압약을 받아 왔었다.

"전화하고 올게요!"

리코는 서둘러 1층으로 내려가 전화기가 있는 곳으로 갔다. 전화기 옆에 있는 주소록을 펼쳐 '다카미 외과'를 찾았다. 아버지는 꽤 꼼꼼한 성격이라 인연을 맺은 사람이라면 연락처를 주소록에 적어 둔다. '다카미 외과'는 병원 전화번호 외에 의사 선생님의 자택 전화번호도 적혀 있었다. 알고 지낸 세월이 길다 보니 몸이 안 좋을 때 다카미 선생님에게 전화로 상담하기도 했던 모양이다.

다행히 선생님은 바로 전화를 받으셨다. 리코는 상황을 대충 설명했다.

"그렇다면 얼른 구급차부터 불러. 아마도 뇌혈관 쪽에 문제가 생긴 것 같으니까."

"네?"

뇌혈관에 문제가 생겼다는 건······.

뇌출혈, 뇌경색, 뇌졸중, 지주막하 출혈······.

리코의 머릿속에 섬뜩한 병명들이 떠올랐다.

모두 생명과 직결되는 병이다. 설령 무사히 넘긴다고 해도 반신불수가 되거나 치매에 걸리는 등 여러 후유증이 남는다. 그런 무서운 이미지만 떠올랐다. 만에 하나 아버지에게 무슨 일이 생긴다면······.

"그제 아버님이 병원에 오셨을 때 혈압을 쟀더니 160이 넘더라고. 그래서 최대한 조심하라고 일러 드렸는데······."

다카미 선생님의 말소리에 겨우 정신을 차린 리코는 떨리는 목소리로 대답했다.

"알겠습니다. 지금 바로 구급차를 부를게요."

"구급차 번호 알아? 말해 봐."

"어, 그러니까."

순간 사람을 바보 취급하나, 하고 생각했는데 웬걸, 번호가 떠오르지 않았다. 112는 어디였지? 경찰이었나?

"119야. 당황하지 말고 차분하게 전화해."

아무래도 어렸을 때부터 알고 지내던 사이여서 그런지 목소리만 들어도 다카미 선생님은 리코가 패닉 상태임을 알아차린 것 같다. 감사 인사를 전하고 리코는 수화기를 내려놓았다.

구급대원들은 아버지를 구급차에 태우고는 곧장 주사를 놓았다. 아버지는 구급차 안에서 이상할 정도로 많은 땀을 흘리고 구역질을 했다. 이제 막 일어난 참이라 위에는 아무것도 든 게 없어서 누런 위액만 토해냈다. 병원에 도착한 아버지는 그대로 들것에 실린 채 병실로 옮겨져 링거를 꽂았다. 의사는 간단한 설명을 한 후 CT 검사 준비를 해야 하니 잠깐 기다려 달라고 했다.

"아버지, 괜찮아요?"

아버지는 대답하지 않았지만 몸을 기울여 무릎을 조금 폈다.

리코는 조금 안도했다. 가까스로 몸은 움직일 수 있게 된 모양이다.

"죄송한데, 잠깐 회사에 전화 좀 하고 올게요."

곁에 있던 간호사에게 그렇게 말하고 병실을 나왔다. 정신없이 나오는 바람에 집에 핸드폰을 두고 왔다. 물론 병원 내에서 핸드폰은 사용할 수 없으니 들고 왔다고 한들 상황은 똑같았을 것이다. 간호 스테이션 앞에 있는 공중전화로 서점에 전화를 걸었다. 이미 9시 30분이 넘었다. 오전에 출근하는 사람은 이미 출근했을 시간이다. 따르릉, 하고 몇 번 연결음이 울렸다.

“네, 페가수스 서점입니다.”

전화를 받은 사람은 오바타 아키였다. 이 상황을 전하기에 그다지 내키지 않은 상대다.

“니시오카입니다. 쓰지이 씨나 하타케다 씨 있나요?”

“하타케다 씨가 매장 쪽에 있는데 연결해 드릴까요?”

“네, 부탁해요.”

얼마 뒤 하타케다가 전화를 받았다.

“하타케다 씨, 늦게 연락해서 미안해요. 오늘 아침에 아버지가 갑자기 쓰러지셔서 구급차를 불렀어요. 지금 병원이에요.”

“저런, 많이 놀라셨겠어요. 병명은 뭔가요?”

평소처럼 억양 없는 목소리로 하타케다가 물었다.

“아직은 몰라요. 뇌경색이지 않을까 했는데 몸을 움직일 수 있게 되어서 뇌경색까지는 아닐 거라고 하네요. 아무튼 24시간 내에는 확실히 알 수 있다고 했어요.”

"걱정이 많으시겠어요. 그럼 오늘은 결근이신가요?"

"네, 점장 첫날인데 상황이 이렇게 돼서 미안하게 생각해요."

"응급상황이니 어쩔 수 없죠."

"검사가 끝나면 또 연락하겠지만 아마 시간이 좀 걸릴 것 같아요……."

"아, 근데 11시부터 본사 임원분들이 온다고 했었죠? 어떻게 할까요?"

"미안한데 하타케다 씨가 야마다 부장님께 연락해서 일정을 미뤄 달라고 대신 좀 부탁해 줄래요? 지금 연락처도 모를뿐더러 핸드폰도 집에 두고 나와서요."

"알겠습니다. 근데 만약 이미 출발하셨다면요?"

"그런 거면 어쩔 수 없죠. 죄송하다고 사과드리고 하타케다 씨가 나 대신 어떤 용무인지 듣고 나중에 알려 줄래요?"

"네, 그렇게 할게요."

"그럼 나중에 또 연락할게요."

그렇게 말하고 전화를 끊었다. 우선 회사 쪽은 이걸로 어떻게든 될 것이다. 조례 때 취임 인사를 하고 싶었는데, 어쩔 수 없다. 지금은 그것보다 아버지의 몸 상태가 더 걱정이다. 부디 별일 없어야 할 텐데.

참담한 기분으로 리코는 병실로 돌아갔다.

"있잖아요, 아키 씨. 저 엄청난 걸 들었어요."

오늘 발매된 잡지를 진열하고 있는 아키에게 마미가 들뜬 얼굴로 다가왔다.

"뭐? 무슨 일인데?"

그렇게 말하면서 아키는 손을 빠르게 움직였다. 한정된 잡지 공간에 매일같이 도착하는 새 잡지를 깔끔하게 진열하는 건 여전히 어려웠다.

"히토쓰보시 출판사의 시바타 차장님 말인데요. 왜, 젊은 부하직원이랑 속도위반해서 결혼하신 분 말이에요. 아시죠?"

"물론이지. 여러모로 신세를 지고 있기도 하고……."

남편과 같은 회사의 영업부 차장이지만 결혼 전부터 친절하게 대해 주었다. 결혼 축하 선물로 고급 와인잔을 보내 줬을 정도다.

"근데 시바타 차장님이 왜?"

아키는 그렇게 말하면서 고부갈등을 담은 실록 앤솔러지와 동화를 소재로 한 여성 만화 중 어느 쪽을 매장에 남겨둘지 골똘히 고민했다. 두께는 둘 다 비슷하다.

"시바타 차장님이 결혼하기 전에 우리 점장님이랑 사귀었었대요."

"뭐? 점장님이랑?"

"그렇다니까요. 그 얘기를 듣고 얼마나 놀랐는지 몰라요."

"설마."

놀란 나머지 작업하던 아키의 손이 멈췄다. 시바타와 니시오카. 생각지도 못한 조합이다. 두 사람 다 그런 낌새조차 보이지 않았는데.

"몰래 사귄 것 같더라고요. 뭐, 결국은 점장님이 차였지만."

옆에 있던 안나도 신난 듯 말했다.

"그 얘기 누구한테 들었어?"

아키는 다시 손을 움직이면서 태연하게 물었다. 마미와 안나도 옆에서 잡지를 정리하기 시작했다.

"스레드에 출판업계 소식을 전하는 계정이 있는데, 거기서 봤어요. 꽤 소문이 돌고 있나 보더라고요. 점장님이 요즘 좀 핫하시잖아요."

"하지만 이미 다 지나간 얘기 아냐?"

"그렇지도 않나 봐요. 시바타 차장님이 그렇게 사람 좋은 얼굴을 하고 양다리를 걸쳤다나 봐요. 속도위반해서 결혼한다고 점장님한테 헤어지자고 하는 바람에 점장님이 엄청 난리를 쳤다나 뭐라나. 시바타 차장님한테 스토커 비슷한 짓까지 했다던데요?"

"스토커?"

그 자존심 센 니시오카 리코가? 설마.

"그게 거의 아키 씨 결혼식 무렵이래요. 그래서 점장님이 그런 식으로 아키 씨 결혼식 때 훼방 놓은 거 아닐까요?"

"하긴 그때 엄청나게 신경질적이었잖아. 뭐야, 남자한테 차여서 그런 거였어?"

안나까지 가세한다. 마미와 안나는 까르르 웃어댔다.

왠지 잔인하다고 아키는 생각했다. 어린 여자와 양다리를 걸친 남자한테 결국 버려지다니. 콧대 높은 니시오카에게 엄청난 굴욕이었을 것이다. 아무한테도 알리고 싶지 않았을 게 분명하다.

하지만 그럴수록 더더욱 소문은 멀리 퍼진다. 타인의 불행은 달콤하니까.

"둘 다 그 얘기는 안 하는 게 좋을 거야. 출처가 스레드라면 사실인지 아닌지도 모르고. 만약 너희가 그런 소문을 퍼뜨리고 다닌다는 걸 점장님이 알게 되면 불같이 화낼 테니까."

아키는 진지한 얼굴로 주의를 주었다.

"아, 네……."

마미는 장난치다 걸린 어린아이처럼 겸연쩍어하는 표정을 지었다. 분명 이 얘기를 아키가 재미있어 할 거라 기대했던 모양이다.

하지만 아키는 같이 웃을 기분이 아니었다. 굉장히 불쾌한 얘기라고 생각했다. 리코가 짜증 나는 상사인 건 맞지만 남자 문제로 험담하는 건 치사하다고 느껴졌다. 아키 또한 미타와의 관계로 다른 직원들이 이러쿵저러쿵하는 말을 듣고 불쾌했던 경험이 있어서 자기까지 그러고 싶지 않았다. 상대가 설령 니시오카 리코일지라도.

그때 서점 내에 음악이 흐르기 시작했다. 개점 시간을 알리는 신호다.

"벌써 시간이 이렇게 됐네요."

"아슬아슬했지만 그래도 다 끝냈어."

마지막 한 권을 서가에 밀어 넣으면서 아키가 말했다.

"저 카트 치우고 올게요."

마미가 통로에 방치되어 있던 카트를 창고 쪽으로 끌고 갔다.

"어서 오세요."

마미와 교대하듯 들어온 오늘 첫 손님에게 안나가 인사를 건넸다. 학생으로 보이는 남성이다. 은테 안경을 쓰고 유니클로에서 산 듯한 심플한 티셔츠에 청바지를 입고 있다. 또 왔네, 하고 아키는 속으로 생각했다. 저 손님은 일주일에 한두 번씩 와서 사지는 않고 한참 책만 읽다가 간다. 그가 읽는 건 만화가 아니라 라이트노벨이다. 매장이 오픈하자마자 와서는 저녁 때까지 계속 읽는다.

"전 그럼 계산대로 갈게요."

안나는 그렇게 말하고는 걸어갔다.

아침부터 찜찜한 얘기를 들었네, 하고 생각하면서 아키도 천천히 계산대로 향했다.

13

"대체 새 점장은 어떻게 된 거야?"

본사에서 온 총무부 총괄 전무인 와타나베 타카유키가 짜증스러운 목소리로 말했다. 쑥 내밀고 있는 와타나베의 턱에 오만함이 가득하다.

"어떻게 된 거지?"

옆에 있던 인사부장 야마다 노부오도 마찬가지로 불쾌한 얼굴로 턱을 내밀었다. 약속대로 11시에 나타난 두 사람은 리코가 없다는 사실을 알고 나서 크게 언짢아했다.

"오늘 결근인 것 같습니다."

하타케다가 송구스럽다는 듯이 대답했다. 본사의 와타나베가 온다고 해서 정직원인 하타케다, 쓰지이, 아키가 마중 나와 있었다.

"이유는? 점장 취임 첫날이잖아. 어째서 이런 날에 결근하는 거야? 게다가 내가 여기에 온다는 걸 알고 있었을 텐데. 뭐라 따로 말도 없었어?”

와타나베는 자못 불쾌하다는 듯이 쏘아붙였다. 숫기가 없는 부하직원이라면 이 목소리만 들어도 단박에 풀이 죽을 것이다. 와타나베는 윗사람에게는 살살 기고 아랫사람에게는 으스대는 전형적인 ‘꼰대’ 상사다.

“어떻게 된 거냐고!”

야마다도 거듭 물었지만 와타나베와 달리 톤이 높고 날카로운 목소리여서 남자다운 박력이 부족했다.

“아뇨, 따로 들은 말은 없습니다. 쓰지이 씨는요?”

“저도 들은 말은 없어요. 오바타 씨는요?”

쓰지이의 질문에 아키는 고개를 가로저었다. 니시오카는 자신과 최대한 거리를 두고 있으니 메시지 하나라도 절대 부탁할 리가 없다고 아키는 생각했다.

“나 원 참, 무슨 생각인 거야. 이런 일이 자주 있나?”

“자주, 라고 할 정도는 아니지만…….”

하타케다는 다음 말을 삼켜 버렸다. 이따금 이런 일이 있다고 말하고 싶은 눈치였다.

“어제는 점장 취임 축하 회식을 해서 조금 늦는 것일 수도 있겠네요.”

쓰지이가 리코를 감싸는 건지 골탕 먹이려는 건지 알 수 없는 발언을 했다.

"뭐, 축하 회식? 팔자도 좋네."

와타나베가 신경질적으로 말했다.

"이래서 점장 자리에 여자는 안 된다고 입이 닳도록 말했는데. 건방지게 설칠 줄만 알지 책임감이라는 게 눈곱만치도 없어."

"그러게 말이에요."

와타나베 전무가 하는 말은 다 옳다는 듯 야마다가 고개를 주억거리면서 동의했다. 야마다는 와타나베의 심복이다. 늘 한 세트로 행동한다.

쓰지이도 하타케다도 아무 말 하지 않고 그저 옅은 미소만 짓고 있다. 아키의 눈에는 리코가 곤경에 처한 걸 즐기는 것처럼 보였다.

"그런데 오늘 아침에 점장님한테 전화가 왔었잖아요. 제가 받고 하타케다 씨에게 연결했는데 그때 결근 이유를 말한 거 아니었어요?"

아키는 하타케다를 추궁했다. 여성을 무시하는 와타나베의 발언에 화가 나기도 했고 하타케다의 실실 웃는 얼굴도 불쾌해서였다. 하타케다는 노골적으로 동요한 듯한 표정을 지었다. 눈이 휘둥그레진 얼굴로 잠시 말을 멈췄다가 이렇게 말했다.

“아, 제가 깜빡했네요. 오늘 아침에 결근한다는 연락은 받았어요. 정신이 없는지 그 말만 하고 바로 끊어서 이유는 못 들었습니다.”

하타케다는 마치 방금 생각난 듯 말했다. 만약 그게 사실이라면 하타케다가 잘못한 거잖아, 하고 아키는 속으로 의심했지만 아무도 그것을 문제 삼지 않았다.

“뭐, 술이 덜 깼나 보지.”

와타나베가 경멸하는 듯이 말했다.

“그렇다고밖에 생각할 수 없네요.”

야마다도 동의했다. 어떻게 해서든 리코가 잘못한 걸로 만들고 싶은 모양이다.

“하지만 숙취라면 결근하는 이유 정도는 말할 수 있었을 거예요. 게다가 오늘은 점장으로 출근하는 첫날이니까요. 결근까지 할 정도라면 그럴만한 사정이 분명히 있을 거라 생각해요. 진중한 성격의 점장님이 이유도 말하지 못할 정도로 정신이 없었다면 뭔가 심각한 상황일지도 몰라요. 제가 지금 연락해 볼까요?”

아키가 중재하듯이 말했다. 어째서 리코를 감싸는 거지, 하고 자신도 의아하게 생각했지만 ‘여자니까 안 된다’라는 와타나베의 오만한 말투가 거슬렸다. 그 말을 들은 하타케다는 천연덕스러운 얼굴로 그렇게 하라며 찬성했다.

　와타나베가 반박할 틈을 주지 않겠다는 듯이 아키는 곧바로 핸드폰을 꺼내 리코에게 전화를 걸었다. 그런데 몇 번쯤 연결음이 들리는가 싶더니 부재중 전화 안내로 바뀌었다. 한 번 더 전화를 걸려는 아키를 와타나베가 제지했다.

　"됐어. 무슨 일인진 몰라도 출근 못 하는 이유도 설명할 수 없는 사람은 점장으로서 실격이야. 니시오카 씨에게는 그렇게 전해둬."

　그렇게 내뱉고 와타나베는 괘씸하다는 듯이 자리에서 훌쩍 일어섰다.

　"내 말 반드시 전하도록."

　새된 목소리로 그렇게 당부하고는 야마다도 와타나베의 뒤를 따라나섰다.

　"너무 심한 것 같지 않아?"

　오랜만에 일찍 퇴근한 노부미쓰에게 아키가 하소연했다.

　"다른 것도 아니고 아버지가 쓰러지셨어. 가족 목숨이 위태로운 상황에 놓인 사람한테 어떻게 그런 짓을 할 수 있는 거지? 하타케다 씨는 도대체 무슨 생각을 한 걸까. 자기 부모님이 쓰러졌을 때 똑같이 당하면 어떤 얼굴을 하는지 보고 싶네. 안 그래?"

　아키는 분개했다. 저녁때쯤 다시 전화가 왔고 리코가 결근한 사정이 밝혀졌다. 아버지랑 단둘이서 사는 건 모두가 알고 있는 데다 점장이 되자마자 그런 큰일을 당한 것에 대해 서점 여직원들은 모두 안타깝게 여겼다. 싱글 여성이 많은 조직이다 보니 부모님 병이나 간호는 남 일이 아니었기 때문이다.

그러나 하타케다와 쓰지이는 끝까지 모르는 척했다. 아키는 그 자리에 있었기 때문에 그들이 사정을 알고 있는데도 일부러 그런 거라고 확신했다.

"하타케다 씨가 일부러 잊어버린 척한 거야. 분명해. 내가 점장님한테 전화가 왔었지 않느냐고 말했더니 굉장히 당황하더라고."

"으응."

노부미쓰는 건성으로 대꾸했다.

"게다가 본사에서 온 와타나베라는 사람도 엄청 이상해. 자기가 뭐라도 되는 줄 아나 봐. 애당초 일 못 하는 사람일수록 부하직원한테 거만하게 굴거든. 게다가 여자 점장은 안 된다니, 도대체 어느 시대 사람인 거야."

아키의 장황한 수다를 노부미쓰는 맥주를 마시면서 따분하다는 듯이 듣고 있었다. 아키는 주방에서 요리하느라 등을 돌리고 있었기에 노부미쓰의 표정은 살피지 못했다.

"근데 그런 놈들이 너무 많아. 출세하면 자기가 인간적으로도 위대해졌다고 착각하는 바보는 어디에나 있으니까. 또 그런 놈들에게 붙어서 아부하고 굽실거리는 인간도 많고.”

노부미쓰는 오이초절임을 젓가락으로 집으면서 아키가 하는 이야기에 맞장구쳤다.

“뭐, 그렇긴 하지.”

“결국 니시오카 씨가 점장이 되는 게 못마땅한 거야. 그 사람들은.”

“물론이야. 분명 여자가 점장이 되는 게 유쾌하지는 않겠지.”

노부미쓰는 당연하다는 듯이 말했다.

“그런가. 하지만 와타나베처럼 나이 많은 사람이야 그렇다 쳐도 하타케다 씨는 아직 30대인데 어째서 그렇게 보수적인 걸까.”

그렇게 말하면서 아키는 노릇하게 구워진 시샤모를 그릇에 담아 노부미쓰에게 건넸다.

“나이 따윈 상관없어. 여자가 자기 위로 올라가는 걸 달가워할 남자는 없을 테니까. 나이 차가 많이 나면 그나마 낫지만 비슷한 나이대라면 인정하는 게 쉽지 않지.”

“정말?”

아키는 깜짝 놀라 되물었다.

“노부미쓰도 그렇게 생각해?”

230

"나는 여자 상사는 절대 안 된다고는 생각하지 않지만 만약 그렇게 된다면 일하기가 좀 껄끄럽겠다고는 생각해. 지금까지 그런 경험이 없었으니까."

그렇게 말하고는 젓가락으로 시샤모를 집어 먹었다. 시샤모는 노부미쓰가 좋아하는 메뉴다.

"그 사람이 엄청나게 일을 잘해도? 성격이 좋아도?"

"그런 차원의 이야기가 아니야. 음, 뭐라고 해야 할까. 여자는 생각하는 게 조금 다르잖아. 세세하게 신경 써야 할 부분도 생길 테고. 그런 게 귀찮은 거지. 여자 상사와 일하는 경우를 주변에서 본 적이 별로 없으니까 어떻게 해야 할지 감도 잘 안 오고."

머리 쪽부터 시샤모를 베어 먹으면서 노부미쓰는 아무렇지 않게 말했다.

"그런가."

아키는 납득이 가지 않았다.

"하지만 일에는 실력이 중요하잖아."

"성과가 중요하다느니, 남녀평등이니 입 아프게 강조해도 표면적으로 그럴 뿐이지. 우리 회사도 최근에 곧 편집부 부장이 될 거라는 말이 돌던 여성잡지 부편집장이 딱히 이렇다 할 까닭도 없이 좌천됐거든. 그 사람이 여자라서 뒤에서 훼방을 놓았을 거라는 얘기가 있더라고. 여자가 출세하려고 하면 엄청나게 시샘하니까. 그 사람 험담을 일부러 소문 내고 다니는 놈도 있고. 나는 그렇게까지 하는 건 좀 심하다고 생각하지만.”

그 말을 듣고 아키는 문득 리코와 시바타의 소문을 떠올렸다. 그 소문이 인터넷에서 돌고 있는 것도 리코를 깎아내릴 의도인 걸까.

“아주 불쾌한 이야기네.”

“뭐 그렇지. 특히나 요즘 실적도 부진한 데다 구조조정 이야기도 나오는 상황이라 다른 출판사보다 서로 견제하는 게 더 심하긴 해.”

“하지만 난 지금껏 남자 직원들한테 괴롭힘당한 적은 없어. 싫은 건 여자들 쪽이지.”

아키는 그렇게 말하면서 준비한 냉 두부 요리를 오목한 그릇에 담은 후 쪽파와 생강을 잘게 썰었다.

“그야 그렇겠지. 남자 직원들은 아키를 업무상 라이벌이라고 생각하지 않을 테니까. 아키는 아직 어리잖아.”

무심하게 내뱉은 노부미쓰의 말에 아키는 움찔했다.

자신은 아직 직장에서 라이벌 축에도 들지 못한다는 뜻인가? 아무런 책임도 지지 않는 위치라서 남자들이 견제할 필요도 없다는 건가?

“그럼 만약 내가 일을 열심히 해서 남자 직원들이 위협을 느낄 정도가 되면 역시 그런 일을 당하게 될까?"

이를테면 니시오카 리코처럼.

"아마도? 여자 라이벌이 등장하면 여태껏 서로 적대하던 남자들이 바로 한마음으로 뭉치니까. 남자의 질투란 정말이지 추악하거든."

그렇게 말하면서 노부미쓰는 크게 하품했다.

아키는 충격을 받았다.

어쨌든 자신도 여자다. 리코에게 일어난 일이 언젠가 아키에게도 일어날 수 있다. 아키는 처음으로 리코와 자신이 이어져 있다는 생각이 들었다.

"그렇게까지 해서라도 출세하고 싶은 거야?"

"어쩔 수 없어. 남자는 늘 싸우는 생물이니까, 지고 싶지 않은 거야. 개중에는 더러운 수법을 써서라도 아득바득 이기려는 놈들도 있어."

그렇게 말하면서 노부미쓰는 냉 두부 그릇을 내려놓기 위해 가까이 다가온 아키의 팔을 붙잡아 힘껏 당겼다. 아키는 가까스로 테이블 위에 그릇을 내려놓긴 했지만 그대로 균형을 잃고 노부미쓰의 품 안에 안기는 모양이 되었다. 뒤에서 아키를 감싸 안은 노부미쓰는 아키의 귀에 대고 이렇게 속삭였다.

"이제 이 얘기는 그만하자. 아키랑은 상관없잖아. 그것보다 이제 저녁은 됐으니까 방에서 같이 쉬자.”

그러면서 아키의 목덜미에 입을 맞추었지만 비릿한 입김이 닿자 아키는 얼굴을 찌푸렸다.

“상관없지 않아. 왠지 기분이 나쁘다고. 아무튼 지금은 그럴 기분이 아니야.”

아키는 노부미쓰의 팔을 뿌리치듯 일어서서 냉큼 주방으로 돌아가 버렸다. 노부미쓰는 낮게 한숨을 내쉬었다.

그날 밤, 리코는 병원에서 지샜다. 병원에 도착했을 때 의사가 앞으로 24시간이 고비라고 말했기 때문이다.

“지금까지 이렇다 할 전조가 없었다면 뇌경색이 아니라 그 전 단계인 일과성 허혈 발작*일 거라 생각됩니다만, 아직 단정할 수는 없습니다. 어쨌든 24시간은 상태를 지켜봅시다. 생명에 지장은 없을 테지만 만에 하나 24시간 이내에 발작이나 마비 증상이 나타난다면 앞으로 장기전이 될 수도 있습니다.”

병원 측에서 간호간병 서비스를 제공하기에 상주할 필요는 없지만 그런 말을 듣고 도저히 병원을 떠날 수는 없었다. 리코는 아버지 병실에 간이침대를 두고 거기에 누웠다. 그

---

* 뇌에 단기적으로 혈액 공급이 차단되는 뇌 기능 장애.

러나 침대에 누워도 좀처럼 잠이 오지 않았다.

앞으로 어떻게 될까.

노인돌봄에 대해서는 알고 있었지만 이렇게나 빨리 현실로 다가올 거라고는 생각하지 못했다. 아버지는 예순여덟인데다 몸도 건강해서 아직 괜찮을 거라 생각했는데.

아니, 괜찮을 거라 믿고 싶었다. 아버지가 쓰러진다거나 그런 건 생각하고 싶지도 않았다. 언제까지나 건강하실 거라고 믿고 싶었다.

만약 마비가 남으면 어쩌지? 서점 일을 하면서 아버지 간호까지 해낼 수 있을까? 형제도 없으니 내가 아버지를 보살필 수밖에 없는데, 결국 요양시설에 맡겨야 하는 걸까. 하지만 그런 시설에 들어가는 것도 힘들다고 하던데.

친구에게 전해 들은 돌봄 고생담이라든가 노인돌봄을 둘러싼 비참한 신문 기사가 뇌리에서 떠나지 않았다.

내가 조금만 더 신경을 썼더라면 괜찮았을까. 하필이면 점장 취임 첫날에 쓰러지시다니.

바쁘다는 핑계로 아버지를 내버려 두어서 벌을 받은 걸까. 역시 결혼할 걸 그랬나. 이럴 때 의논할 상대가 가까이 있다는 것만으로도 마음이 한결 놓일 텐데.

이런저런 생각들이 머릿속에 맴돌아서 정신은 더 또렷해지기만 했다. 새벽이 되어서야 안개가 내리듯 졸음이 몰려오나 싶었는데 눈을 떴더니 아침 체온을 재는 시간이었다.

덜컹거리며 무언가가 복도를 지나는 소리가 난다.

"좋은 아침입니다."

병실 문을 연 젊은 간호사가 상쾌하게 인사했다.

"안녕하세요."

리코도 황급히 간이침대에서 일어났다. 잠옷이 아니라 트레이닝복을 입고 있었던 터라 차림새는 상관이 없었지만 늦게까지 자고 있었다는 식으로 보이는 건 민망하다.

"몸은 좀 어떠세요?"

간호사가 침대에 누워 있는 아버지 얼굴을 들여다보았다.

"네, 괜찮아요."

아버지가 또박또박하게 대답했다.

"건강해 보이시네요. 안색도 좋으시고. 크게 염려 안 하셔도 될 것 같아요."

리코도 아버지의 침대로 다가가 얼굴을 살폈다.

"괜찮아요?"

"응."

아버지는 짧게 대답했다. 다행히 정신은 또렷한 것 같다. 조금 부자연스럽기는 해도 몸도 움직일 수 있는 것 같다.

"역시 일과성 허혈 발작이었나 보네요. 지금 당장 생명에 지장이 있지는 않을 거예요. 마비 증상만 다시 나타나지 않는다면 일주일 뒤에 퇴원하셔도 됩니다.”

아침 회진 때 담당 의사가 상냥하게 말했다.

“마비가 다시 나타날지 어떨지 언제쯤 확실히 알 수 있나요?”

“나중에 검사해 보겠지만 아버님의 상태를 보면 몸도 움직일 수 있고 아마 이번에는 괜찮을 것 같습니다.”

의사의 말을 듣자 리코는 그제야 온몸에 힘이 풀렸다.

다행이다.

앞으로 당분간은 원래대로 살 수 있다.

감사와 안도가 섞인 감정이 가슴에 가득 차서 후우, 하고 크게 숨을 한차례 내쉬었다.

14

그날 오후, 리코는 서점에 출근했다. 점장으로 승진한 첫날에 쉬었으니 오늘은 얼굴이라도 비춰야겠다고 생각해서 3시 넘어 병원을 나왔다. 그러나 리코를 기다리고 있던 건 전날 와타나베가 불같이 화내며 돌아갔다는 쓰지이의 보고였다. 하타케다의 대처가 불만스러웠지만 공교롭게도 오늘은 하타케다가 출근하지 않았다. 하타케다를 추궁하는 것보다 우선은 본사에 연락해 사과해야겠다고 생각했다.

"전무님, 어제는 정말 죄송했습니다."

전화를 받은 와타나베에게 리코는 먼저 용서를 구했다.

"전화로 때우려는 생각인가? 사과하려면 직접 찾아와."

와타나베는 그 말만 하고 전화를 끊었다. 와타나베 전무답다, 하고 리코는 무거운 한숨을 내쉬었다. 본사 임원 중에서도 와타나베는 성격이 난폭하고 입이 험하기로 유명하다.

하필 이런 성가신 인간의 심기를 건드렸네, 하는 생각이 들었다.

그나저나 아버지가 쓰러지셨는데 그 정도도 이해를 못 해 주나? 그렇게 생각하면서 리코는 자기 앞에 앉아 있는 쓰지이에게 물었다.

"잘은 모르겠지만 전무님이 화가 많이 나신 것 같아요. 자리 좀 비워도 될까요?"

"매장은 별문제 없으니까 괜찮을 거예요."

"그럼 본사에 좀 다녀올게요. 뭔가 단단히 화가 나셔서 지금 바로 가서 사과해야 할 것 같아요."

"그냥 어제 기분이 안 좋았던 거 아닐까요? 전무님은 기분파잖아요."

"그런 거라면 다행이지만. 일단 다녀올게요."

리코는 그렇게 말하고 준비를 서둘렀다.

리코는 총무부 사무실 문을 열었다. 사무실에는 열 명쯤 되는 직원들이 묵묵히 일하고 있었다. 이곳은 언제 와도 너무 조용해서 들어가는 것부터 눈치가 보인다. 사무실 가장 안쪽에서 전체를 둘러볼 수 있는 곳이 와타나베 전무의 자리이다. 그는 몸을 한껏 뒤로 젖힌 채 전화를 하고 있었다.

"나 와타나베야. 당신 누구야?"

와타나베는 무례한 말투로 그렇게 물었다. 쥐 죽은 듯이 조용한 총무부 사무실에 와타나베의 목소리만 울려 퍼졌다.

"뭐? 누구냐고? 못 알아들어? 나라고, 페가수스 서점의 전무."

아무래도 어딘가 외부 회사에 전화를 건 모양이다.

"그래그래, 알면 됐어. 그런데 가미야 씨 있어? 뭐? 자리를 비웠다고? 출장이라. 어쩔 수 없군. 돌아오면 전화하라고 전해 줘."

그렇게 말하고는 수화기를 내동댕이치듯 끊었다. 그 모습을 보고 리코는 저도 모르게 얼굴이 굳어졌다. 평소에 전화는 끊을 때도 정중하게, 라고 현장에서 입이 닳도록 지도하기 때문이다. 전화 한 통 받을 때도 상대의 기분이 상하지 않도록 주의하는 현장과 본사와의 이 온도 차는 뭘까.

"이제야 왔군."

와타나베가 깔보듯이 말했다.

"어제는 정말 죄송했습니다. 실은 아버지가 쓰러지셔서……."

"변명은 됐어. 잠깐 이쪽으로 따라와."

와타나베는 리코의 말을 가로막으며 자리에서 일어나 출구로 향했다. 그리고 문득 생각났다는 듯이 뒤돌아보고는 "야마다" 하고 턱짓하며 신호를 보냈다. 와타나베의 바로 옆자리, 전무와 가장 가까운 곳에 앉아 있던 야마다는 기다렸다는 듯이 벌떡 일어나서 와타나베의 뒤를 따랐다. 리코도 그 뒤를 따라갔다.

"점장 취임 첫날부터 숙취로 결근이라니, 너무 긴장감이 없는 거 아닌가?"

회의실에 들어가자마자 와타나베가 다짜고짜 소리쳤다.

"말씀 중에 죄송합니다만, 숙취 때문이 아니라 어제 아침에 갑자기 아버지가 쓰러지셔서 구급차를 불렀습니다. 저희 가족은 아버지와 저뿐이라 제가 함께 병원에 갈 수밖에 없었습니다."

와타나베는 손을 휘저으며 단호하게 말을 잘랐다.

"됐어. 그런 건 당신 개인적인 일이잖아. 여기서 문제는 아무런 연락도 없이 출근하지 않았다는 거야."

"네? 저는 병원에 도착한 뒤 사무실에 연락해 사정을 설명했습니다. 본사에도 바로 연락해서 일정을 다시 잡을 수 있도록 잘 얘기해 달라고 부탁을……."

"그런 말은 들은 적이 없는데."

"정말 그렇게 말했나?"

옆에 있던 야마다가 끼어들었다.

“네, 하타케다 씨에게 분명 그렇게 전달했습니다. 아침 9시 반이 조금 지났을 때였습니다.”

“하타케다?”

와타나베와 야마다는 서로 얼굴을 마주 보았다.

“만약 전달이 안 되었다면 하타케다 씨의 실수라고 생각합니다.”

리코는 그렇게 말했다. 부하직원 탓으로 돌리고 싶지는 않지만 사실이니까 어쩔 수 없다.

“하타케다 씨가 깜빡했다는 말인가?”

“네.”

“하타케다 씨는 당신한테 결근한다는 말은 전해 들었어도 이유는 듣지 못했다고 하던데?”

야마다가 퉁명스레 대꾸했다.

“그럴 리 없습니다. 저는 분명 병원에서 전화했으니까요.”

리코는 정색하며 반박했다.

“애초에 타당한 이유가 있는데 제가 어째서 감추겠습니까?”

“가만, 그렇다면 그건 하타케다 씨의 실수가 아니라 부하직원 관리의 문제로군.”

와타나베가 마침 그 생각이 떠올랐다는 듯 말했다.

“네?”

"거기 매장은 부하직원이랑 소통이 잘 안 되는 거겠지. 그러니까 전달될 말도 제대로 전달이 안 되는 거야."

"그러게 말입니다. 당신, 꽤 인덕이 없나 봐?"

와타나베의 말이 끝나기가 무섭게 야마다도 뒤따라 말했다.

"그건…… 이제 막 점장이 됐으니 인덕이 없다고 하기에는……."

생각지도 못한 전개에 리코는 횡설수설했다. 이 회의실에 끌고 온 건 어제 일을 사과받으려는 의도만 있는 건 아니구나, 하고 리코는 그제야 겨우 깨달았다.

"점장 취임 전부터 말이 많았어, 당신."

와타나베가 목소리를 한 톤 낮추었다. 압박을 가하려는 모양이다.

"그게 무슨 말씀이신가요?"

"당신 혼자 너무 튀는 거 아니야? 인터뷰하라고 허가는 했지만 그건 매스컴에 당신 얼굴을 팔기 위해서가 아니라 어디까지나 페가수스 서점을 홍보하기 위해서야. 그런데 이건, 카리스마 서점 직원이라고 치켜세우니 우쭐해서는 말이지."

야마다가 손에 들고 있던 잡지를 리코 앞에 내던졌다. 거기에는 『언젠가 너의 목소리가 닿을 때까지』의 저자와 함께 생글생글 웃고 있는 리코의 사진이 크게 실려 있다.

"그건 제가 의도한 게 아닙니다. 히토쓰보시 출판사 측에서 멋대로……."

그러거나 말거나 야마다는 대놓고 비웃듯 리코의 말을 자르며 말했다.

"당신에 관해서는 여러 사람에게 들은 바가 있어. 점장이 되기에는 인격적으로 문제가 있다고 말이야."

"네?"

"너무 엄격하다, 독선적이다, 감정적이라서 마음에 안 드는 일부 사원에게 부당한 대우를 한다."

야마다는 퉁명스럽게 나열했다.

"누가 그런 말을 했죠?"

리코는 그렇게 물었다. 떨리는 목소리를 감출 수 없었다.

"혹시 오바타 아키……."

순간적으로 리코의 뇌리에 떠오른 건 아키의 이름이었다.

"아니, 오바타 씨는 아니야. 오바타 씨에게 어지간히도 감정적으로 대한다고 듣기는 했지만. 매장에서 서로 붙잡고 싸우기도 했다면서?"

야마다가 신난 듯한 말투로 말했다.

"아뇨, 그런 적은……."

"하지만 오바타 씨 본인은 아무 말도 하지 않았어. 역시 기타무라 회장님 손녀분답지. 그 얘기는 다른 사원한테 들었어. 오바타를 괴롭히는 걸 옆에서 보고 있으면 너무 안쓰럽다면서 말이야."

"그것 말고도 능력은 좋지만 융통성이 없고 혼자 돋보이고 싶어한다는 말도 들었어."

줄줄이 결점을 지적하자 리코는 피가 거꾸로 솟는 기분이었다. 야마다는 그런 리코의 표정은 무시한 채 계속해서 말했다.

"부하직원에 대한 관대함도 없고 부하직원의 공적도 빼앗아 간다던데?"

"그게 사실이라면 어째서 저를 점장으로 승진시킨 건가요? 그런 문제가 있다면 점장 자리에 앉힐 수 없는 거 아닌가요?"

리코는 참다못해 반론했다. 놀람과 분노로 눈물이 나올 것만 같았다.

"뭐, 우리가 결정할 수 있었다면 그렇게 했겠지만……."

원통하다는 듯이 와타나베가 말했다.

"사장님도 기분파시니까. 당신이 잡지에 실린 걸 보고는 여성 점장도 괜찮겠다고 말씀하시더군."

"어허."

쓸데없는 말을 하지 말라는 듯이 와타나베가 야마다를

노려보았다. 주눅이 든 야마다는 목을 한껏 움츠렸다.

그랬던 건가. 자신의 승진은 사장의 한마디로 결정된 거였구나. 리코는 그 사실을 이번에 처음 알았다.

"뭐, 당신에 관해서는 여러 반대도 있었지만 결국 사장님도 그렇게 말씀하시고 임시방편으로 시켜보는 것도 괜찮을 것 같아서 그렇게 결정된 거였어."

"임시방편이라니, 그건 또 무슨 말씀인가요?"

와타나베가 야마다 쪽을 향해 네가 말하라는 듯이 턱짓했다. 야마다는 고개를 끄덕이고는 헛기침을 한 번 하고 천천히 말을 꺼냈다.

"사실 최근 매출 감소로 사내에서 여러 개선할 점들을 검토하고 있었어. 그중 매장 통폐합도 검토 중인데 유력한 후보로 거론되고 있는 곳이 바로 당신네 기치조지점이야."

리코는 기운이 빠졌다. 본사에서 들은 여러 말들이 머릿속에서 소용돌이치고 있었다.

앞으로 반년 후, 이 매장은 폐점한다. 자신은 임시방편으로서의 점장일 뿐이다.

그 사실도 충격이었지만, 취임 전부터 자신을 '점장으로서는 실격'으로 평가했다는 사실에 더 큰 충격을 받았다. 게다가 본사가 그렇게 판단한 건 같은 매장에서 일하는 동료들의 밀고 때문이었던 것이다.

도대체 누가 그런 짓을 했을까. 그렇게까지 자신은 미움받고 있었던 건가. 게다가 한두 명이 아니라니. 야마다 부장이 이름은 밝히지 않았으므로 리코의 마음속에서는 의심이 솟구쳤다. 자신의 적은 누구인가. 와타나베 전무에게 일부러 결근 사유를 전하지 않은 하타케다는 틀림없이 그 무리 중 한 명일 것이다. 그렇다면 그 외의 인물들은? 하타케다와 친하게 지내는 쓰지이도 그랬을까? 야마다는 부정했지만 오바타 아키도 의심스럽다. 그러나 그렇게 되면 정직원 모두가 자신의 적이라는 말인가.

정신을 차리고 보니 어느새 매장에 돌아와 있었다. 병원으로 갈 생각이었는데 무의식중에 발길이 서점으로 향한 모양이다.

"점장님, 괜찮으세요? 안색이 안 좋으신데요."

우연히 마주친 오자키가 걱정하며 말을 걸었다.

"아버님 간호하느라 많이 지치셨나 봐요."

"걱정해 줘서 고마워요. 응, 그럴지도요."

리코는 조금 쓸쓸한 미소를 지으며 대답했다. 걱정해 주는 건 고맙지만 지금은 그다지 직원들과 말을 섞고 싶지 않다. 누가 자신의 적일까. 오자키는 정말 자기 편일까.

리코는 5층으로 올라가 안쪽 사무실로 들어갔다. 사무실에는 미타 타카히코가 혼자 컴퓨터 앞에 앉아 무언가를 검색하고 있었다. 리코는 가장 안쪽에 있는 자기 자리에 얼빠진 표정으로 주저앉았다. 미타는 아무 말 없이 작업을 계속했다. 문득 리코는 미타에게 물어보고 싶다는 충동에 휩싸였다. 미타는 성실하고 서점 일을 좋아한다. 책을 다루는 것만이 행복한 듯, 누군가와 모여서 잡담하거나 욕하는 모습을 본 적이 한 번도 없다. 분명 하타케다나 쓰지이와 한통속이 되어서 리코의 자리를 뺏으려고 하지도 않을 것이다. 게다가 미타라면 얼버무리거나 속이지 않고 자신이 아는 사실을 있는 그대로 말해 줄 것 같았다.

미타는 검색이 끝났는지 자리에서 일어나 사무실을 나가려고 했다.

"미타 씨."

리코는 잠긴 목소리로 미타를 향해 이름을 불렀다.

"네, 왜 그러세요?"

미타는 리코가 있는 쪽으로 다가갔다.

"저기, 물어보고 싶은 게 있는데……."

미타가 의아하다는 듯한 표정을 지어 리코는 잠깐 말문이 막혔다.

"혹시 누군가가 나에 대해서…… 내 태도에 문제가 있다거나 그런 걸 말한 사람이 있었나요?"

"그게 무슨 말씀이세요?"

미타의 침착한 태도를 보고 리코는 솔직하게 털어놓기로 했다.

"다른 사람한테는 말 안 했으면 좋겠는데, 어, 누군가가 인사과에 평소 내 태도에 문제가 있다고 말했다나 봐요. 점장에 걸맞지 않는다고 말이죠. 여러 사람이 그런 말을 했다는데 이름까지는 알려 주지 않아서……."

"그런 것 때문에 인사과에서 점장님에게 뭔가 불이익을 주겠다고 했나요?"

미타는 리코 쪽으로 다가와 옆에 있던 의자에 앉았다. 그 의자에 앉아 똑바로 리코를 바라보았다.

"아니, 그런 건 아니지만……."

리코는 말꼬리를 흐렸지만 임시방편인 점장이라는 말을 들었으니 지금의 포지션 자체가 징계 처분인 셈이다.

"일단 주의만 받았는데 아무래도 신경이 쓰여서…… 설마 그런 말을 들을 줄은 몰랐으니까요."

리코는 솔직하게 말했다. 그만큼 미타를 신뢰하기 때문이다. 미타는 입사했을 때부터 내내 같이 일을 했고 업무도 여러모로 가르쳐 주었다. 미타가 어엿한 서점 직원으로 일할 수 있도록 애정을 가지고 지도했다고 자부한다. 그러니까 이런 얘기를 듣더라도 여기저기 퍼뜨리거나 악용하지는 않을 것이다.

"혹시 뭔가 알고 있다면 말해 줄 수 있나요?"

"그러고 보니……."

미타는 무언가 떠올랐다는 듯이 말했다.

"한 달 정도 전에 점장님, 아니 노지마 씨가 질문했던 적이 있어요. 니시오카 씨가 점장 자리에 적합하다고 생각하는지 아닌지 말이죠. 저뿐만 아니라 다른 직원에게도 같은 질문을 했다고 하더라고요."

"그래서…… 뭐라고 대답했어요?"

리코가 묻자 미타는 말하기 곤란하다는 표정으로 말했다.

"꼭 말해야 되나요?"

"네, 부탁해요."

"저는…… 니시오카 씨가 업무 면에서는 능력이 뛰어나지만 조금 감정적이라고 생각한다고 말했어요. 사적인 감정을 업무 때도 드러내는 건 좋지 않다고요."

미타는 리코의 반응을 살피듯이 천천히, 한 글자 한 글자 또렷하게 발음했다. 리코는 충격을 감출 수 없었다. 설마 미타가 자신을 그렇게 평가할 거라고는 생각지도 못했기 때문이다.

"내가…… 그랬나요……?"

“이런 말씀을 드리게 되어 죄송해요. 하지만 저는 아키, 아니 오바타 씨를 대하는 모두의 태도가 잘못됐다고 생각합니다. 그 부분에 대해서는 점장님이 앞장서는 것처럼 보이기도 하고요.”

내내 이 말을 하고 싶었던 걸지도 모른다. 미타는 매우 침착해 보였다.

“하지만 그건 오바타 씨 행동이 너무 경솔하니까…… 미타 씨와의 일도 그렇고요.”

설마 미타에게 그런 말을 들을 줄은 몰랐다. 아키의 변심에 관해 그 누구보다도 분노하고 있을 줄 알았는데 아키의 편을 들 거라고는 전혀 예상하지 못했다.

“그건 아무 상관없어요.”

미타의 눈이 날카로워졌다.

“저와 아키 사이에 무슨 일이 있었건 그건 우리 둘의 문제입니다. 남들이 이러쿵저러쿵 말할 게 아니라고 생각해요. 저도 아키도 업무에 차질이 없도록 하고 있고요. 그런데 그런 사적인 일로 직장에서 비난받다니, 도무지 이해할 수 없어요.”

“그래도 오바타 씨의 태도는 직장 내 질서를…….”

리코가 물러서지 않고 집요하게 물고 늘어지려고 했지만 미타가 말을 가로막았다.

"질서요?"

미타의 입꼬리가 일그러졌다. 마치 리코의 말을 비웃듯이.

"직장 내 질서를 어지럽힌 건 제가 봤을 때 점장님이에요. 누가 봐도 아키를 감정적으로 대했으니까요. 저를 걸고 넘어질 게 아니라 처음부터 점장님은 아키가 싫었던 거 아닌가요? 점장님뿐만 아니라 다들 아키를 질투했잖아요. 아키는 어리고 예쁜 데다 집안도 좋으니까요."

토해내듯 미타가 말했다. 리코는 흠칫 놀랐다. 항상 냉정한 미타가 이런 식으로 자신의 감정을 토로한 것은 이제껏 한 번도 본 적이 없었기 때문이다.

"저는 다른 사람들이 뒤에서 수군대는 게 정말 싫었어요. 가만히 내버려 뒀으면 좋겠다고 늘 생각했고요. 다들 아키가 저에게 걸맞지 않는다고 말했지만, 사실 아키는 저에게 과분한 여자였죠. 저는 성격도 이런 데다 정직원도 아니니까요……."

리코는 미타가 내뱉는 문장보다 어두운 눈빛에 움츠러들었다. 그 눈빛에 7년 전의 일이 떠올랐다. 미타가 아르바이트 모집 광고를 보고 이 서점에 처음 찾아왔을 때의 일이다. 그때도 이렇게 눈빛이 어두웠다. 기어들어 갈 듯한 목소리로 지원 동기를 밝혔는데 대강 이런 내용이었다. 대학교에 입학했지만 잘 안 맞아서 못 다니고 있다, 그래서 방에 틀어

박혀 책만 읽었다, 결국 대학교도 제적당했는데 그러자 참다못한 부모님이 아르바이트라도 하라고 해서 지원했다, 책을 좋아하니까 책에 관련된 일이라면 어떻게든 할 수 있을 것 같았다…….

솔직히 말하면 채용하고 싶지 않았다. 그러나 당시는 지금과 달리 경기가 좋았고 시급이 낮은 서점 아르바이트에는 사람들이 잘 지원하지 않았다. 그래서 하는 수 없이 채용했다.

다행히 미타는 서점 직원 일이 체질에 맞았던 모양이다. 다루기 어려운 전문서 코너를 단숨에 더 좋은 방향으로 다듬었다. 당시에도 그 층의 책임자였던 쓰지이는 별다른 노력을 하지 않았기 때문에 미타는 자신이 애쓴 만큼 보람도 느낄 수 있었을 것이다. 자연스레 주위에서도 좋은 평가를 받다 보니 자신감도 붙었다. 어두웠던 낯빛이 서서히 밝아졌다. 은둔형 외톨이였던 과거 따위 말끔히 씻어 낸 줄 알았는데.

"저는 정말 싫습니다. 사정도 잘 모르면서 이리저리 캐고 다니는 사람들은. 그런 사람들은 다 사라졌으면 좋겠어요!"

미타는 바뀌지 않았다. 예나 지금이나.

내면에는 헤아릴 수 없는 어둠과 격렬함을 감추고 있다. 그리고 그 격렬한 마음으로 아직 아키를 좋아하고 있다.

리코는 아무 말도 할 수 없었다. 봐서는 안 될 것을, 건드려서는 안 될 것을 침범해 버린 것만 같았다.

"죄송합니다. 말이 지나쳤어요."

미타는 부끄러운 듯 머리를 숙였다.

자존심이 센 미타가 부끄러워한 부분은 리코에게 폭언을 해서가 아니라 평정심을 잃었기 때문일지도 모른다.

미타는 그대로 자리에서 일어나 조용히 사무실을 빠져나갔다. 리코 쪽은 돌아보지도 않았다. 리코는 미타의 뒷모습을 바라보며 손가락 하나 까딱할 수 없었다.

15

"그런 일이 있었군요. 점장 취임하자마자 너무 힘들겠네요. 아버님이 쓰러지시다니."

"그래도 오늘 출근하신 걸 보면 그렇게 심각한 건 아니지 않을까요? 아, 저 맥주 한 잔 더요."

마미가 그렇게 말하며 점원에게 잔을 내밀었다. 아키는 묵묵히 안주로 나온 조림을 젓가락으로 집어 먹었다. 오늘 술자리는 기치조지의 서점 관계자 모임인 깃초무*가 주최한 이벤트 뒤풀이다. 이번에 진행한 이벤트는 '영업 현장에서'라는 주제의 토크쇼로, 히토쓰보시 출판사 영업 차장인 시바타 슌스케를 초청해 기치조지의 유명 서점 직원과 대담

* '기치조지를 읽는다'라는 뜻으로, 기치조지에 있는 서점에서 일하는 직원들의 모임명이다. 2006년에 결성되었으며, 서점 직원뿐만 아니라 출판사 관계자가 참석할 때도 있다.

을 나누었다. 그 노고를 격려할 겸 시바타에게 2세가 탄생한 것을 축하하는 것이 뒤풀이 취지였다. 말하자면 시바타를 위한 모임이다.

아키는 이따금 깃초무에 얼굴을 비추기도 했었고 시바타와 친분도 있는 터라 참석했다. 다만 또래 여성이 많지 않아서 마미도 함께 데려왔다. 오늘의 모임 장소는 이노카시라 공원과 가까운 '이세야'*라는 야키토리집이다. 기치조지에서 유명한 노포 중 하나로 굵은 기둥과 나무 바닥이 연기로 그을린 오래전 민가풍 건물인 데다 가격도 저렴해서 인기 있는 곳이다.

"니시오카 씨는 아버지랑 단둘이 살지 않아? 간호하는 것도 보통 일이 아니겠는걸?"

시바타가 넥타이를 풀면서 말했다. 조금 취했는지 얼굴이 붉어졌다.

2층 다다미방에는 스무 명 넘는 사람이 옹기종기 모여 있다. 기치조지 지역의 서점 직원은 대여섯 명이고, 대부분은 다른 지역 서점 직원과 출판사 사람들이다. 오늘은 아무래도 히토쓰보시 출판사 관계자가 많다.

"니시오카 씨 사정에 대해 잘 아시네요, 차장님?"

---

* 1928년에 정육점으로 개점했다가 이후 야키토리집으로 바뀌었다. 소설 속 가게는 본점으로, 이곳 외에 공원점과 북쪽 출구점이 있다.

부하직원 중 한 명이 놀리듯 말했다. 이름이 세키구치였던가. 여러 사람을 한꺼번에 소개받아서 아키의 머릿속은 혼란스러웠다.

"어, 그러고 보니 시바타 차장님, 예전에 저희 점장님과 사귀었다면서요? 정말이에요?"

마미가 무례하게 물었다. 아키는 속으로 크게 놀랐지만 이미 반쯤 취한 마미와 다른 사람들은 개의치 않았다.

"그러고 보니 그런 소문이 있던데요. 정말 사귄 건가요?"

다른 영업사원도 불쑥 질문을 던졌다. 리코는 요즘 업계에서 유명인이다. 여기에 모인 모두가 다 알고 있다.

"아니, 그건 이미 지난 일이라고. 지금은 와이프도 있고 자식도 있으니까."

그렇게 말하면서 시바타는 안경을 벗고 물수건으로 땀을 닦았다. 이 상황을 모면하고 싶어하는 걸로 보였다.

"와, 그럼 소문이 사실이었네요?"

"의외네요. 시바타 차장님과 니시오카 점장님이 사귀었다니. 근데 나이 차이도 딱 좋고 꽤 잘 어울렸을지도 모르겠네요."

이건 어린 아내를 얻은 시바타를 향한 빈정거림이다. 키가 커서 크게 눈에 띄지는 않지만 시바타는 배가 나왔고 7대 3으로 나눈 머리카락은 숱이 적다. 전형적인 중년 남자다. 그런데 어떻게 어린 아내를 얻었을까, 하고 시샘하는 마음이 구경꾼들의 본심이다.

"언제쯤 사귀었어요?"

"지금 와이프랑 사귀기 전의 일이야. 이봐, 여기 술 한 병 더."

시바타가 화제를 돌리려 했으나 주위 사람들은 끈질기게 질문했다.

"에이, 정말요? 양다리를 걸쳤던 건 아니고요?"

부하직원인 세키구치가 그렇게 말하며 히죽히죽 웃었다. 상사를 놀릴 수 있어서 즐거운 모양이다.

"이봐, 남들이 들으면 오해하겠어."

세키구치는 시바타가 당황하는 모습을 보고는 계속해서 말했다.

"와, 역시 그랬던 거죠? 나쁜 남자였네!"

"니시오카 점장님과 사귀면서 어린 여직원에게 딴마음을 먹은 거예요? 맙소사, 대단하시네요!"

저마다 시바타를 놀리기에 바빴다.

"아니, 내가 그런 게 아니라 우리 와이프가 먼저 사귀자고 한 거야."

"에, 정말요?"

"정말이지 그럼. 나, 부하직원에게 딴마음이나 먹는 그런 사람 아니라고!"

시바타가 살짝 정색하며 부정했다. 술을 많이 마시기도 했고 모두가 본인에게 집중해서 그런지 입이 가벼워지기 시작했다. 시바타 앞에는 도쿠리 세 병이 줄지어 놓여 있다.

"좋겠네요 시바타 차장님은. 우리 모두에게 동경의 대상이에요. 그 나이에 스물일곱 살짜리 와이프를 얻다니."

그렇게 말한 세키구치는 이제 막 스물셋이 된 데다 아직 싱글이다.

"그러니까요. 게다가 먼저 고백을 받았다니, 정말 행복하시겠어요."

"그래도 양다리 걸친 걸 들키지 않아서 다행이네요."

"젠장! 미리 알았더라면 결혼하기 전에 폭로했을 텐데!"

시샘 섞인 말투로 남자들은 거침없이 쏟아 냈다. 아키와 마미는 끼어들 틈이 없어서 별로 먹고 싶은 생각도 없는 음식만 젓가락으로 쿡쿡 찔러댔다.

"잠깐, 우리 와이프는 내가 사귀는 사람이 있는 걸 알면서도 나한테 고백했어!"

시바타가 약간 으스대며 말했다. 취한 얼굴이 더욱 붉어졌다.

"흠, 이거, 점점 더 배가 아픈데요!"

"그래요? 어쩌면 라이벌이 있다는 걸 알고 더 불타올랐을 수도 있겠네요. 역시 여자는 무섭다니까.”

“그렇구나. 그래서 속도위반 결혼을 한 거였군요. 시바타 차장님, 함정에 빠진 거 아니에요?”

“부럽네요. 스물일곱이라면 저도 그 함정에 빠지고 싶어요.”

“흥, 맘대로들 떠들라고.”

그렇게 말하면서 시바타는 실실 웃었다. 아키는 뭔가 좀 불쾌했다. 남자에게는 이런 게 자랑거리가 되는 건가.

“그럼 니시오카 점장님 쪽은 크게 상처받았겠는데요. 헤어질 때 한바탕 난리 난 거 아닌가요?”

“아니 뭐, 둘 다 나이가 있으니까 헤어질 때는 깔끔하게 끝났는데, 그 뒤가 말이지.”

시바타가 히죽거리며 말했다.

“오호라, 뒷이야기가 있는 건가요?”

“석 달쯤 지났을 땐가. 지하철역을 나가서 집에 가려고 하는데 출구 쪽에 서 있더라고.”

“네? 정말요?”

“지하철 계단을 오르는 도중에 문득 얼굴을 들었더니 위쪽에서 나를 가만히 내려다보고 있었어. 단단히 결심했다는 듯이. 그것도 막차가 끊기기 직전인 한밤중이었다고. 무섭지 않아?”

“그야 섬뜩하죠.”

“그래서 어떻게 하셨어요?”

“아니, 나도 너무 당황해서, 한심하게 들리겠지만…… 그대로 밀쳐버리고 도망쳤어.”

남자들은 다들 웃음을 터뜨렸다.

“실망이네요, 정말.”

“남자가 패기가 없군요!”

“그런 새가슴인 사람이 양다리를 걸치려고 했다니.”

“다들 자기가 당했다고 생각해 봐. 헤어진 여자가 스토커처럼 그러는 거 엄청 무섭다고.”

“하지만 차장님이 잘못한 게 있잖아요? 칼에 안 찔린 것만 해도 다행으로 여겨야 할 것 같은데요?”

아키는 점점 화가 났다. 이게 술자리에서 웃고 떠들며 할 만한 얘기인가. 어째서 저런 일을 아무렇지도 않게 말하는 걸까. 남자들은 이런 자리에서 본인이 화제의 중심이 되기를 바란다. 사람들의 호응을 얻어내기 위해서라면 서슴없이 허풍을 떨고 폭로도 한다. 그래서 시바타도 헤어진 여자와의 후일담을 웃음거리로 만들어 버리는 걸까.

“에이, 시바타 차장님은 너무 부풀려서 말씀하신다니까.”

아키가 대화에 끼어들었다. 계속 남의 아픈 이야기를 듣는 게 싫어서였다. 모두 눈을 동그랗게 뜬 채 아키의 이야기에 집중했다.

"그 얘기, 점장님에게 들었어요. 우연히 지하철역에서 차장님을 마주쳤는데 갑자기 핏기가 가신 얼굴로 도망쳤다고요. 딱히 신경 쓰이는 건 아닌데, 하면서 피식 웃으시던걸요. 차장님이 점장님에게 잘못한 게 있으니까 그런 쪽으로 해석하신 거 아니에요?"

밝게 웃으며 말하자 다른 사람들도 동조했다.

"뭐야, 착각한 거군요."

"오히려 차장님이 바랐던 거 아닌가요? 쫓아와 줬으면 좋겠다고."

"아니, 그게……."

"그렇겠지. 니시오카 점장님도 이런 나이 많은 아저씨를 계속 그리워하지는 않을 테니까요."

술자리에서 나온 화제라 이야기의 흐름은 대번에 바뀐다. 언제까지고 시바타가 자랑하게 둘 수 없다는 시샘이 섞여 있을지도 모른다.

"그만큼 차장님이 마음씨 착한 분이라는 거겠죠. 헤어진 전 여친에게 실은 미안하게 생각하고 계신 거잖아요."

아키는 시바타에게도 그런 말을 덧붙여 두었다. 일단은 중요한 거래처 사람이니까.

"아니, 뭐."

시바타는 두루뭉술하게 대답하며 작게 웃었다. 얼굴이 굳어진 것처럼 보인다.

"죄송한데, 그 튀김 좀 먹어도 될까요?"

아키는 태연한 얼굴로 닭튀김 접시를 자기 쪽으로 끌어당겼다.

"아, 근데 아키 씨, 니시오카 점장님이랑 사이가 안 좋은 거 아니었어요?"

세키구치가 이제 막 기억났다는 듯이 말했다.

"맞아. 매장에서 대판 싸웠다고 들었는데."

"네? 아니에요."

그렇게 말하며 아키는 환하게 웃었지만 이번에는 자기 얼굴이 굳어지는 기분이 들었다.

"누가 그런 말을 해요?"

"업계 전체에 그런 소문이 퍼져 있어요. 점장님이 아키 씨를 괴롭힌다고 말이죠."

다들 흥미진진하다는 느낌이다. 그만큼 두 사람의 사이가 안 좋다는 소문이 자자하다는 말이겠지. 아키는 대수롭지 않게 넘겼다.

"소문이란 게 참 무섭네요. 그렇지만 제 성격에 가만히 앉아서 괴롭힘당하고 있을 것 같아요? 물론 일하다 보면 마찰이 있기도 해요. 우리는 업무를 할 때만큼은 진지하니까요. 하지만 그 외에 특별한 문제는 없어요.”

“그래요? 근데 꽤 구체적인 얘기를 들었거든요. 아키 씨 결혼식 날에 축의금을 안 냈다는 말도 들었고.”

“네? 설마요. 그럴 리가 있겠어요?”

내심 놀랐지만 아키는 이상하다는 듯이 고개를 갸웃거렸다. 모두의 시선이 아키에게 쏠렸다는 걸 알고 있어서였다.

“아니, 그게……..”

“다들 책임도 못 질 말을 너무 멋대로 하는 것 같아요. 5층의 책 배치를 바꾸는 건으로 점장님과 제 의견이 달라서 잠깐 언쟁이 오간 것뿐이에요. 그때는 저도 좀 흥분해서 강하게 말하긴 했지만. 하지만 어디까지나 업무상의 논쟁이니까요. 점장님도 그렇고 저도 그렇고 그런 것에 연연하지 않는다고요. 대체 누가 그런 무책임한 소문을 퍼뜨리는 거죠?”

이번에는 조금 어리광 부리듯이 토라지는 시늉을 했다.

“음, 듣고 보니 그렇네요. 쿨한 니시오카 여사님이 그렇게 흥분했다는 것도 이상하고 말이죠.”

“뭐야, 그럼 그 소문은 거짓이었나요?”

“에, 불만이라는 듯한 표정이네요? 점장님과 제 사이가 나쁘기를 바라시는 거예요?”

이번에는 입을 삐쭉 내밀며 항의했다. 적당히 조절하며 토라지거나 어리광을 부리면 남자들의 반응이 달라진다는 사실을 아키는 잘 알았다. 이 정도로 능숙하지 않으면 이 업계에서 살아남을 수 없다.

"에이, 설마. 다만 그게 사실이라면 재밌겠네, 하고 생각하기야 했지만."

누군가가 그렇게 말했다.

"안타깝지만 그런 재미있는 소문을 제공할 생각은 없다고요. 그나저나 K사의 안도 씨, 병이 나서 입원했다면서요?"

그렇게 아키는 억지로 화제를 바꾸었다.

1차가 끝나자 아키는 2차를 거절하고 서둘러 큰길 쪽을 향해 걸어갔다. 뒤에서 잰걸음으로 마미가 뒤쫓아왔다.

"아키 씨, 어디 가시는 거예요? 집에 돌아가는 거 아니었어요?"

"매장에 뭘 좀 두고 온 게 생각나서 잠깐 가지러 가려고. 미안한데 먼저 집에 갈래?"

아키는 떨떠름한 표정을 짓고 있었다.

"하지만……."

걱정하며 주저하는 마미를 뿌리치듯이 아키는 빠른 속

도로 걸어갔다.

“3층과 4층, 확인 끝났습니다. 그리고 5층도요. 매장에 남아 있는 사람은 이제 점장님뿐이에요.”

“고마워요. 나머지는 내가 할게요.”

리코는 사무실 책상에 앉은 채 퇴근하는 직원들을 향해 손을 흔들었다.

“그럼 먼저 퇴근하겠습니다.”

“응, 고생했어요.”

매장 내 모든 조명이 꺼진 게 불투명한 사무실 유리문 너머로 보였다. 오늘은 모두 다 퇴근한 모양이다. 에어컨이 돌아가는 소리 외에는 아무 소리도 들리지 않았다.

리코는 사무실에 있는 자기 자리에 앉아 있었다. 본사에서 돌아온 이후, 좀처럼 움직일 수 없었다.

아버지가 쓰러졌다. 그것만으로도 엄청난 충격이었는데 직장에서도 이런 일이 벌어지다니. 게다가 미타의 솔직한 말이 아프게 가슴을 찔렀다.

“직장 내 질서를 어지럽힌 건 점장님이에요.”

리코는 대꾸조차 하지 못했다.

미타가 그렇게 생각하고 있었다니.

하지만 맞는 말이다. 리코는 아키가 싫었다. 그걸 미타를 핑계 삼아 정당화했을 뿐이다.

아무리 그렇다고 한들 그게 이렇게까지 비난받을 일인가. 아무런 설명도 변명도 못한 채 이대로 공격받아야 하는 걸까.

나는 지금까지 이곳에서 무엇을 한 걸까.

무엇을 위해 일을 했던 걸까.

리코의 눈에서 조용히 눈물이 흘렀다.

그때 별안간 사무실 문이 열렸다.

"아, 역시 계셨네요."

리코는 황급히 눈물을 닦았다. 이 시간에 누구지? 하고 생각하며 문 쪽으로 얼굴을 들었더니 오바타 아키가 서 있었다. 얼굴이 약간 발그레했다.

"오바타 씨가 어쩐 일이에요? 술 마셨어요?"

하필이면 가장 만나고 싶지 않은 상대가 서 있었다. 저 천진난만함과 무신경함은 정말이지 신경에 거슬린다.

"네, 술을 좀 마셨어요. 그래서 묻고 싶은 게 있어요."

아키의 눈은 반짝반짝 빛나고 있었다. 취해서 그런지 볼도 발그레하고 평소보다 더 활기차 보였다. 이런 상황에서도 리코는 아키의 모습을 보며 그 아름다움에 감탄한다. 남자들이 아키에게 끌리는 건 이 생기 넘치는 생명력일 거라고 리코는 생각했다.

"취한 사람을 상대할 시간은 없는데요."

리코가 차갑게 말했다.

미타가 한 말이 옳다. 아키의 젊음과 아름다움이 부럽다. 부유한 환경이 부럽다. 미타와는 무관하게 다들 아키를 질투하는 것일 뿐이다.

"그래도 들어주셨으면 좋겠어요. 점장님과 저에 관한 악의적인 소문이 업계 내에 퍼져 있던데 왜 그렇다고 생각하세요?"

"소문이라뇨? 내가 임시방편 점장이라는 소문이라도 들은 건가요?"

리코는 자포자기하는 심정으로 말했다. 아키가 의아하다는 듯이 되물었다.

"임시방편이라니, 그게 무슨 말씀이세요?"

"말 그대로예요. 이 매장은 곧 폐점될 거예요. 나는 폐점될 때까지 임시방편으로 앉혀 놓은 점장이라고요."

리코는 툭 내뱉듯이 말했다. 이제 될 대로 돼라는 식이다.

"네? 그게 무슨……?"

아키는 말문이 막혔다. 그 모습이 리코는 뜻밖이었다.

"오바타 씨에게는 좋은 소식 아닌가요? 짜증 나는 점장 밑에서 일하지 않아도 되니까요. 오바타 씨라면 얼마든지 다른 서점에서 일할 수 있을 텐데요. 내가 점장 자리에 걸맞지 않다고 인사과에 고발한 사람이 여럿 있나 보던데 당신이 앞장선 거 아니에요?”

“제가 애도 아니고 그런 유치한 짓을 왜 하겠어요!”

아키는 버럭 화를 냈다. 리코는 그것도 맞는 말이라고 생각했다. 아키는 좋은 쪽이건 나쁜 쪽이건 단순하다. 싫은 건 싫다고 직설적으로 말한다. 본사에 고자질하는 음흉한 수는 쓰지 않을 것이다.

“그렇죠. 고자질 같은 건 애들이나 하는 짓이죠.”

리코는 그렇게 중얼거렸다. 하지만 그 고자질 때문에 자신은 궁지에 몰렸다.

“그것보다, 대체 무슨 말씀이세요? 폐점이라니요!”

아키는 그게 더 문제였다. 아키도 이 매장 직원이다. 폐점하게 되면 직장을 잃게 된다.

“이 건물이 내년 3월에 리모델링을 한다네요. 그걸 계기로 서점 문을 닫을 건가 봐요.”

“어째서요? 여기는 페가수스 서점 1호점이잖아요. 본사 입장에서도 중요한 매장일 텐데.”

“1호점이지만 적자인 매장은 필요 없다고 하더군요.”

리코는 자조적으로 웃었다.

“적자요? 그럴 리가 없잖아요. 지금까지의 결산보고로는……”

“그야 그동안은 임대료가 저렴했으니까요.”

“임대료요?”

“이 건물 소유자가 사장님 친척분이어서 지금까지는 거의 공짜나 다름없는 수준으로 임대료를 내고 있어요. 몰랐나요?”

“네, 전혀……..”

“우리가 여태껏 조금이라도 흑자를 낼 수 있었던 건 임대료가 저렴했기 때문이에요. 하지만 건물을 리모델링한 후에는 시세대로 받겠다고 하네요.”

리코는 낮에 들은 이야기를 줄줄 늘어놓았다. 숨길 필요도 느끼지 못했고 설령 비밀로 하라는 지시를 받았다 한들 그 말에 따를 의지도 없었다.

“그런 거였군요……..”

“예전에는 상황이 훨씬 좋았어요. 300평이나 되는 대규모 서점은 우리뿐이었으니까요. 하지만 이제는 이 지역이 서점 격전지가 됐잖아요. 지하철 역사 빌딩이랑 바로 앞 쇼핑몰, 상점가에도 서점이 생겼고 지하철역 지하에도 대형 서점이 들어왔고. 그때마다 매출이 크게 떨어졌으니 본사에서 우리 매장은 앞으로 매출이 더 오를 가능성이 없다고 판단한 것 같아요.”

“누가 그렇게 말한 거죠? 혹시 그 빌런 콤비?”

아키의 발언에 리코는 당황했다. 아키는 이따금 엉뚱한 말을 내뱉는다.

"빌런 콤비라니? 누굴 말하는 거죠?"

"본사의 와타나베 전무님이랑 인사과의 야마다 부장님이요. 드라마를 보면 항상 그런 빌런 콤비가 존재하잖아요. 그 두 사람 딱 그런 느낌 아닌가요?"

"듣고 보니 그렇네요."

리코는 풋, 하고 작게 웃었다. 확실히 둘 다 선한 인상은 아니다. 드라마라면 분명 악역 쪽이다.

"그런데 어째서 니시오카 씨를 점장 자리에 앉힌 걸까요? 폐점할 계획이라면서."

"그건 나도 잘 모르겠지만, 아마 노지마 씨 경력에 흠이 날까 봐 그런 거 아닐까요? 노지마 씨는 사장님과 친척이기도 하니까. 폐점이 결정된 매장은 여러모로 궂은 일이 많으니 그런 자리에 두기 싫었던 거겠죠."

평판이 안 좋은 리코라면 궂은 역할에 어울리니 그 자리에 잠깐 앉혀 놓자는 생각이었을까. 노지마도 자기 몸을 지키려고 리코를 헐뜯는 발언을 했을 게 분명하다.

나도 악역일까. 아니면 악역에게 이용당한 뒤 중간에 무대에서 사라지는 단역일까.

"그럼 니시오카 씨는 그런 역할을 맡아도 괜찮다는 건가요?”

“그런 것 같네요. 나는 본사에서 존재감도 없고 부하직원에게도 신뢰받지 못하고 업계에서 평판도 안 좋으니 폐점 뒤처리 정도가 딱 어울린다는 판단이었겠죠.”

그렇다면 과연 이 드라마의 주인공은 누구일까, 하고 리코는 생각했다. 악역과 조연만 있고 정의의 편은 없는 걸까.

“마음에 안 드네요. 정말 마음에 안 들어요.”

아키가 짜증 섞인 말투로 말했다.

“뭐가요?”

“전부 다요. 노지마 씨 대신 니시오카 씨에게 그런 일을 시키는 것도 그렇고, 악의적인 소문이 여기저기 퍼지는 것도 너무 싫고. 게다가 다들 어째서 폐점하는 걸 우선으로 정해 놓은 거죠? 그 전에 어떻게든 매장을 살려 보려고 안간힘을 써야 하는 거 아닌가요?”

“임대료가 얼마나 인상되는지 알아요? 월 100만 엔 정도예요.”

리코가 비통한 목소리로 말했다. 월 100만 엔만큼 이익을 더 내려면 매출을 지금보다 500만 엔 가까이 늘려야 한다. 도저히 가능할 것 같지 않다.

“그래도 해볼 수밖에 없잖아요.”

아키가 태연하게 말했다.

“네?”

“본사에서 매출 부진을 이유로 폐점하겠다고 한다면 매출을 올리는 수밖에 없으니까요. 리모델링 일정이 언제예요?”

“내년 3월요.”

“그럼 아직 반년이나 남은 거네요. 그때까지 어떻게든 노력해 봐요!”

“쉽게 말하는군요. 지금도 할 수 있는 건 최선을 다해 전부 해보고 있어요. 그런데도 이익이 오르지 않는데…….”

그렇게 말하는 리코를 가로막으며 아키가 내뱉었다.

“그럼 그만둘 수밖에 없네요.”

“뭐라고요?”

“안 된다는 소리는 그만하세요. 의지가 없다면 반년 후가 아니라 지금 당장 문을 닫는 게 나아요. 의지도 없는 점장 밑에서 우리도 일하고 싶지 않으니까요!”

마치 연극을 하는 것 같다. 말이야 누구나 할 수 있다. 이 아가씨는 우리 매장을 위기에서 구하는 영웅이라도 되고 싶은 걸까, 하고 리코는 배배 꼬인 마음으로 아키를 바라보았다.

“하, 남 일이라고 편하게 생각하는군요.”

“남 일이 아니에요. 매장이 문을 닫는 건 우리 서점 직원 모두의 문제라고요. 직장이 없어져서 곤란해지는 건 점장님뿐만이 아니잖아요."

"그야……."

지당한 말이다. 오자키와 야마네, 그 외 리코를 믿어 주는 사람들, 이곳에서 일하는 모두가 관련된 일이다. 그러나 아키에게 그런 말을 듣는 건 달갑지 않다.

"달리 뾰족한 수가 있나요? 매장을 존속시킬 수 있는 다른 방법 말이에요."

아키가 다그쳤다.

"다른 방법이야 없지만 500만 엔이나 매출을 늘린다는 게 현실적으로 불가능하니까요."

"불가능한지 어떤지 해보지 않으면 알 수 없잖아요. 우리 모두가 점장님에게 협력한다면 분명 어떻게든 될 거예요."

"협력이라고요? 진심이에요?"

리코는 저도 모르게 눈이 크게 떠졌다. 자신이라면 결코 입에 담지 않을 말이다. 적어도 이 오바타 아키에게는.

"물론이죠!"

"왜요? 내가 이런 꼴을 당해서 좋다고 생각하는 거 아닌가요?"

"이런 상황에서 그런 말을 할 수는 없죠. 일시 휴전입니다."

"휴전이요?"

아키답다, 라고 리코는 생각했다. 역시 아가씨다운 발상이다.

언제나 소녀 같고 앞뒤가 없는 이상주의자.

"이런 상황에 내전으로 옥신각신할 시간이 어딨어요! 게다가 점장님은 페가수스 서점의 첫 여성 점장이잖아요. 이를 악물고 성과를 보여 주세요. 여자도 일을 잘할 수 있다는 걸 증명해서 후배들에게 길을 열어 줘야 하지 않나요? 점장님이 무너지면 그놈들이 이래서 여자는 안 된다고 말할 게 뻔하다고요."

아키는 아주 진지했다. 손발이 오그라드는 드라마 대사 같은 말을 주저 없이 내뱉을 수 있는 그 올곧은 신념이 놀라웠다. 리코가 아키를 싫어하는 가장 큰 이유는 바로 그 부분일지도 모른다.

"그런 거……."

그리고 그것이 리코가 절대 아키를 당해낼 수 없는 점이다.

"이렇게 쉽게 꼬리를 내리고 꽁무니를 빼다니 니시오카 씨답지 않아요. 평소의 그 자신감은 어디로 간 거죠? 서점 직원으로서의 자부심은요? 이대로 당하기만 하고 끝나면 너무 억울하지 않아요?"

아마 정의의 편에 서는 건 그녀일 것이다. 앞뒤가 없는 그 단순함이 정의로운 영웅에게는 필수 조건이니까.

“만약 못 하겠다면 지금 당장 서점을 그만둬 주세요. 이런 나약한 점장 따위 필요 없어요. 지금 필요한 건 선두에 서서 우리와 함께 싸워 줄 점장이에요. 매장이 무너지는 걸 그저 바라만 보는 겁쟁이는 필요 없다고요!”

아키는 단호한 어조로 말했다. 그 눈에는 한 치의 망설임도 없다.

그녀에게는 질투도 책략도 없다. 그러니까 본인이 옳다고 생각하면 곧장 돌진한다. 어제까지 적으로 여겼던 사람에게도 선뜻 손을 내민다.

과연 나는 그 손을 맞잡을 수 있을까. 나는 앞으로 어떻게 하고 싶은 걸까. 뭘 할 수 있을까.

“……고민할 시간이 필요해요. 지금은 아직 뭐라고 말할 수 없으니까요.”

16

리코는 무사시코가네이역에서 니시노쿠보 순환버스를 탔다. 평소에 타는 버스는 아니다. 오늘은 아무도 없는 집에 들어가고 싶지 않았다. 10분가량 버스를 타서 슈퍼 앞 정거장에서 내렸다. 밤 10시가 넘은 시각이었으므로 슈퍼도 이미 문을 닫았고 거리를 걷는 사람은 아무도 없었다. 일정한 간격을 두고 빛나는 가로등 불빛에 의지한 채 좁다란 길을 걸으며 남쪽으로 향했다. 걷기 시작한 지 2분도 채 되지 않아 목적지에 도착했다.

잇신도. 리코가 즐겨 찾는 동네 책방이다. 스트레스를 받거나 울적한 일이 생겼을 때는 곧잘 오곤 한다.

오래전 엄마가 병으로 쓰러졌던 날, 엄마의 남은 생이 그리 길지 않다는 말을 들었을 때도 이곳을 찾았었다. 그 얘기를 들은 건 아침이었는데 아버지가 처음으로 엄마가 아프다는 말을 꺼냈다. 엄마는 쓰러진 뒤 투병 생활을 했지만 그건 이미 예정된 죽음을 얼마만큼 늦출 수 있느냐, 죽음에 이르기까지 얼마 안 되는 시간을 얼마만큼 덜 고통받고 지낼 수 있느냐, 그걸 위한 싸움이었다.

그 얘기만으로도 충분히 충격적이었는데 아버지는 재차 충격에 휩싸이는 말을 했다.

"앞으로 엄마 병원비가 많이 들 거야. 할 수 있는 건 다 해주고 싶거든. 그래서 리코한테는 정말 미안하지만 4년제 사립대학교에 보낼 형편이 안 될 것 같구나. 국공립을 지원하거나 사립이라면 전문대로 갔으면 해."

시험 응시 직전인 크리스마스 무렵이었다.* 리코는 가고 싶었던 대학이 있었다. 그 대학에 들어가기 위해 꿈을 안고 공부에 매진했는데 이제 와서 국공립으로 바꾸라니. 애초에 국공립 입시에 필수인 공통 1차 시험은 신청도 하지 않았다. 남은 선택지는 하나다.

결국 전문대에 가야 한다. 그렇다면 그렇게까지 그악스럽게 공부에 매달리지 않았어도 됐을 텐데.

엄마가 병에 걸린 건 당연히 가슴이 아프고 조금이라도 좋은 치료를 받기를 바랐다. 그 마음에 거짓은 없다. 다만

---

* 일본에서는 대학 입학시험을 2월에 치른다.

그러기 위해서는 나의 진로를 바꿔야 한다. 그 부분이 아무래도 수긍하기가 어려웠다. 그리고 그렇게 생각하는 불효막심한 자신을 용서할 수 없었다.

거대한 바위 아래 깔린 듯 답답한 마음을 안고 이 책방에 왔었다. 별다른 이유가 있었던 건 아니다. 시간을 주체 못해 책방에 가던 게 몸에 배어 있었을 뿐이다.

주인아저씨는 여느 날처럼 온화하게 맞아주었는데 그날만큼은 평소와 달리 책 한 권을 추천해 주었다.

"이거 아저씨가 읽으니까 재밌던데 한번 읽어 볼래?"

당시에 열풍을 일으킨 요시모토 바나나의 『키친』이었다. 아마도 평소였다면 사지 않았을 책이다. 겉표지가 왠지 소녀 취향인 느낌이 들었고 어마어마하게 잘 팔린다는 사실이 이유 없이 싫었다. 그때는 아직 어렸기 때문에 베스트셀러가 되는 책에 대한 반감 같은 게 있었을지도 모른다. 베스트셀러가 됐다는 건 평소에 책을 사지 않는 사람들이 많이 샀다는 말이니까 자기처럼 책을 좋아하는 사람에게는 맞지 않는다고 생각했다.

그런데도 그 책을 산 건 이모가 생일 선물로 준 문화상품권 오천 엔이 아직 남아 있기도 했거니와 상황이 그렇다 보니 이제 될 대로 돼라는 식으로 느껴졌기 때문이다. 무엇보다 아저씨가 추천한다면 뭐든 상관없었다.

하지만 그 책을 읽고 리코는 펑펑 울었다.

가족을 잃는 슬픔. 고독. 치유할 수 없는 공백감. 절망과 재생을 향한 의지.

거기에 쓰인 건 앞으로 자신에게 닥칠 일처럼 느껴졌다. 소설인 데다 첫인상은 어쩐지 소녀 만화처럼 느껴졌건만 참 열심히도 울었다. 엄마가 아프다는 말을 전해 들었을 때는 눈물이 나오지 않았다. 심각한 상황이 너무나도 충격적이어서 눈물조차 나지 않았다. 그런데 소설을 읽자 저절로 눈물이 났다. 밤새도록 엉엉 울었더니 마음이 한결 개운해졌다. 하염없이 울면서 마음을 토해 냈더니 현실을 기꺼이 받아들이고 앞으로 나아갈 의욕이 솟아났다.

소중한 누군가를 잃는다는 건 살아 있는 한 피할 수 없다. 슬픔도 외로움도 분명 들이닥칠 것이다. 다만 그런 여러 겹의 감정을 맛본 자만이 얻을 수 있는 무언가가 분명히 있다. 그 일을 계기로 닿게 되는 인연 또한 반드시 있으리라.

고작 한 권의 소설이 리코의 마음을 견고하게 해 주었다. 이야기 속 돈가스 덮밥이 리코에게는 바로 책이었다. 그 책을 읽고 나서 리코는 엄마의 병과 마주할 각오를 다질 수 있었다. 남겨진 짧은 시간, 가능한 한 엄마 곁을 지키고 싶었고 짧은 대학 시절이라고 해도 나름대로 즐겨보자고 다짐했다.

며칠 뒤 다시 책방에 갔을 때 아저씨에게 책을 읽은 소감을 전했다.

"재미있었어요. 읽기 잘한 것 같아요."

"다행이야. 리코짱이 괴로운 표정을 짓고 있어서 평소 취향이랑 약간 달라도 그런 책이 좋을 것 같았거든."

아저씨는 뭐든 꿰뚫어 보시는구나, 하고 생각했다. 그리고 그런 식으로 자신을 신경 써 준다는 점이 기뻤다.

그래서 일을 하다 괴롭거나 지칠 때면 이곳에 오곤 한다. 온다고 해서 딱히 큰 변화가 생기는 건 아니지만 왠지 모르게 안심이 된다. 편안한 이 공간에 있으면 절로 진정이 되는 것 같다.

무엇보다 이곳이 리코가 서점 일을 하게 된 시작점이다. 이곳이 있었기 때문에 리코는 서점 직원이 되겠다고 마음먹었다. 『키친』이라는 책과 만날 수 있어서 어려운 상황을 헤쳐 나갈 수 있었듯이 자신도 아저씨처럼 필요한 사람에게 필요한 책을 건네는 그런 일을 하고 싶다고 다짐하곤 했다.

이 시간에는 아마도 책방 문이 닫혔을 것이다. 그렇지만 밖에서라도 책방을 바라보고 싶었다. 그러면 조금은 용기가 날지도 모른다. 그렇게 생각해서 일부러 그곳을 찾았다. 그러나 예상과 달리 책방에는 절반 정도만 불이 켜져 있었고 주인아저씨는 누군가와 이야기하고 있었다. 그 모습을 먼발치에서 바라보고 있는데 주인아저씨가 손님과 함께 책방에서 나왔다.

“그럼 내일 다시 서류를 들고 오겠습니다.”

“죄송합니다. 몇 번이나 오시게 만드는군요. 그럼 잘 부탁드립니다.”

주인아저씨는 고개를 숙이며 멀어지는 손님을 배웅했다. 그런 다음 다시 고개를 들었을 때 리코가 온 걸 알아차렸다.

“어, 리코구나. 이제 퇴근한 거야? 늦게까지 고생이 많네.”

“네. 근데 아저씨야말로 이렇게 늦은 시간까지 책방을 열어 두다니, 어쩐 일이에요?”

“열어 둔 게 아니라 부동산 소장님과 상담할 게 좀 있어서. 영업이 끝난 후에 오시라고 했더니 벌써 시간이 이렇게 됐네.”

“부동산이요?”

“아, 리코한테는 아직 말을 안 했네. 실은 이번 달까지만 영업하고 책방 문을 닫기로 했어.”

“네? 정말요?”

“리코도 단골이었는데. 지금까지 정말 고마웠어.”

“갑자기 왜요? 아저씨가 말씀하셨잖아요. 가능한 한 오래도록 이 책방을 지키겠다고요.”

리코는 엉겁결에 그렇게 말했다.

문을 닫는다니, 믿고 싶지 않았다.

"여기는 역에서 멀리 떨어져 있고 근처에 다른 서점도 없어서 특히 애들이나 어르신들은 이곳이 없어지면 엄청 서운할 거예요. 우린 앞으로 어디서 책을 사란 말씀이세요."

초등학생 때의 리코에게는 걸어서 갈 수 있는 범위가 곧 자신의 세상이었다. 어린아이 다리로 걸을 수 있는 거의 한계지점에 있는 이 책방은 세상의 끝인 동시에 책 속 세상으로 초대해 주는 특별한 장소였다. 지금의 동네 아이들 또한 분명 그럴 것이다.

"그렇게 말하면 아저씨도 마음이 아파. 줄곧 우리 책방을 후원해 주던 손님들도 계셨으니까. 허리만 고장이 안 났더라면 조금 더 유지할 수 있었는데 말이지."

"아저씨, 허리가 안 좋아요?"

"응, 허리디스크야. 애써 무시하며 버텨왔는데 요즘 더 나빠졌어. 아무래도 이제 한계인 것 같아."

"그렇게나 안 좋았어요?"

허리가 아프다는 말을 종종 듣기는 했었다. 하지만 아저씨가 늘 웃는 얼굴이었고 허리가 아프다는 건 직업병 같은 거라 심각하게 받아들이지 않았다.

"의사 선생님도 이 이상 무리하면 나중에는 못 걷게 될

거라고 협박하더라고. 나이도 있고 아무래도 물러날 때가
온 것 같아."

그렇게 말하며 싱긋 웃는 주인아저씨의 어깨가 왠지 한
아름 작아진 것처럼 느껴졌다. 머리카락도 희끗희끗하다.
하나도 안 변하고 그대로라 생각했건만 어느샌가 아저씨도
나이를 먹었다. 할아버지라 불려도 이상하지 않을 나이다.

"그래도…… 너무 아쉬워요."

가슴을 후벼 파는 듯한 쓸쓸함이 북받쳐 올랐다. 이곳에
는 어렸을 때부터 지금까지 여러 추억이 스며 있다. 초등학
생일 때는 매주 토요일마다 꼭 왔었다. 주간소녀 만화 잡지
를 읽기 위해서였다. 돈이 없어서 사지 못했던 어린이용 미
스터리 단행본 한 권을 책방에서 선 채로 다 읽은 적도 있
다. 그럴 때도 아저씨는 싱긋 웃으면서 못 본 체해주셨다. 요
시모토 바나나뿐만 아니라 여러 작가를 이곳에서 알게 되
었다. 다양한 책을 이곳에서 만났다.

리코의 어린 시절 추억은 이곳과 밀접하게 연결되어 있
다. 그리고 리코의 장래를 결정한 곳이기도 하다.

"리코만 그런 게 아니라 정말 많은 사람들이 그만두지 말
라고 얘기해 주었어. 여기가 아니면 책을 살 수 없다고 말씀
해 준 단골손님도 계시고. 정말 이렇게 되고 나서야 여러 손
님 덕분에 지금까지 유지해 올 수 있었다고 뼈저리게 깨달

았고. 아저씨도 참 안타깝단다.”

분명 그럴 것이다. 이렇게나 좋은 책방이니까. 안타까워하는 건 리코뿐만이 아닐 것이다.

“그래도 배달하는 건 지하철역 남쪽 출구에 있는 가고메 서점이 맡아서 해주기로 해서 조금은 안심이야.”

“그래도 정말 섭섭해요. 제가 서점에서 일하게 된 것도 아저씨처럼 일하고 싶어서였는걸요. 아저씨한테 아직도 배우고 싶은 게 많은데.”

“그게 무슨 소리야. 리코는 이미 나보다 훌륭한 서점 직원이잖니. 맞다, 소식 들었어. 점장이 됐다며. 축하해.”

“어, 누구한테 들었어요?”

“리코 아버지한테서. 리코가 서점에서 일하게 된 이후로 이따금 들러 주셨거든. 그간 여러 이야기를 해주셨어. 그러고 보니 잡지에도 여기저기 실렸다며? 아버지가 엄청나게 자랑하시더라고.”

“그럴 리가요. 아버지는 제 일에는 전혀 관심이 없는걸요.”

잡지에 실렸을 때도, 점장이 됐을 때도 아버지는 “아, 그러냐”라는 한마디뿐이었다. 허무할 정도로 반응이 없었다.

“그야 딸 앞에서는 부끄러우니까 그러시는 거지. 리코가 나온 기사를 스크랩해서는 일부러 여기까지 들고 와서 보여 주셨는걸.”

스크랩? 아버지가 그런 걸 하셨다고?

"이런 말씀도 하셨어. '우리 딸은 부모를 안 닮아서 장사에 재능이 있는 것 같다'고. 본인은 회사에서 제대로 출세도 못 했는데 딸은 능력이 좋다면서 말이야."

"그렇지도 않아요. 실은 우리 서점, 언제 망할지 모르는 상태예요. 그런 곳의 점장 자리는 아무도 욕심을 안 내니까 저한테 순번이 돌아왔을 뿐이고요."

"그럼 리코의 실력을 보여 줄 절호의 기회잖아."

"네?"

"서점을 지킬 수 있을지 없을지는 점장의 능력에 달려 있으니까."

아저씨는 환하게 웃었다.

"그야 그렇지만."

이런 상황에서 서점이 망해도 자신의 책임이 되는 걸까. 경영 상태가 시원찮은 건 전 점장과 경영자의 책임 아닌가?

"아저씨가 이러쿵저러쿵 말할 입장은 아니지만, 서점이 문을 닫는 건 참 슬픈 일이야. 누구보다 손님들에게 죄송한 일이고. 리코네 서점은 기치조지 제일의 노포이기도 하고 분명 멋진 단골손님도 계실 텐데. 서점이 사라져서 가장 난처해지는 건 바로 그런 사람들이야."

우리 서점을 후원해 주시는 분들. 리코의 뇌리에 몇몇 얼굴이 떠올랐다. 여기가 아니면 안 된다며 망설임 없는 어투로 말씀해 주시는 분, 서점에 오면 항상 리코를 찾는 손님, 리코의 기사가 잡지에 실렸을 때 자기 일처럼 기뻐하며 이렇게 말해 준 손님도 있었다.

"참 기뻤답니다. 늘 니시오카 씨 도움을 받아서가 아니라 무척이나 좋은 분이라고 생각했거든요."

그렇게 말하며 미소 짓던 손님의 얼굴이 떠오르자 가슴이 찌릿하고 아팠다.

그 손님은 우리 서점이 없어지면 어디로 책을 사러 갈까. 우리 서점이 아니면 자기 취향에 맞는 책을 잘 못 찾겠다는 말도 했었는데.

서점이 없어져서 난처해지는 건 직원들뿐만이 아니다. 그 누구보다 손님에게 폐를 끼치게 된다. 마음이 편해지는 곳, 읽고 싶은 책과 만날 수 있는 곳, 그런 장소를 손님들에게서 빼앗아 버리는 꼴이다.

리코는 잇신도가 문을 닫게 되어 슬픈 이 감정을 리코네 서점을 찾는 손님들에게는 절대로 느끼게 하고 싶지 않다고 생각했다.

"네, 맞아요. 제가 열심히 노력해야죠."

어떤 상황이라고 한들, 점장은 리코 자신이다. 서점과 직원과 손님을 지킬 수 있는 건 자신뿐이다.

"그래. 아저씨도 기대하고 있을게. 리코라면 반드시 해낼 수 있을 거야."

듣기 좋으라고 하는 말이 아니라 진심을 전하는 듯한 주인아저씨의 목소리는 차분했다. 리코의 마음에 그 말은 깊이깊이 파고들었다.

리코는 집에 도착했다. 집에 들어서자마자 허둥지둥 신발을 벗고 2층으로 올라갔다. 아버지 방에 들어가 안을 둘러보았다. 청소는 아버지 스스로 하시는 편이라 평소에 방 안까지는 잘 들어오지 않는다. 어디에 뭐가 있는지도 몰랐지만, 찾는 물건은 바로 발견했다. 방 책장에 스크랩북이 딱 한 권 꽂혀 있었기 때문이다. 그 스크랩북을 꺼내 한 장씩 넘겨 보다가 엉겁결에 앗, 하고 소리를 냈다.

거기에 붙어 있는 건 모두 리코와 관련된 자료였다. 첫 장에는 벌써 10년도 더 된 사내 잡지가 있었다. 리코가 정직원으로 승진했을 때 승진자 리스트가 실린 호였다. 그리고 우수 사원으로 표창장을 받았을 때, 근속 10주년 기사, 출판사가 주최한 디스플레이 콘테스트에서 입상했을 때의 출판사 홍보지, 잡지와 신문 등에서 인터뷰하거나 코멘트한 기사. 거기에는 날짜까지 꼼꼼히 적혀 있었다. 물론 『빈티지』에 대문짝만 하게 실린 기사도 붙어 있었다.

"대체 언제부터."

리코는 이런 걸 일일이 모아 두는 성격이 아닌 데다 보내 준 잡지를 받아도 한 번 읽고는 바로 버린다. 그걸 리코 몰래 모아서 이렇게 스크랩하고 있었다니.

"아버지가 엄청나게 자랑하시더라고."

잇신도 주인아저씨의 말이 되살아났다.

"우리 딸은 부모를 안 닮아서 장사에 재능이 있는 것 같다고. 본인은 회사에서도 평생 평사원이었는데 딸은 능력이 좋다면서 말이야."

전혀 그래 보이지 않았는데 나름 딸바보였네. 이런 걸 일부러 모아 두다니. 내가 일하는 모습이 아버지는 그렇게나 기뻤던 걸까. 이렇게나 응원하고 있었구나.

스크랩북에 굵은 눈물방울이 떨어졌다. 리코는 황급히 손으로 눈물을 닦았다.

나는 그렇게 대단한 사람이 아닌데. 부하직원에게 미움받는 데다 본사에 고자질당하는 상사인데. 아버지가 쓰러졌는데도 아버지의 건강보다는 간호하게 될 내 미래를 먼저 걱정하는 딸인데.

"아버지도 참……."

리코의 눈에서 눈물이 방울져 떨어졌다. 그러자 오늘 하루의 긴장이 와르르 무너져 내리는 것만 같았다. 그 자리에

털썩 주저앉아 두 손으로 스크랩북을 감싸 안고 오랫동안

울었다.

털썩 주저앉아 두 손으로 스크랩북을 감싸 안고 오랫동안

울었다.

17

이틀 뒤 본사에서 월례 점장 회의가 열렸다. 페가수스 서점의 모든 점포 점장과 본사 임원이 모여 본사의 방침이나 의향을 전달하거나 각 점포의 정보를 교환하기 위한 자리이다. 물론 리코는 이번이 처음 참석하는 것이었다. 리코가 회의실에 들어서자 오쿠보점과 이다바시점 점장 두 명이 말을 걸었다. 둘 다 신입사원일 때 기치조지점에서 일한 적이 있는데 리코가 교육 담당을 맡았던 터라 직접 지도했던 사람들이다. 그러나 출세는 그들이 더 빨랐다. 그것도 리코보다 몇 년이나 더 빨리 점장으로 승진했다.

"니시오카 씨와 드디어 이 자리에서 만날 수 있게 되었네요."

"너무 늦게 오셨어요, 정말."

저마다 리코의 승진을 축하해 주었다. 속으로는 어떤 생각을 하고 있을지 몰라도 나쁜 기분이 들지는 않았다. 셋이 얘기를 나누고 있는데 예전 점장이었던 노지마가 들어왔다. 노지마는 본사 시스템부로 이동했기 때문에 시스템부 대표로 참석하는 듯했다. 노지마는 리코와 눈이 마주치자 냉큼 시선을 피해 버렸다. 리코는 담소를 나누던 두 사람에게 "잠깐 실례할게요" 하고 양해를 구하고는 노지마가 있는 쪽으로 다가갔다.

"노지마 씨, 안녕하세요."

"아, 잘 지냈나요?"

"오늘부터 저도 점장 회의에 참석하게 되었어요. 아직 부족한 점이 많으니 많이 도와주세요. 저는 노지마 씨밖에 의지할 곳이 없어요."

그렇게 말하며 불안해하는 듯한 눈빛으로 노지마를 올려다보았다. 노지마는 그런 말을 듣고 매정하게 뿌리칠 수 있는 사람이 아니다.

"어, 그래요. 무슨 일이 생기면 언제든지 찾아와요."

"감사합니다."

리코는 그렇게 말하며 정중하게 머리를 숙였다. 노지마는 긴장이 됐는지 눈꺼풀을 깜빡거렸다.

내 속마음을 재고 있는 거겠지. 내가 총무과에서 이런저런 소리를 들은 건 노지마 씨 귀에도 들어갔을 테니까. 노지마 씨가 내 편이 아니란 건 잘 안다. 그렇다고 해서 적의를 고스란히 드러내면 나의 패배다.

"에토 씨, 안녕하세요."

얼굴을 아는 오기쿠보점의 점장을 발견하고 리코가 인사했다.

"아, 니시오카 씨. 점장이 된 걸 축하해."

에토는 페가수스 서점의 여러 지점 중 최대 규모인 오기쿠보점의 점장을 맡고 있지만 연줄로 출세했다는 소문도 있다. 술을 좋아해서 그런지 얼굴은 항상 부어 있고 몸도 흐물거리는 느낌이다. 회식 자리에서는 자주 마주치지만 출판사 신작 발표회라든가 스터디 모임 같은 곳에서 얼굴을 본 적은 한 번도 없다.

"감사합니다. 저 같은 경우는 노지마 씨가 급하게 본사로 이동하는 바람에 순번이 왔을 뿐, 제가 한 일은 없지만요."

"무슨 그런 말을. 페가수스 서점에서 최고 카리스마 서점 직원이라고 소문이 자자한데."

"부끄럽네요. 그것도 당시 점장이었던 노지마 씨가 페가수스 서점 홍보를 위해서 협력하라고 해서 응했을 뿐이에요. 카리스마 서점 직원이라니 말도 안 돼요. 에토 씨 같은 능력 있는 분께서 그런 말씀을 하시니 몸 둘 바를 모르겠네요."

아하하하, 하고 에토는 유쾌하게 웃었다. 단순한 남자일수록 사탕발림에 약한 법이다.

"아직 점장 자리에 앉기에는 많이 부족해요. 앞으로 많은 지도 부탁드립니다."

그렇게 말하며 니시오카는 에토에게도 머리를 숙였다.

"그래. 언제든지 연락해."

에토는 기분 좋게 사무실 안쪽으로 들어갔다. 노지마는 그런 리코의 모습을 보고 얼떨떨한 표정을 지었다. 리코의 성향을 잘 아는 터라 그런 식으로 남자를 치켜세우는 말을 할 줄은 상상도 못 했을 것이다.

"노지마 씨, 이제 곧 시작하겠어요. 자리에 앉으셔야 하지 않나요?"

"아, 그래요."

리코의 말에 노지마도 허둥지둥 안쪽 자리로 향했다. 와타나베와 야마다 빌런 콤비도 들어왔다. 리코는 맨 끝자리에 앉았다. 마지막으로 사장이 안쪽 문에서 여유 있는 모습으로 들어왔다. 사장이 자리에 앉는 것과 동시에 사회자가 "점장 회의를 시작하겠습니다" 하고 말했다.

사장은 아직 50대로, 창업주인 선대의 차남이다. 10년 전에 아버지가 돌아가시고 난 뒤 사업 수완이 좋은 장남이 그룹의 식품 부문을 이어받고 차남이 서점 부문을 이어받았다. 리코는 이 사장이 싫지 않았다. 부잣집 도련님답게 풍채도 좋고 에비스˙처럼 늘 사람 좋은 미소를 짓는다. 비즈니스의 세세한 부분까지는 크게 관심이 없어서 전무와 상무에게 일임하고 있다는 소문도 있다. 하지만 리코는 기업의 대표는 그 정도가 딱 좋다고 생각했다. 현장의 세세한 부분을 사장이 관여하면 그건 그것대로 피곤하다.

"그럼 우선 이번 달 매출 보고부터 하겠습니다."

그렇게 각 점포의 매출 보고가 이어졌다.

"아카바네점 9월 총매출 19,827,655엔, 매출 원가 15,465,570엔, 매출 총이익 4,362,085엔, 영업 이익……."

경리과 사람이 각 점포의 숫자를 장황하게 늘어놓다 보니 가만히 앉아서 듣는 사람은 따분하기만 하다. 서류를 나눠 주면 될 텐데, 하고 리코는 생각했다. 그러나 모든 점장이 한자리에 모여 매출을 서로 보고하며 단결력을 높여야 한다는 게 창업자의 신조였다. 리코는 고개를 숙여 얌전히 듣는 척하면서 곁눈질로 주변을 둘러보았다. 지루하다는 듯이 서류에 그림을 그리는 사람도 있고 몰래 핸드폰을 보는 사람도 있다. 마치 대학교 강의실 같은 광경이다.

"영업 외 수익 175,008엔, 영업 외 비용 10,100엔……."

• 일본 칠복신(七福神) 중 하나로 싱글벙글 웃는 얼굴이 특징이다.

담당자의 목소리가 담담히 이어졌다. 가장 졸음이 몰려오는 오후 2시라 그런지 연거푸 하품하는 사람도 있다. 단조로운 경리과 직원의 목소리가 졸음이 쏟아지게 하는 모양이다. 에토는 완전히 곯아떨어졌다. 그런 분위기 속에서 와타나베와 야마다만큼은 눈을 말똥말똥 뜨고 숙면 중인 에코를 째려보았다. 사장은 눈을 감고 응응, 하고 고개를 끄덕이며 듣고 있다. 아니, 그런 줄 알았는데 고개가 앞으로 고꾸라졌다. 그 바람에 정신을 차렸는지 사장은 급히 자세를 가다듬었다. 그 순간, 리코와 눈이 마주쳤다. 사장은 쑥스럽다는 듯이 리코를 보며 씨익 웃었다.

역시 생각했던 대로야. 이런 사장님 앞에서라면 도전해볼 가치는 충분해, 하고 리코는 확신했다.

계속해서 각 부서와 점포의 전달 사항, 새로운 경리 시스템 설명이 구구절절 이어졌다. 숫자를 나열하는 것보다는 나았지만 일부러 모여서 이야기할 정도는 아니었다.

갖가지 발표가 끝나자 사회자가 다시 입을 열었다.

"마지막으로 오늘부터 새롭게 참여하게 된 기치조지점의 새 점장님이신 니시오카 씨, 짧게 인사 부탁드립니다."

리코는 드디어 내 차례인가, 하고 생각했다. 총무부에서 연락을 받았을 때 새 점장은 마지막에 짤막하게 인사하는 시간이 있다고 미리 전해 들었다. 리코는 싱긋 웃으며 자리에서 일어났다.

"기치조지점 점장이 된 니시오카 리코입니다. 첫 여성 점장이라 대단히 명예롭기도 하지만 한편으로는 몸이 움츠러들기도 합니다. 앞으로 적극적으로 여성을 활용하고자 하는 사장님 및 임원 여러분의 기대에 부응할 수 있도록 최선을 다하고자 합니다."

와타나베와 야마다는 표정을 일그러뜨렸다. 반면 사장은 흥미로운 듯 듣고 있었다.

"그런데 제가 몸담고 있는 기치조지점은 안타깝게도 요 몇 년, 꾸준히 매출이 떨어지고 있습니다. 업계 전반적으로 경기가 좋지 않은 탓도 물론 있겠으나 10년간 행해지고 있는 지역 재개발에 따라 역 건물 내의 B 서점을 시작으로 반경 100미터 이내에 서점 세 곳, 헌책방도 두 곳가량 오픈하는 등 특수한 배경에 영향을 받고 있습니다. 이러한 사정은 여기 계시는 노지마 전 점장님께서 더 잘 알고 계시리라 생각합니다."

모두의 눈이 일제히 노지마를 향했다. 노지마는 난데없이 무슨 말을 하느냐는 듯 눈을 끔벅거리며 리코를 쳐다보았다.

"방금 보고해 주신 대로 현재 영업 이익은 매출의 3% 전후로, 결코 좋은 숫자가 아닙니다. 게다가 더 큰 문제는 내년 3월 말에 임대 계약이 끝난다는 사실입니다. 아시다시피 기치조지점의 경우, 건물 관리회사와 특수관계가 있어 임대료 또한 시세의 절반 이하로 받으면서 저희 쪽 편의를 봐주셨습니다. 그러나 건물이 노후화됨에 따라 내년 3월부터 리모델링을 하게 되었습니다. 그렇게 되면 지금처럼 편의를 봐주기는 어렵고 임대료를 올릴 수밖에 없다는 요청이 있었습니다. 아직 어림셈이긴 하지만 월 100만 엔 정도 오를 예정이라고 합니다.”

리코는 사전에 연습했던 대사를 정면을 바라보며 또박또박 말했다. 자신의 목소리는 톤은 낮지만 쩌렁쩌렁 울린다는 얘기를 많이 들었는데 지금이야말로 이 목소리의 진가를 발휘할 때다.

“적당히 좀 해.”

와타나베가 리코의 말을 자르며 말했다. 그러나 사장이 오른손으로 와타나베 앞을 가로막으며 제지했다. 그 모습을 본 리코는 다시 마음을 다잡고 말을 이었다.

“이 금액은 결코 적은 숫자가 아닙니다. 100만 엔어치 순수익을 더 내려면 매출을 한 달에 500만 엔가량 더 올려야 합니다. 물론 매장 지출을 재검토한다면 이 금액도 약간은 줄어들 수도 있습니다만.”

그렇게 말한 뒤 숨을 한 번 고르며 노지마 쪽을 쳐다보았다. 노지마는 리코의 눈을 피했다.

"현재의 매출 수준이라면 적자는 불 보듯 뻔합니다. 그렇기에 임원들은 폐점할 수밖에 없다고 생각하시는 듯합니다. 저도 점장이 되기 전까지는 이 사실을 몰랐습니다."

회의실이 웅성대기 시작했다. 공적인 자리에서 내부 사정을 폭로한 것이니 그럴 수밖에 없다. 기치조지점에 근무하고 있던 리코조차 몰랐던 일을 다른 점장이 알고 있었을리 만무하다. 와타나베는 얼굴을 새빨갛게 물들인 채 무언가 말을 하려고 했지만 사장의 오른손이 와타나베 앞을 여전히 가로막고 있었다. 사장은 흥미롭다는 듯한 얼굴로 리코 쪽을 가만히 바라보았다.

"이런 어려운 상황에 점장으로 취임해서 처음에는 무척 곤혹스러웠습니다. 처음에는 점장 자리에서 물러날까도 생각했습니다. 저보다는 노지마 씨가 계속 점장을 맡는 게 더 좋지 않을까 하는 생각도 들었고요."

노지마는 여전히 고개를 숙이고 있다. 다른 점장들의 시선도 노지마에게 모였다. 만약 반년 후에 폐점될 예정이라면 어째서 노지마가 끝까지 책임지지 않느냐, 모두의 시선이 그렇게 말하고 있었다.

"그러나 상황이 어떻든 간에 점장을 맡은 이상 제가 할 수 있는 최선을 다하고자 합니다. 이러한 시기에 제가 승진한 건 오로지 임원 여러분들께서 저에게 거는 기대가 크다는 증거라고 긍정적으로 생각하기로 했습니다."

와타나베와 야마다의 입술이 시옷 자로 구부러졌다. 그 각도까지 똑 닮았다. 리코는 천천히 간격을 재듯 회의실에 모인 모든 사람을 둘러보았다.

자, 마지막 결정타를 날릴 차례다.

"내년 3월까지 인상되는 임대료만큼의 수익을 올려 기치조지점을 앞으로도 계속 운영할 수 있도록 노력하겠다고 여기 모인 모든 분 앞에서 약속드립니다."

그렇게 숨도 쉬지 않고 단언한 뒤 자리에 앉았다. 순간 회의실 안이 찬물을 끼얹은 듯 고요해졌다. 저마다의 시선들이 일제히 리코를 향해 쏟아졌다.

단역인 채로 끝내지 않을 테다. 설령 도중에 무대에서 사라진다 해도 사라지기 전까지는 주인공으로 살겠다.

"자네는 이런 자리에서……."

와타나베가 무언가 말하려고 했으나 말을 맺지 못한 채 입만 빠끔대고 있다.

"이런 자리에서 말할 사항이 아니잖아."

야마다가 와타나베 대신 말했다.

그때 짝짝짝, 하고 박수 소리가 들렸다. 사장이었다.

"하하. 소문대로 니시오카 씨는 위세가 좋군요."

“사장님……”

와타나베와 야마다가 사장을 쳐다보았다.

“지금 그런 상황에서도 어떻게든 매장을 끌고 나가보겠다는 건가요?”

“네. 점장이 된 이상 매장을 유지하기 위해 노력하는 건 당연한 일입니다. 그래서 여기 계신 분들께도 제 뜻을 전하고 싶었습니다.”

리코는 사장을 똑바로 쳐다보았다. 어쩌면 폐점은 이미 결정된 사항일 수도 있다. 그렇다면 아무리 매출을 올린다 한들 소용없는 일이다. 이 노력에 의미가 있는지 없는지 여기서 확인하고 싶다.

“알겠습니다. 한마디로 매출이 오르면 폐점하지 말아달라, 이거군요. 내 입으로 그 확약을 받고 싶다는 거죠?”

기업의 사장이라 그런지 역시 두뇌 회전이 빠르다. 사장은 여전히 입가에 미소를 담고 있었지만 눈빛은 날카로웠다.

“좋습니다. 그렇게까지 말한다면 한번 해보시죠.”

“사장님!”

빌런 콤비가 입을 모아 외쳤다.

“감사합니다.”

리코는 사장을 향해 깊이 머리를 숙였다.

회의실은 웅성대는 소리로 가득 찼다. 대부분은 정확히

무슨 일이 생긴 건지 잘 모를 것이다.

“그럼 오늘 회의는 여기까지 하겠습니다. 다음 회의 일정은…….”

사회자가 마무리 멘트를 이어갔다.

‘아버지, 저 해냈어요!’

리코는 속으로 외쳤다.

이제 뒤로는 물러설 수 없다. 어떻게든 하는 수밖에.

열심히 하자. 나를 위해서. 그리고 서점을 찾아 주시는 손님들을 위해서. 이곳은 우리만의 것이 아니니까.

리코는 조용히 그 다짐을 곱씹었다. 노지마는 그런 리코를 겁에 질린 듯한 얼굴로 쳐다보고 있었다.

18

"니시오카 씨, 잠깐 통화 괜찮아?"

점장 회의 이튿날, 사무실에서 서류 작업을 하고 있는데 오기쿠보점의 에토 점장에게서 전화가 걸려 왔다. 이미 매장은 마감한 시간이었다. 에토는 사장 앞에서 호언장담한 리코가 흥미로웠는지 다음에 같이 술이라도 한잔 마시자고 말했었다. 그래서 리코도 그 전화일 거라고만 생각하고 반갑게 받았다.

"네, 에토 씨 전화라면 언제든지 괜찮아요."

"이번 일, 우리로서는 참 고마운 일이지만 기치조지점은 괜찮은지 걱정이 돼서 말이지."

"네? 그게 무슨 말씀이세요?"

"오늘 아침에 쓰지이 씨와 하타케다 씨가 찾아왔거든. 다음 달부터 잘 부탁드린다면서."

"그 두 사람이 왜요?"

"어, 아무것도 못 들었어? 정말?"

에토가 깜짝 놀란 듯이 말했다.

"무슨 일인가요? 다음 달부터 잘 부탁드린다니."

"아니, 그게 말이지……."

좀처럼 말을 못 꺼내는 에토가 가까스로 뱉어낸 말은 쓰지이와 하타케다가 다음 달부터 오기쿠보점으로 이동한다는 말이었다.

"전 전혀 몰랐어요."

"알다시피 우리 지점은 이제 막 오픈해서 아직 부족한 부분이 많으니 아무래도 경력이 있는 사람이 오면 고맙긴 하지만 니시오카 씨가 몰랐다니 이것 참……."

에토는 난감하게 됐다는 듯 말했다. 실제로 있을 수 없는 일이다. 현재 소속된 매장 점장이 자기 부하직원의 이동을 모르다니.

"우리도 노지마 씨가 빠진 뒤에 인원 보충이 없어서 일손이 부족한 상황인데요."

"아무래도 그렇겠지. 어느 매장이든 그럴 수밖에 없다고 생각해."

"사정을 잘 모르겠으니 어쨌든 인사과에 확인해 보겠습니다. 연락해 주셔서 감사해요."

리코는 에토의 전화를 끊은 뒤 조금 떨리는 손으로 전화 번호를 눌렀다. 총무과에 전화했더니 인사과 부장인 야마다 노부오가 직접 받았다. 이미 시간은 저녁 8시를 넘어섰다. 업무 시간이 끝나면 뒤도 안 돌아보고 퇴근하는 야마다가 이런 늦은 시간에 회사에 남아 있는 일은 드물다.

"어, 그래. 그렇게 됐어."

리코가 따져 묻자 야마다는 평소와 같은 높은 톤으로 별일 아니라는 듯이 대답했다.

"그건 언제 정해진 거죠? 저는 따로 연락을 못 받았는데요."

"뭐? 그랬어? 이상하네. 중간에 실수가 있었나. 노지마 씨가 점장으로 있을 때 얘기가 끝났는데, 인수인계 때 못 들었나 보지?"

"그런 얘기는 따로 못 들었습니다."

노지마 씨와 얘기가 끝났다니, 무슨 말이지.

"그러면 대체 보충 인원은 언제 보내 주시는 건가요? 노지마 씨도 본사로 가서 정직원이 총 세 명이나 빠지게 되는데요."

"그게, 급하게 이동하게 되어서 말이야."

"저희도 그런 급한 이동은 곤란합니다! 아예 매장 문을 닫으라는 겁니까?"

리코는 그렇게 내뱉고 나서야 깨달았다. 아, 이건 총무과의 압력이구나. 총무과는 원래 이 지점을 없애고 싶어 했는데 리코가 사장에게 직접 호소했기 때문에 이런 식으로 보복하는 것이다.

"이거야 원. 니시오카 씨는 반년 안에 매장을 다시 일으키겠다고 호언장담하지 않았나? 우리도 기대하고 있다고."

등골이 오싹해질 정도로 높고 간사한 목소리로 야마다가 말했다.

"다만 하타케다와 쓰지이 말도 일리가 있다 싶어서. 뭐, 인사과는 중립을 지켜야 하는 위치니까."

"일리가 있다니요? 그게 무슨 말씀이죠?"

"자세한 건 말할 수 없지만, 서로 잘 안 맞는다며?"

순간 할 말을 잃었다. 리코는 수화기를 꽉 쥐며 침묵을 지켰다.

"요즘 같은 시대에 직장 내 따돌림 같은 문제로 말이 많아서 말이야. 우리도 손 놓고 있을 수만은 없거든. 마침 오기쿠보점에 사람이 부족하다 보니 그쪽으로 이동시켜 줬어."

"오기쿠보점은 소중하고 저희 매장은 어떻게 되든 상관없다는 건가요!"

"그렇게 감정적으로 말하지 마. 우리도 갑작스럽다 보니 아주 곤란하니까 말이야. 어쨌거나 사내 괴롭힘이니 직장 내 갑질이니 직원이 고통을 호소하면 이동시켜 줄 수밖에 없지 않겠나!”

야마다가 노기 가득한 목소리로 말했다.

사내 괴롭힘? 직장 내 갑질? 리코는 머리가 아프기 시작했다. 하타케다와 쓰지이는 그런 식으로 인사과에 말한 건가.

“자네 매장 일은 자네가 알아서 처리해. 카리스마 서점 직원이잖아?”

야마다는 마지막으로 그렇게 쐐기를 박은 뒤 괘씸하다는 듯이 전화를 철커덕 끊었다. 리코는 그대로 사무실 책상에 엎드렸다.

이게 무슨 일이란 말인가. 어떻게든 긍정적으로 노력하려고 했는데. 하타케다와 쓰지이는 그렇게까지 내가 미운 걸까. 총무과는 그렇게도 이 매장을 없애고 싶은 건가.

“점장님.”

부르는 소리에 얼굴을 들자 오자키 시호가 서 있었다. 오자키뿐만 아니라 오후에 출근하는 사람 모두가 모여 있었다. 벌써 마감하는 시간이구나, 하고 리코는 깨달았다.

“저, 오늘 종례 시간에 하타케다 씨가 말하기를 곧 서점이 문을 닫는다던데 그게 사실인가요?”

오자키가 머뭇거리며 말을 꺼냈다.

“하타케다 씨가요? 아니 무슨 그런 말을……”

“저는 쓰지이 씨한테 들었어요. 그래서 쓰지이 씨와 하타케다 씨는 오기쿠보점으로 이동한다던데, 진짜예요?”

학술서를 담당하는 아르바이트생인 한 대학생이 물었다.

“두 사람의 이동이야 어떻든지 간에 서점이 문을 닫는 일은 없을 거예요.”

리코는 평정심을 잃지 않으려 애쓰며 말했다. 모두가 동요하고 있다. 여기서 자신이 중심을 잡지 못하면 안 된다고 순간적으로 판단했다.

“근데 쓰지이 씨는 단호하게 내년 3월 말까지라고 하던데요.”

“만약 그게 사실이라면 저희는 새 아르바이트를 찾아야 해서요…….”

“저희도 생활이 걸려 있는데, 갑자기 서점이 없어지면 난처해요.”

다들 한마디씩 보태며 호소했다.

“다들 내 말 좀 들어 봐요. 진정하고.”

리코가 그렇게 말하자 차츰 조용해졌다. 리코를 향해 모두의 시선이 일제히 모였다. 되레 말하기가 더 어려워졌다.

“내년 3월이라는 건 폐점하는 날짜가 아니에요. 이 건물 전체를 리모델링하는 날짜일 뿐이에요.”

별일 아니라는 듯 리코가 말했다.

“리모델링요?”

“네. 아무래도 건물이 오래되다 보니 여기저기 많이 낡았잖아요. 에스컬레이터도 없고. 전부터 리모델링을 하려고 했는데 그 날짜가 정해진 것뿐이에요.”

“그럼 폐점하는 건 아닌가요? 쓰지이 씨랑 하타케다 씨는 서점이 없어질 거라고 말했는데요.”

“그 두 사람이 약간 오해를 한 것 같아요. 물론 건물 리모델링 후, 이곳에서 다시 재오픈할 수 있을지 없을지는 아직 논의 중이긴 하지만요. 그만큼 임대료가 오르거든요.”

다들 마른침을 삼키며 리코의 이야기를 듣고 있다. 모두가 동요하지 않게끔 해야 한다. 지금 여기 모인 모두를 설득하지 못한다면 3월까지 기다릴 것도 없이 당장 내일부터 매장을 꾸려 나갈 수 없게 된다.

“그래서 그만큼 매출을 올려야만 해요. 물론 힘든 일이긴 하지만 서점 문을 닫아야 할 정도는 아니에요. 매출만 오르면 이 매장을 접지 않겠다고 사장님께서 직접 약속해 주셨어요.”

사장님, 이라는 말에 다들 조금 안심한 듯한 표정을 지었다.

“애초에 이 지점은 페가수스 서점의 1호점이에요. 다들 알고 있죠? 그렇게 쉽게 문을 닫지는 않을 겁니다.”

리코의 말은 허무하게 울렸다. 직원들 대부분은 수긍할 수 없다는 듯한 얼굴을 했다.

"그럼 매출을 얼마나 올려야 되는 거죠?"

잡지를 담당하는 계약직 사원이 물었다. 여러 가지 궁금한 게 많다는 듯한 표정이다.

"얼마라는 구체적인 숫자를 제시한 건 아니에요. 아직 새 임대료도 정해지지 않았으니까요."

그렇게 말하며 리코는 싱긋 웃었다. 사실은 말하고 싶지 않은 숫자다. 금액을 들으면 다들 입을 다물지 못할 테니까.

"점장님은 한 달 매출을 총 500만 엔 늘리겠다고 말씀하셨다면서요? 사장님 앞에서."

뒤편에서 목소리가 들렸다. 쓰지이다. 사무실 문에 멀찌감치 서서 모두를 보고 있다. 하타케다도 옆에서 히죽거리며 웃고 있다.

큰일 났다, 하고 리코는 생각했다. 여기서 쓰지이나 하타케다가 나타날 줄이야.

"물론 그렇게 말했어요. 하지만 그건 500만 엔가량 늘리는 걸 목표로 삼으면 분명 괜찮을 거라는 숫자일 뿐이에요. 이른바 목표치죠. 여기까지 매출을 올려야지, 하고 제가 목표로 잡은 숫자이지 아직 정해진 건 아니에요."

리코는 또다시 싱긋 웃으며 여유 있는 태도를 유지한 채 말했다. 그러나 속으로는 크게 당황했다. 쓰지이와 하타케다가 모두가 있는 앞에서 자신을 곤혹스럽게 만들 작정이라는 사실을 깨달았기 때문이다.

"뭐, 어느 쪽이건 불가능한 숫자잖아요. 본사의 와타나베 전무님께서 말씀하시길 이 매장은 확실히 접을 거라던데요."

"그렇지 않고서야 우리가 오기쿠보점으로 이동할 이유가 없잖아요."

그 말을 듣고 다들 웅성대기 시작했다. 매달 500만 엔의 매출을 늘린다는 구체적인 숫자를 듣고 새로운 충격에 휩싸인 것이다.

"불가능한지 어떤지 해보지 않으면 모르는 거죠."

"그럼 구체적으로 어떤 비전이 있는 건가요? 점장님이 세운 앞으로의 비즈니스 플랜을 들려주세요."

쓰지이가 밉살맞게도 그렇게 덧붙였다.

"점장님, 계획은 다 세우신 거죠?"

하타케다도 다그쳤다.

리코는 겨드랑이에 식은땀이 흥건히 배는 걸 느꼈다. 모두가 마른침을 삼키며 리코의 말을 기다렸다. 여기서 점장으로서의 견해를 제시해야만 한다. 오자키와 야마네의 기대에 찬, 응원하는 듯한 시선이 따갑게 느껴졌다.

어떻게 하면 이 상황을 모면할 수 있을까. 어떻게 하면 하타케다와 쓰지이가 끽소리도 못하게 만들고 모두를 납득시킬 수 있을까.

조급하게 굴면 굴수록 아무것도 떠오르지 않았다. 머릿속에 떠오르는 건 오직 이 말뿐.

누가 나 좀 도와줘!

"적당히 좀 해요!"

리코가 간절히 바란 그 순간, 사무실 구석진 곳에서 그런 소리가 우렁차게 울렸다. 일제히 그 목소리가 들리는 쪽으로 돌아보았다.

하타케다와 쓰지이 뒤편에 아키가 서 있었다. 아키의 얼굴은 이제껏 한 번도 본 적이 없을 정도로 창백했으며 분노로 이글대고 있었다. 결혼식이 끝나고 축의금 봉투를 되돌려 줄 때도 이런 얼굴은 아니었는데, 하고 리코는 생각했다.

"정말이지 둘 다 무슨 생각인 거죠?"

"오바타 씨, 당신……."

그렇게 말하며 가까이 다가온 하타케다를 노려보며 아키는 하타케다의 따귀를 때렸다. 찰싹, 하고 마음이 상쾌해질 정도로 큰 소리가 났다.

이어서 아키는 쓰지이 쪽으로 돌아섰다. 쓰지이는 키가 커서 그런지 약간 발돋움을 하는 모습으로 힘껏 반동을 주며 볼을 후려쳤다. 뺨을 맞은 쓰지이가 뒤로 비틀거릴 정도로 센 힘이었다.

"믿을 수가 없네요."

아키는 따귀를 때린 손을 문지르면서 말했다.

하타케다도 쓰지이도 이게 꿈인가 생시인가, 어안이 벙벙해져 아무런 말도 하지 못했다. 다른 사람들도 깜짝 놀라 그저 아키만 쳐다보았다.

믿을 수 없는 짓을 한 건 어느 쪽이냐며 리코는 속으로 반박했다.

"하타케다 씨도 쓰지이 씨도 그렇게나 점장님이 싫은가요?"

"시시싫어한다니, 그그그런……."

하타케다가 어쩐 일로 동요했다.

"누가 봐도 그렇잖아요. 두 사람 다 일부러 점장님을 괴롭히고 있어요. 며칠 전에도 점장님이 무단결근했다며 와타나베 전무님한테 거짓말했잖아요!"

"엇, 그건 그러니까……."

"본사 인사과에 니시오카 씨는 점장 자리에 걸맞지 않다고 말했다면서요? 게다가 저를 팔아서 있는 말 없는 말 다 퍼뜨리고요. 도대체 왜 그런 짓을 하는 거죠? 니시오카 씨 대신 본인이 점장이 되고 싶은 거예요? 그게 아니면 니시오카 씨가 여자여서 배알이 꼴리는 건가요?”

“포, 포, 폭력은 안 되죠, 오바타 씨!”

“애초에 본사의 와타나베 전무님이…….”

“본사, 본사, 그놈의 본사! 둘 다 시끄러워요! 본사의 명령이 그렇게나 무서워요? 그렇게 절대적인 건가요? 본사는 이 매장을 없애 버리고 싶어 한다고요. 하지만 점장님이 사장님의 약속을 받아내고 어떻게든 유지하기 위해 길을 찾으려 애쓰고 있는데 어째서 발목을 잡는 거예요? 두 사람은 이 매장이 사라지길 바라는 거예요?”

아키는 거침없이 술술 내뱉었다. 그 위세에 주눅이 들었는지 둘은 횡설수설했다.

“아니, 그럴 리가…….”

“저도 점장님도 이 매장이 소중하고 어떻게든 유지되기를 간절히 바라고 있어요. 그런데 어째서 정직원인 당신들은 협력하지 않는 거죠? 이 매장이 유지되느냐 사라지느냐 정말 중요한 이 시기에, 다 함께 힘을 모아도 시원찮을 판에 본인들 출세만 생각하는 건가요? 둘 다 정말 바보 같아요!”

하타케다도 쓰지이도 생각지도 못한 아키의 반격에 순간 할 말을 잃고 입만 빠끔거렸다. 그러나 그 누구도 말리려 하지 않았다. 대강 사정을 파악한 스태프들은 하타케다와 쓰지이를 의심쩍은 눈으로 쳐다보았다.

"근데 오바타 씨는 점장님을 싫어하지 않았나요?"

"아직도 그런 쓸데없는 말을 하는 건가요?"

그 말에 아키는 격분하며 쓰지이의 멱살을 덥석 잡았다.

"워워, 거기까지."

그제야 미타가 싸움을 말렸다.

"이제 그쯤 해 둬."

"그렇지만……."

아키는 언뜻 불만스러운 듯했다.

"이 두 사람을 닦달한다고 해서 매장 상황이 나아지는 것도 아니잖아."

달래듯이 말하는 미타의 말을 듣고 아키는 마지못해 움켜쥐고 있던 쓰지이의 셔츠를 놓았다. 흥분한 탓에 아키의 숨소리가 아직 거칠었다.

"하지만 점장님, 솔직히 말해서, 많이 놀랐어요. 저희는 전혀 상황을 몰랐으니까요."

한 계약 사원이 사무실 구석진 곳에서 리코를 향해 말했다. 어안이 벙벙해진 서점 스태프들도 그제야 정신을 차린 듯한 얼굴로 리코 쪽을 쳐다보았다. 리코는 다시금 모두의 시선을 느꼈지만 아키의 발언 때문인지 시선이 조금 부드러워진 것처럼 보였다. 거기에 힘을 얻어 리코는 다시 설명하기 시작했다.

“실은 사장님과 이야기를 한 게 어제여서 아직 저도 정리가 안 됐어요. 워낙 상황이 어렵다 보니 여러분에게 어떻게 전하면 좋을까 고민하고 있었거든요. 모두가 혼란에 빠지지 않게 하고 싶기도 했고요.”

그렇게 말하고는 잠깐 말문이 막혔다. 하지만 “이런 방식으로 모두에게 알리게 되어 무척 유감입니다” 하고 가까스로 말을 맺었다. 그런 다음 말 없이 사무실 끝에 서 있는 쓰지이와 하타케다 쪽을 쳐다보았다. 덩달아 다른 사람들도 그쪽을 바라보았다. 그 시선을 견디지 못하고 둘은 황급히 사무실에서 나갔다.

“점장님 입장은 이해했습니다. 하지만 어쨌든 3월까지 500만 엔 정도 매출을 더 올리지 못하면 매장은 문을 닫을 수밖에 없다는 거죠?”

오자키가 물었다.

“맞아요. 그렇지만 어떤 식의 가능성이라도 있다면 해볼 수밖에 없다고 생각해요. 이곳이 사라지게 둘 수는 없어요.”

리코는 망설임 없는 어투로 대답했다.

“그야 그렇지만.”

“야근이 늘어나거나 하면 곤란한데……:”

“월급은 제대로 나오나요?”

스태프들이 불안하다는 듯한 눈빛으로 중얼거렸다.

"그건 걱정 안 해도 돼요. 지금은 적자가 아니니까요. 인건비는 제대로 확보해 두었어요. 리모델링을 시작하는 내년 3월까지는 지금처럼 운영할 수 있어요."

리코는 문득 사무실의 기류가 바뀌는 걸 느꼈다. 지금 당장 어떻게 되는 건 아니라는 사실에 안심한 것이다.

"게다가 이곳은 페가수스 서점입니다. 대기업이에요. 만일 이곳이 망한다 한들 여러분이 일한 만큼은 정확히 지급할 겁니다."

"하지만 점장님, 어떻게 수익을 올릴 생각이죠? 승산은 있는 건가요?"

리코는 목소리가 난 쪽으로 몸을 돌렸다. 그리고 진지한 목소리로 말했다.

"여긴 서점이니까 한 방에 매출을 끌어올릴 특별한 방법은 없다고 생각합니다. 낭비를 줄이고 좋은 책을 찾아서 매장에 어떻게 둘지 더 궁리하는 수밖에 없어요. 손님을 대하는 태도도 조금 더 신경 쓰고요. 그것밖에 없을 거예요."

"그러면 지금과 별반 다를 게 없잖아요. 역시 매출을 올리는 건 어렵지 않을까요?"

상심한 듯한 말투로 누군가가 말했다.

"음, 그것만으로도 잘 굴러가는 곳들이 많잖아요. 이곳을 처음 오픈했을 때 저도 터무니없다고 생각했지만 객관적으로 보면 거의 모든 매장이 그런 방식으로 유지되고 있으니까요. 자사 건물이거나 우리처럼 친분이 있어서 임대료를 적게 내는 곳은 몇 군데 없어요. 어쩌면 지금까지 운이 좋았던 거죠."

"그야 그렇지만……."

"지금 다시 점검 중이긴 한데 다른 지점에 비해 우리는 반품률이 너무 높고, 회전율도 나빠요. 그 외에도 개선할 수 있는 점은 많이 있을 거고요. 낭비되고 있는 부분도 많지 않을까요? 게다가 지금까지는 하지 않았던 페어나 사인회 같은 행사도 적극적으로 해보려 합니다. 서적 외의 상품을 판다든가, 여러 가지로 해볼 만한 게 있을 거예요. 할 수 있는 건 다 해보자고요. 해보지도 않고 이곳을 포기하고 싶지는 않아요."

후우, 하고 누군가가 한차례 깊은 한숨을 내쉬었을 뿐 아무도 대답이 없었다.

"그러니까 여러모로 힘들겠지만 가능하다면 끝까지 협력해 줬으면 좋겠어요. 다 함께 힘을 모으면 반드시 해낼 수 있을 거예요. 만약 그랬는데도 매장 상황이 나아지지 않는다면, 혹 이곳이 문을 닫게 된다면."

리코는 잠깐 주저하고는 결심한 듯이 말했다.

"그때는 저도 서점을 그만두겠습니다."

19

리코의 염려와는 달리 그만두겠다고 한 사람은 그리 많지 않았다. 쓰지이와 하타케다는 이튿날부터 미련 없이 오기쿠보점으로 옮겼고, 그들과 친하게 지낸 두세 사람만 당장 그만두고 싶다고 요청했다. 그러나 그 외의 대다수는 별다른 말이 없었다. 다만 매장 분위기는 정체되어 있었다. 리코는 모두가 탐색하는 듯한 눈으로 쳐다보는 시선이 따가웠다. 결국 행동으로 모든 걸 보여 줄 수밖에 없다.

게다가 지금은 결원만큼의 인원을 보충하는 게 급선무였다. 리코는 아르바이트 구인 광고를 잡지와 매장 앞에 고지하고, 근처 대학교와 전문대에 직접 찾아가 학생지원과의 허락을 구해 게시판에도 붙였다. 그 외에도 매장에 바로 투입할 수 있는 인력을 확보하기 위해 예전에 서점에서 근무한 적이 있는 사람들에게 연락해 다시 일할 생각이 없는지 부탁해 보기도 했다.

인원 확보와 동시에 경비와 재고도 재검토해야 했고, 각 층 책임자였던 쓰지이와 하타케다가 빠진 만큼 관리 체제를 다시 손봐야 할 필요도 있었다. 5층은 정직원인 아키를 책임자로 올리면 되지만 3층과 4층은 계약 직원에게 맡길 수밖에 없다.

매장이 다시 제자리를 찾으면 본사에 요청해서 정직원으로 전환될 수 있게끔 힘써 보겠다는 약속을 한 뒤 오자키 시호에게 3층을 맡아 달라고 부탁했는데 4층 책임자는 결정하기가 어려웠다. 능력이나 인성만 봤을 때 미타 타카히코가 맡아 주기를 바랐으나 미타는 그 자리를 거절했다. 계약 직원인데 막중한 책임이 따르는 자리는 맡고 싶지 않다는 게 미타의 의견이었다. 말투는 정중했지만 단호하게 거절하는 태도였다. 미타의 말은 지당했고, 억지로 맡길 수도 없는 노릇이었다.

게다가 무엇보다 리코에게 협력하고 싶지 않다는 게 미타의 본심일 것이다. 그날 리코가 묻는 말에 본인 감정을 솔직하게 털어놓은 뒤부터 미타는 리코를 피했다. 어쩔 수 없이 말을 걸어야만 하는 상황에서는 '점장님'이 아니라 '니시오카 씨'라고 불렀다. 미타는 자신을 아직 점장으로 인정하지 않은 것이리라. 4층 담당자는 미타 외에 마땅한 적임자도 없으니 얼마간은 리코가 겸업할 수밖에 없다.

그 외에도 그날그날 해야 할 일들은 많았다. 리코는 다른 업무와 병행하면서 모든 직원과 개인 면담을 했다. 인사과로부터 '독선적'이라는 말을 들은 것이 신경 쓰이기도 했고 미타가 '감정적이다'라고 지적한 것도 가슴에 박혀 있었기 때문이다. 한 사람당 삼십 분에서 한 시간, 업무의 불만 사항과 개선점, 앞으로 해보고 싶은 것, 점장에게 바라는 점 등 거리낌 없이 말해 달라고 부탁했다. 가뜩이나 바쁜데 시간을 할애하느라 몸은 고단했어도 결과적으로는 역시 하기를 잘했다고 리코는 생각했다. 물론 듣기 힘든 내용도 있었다. 아키와의 불화에 관해서는 생각 외로 매서운 의견이 많았고, 서점의 앞날에 관해서도 많은 스태프가 불안해했다. 그러나 긍정적인 의견도 적지 않았고 모두의 의견을 진지하게 들으려는 리코의 태도가 무엇보다 호의적으로 받아들여졌다. 또한 스태프들이 제시한 점포 개선점에 관한 의견을 리코는 적극적으로 수용했다.

우선 불필요한 지출을 줄이기 위해 신규 아르바이트생에게는 유니폼을 지급하지 않고 대신 앞치마만 제공하기로 했다. 그리고 가죽 구두만 신어야 한다는 규정을 없애고 검은색이나 갈색 등 튀지 않는 색이라면 스니커즈를 신어도 되는 것으로 바꾸었다. 이 부분은 특히 젊은 남성 스태프들이 좋아했다. 그 외에 로테이션을 재검토해 오전 출근과 오후 출근 외에 주간 네 시간 정도만 근무하는 시간대도 추가했다. 이 시간대는 임신하면서 서점을 그만둔 여직원들을 다시 고용하기 위한 아이디어였다. 또한 스태프의 근무 시간은 그대로 두고 매장 오픈 시간만 30분 늦춰서 그 시간에 책 입고와 재고 체크, 진열 등 판매 이외의 업무에 집중할 수 있도록 했다. 너무 바빠서 접객과 책 관리를 충분히 할 수 없다는 스태프의 불만을 조금이라도 해소해 주고 싶었고 그렇게 하는 편이 영업시간 중에는 접객에 전념할 수 있을 테니까 결과적으로는 효율도 높아진다고 리코는 판단했다.

한 달도 채 지나기 전에 니시오카 씨가 바뀌었다는 말이 돌기 시작했다. 리코 본인에게는 얄궂은 일이지만 이건 매장을 여러 방면으로 개선한 것뿐만 아니라 아키와의 관계 변화가 가장 크게 작용했다. 물론 지금도 수긍할 수 없는 부분은 수긍할 수 없다고 솔직하게 의견을 주고받고, 결코 서로를 배려하거나 칭찬하지는 않는다. 그렇지만 예전처럼 상대방을 무조건 배척하지는 않았고 뒤에서 험담하는 일도 없었다. 사소한 변화일지언정 모두에게는 크게 와닿는 모양이었다. "니시오카 씨, 뭔가 좀 둥글둥글해진 것 같아요"라는 말을 듣기도 했고 오자키에게서 "니시오카 씨랑 오바타 씨는 서로 닮은 것 같아요"라는 말을 듣고 가슴이 철렁 내려앉기도 했다.

그러던 어느 날, 사건이 일어났다.

"점장님, 큰일났어요! 저기 손님이……"

만화책 코너의 하기와라 마미가 얼굴이 사색이 된 채 사무실에 있던 리코를 다급히 부르러 왔다. 그날은 온종일 비가 와서 매출이 부진했는데 시간은 이미 저녁 7시가 넘은 상태였다. 퇴근하고 들르는 손님들로 바쁠 이 시간에 마미가 자리를 비우고 일부러 리코를 부르러 온 것으로 보아 뭔가 일이 벌어진 모양이었다.

"무슨 일인가요?"

리코가 물었다. 마미는 빠른 말투로 설명했다. '한 손님이 2주 전에 만화책을 주문했다. 언제 도착하는지 물어서 나카무라 안나가 2주 후에 도착한다고 안내했다. 그래서 오늘 그 손님이 재방문했다. 그런데 책은 아직 도착하지 않았다. 안나가 그 사실을 전하자 버럭 화를 내면서 고함치기 시작했다. 2주 후에 도착한다고 하지 않았느냐, 그래서 일부러 사러 왔건만 아직 도착하지 않았다니 그게 무슨 말이냐, 하고. 안나가 죄송하다고 사과하고 만화책 담당 책임자인 아키도 고개를 숙이고 있는데 손님이 좀처럼 화를 풀지 않는다. 점장을 불러라, 하고 고래고래 소리를 지르고 있다'는 것이었다.

"알겠어요. 당장 가 보죠."

매장을 운영하다 보면 막무가내로 행동하는 손님을 때때로 만난다. 어떻게든 트집을 잡아서 돈을 요구하는 사람도 있고, 그저 분이 안 풀려서 직원들을 골탕 먹이고 싶어하는 사람도 있다. 이번에는 어느 쪽일까. 안나가 '2주 후에 도착한다'고 단언한 건 섣불렀다. '대체로 2주 정도 걸리기는 하는데 들어오면 저희가 연락드리겠습니다'라고 매뉴얼대로 안내했어야 하는데. 하지만 그렇다고 해서 그게 매장에서 소리를 지를 정도의 일인가.

3층으로 내려가자 계산대 부근에 사람들이 모여 있었다. 그 한가운데에서 안나와 아키가 연신 죄송하다고 말하며 머리를 숙이고 있다. 상대방은 서른 전후로 보이는 안경을 쓴 남자였다. 감색 양복의 깡마른, 아주 평범한 회사원으로 보이는 그 고객은 얼굴을 붉히며 큰 소리로 화를 내고 있었다.

"손님, 오기쿠보점에 재고가 있습니다. 잠시만 기다려 주시면 바로 가지고 오겠습니다."

아키가 열심히 설득했다. 옆에 있는 안나는 겁을 잔뜩 먹은 듯 아무 말도 못 하고 서 있었다.

"뭐? 또 기다리라고? 난 오늘 엄청 피곤하다고. 그래도 책이 도착했을 거라 철석같이 믿고 비까지 오는 데도 일부러 사러 왔는데 또 손님을 기다리게 하는 거야?”

남자는 손에 들고 있던 우산을 이리저리 휘둘렀다. 일회용 비닐 커버에 넣지도 않아서 빗물이 사방으로 튀어 판매 중인 책에까지 빗방울이 튀었다. 리코는 속으로 혀를 찼다. 다른 손님들은 자신에게 불똥이 튀지 않도록 멀찍이 떨어져서 이 상황을 지켜보고 있었다. 서서 책을 읽는 척하며 흘끔거리는 손님도 있다. 이 광경을 보고 그대로 매장을 나가 버리는 손님도 있다.

“저기, 손님. 안쪽 사무실로 함께 가셔서 말씀 나누시죠.”

다른 손님들이 피해를 보지 않도록 아키가 남자에게 이렇게 말을 걸었다.

“뭐라고? 그렇게 말하면서 나를 적당히 쫓아낼 작정인가 보지?”

남자는 더 격분한 듯 거칠게 말했다.

“난 이제 안 속아! 너 같은 여직원이랑은 말이 안 통하니까 윗사람을 불러와!”

드디어 내가 나설 차례인가, 하고 리코는 생각하며 남자에게 말을 걸었다.

“손님, 정말 죄송합니다. 저희 직원이 실례를 범했습니다.”

“뭐야, 너는.”

남자는 대뜸 등장한 리코를 노골적으로 이리저리 훑어보았다.

"서점 점장인 니시오카라고 합니다."

그렇게 말하며 리코는 머리를 숙였다.

"뭐라고? 당신은 여자잖아. 사람을 바보 취급하는 것도 아니고 말이야. 제대로 된 윗사람을 불러오라고!"

"죄송합니다만 이 서점에서는 제가 최고 책임자이니, 부족한 점이 있다면 저에게 말씀해 주세요."

리코는 그렇게 말하면서 명함을 내밀었다. 남자는 명함을 받아 들고 직함을 살폈다.

"쳇, 여자가 점장이라니."

남자는 입술을 일그러뜨리며 내뱉듯이 말했다.

"그럼 당신이 어떻게 처리해줄 건가, 어?"

남자는 조폭처럼 거칠게 말했다. 평범한 남자의 얼굴이 천박하게 보였다.

"이 여자가," 하며 턱으로 안나를 가리키고는 "2주 뒤에 오라고 해서 추적추적 비까지 오는데 일부러 왔다고. 그런데 책이 아직 안 왔다니, 똥개 훈련 시키는 것도 아니고 말이야."

안나는 잔뜩 겁먹은 채 몸을 작게 말고 있다. 이곳에서 일한 지 얼마 안 됐기 때문에 이런 골치 아픈 손님은 처음 경험하는 것이다.

"정말 실례를 범했습니다. 지금 바로 준비해서 손님 댁으로 보내드리겠습니다."

리코가 깊이 머리를 숙이며 사과했다.

"흥, 그래서야 내 기분이 풀리지 않는다고. 책이야 도착한다 쳐도 내가 헛걸음한 건 어떻게 보상할 거야? 게다가 나는 오늘 그 책을 읽고 싶었다고."

리코는 계산대 위에 있는 주문표를 힐끗 보았다. 거기에는 얼마 전 유행했던 만화책 제목이 적혀 있다. 일각을 다투는 책도 아닌데, 하고 속으로 생각했지만 얼굴에는 드러내지 않고 고개를 더욱더 아래로 숙였다.

"정말 죄송합니다."

"말로 때우면 다야? 진심으로 죄송하다고 생각한다면."

남자는 그렇게 말하면서 히죽 웃었다.

"지금 여기서 무릎 꿇고 빌어."

뭐? 하고 안나와 아키가 움찔 놀란 얼굴로 서로를 쳐다보았다. 게다가 남자가 가리킨 곳은 온통 진흙 묻은 발자국으로 엉망이었다.

"손님, 죄송합니다. 저희도 사과드릴 테니 그것만큼은……."

아키가 허겁지겁 끼어들었다.

"그럼 네가 점장 대신에 무릎을 꿇든가."

남자는 히죽거리며 두 사람을 쳐다보았다. 직원들이 곤란해하는 모습을 보는 걸 즐기는 걸 테지, 하고 리코는 생각했다.

"아니, 그건……."

주저하는 아키를 리코가 손으로 가로막으며 말했다.

"알겠습니다, 손님."

"점장님……."

아키를 감싸듯이 리코는 앞으로 나와 남자가 가리킨 더러운 진흙 바닥 위에 섰다. 모두의 시선이 자신에게 집중되는 걸 느꼈다. 안나와 아키는 금세라도 울음을 터뜨릴 것만 같은 얼굴을 했고 멀리서 다른 직원들이 숨죽이며 쳐다보는 것도 느껴졌다.

여기서 물러날 수는 없다.

리코는 천천히 무릎을 굽혔다. 다리에 축축한 진흙이 닿는 감촉이 느껴졌다. 그러나 미동도 하지 않고 그대로 꿇어앉았다. 그런 다음 크게 숨을 들이마시고는 양손을 앞에 대고 그대로 머리를 깊이 숙여 바닥에 붙였다.

"정말 죄송합니다."

있는 힘을 다해 목소리를 짜냈다. 그대로 몇 초쯤 자세를 유지한 뒤, 천천히 고개를 들었다. 그러고는 남자의 눈을 똑

바로 바라보며 차분한 말투로 말했다.

"이걸로 용서해 주시겠습니까?"

얼굴을 든 리코의 이마에는 진흙이 묻어 있었다. 그러나 얼굴에는 고요한 미소가 담겨 있었다.

3층은 숨 막히게 조용해졌다. 남자도 기세에 눌린 듯 리코를 넋 놓고 보기만 했다. 너무 놀란 나머지 아무런 말도 나오지 않는 모양이었다. 주변을 에워싸고 있던 사람들의 눈은 리코와 남자 얼굴을 번갈아 가며 보았다. 꼭 그렇게까지 해야만 했냐고 힐난하는 듯한 사람들의 시선이 남자에게 날아가 꽂혔다. 남자 직원들은 당장이라도 남자의 멱살을 잡으러 달려갈 듯한 얼굴이었다. 그런 분위기를 느끼고 남자는 당황한 표정을 지었다.

"이제 그쯤 하시죠."

그때 별안간, 낯선 남자의 목소리가 들렸다. 멀리서 둘러싸고 있던 손님들 무리 중에서 마흔을 훌쩍 넘긴 우람한 한 남자가 가까이 다가왔다. 키도 크고 체격도 좋았다. 진갈색 양복을 입은 평범한 회사원처럼 보였지만 럭비라도 했을 것만 같은 체격이었다.

"여성분에게 이렇게까지 했으니 당신도 속이 시원할 텐데요?"

남자는 갑질 고객의 정면에 섰다. 덩치 큰 남자가 갑질 고객을 내려다보는 듯한 모양이 되었다. 그 남자는 눈을 부릅 뜨고 갑질 고객을 노려보았다. 이제 그만하라고 눈빛으로 말하는 듯했다. 갑질 고객은 기가 죽어 반 발짝 뒤로 물러 났다.

"그래 뭐…… 오늘은 이 정도로 봐주지."

남자는 내뱉듯이 말하고는 그대로 도망치듯 사라졌다. 서점을 빠져나가는 남자를 손님들이 말없이 지켜보았다. 남 자의 모습이 3층에서 사라지자 안나가 무릎을 꿇은 리코에 게 매달렸다.

"점장님, 정말 죄송해요……."

안나는 울먹였다. 리코는 자리에서 힘차게 일어나 무릎 에 묻은 흙먼지를 털어내고는 안나에게 미소 지으며 작게 속삭였다.

"괜찮아요. 무사히 끝났으니까."

그러고는 주위 손님들을 향해 큰 목소리로 말했다.

"여러분, 소란스럽게 해서 죄송했습니다. 부디 편하게 책 을 골라 주세요."

리코는 양손을 몸 앞에서 포개 의기양양하게 웃으며 우 아하게 머리를 숙였다. 그 모습을 보고 서둘러 다른 직원들 도 소란을 일으켜 죄송했습니다, 하고 말하며 저마다 머리 를 숙였다. 손님들도 안도한 듯이 뿔뿔이 흩어졌다.

"점장님, 감사합니다."

아키가 리코에게 다가와 감사 인사를 했다. 다른 직원들도 쏜살같이 달려왔다. 안나는 울먹이는 얼굴로 리코 치마에 묻은 흙을 털어 주었다. 미안한 마음을 어떻게든 표현하고 싶은 모양이었다. 리코는 별일 아니라는 듯이 안나의 손을 멈추게 하며 말했다.

"괜찮아요. 점장은 고객 클레임을 처리하는 사람이니까요."

그렇게 말하고는 씨익 웃었다. 그때 갑질 고객에게 주의를 주었던 덩치 큰 남자가 가까이 다가왔다.

"아, 조금 전에는 감사했습니다. 덕분에 잘 마무리되었어요."

리코가 머리를 숙이자 함께 있던 아키와 안나도 서둘러 고개를 숙였다.

"아닙니다. 저는 별로 한 게 없는걸요."

"아니에요. 그 손님도 그만둘 타이밍을 놓친 것처럼 보였거든요. 그렇게 말씀해 주셔서 덕분에 잘 해결됐어요. 정말 좋은 타이밍이었네요."

"뭐, 그런 종류의 사람은 약자에게는 강하게 밀어붙이며 생트집을 잡지만 조금만 불리해지면 꽁무니를 내빼고 도망치니까요. 마침 물러나기 좋은 타이밍이었겠죠."

"그러게요."

"그나저나 당신도 용케 무릎까지 꿇었네요. 전혀 주저하지 않고요. 그래서 그 남자도 졌다고 생각한 게 아닐까요?"

"무릎을 꿇는 정도로 손님이 용서해 주신다면 저는 몇 번이고 꿇을 거예요. 그게 점장이 해야 할 일이니까요."

리코가 옅은 웃음을 띠며 대답하자 남자는 감동받은 듯 리코를 쳐다보았다. 그 올곧은 시선에 리코는 조금 부끄러워져서 눈을 내리깔았다.

그날, 종례가 끝난 후 사무실로 돌아온 리코가 매출 숫자와 씨름하고 있는데 누군가 "점장님" 하며 말을 걸었다. 고개를 들자 진지한 표정의 미타가 눈앞에 서 있었다. 미타가 먼저 리코에게 말을 거는 건 거의 한 달 만이었다.

"무슨 일이에요?"

리코는 내심 놀란 마음을 감추며 대답했다. 지난번 대화 이후 지금까지 '니시오카 씨'라고만 부르던 미타가 '점장님'이라고 부른 건 이번이 처음이었다.

"저기, 저번에 말씀하신 거 말인데요."

미타는 입술을 달싹이다 조그맣게 웅얼거렸다.

"저번에 얘기한 거?"

순간 무슨 말인지 몰라 리코는 되물었다.

“4층 책임자 건 말이에요.”

미타가 그렇게 말하자 리코는 아하, 하고 깨달았다. 예전에 미타에게 4층 책임자 자리를 맡아 달라고 부탁했지만 보기 좋게 거절당했다. 분명 아키와의 일로 미타가 자신을 신뢰하지 않기 때문일 거라고 리코는 생각하고 있었다.

“만약 점장님 마음이 바뀌지 않았다면 제가 맡아도 될까요?”

리코는 순간 깜짝 놀랐지만 “물론 부탁하고 싶어요. 미타 씨가 맡아 준다면 다들 좋아할 테고, 나도 마음이 놓이고요” 하고 활기찬 목소리로 대답했다. 지금은 리코가 4층 책임자를 겸하고 있지만 부담되기도 했고 무엇보다 재능이 있는 미타에게 여러 일을 맡겨 보고 싶기도 했다.

“알겠습니다. 그럼 내일부터 그렇게 알고 업무를 담당하겠습니다. 잘 부탁드립니다.”

그렇게 말하며 미타는 예의 바르게 머리를 숙였다.

“고마워요. 나도 잘 부탁합니다.”

그렇게 말하면서 리코는 저도 모르게 미타의 손을 잡았다. 미타의 눈이 휘둥그레졌지만 이내 세게 맞잡아 주었다. 리코는 기뻤다. 드디어 진흙탕에서 한 발짝, 앞으로 발걸음을 옮긴 것 같은 기분이 들어서였다.

20

아키는 뭔가 재미있는 이벤트를 만들고 싶다고 생각했다. 3층과 4층을 보며 자극을 받았기 때문이다. 3층 책임자가 된 오자키가 기획한 '일본인의 마음을 알고 싶다'라는 행사는 아이디어가 돋보이는 장식과 흥미로운 라인업으로 꽤 괜찮은 매출액을 기록했다. 대표적인 여류작가의 에세이를 중심으로 구성했지만, 『산법소녀算法少女』* 같은 이색적인 작품이나 오래전 베스트셀러였던 『국화와 칼』 같은 책을 섞은 점이 흥미로웠다. 무엇보다, 오자키가 3층을 담당한 뒤 일어난 가장 큰 변화는 평일과 주말을 구분해 문학 코너의 디스플레이를 변경한 것이다. 평일에는 예전처럼 POP나 베

---

* 아동문학 작가 엔도 히로코의 소설. 산법에 재능이 있는 주인공의 성장소설로, 1775년에 출간된 『산법소녀』를 모델로 했기에 시대 배경은 1775년이다. 1935년에 출간된 이후 2006년에 재출간되었다.

스트셀러 진열을 최소한으로 하면서 단골손님에게 맞춘 차분한 분위기로 공간을 꾸몄으나, 주말에는 화려한 POP를 곳곳에 장식하고 인기 있는 베스트셀러를 가장 돋보이는 곳에 배치해 처음 오는 손님에게도 적극 어필할 수 있도록 했다. 즉 평일과 주말에 따라 달라지는 고객층에 맞춘 것이다. 매주 이렇게 하는 건 꽤 손이 많이 간다. 그런 수고를 아끼지 않는 오자키가 대단하다고 생각했다.

한편, 학술서 코너에도 눈에 띄는 움직임이 있었다. 서점 인근에 있는 대학교에서 역사학과의 인기 교수가 새 학장으로 취임했다는 소식을 접한 미타는 은근슬쩍 새 학장의 저서를 모은 코너를 만들었다. 게다가 우연히 서점에 들른 학장에게 부탁해 본인 저서 외의 역사서, 특히 역사를 잘 몰라도 가볍게 읽을 수 있는 책을 추천받아서 주문했다. 그 추천 도서는 학장의 저서 바로 옆에 진열했는데 추천 코멘트를 쓴 POP도 함께 두었다. 해당 대학교 학생들 또한 서점에 자주 왔기 때문에 이 코너는 꽤 주목받았다. 일부러 대학교 신문사에서 취재하러 올 정도였다. 물론 매출로도 이어져서 학술서 코너에서 기획한 이벤트 중에서 가장 좋은 매출을 거두었다.

아키가 있는 5층에서도 여러 시도를 하고는 있다. 우선 만화책 디스플레이를 바꿔 보았다. 지금까지는 만화책을 책장에 끼워 두기만 했었는데 선반 한 줄당 한 권씩은 표지가 보이도록 진열 방식을 바꾸었다. 모든 책장을 그런 식으로 진열해서 그런지 표지 그림이 포인트가 되어 책장이 훨씬 더 화려해진 느낌이다. 게다가 표지가 보이게끔 진열한 책에는 모두 POP를 붙여 두었는데, 일반적인 POP 크기보다는 작고 명함보다는 큰 종이에다 추천 포인트를 적어 두었다. 이는 음반 가게의 POP를 참고한 것으로 세련된 인상을 줄 수 있게끔 연두색 종이에 글자 색도 고심하여 고르는 등 온 마음을 쏟았다. 통일감을 주기 위해 글자는 5층에서 가장 글씨를 잘 쓰는 직원이 도맡았다.

그리고 스태프들과 의논해서 소매치기에 대한 대책도 강화했다. 근처에 헌책방이 생겨서 그런지 요 몇 년, 특히 만화책 코너에서 도난 건수가 늘었다.

도난 건수가 증가하면 그만큼 매출을 압박하기 때문에 이는 서점의 흥망성쇠가 달린 문제이다. 거울의 수를 늘리기도 하고 고액 상품의 코너는 계산대 근처로 옮기고 사각지대를 줄이기 위해서 레이아웃을 바꾸기도 했다. 만화책 코너뿐만 아니라 책을 훔치는 장면을 발견했을 때의 대처 방법도 다 같이 의논해서 그 절차를 정했다.

그러한 개선 결과에는 만족하고 있지만 그렇다고 해서 이러한 부분이 직접적으로 매출을 늘려 주지는 않는다. 아키는 매출을 올리고 싶었다. 3월까지 결과를 내야만 한다. 뭔가 눈에 확 띄는 수를 쓰고 싶었다. 이왕이면 모두가 주목할 만한 무언가를. 사람을 끌어모을 수 있는 무언가를. 다방면으로 생각은 하고 있지만 딱 이거다 싶은 아이디어가 떠오르지 않았다. 애초에 가격이 싼 만화책 코너에서 이벤트를 여는 건 꽤 어렵다. 어떻게 하면 좋을까.

"뭐? 꼭 오늘이어야 해?"

아키는 섭섭함을 감추지 못한 모습으로 노부미쓰에게 말했다.

"응. 작가가 꼭 좀 만나 달라고 사정을 해서 말이야."

"그래도 오늘은 내 생일인데. 전부터 약속했었잖아."

바빠서 선물 고를 시간이 없다고 노부미쓰가 말해서 대신 생일날에 같이 시부야에 놀러 가기로 했었다. 백화점에서 아키 마음에 드는 걸로 같이 고를 예정이었다. 생일 선물을 산 뒤에는 아자부에 있는 프렌치 레스토랑에서 근사한 저녁 식사도 하기로 했다. 함께 여유롭게 보내는 휴일은 오랜만이었기 때문에 아키는 전부터 잔뜩 기대하고 있었다. 그런데 아침에 오랜만에 늦잠을 자고 브런치를 먹고 있는 와중에 노부미쓰의 핸드폰이 울린 것이다. 노부미쓰의 표정을 보고 업무 전화임을 직감한 아키는 묵묵히 포크질을 했다. 통화는 길어졌고 결국 30분이 지난 뒤에 이제 끊은 건가 싶었는데, 전화를 끊자마자 노부미쓰가 지금 바로 일하러 가야겠다고 말한 것이다.

"작가라니, 누구?"

노부미쓰가 한 여성 작가 이름을 말했다.

"역시 그렇구나. 그 사람 좀 비상식적이야. 쉬는 날까지 편집자를 불러내다니."

그 여성 만화가는 마니아층에서 인기가 많다. 노부미쓰는 '언젠가 크게 인기를 끌 작가'라고 말하며 새 잡지 첫머리에 그녀의 작품을 실으려고 하고 있다. 그래서 본인이 직접 담당하고 있는데, 그녀는 꽤 예민한 성격이라 '이름을 어떻게 하면 좋을지 모르겠다', '정신적으로 괴롭다'와 같은 말을 하며 편집자에게 전화를 걸어서는 오래도록 전화를 끊지 않는다. 때로는 자기 집으로 부를 때도 있다. 낮이건 밤이건 상관없이 말이다.

"여성 만화가는 대체로 그런 경우가 많거든. 자기를 얼마나 신경 써 주는지를 판단하면서 편집자의 애정을 시험하려는 거야."

노부미쓰의 말을 듣고 아키는 불쾌해졌다.

"그래도 어디까지나 일이잖아. 뭔가 이상하지 않아?"

애정을 시험하다니, 연인도 아닌데.

"어쩔 수 없어. 그런 종족이니까."

노부미쓰는 개의치 않았다.

"그래서 비위를 맞춰 줘야 한다는 거야?"

아키는 비꼬듯이 말할 생각이었는데 노부미쓰는 진지한 얼굴로 대답했다.

"그래. 어느 만화 편집부이건 원고를 받고 싶어하는 인기 작가니까. 우리 출판사에서 데뷔한 것도 아닌데 그려 주는 거니까 소중히 모셔야지. 조금만 기분을 상하게 하면 금세 다른 출판사가 데려가 버린다고."

"작가는 참 신세도 좋네."

"자기 성질을 다 부려도 되는 건 잘 팔리는 작가의 특권이지 뭐. 그걸 잘 아니까 작가도 편집자를 평가하는 거 아니겠어?"

"그런 거야?"

아키가 토라진 모습을 보고 노부미쓰는 쓴웃음을 지으면서 아키의 이마를 손가락으로 가볍게 톡 쳤다.

"지금 나가면 이따 저녁은 같이 먹을 수 있을 거야. 아직 11시니까. 6시에 시부야에서 만날까? 그러면 쇼핑해도 8시 전에는 레스토랑에 갈 수 있잖아."

그렇게 말하고 노부미쓰는 외출했다. 그러나 아키는 마음이 편치 않았다. 사실은 천천히 산책하고 싶었다. 허둥지

둥 용건만 처리하는 게 아니라 오모테산도 쪽에도 들러서 새롭게 생긴 쇼핑몰도 구경하고 싶었다. 생일 하루쯤은 계속 같이 있고 싶었는데. 일이라고 하면 어쩔 도리가 없지만 정말로 그게 다일까? 작가가 남자라면 또 몰라도, 작가라고는 하지만 어쨌건 20대 초반의 어린 여자다. 사적인 감정을 품게 된다면 어쩌려고 저러는 거지?

아키는 노부미쓰가 들고 와서 보게 된 잡지 속 그 여성 만화가의 얼굴을 떠올렸다. 스무 살쯤으로 보였는데 화장기 없는 얼굴이었지만 이목구비는 또렷했다. 잡지 기사에서도 미인 만화가로 소개되었다. 순해 보였지만 심지는 강해 보이는 인상이었다. 편집자에게 의지할 것 같은 연약한 사람으로는 보이지 않았다.

"싫어, 정말."

아키는 혼잣말했다. 자기 생일에 부랴부랴 외출해 버리는 노부미쓰가. 그런 노부미쓰를 웃으면서 배웅하지 못하는 자신도.

혼자서 가만히 있으려니 하잘것없는 생각들만 마음속에 소용돌이친다. 하는 수 없이 거실 구석에 둔 컴퓨터를 켰다. 차라리 일이라도 하자, 그렇게 생각했다. 잡넘 대신 기획으로 만들 만한 주제라도 찾아보자. 매장에 있으면 그럴 시간도 없거니와 그저 괴로워하며 시간을 보내는 것보다 훨씬 더 건설적이기도 하니까.

아키는 우선 유명한 서점 홈페이지를 여기저기 살펴보았다. 최근에는 사인회뿐만 아니라 다양한 이벤트를 기획하는 서점이 많다. 아오야마의 한 대형 서점에는 100명 가까이 들어갈 수 있는 회의장이 있어서 그곳에 유명 작가를 초대해 토크쇼 등을 개최한다. 하지만 페가수스 서점에서는 이벤트를 할 수 있는 공간이 한정적이기도 하고 그보다는 조금 더 소규모로, 만화책 코너에서도 개최할 수 있는 이벤트가 좋다. 뭔가 좋은 게 없을까. 여러 서점 이벤트를 확인해 보다가 어느 대형 서점 홈페이지에 아키의 눈이 멈췄다. 유명 평론가의 이벤트 공지였다. 그 평론가가 영향을 받은 책 100권을 소개하고 그 책들을 해당 서점에서 전시 및 판매한다는 내용이었다.

그걸 보고 아키는 순간 번뜩이는 아이디어가 떠올랐다.

"그래, 이걸 작가나 평론가가 아니라 만화가가 한다면 어떨까?"

그 만화가의 과거 작품뿐만 아니라 그 외 다양한 만화책을 판매할 수도 있고 여러 전시와 사인회도 가능하다. 인기 만화가를 선정한다면 손님도 끌어모을 수 있고, 화제도 된다.

하지만 정작 만화가가 협력해 주지 않으면 이런 이벤트는 개최하기 어렵다. 게다가 출판사와 전속계약을 맺은 작가는 이런저런 제약도 많을 것이고 무엇보다 그 작가의 연락처조차 알려 주지 않기도 한다.

역시 그 사람뿐이다.

인기가 있고 아키에게 호의적이면서 연락처도 알고 있는 사람. 애초에 아키가 아는 만화가라고는 그 사람이 거의 유일하지만.

그렇게 생각하면서 아키는 트위터를 열어 친구 리스트 중에서 '무지개색의 프리즘'이라는 이름을 검색했다. 이건 아가치 나오의 트위터 계정명이다. 아가치는 예전에 노부미쓰가 담당했던 만화가인데, 노부미쓰가 집들이에 초대했을 때 아키와 친해졌다. 그래서 아키는 아가치의 팔로워가 되었다.

아가치 나오로 이벤트를 연다면 아무도 반대하지는 않을 것이다. 유명한 만화가인 데다 내년 새해부터 그의 만화를 원작으로 한 애니메이션의 2부가 방영된다. 올해 6월까지 텔레비전에서 방송했던 1부가 인기가 있었기에 반년 만에 2부 방송을 하게 된 것이다. 이 시기에 맞춰 출판사에서도 큰 이벤트를 열 계획이라고 들었다. 그 시기에 편승한다면 분명 꽤 괜찮은 이벤트가 될 것이다. 매출도 많이 오를 테고. 지금이 11월이니까 두 달이면 준비하기에도 충분한 시간이다.

하지만 이건 사전에 노부미쓰에게 말하는 편이 좋겠지. 이벤트를 할 때는 출판사 영업부가 창구 역할을 한다. 영업부를 통해서 편집부로 문의가 들어가겠지만 어쨌든 노부미쓰의 귀에도 들어갈 것이다. 그렇다면 먼저 말해 두는 게 낫다. 노부미쓰는 아가치 나오의 전 담당 편집자이기도 하고 노부미쓰의 소개로 알게 된 사람이니까.

아가치의 트위터 페이지가 열렸다. 새로운 글이 있다. 비공개인 아가치 트위터에는 작가의 속마음과 업계의 비하인드 스토리도 올리기 때문에 읽다 보면 흥미로운 글이 많다. '마감이었는데 몰래 콘서트에 다녀왔다', '캐릭터 이름이 별로라며 편집자한테 퇴짜 맞았다. 분하다'와 같은 글은 담당 편집자가 읽는다면 분명 냉정하게 대처할 수 없을 것이다. 아가치가 편집자에게 계정을 알려 주기 싫어하는 이유도 알 것 같다. 오늘 쓴 일기도 업무상의 불만이었다.

'히토쓰보시 출판사의 새 담당자랑은 잘 안 맞는다. 오늘도 이름 건으로 싸웠다. 그 사람은 내 작품의 가치를 과연 알고 있을까? 솔직히 전 담당자가 더 좋았다.'

히토쓰보시 출판사의 새 담당자란 노부미쓰의 후배인 곤노 씨다. 예전에 아가치와 함께 집들이에 왔었는데 예민해 보이는 남자였다. 전 담당자인 노부미쓰를 더 신뢰하고 있구나, 하고 아키는 흐뭇한 기분이 들었다. 그러나 바로 뒤의 한 문장을 읽고 순식간에 불쾌해졌다.

‘근데 전 담당자는 다른 잡지를 맡고 있기도 하고 미인 작가에게 찰싹 붙어 있는 터라 바뀔 가능성은 없다.’

미인 작가란 오늘 노부미쓰가 찾아간 사람을 말하는 걸까. 업계에서도 소문이 날 정도로 노부미쓰는 그녀에게 열중하는 건가.

그렇게 생각하고 눈살을 찌푸린 그때, 아키의 핸드폰이 울렸다. 문자 알림음이었다. 확인했더니 노부미쓰였다.

‘미안. 저녁때까지 안 끝날 것 같아. 오늘 약속은 취소해야겠어. 다음에 꼭 같이 가자.’

아키는 크게 실망하며 핸드폰을 소파에 내던졌다.

역시 작가가 붙잡은 거겠지. 어째서 작가한테만 온 신경이 쏠려 있는 걸까. 늘 바쁜 노부미쓰를 나도 애써 참고 있는데.

아가치 씨가 저렇게 글을 쓴 걸 보면 역시 노부미쓰의 행동은 일반적이지 않은 걸 테지. 정말로 일뿐인 걸까. 일이라는 핑계를 대며 그 만화가와 함께 있고 싶은 건 아닐까. 아내 생일보다 더 우선시해야 하는 미팅이라니, 과연 사실일까.

노부미쓰는 결국 자기가 하고 싶은 대로 행동하고 아키

는 조금도 배려해 주지 않는다.

자기 일은 소중하게 여기면서 아키가 하는 일은 조금도 인정해 주지 않는다.

됐어. 그렇다면 나도 내가 하고 싶은 대로 할 거야.

아키는 화를 내며 다시 컴퓨터 화면을 바라보았다. '무지개색의 프리즘'이라는 이름 아래에 있는 편지 봉투 마크를 클릭했다. 아가치 나오에게 이벤트에 관한 상담을 메시지로 보낼 생각이었다.

21

11월 첫째 주 토요일. 이날은 리서치 회의가 있는 날이었다.

"출판사가 우리 서점 직원을 불러서 의견을 듣는 것처럼 우리도 손님을 모아 직접 우리 매장에 관한 의견을 들어 보면 어떨까요?"

한 스태프가 그런 의견을 내서 한번 해보기로 했다. 매장 내 '고객의 소리' 접수함이나 서점 홈페이지 게시판에서 손님들의 의견을 들을 수 있긴 하지만 아무래도 클레임 이외의 의견을 듣기는 어렵다. 다만 리코는 그런 자리를 만드는 게 일부 고객을 특별대우하는 걸로 보이지 않을까, 하는 걱정도 들긴 했다. 프로페셔널한 서점 직원이라면 고객이 말하지 않아도 바라는 점을 파악할 수 있어야 한다는 생각도 있었지만 아키를 포함한 젊은 직원들의 의견에 떠밀리듯 결정한 모양새였다. 얼마만큼 유효한 의견을 들을 수 있을지는 모르겠지만 조금이라도 참고가 된다면 못할 것도 없다.

해볼 가치가 있다면 미적거릴 필요는 없겠지.

"하지만 혹 손님 기분이라도 상하는 일이 생긴다면 곤란하고 나중에 뭔가 안 좋은 내용을 사이트에 올리기라도 한다면……."

"미리 걱정하지 말죠. 리스크가 두려워서 뻔한 것만 해서는 큰 성과를 이루어낼 수 없어요."

아키의 볼에 홍조가 물들고 눈은 빛나고 있었다. 의욕이 넘치네, 하고 리코는 속으로 생각했다. 지당한 말을 하는 것처럼 보여도 아키는 아무튼 새로운 도전을 하고 싶은 것이다.

다만 리코가 최종적으로 찬성한 이유는 자신 또한 손님들이 이 매장을 어떻게 생각하는지 직접 들어보고 싶었기 때문이다. 이 서점은 자신들만의 것이 아니다. 손님들이 있어 여기까지 올 수 있었다. 손님들 눈에 이곳이 어떻게 비치는지 궁금했다.

"짠, 제가 포스터 만들어 왔어요."

아키가 디자인한 포스터에는 '제1회 서포터 회의-당신의 의견이 서점을 바꾼다'라고 적혀 있다.

"뭐죠? 서포터 회의라니."

리코가 묻자 아키는 그 말을 기다렸다는 듯 대답했다.

"리서치 회의라고 하면 좀 고리타분하고 참석하기 어려워 보이잖아요. 그런 것보다는 좀 더 가볍게, 잠깐 얼굴을 내밀어 볼까? 정도의 기분이 들게끔 하는 게 좋을 것 같아서요."

정말 그럴까, 하고 리코는 생각했지만 전례가 없으니 확신도 없었다. 우선 그대로 진행하기로 했다. 이렇게 명칭을 정한 뒤 매장 안에 포스터를 붙이고 홈페이지에 글을 올려 홍보했다. 리코도 친분이 있는 손님들에게 자연스럽게 참가를 권했다. 어쨌든 사람들이 모이지 않으면 아무 의미가 없으니까.

"혹시나 행사 당일까지 사람이 많이 안 모이면 안내 방송을 해볼까요?"

오자키도 초조해했다. 참가 지원자는 행사 전날까지 총 다섯 명이 모였다. 다섯 명이라면 어떻게든 될 것 같다고 리코는 생각했다. 회의는 토요일 오후 3시부터였다. 매장이 한창 바쁠 시간대이긴 하지만 손님들이 부담 없이 참가할 수 있는 시간대가 좋을 것 같아서 그렇게 정했다.

행사 당일에 모인 인원은 다섯 명이었다. 한 명이 당일에 취소했는데 시작하기 직전에 안내 방송을 했더니 참가하고 싶다는 남성이 있어서 예정대로 다섯 명으로 진행했다. 장소는 평소에 아르바이트생들이 휴게실로 사용하는 곳이었다. 공간이 협소하다 보니 대여섯 명 정도만 앉을 수 있어서 참가자들과 점장인 리코만 앉고 각 층 책임자 세 명은 서서 이야기를 듣기로 했다.

참가자는 남성 네 명과 여성 한 명이었다. 어떤 사람들이 참여할지 궁금했는데 모두 얼굴을 잘 아는 손님들이었다. 매일 문학 코너에 들르는 마흔쯤으로 보이는 남성과 일주일에 한두 번은 꼭 와서 라이트노벨을 몇 시간이나 서서 읽고 가는 손님도 있었다. 얼마 전 갑질 고객을 막아 준 남성도 있었다. 그 남성의 이름은 호시노 사부로였다. 티백으로 우린 홍차와 미리 사 둔 조각 케이크를 일회용 용기에 담아 내놓았다. 처음에는 무뚝뚝한 표정으로 앉아 있던 손님들도 조금씩 편해졌는지 이런저런 이야기를 하기 시작했다.

"좀 더 손님들 이야기를 여유 있게 들어주셨으면 좋겠어요. 물어보고 싶어도 다들 바빠 보이니 말을 걸기가 어렵거든요."

"게다가 조금만 전문적인 이야기를 꺼내면 젊은 아르바이트생들은 잘 모를 때가 많더라고요. 며칠 전에도 하니야 유타카* 책은 어디에 있는지 물었더니 '그건 어떤 장르의 작

* 1909~1997, 비평가이자 소설가로 문예지 『근대문학』의 편집자 중 한 명이다. 천황 숭배와 스탈린주의의 허구성을 비판했다.

가예요?'라고 되물어서 당황했어요. 좀 더 직원들 교육이 필요한 거 아닐까요?"

"이 서점은 어째서 여자들을 위한 BL 책만 신경 쓰는 거죠? 만화책 코너 바로 앞에 BL 책이 진열되어 있으니 아무래도 남자들은 들어가기가 껄끄러워요. 게다가 남성용 라이트노벨 선반에는 전혀 관심이 없다는 게 뻔히 보여요. 어째서 한물간 『은하전선, 이상 있음』 시리즈를 아직도 두는 거죠? 그건 5년 전에나 인기 있었던 시리즈라 젊은 애들은 이제 안 읽어요. 그런 걸 전권 진열해 봤자 아무도 안 산다고요. 그러면서 요즘 급상승하고 있는 '야요이짱' 시리즈는 최신권만 있어요. 그건 꼭 전권을 다 둬야 한다고요."

"화장실이 너무 어둡고 좁아요. 시큼한 냄새가 물컥 올라오기도 하고요."

"그러게요. 요즘 같은 시대에 화변기라는 것도 좀 그래요. 양변기로 바꿀 수 없나요?"

"그것보다 에스컬레이터 좀 설치해 주세요. 번번이 계단을 오르내리는 게 너무 귀찮아요."

"저기, 저는 『베베BeBe』라는 잡지를 좋아해서 종종 사곤하는데요. 왜 항상 한 권만 진열하는 거죠? 사려고 해도 없을 때가 더 많아요. 게다가 잡지 종류가 너무 많으니까 한참 찾아야 해요. 어떻게 좀 안 될까요?"

손님들은 저마다 평소에 불만으로 여기던 부분을 늘어놓기 시작했다. 참고할 만한 점도 있었지만 어쩔 도리가 없는 것도 많았다. 화장실과 계단은 건물의 문제이지 직원들이 어떻게 할 수 있는 영역이 아니다. 그나저나 두서없이 이야기하다 보니 취합하기 어려운 느낌이 들었다. 어쩌지? 하고 리코가 난처해하며 고개를 들었는데 호시노와 눈이 마주쳤다. 호시노는 리코의 그런 마음을 알아차리기라도 한 듯이 말했다.

"그래도 문학 코너의 '일본' 이벤트는 좋았어요. 예쁘기도 했고요."

"그건 그래요. 만화 베스트10 코너도 좋기는 했지만요. 근데 뭔가 부분적이에요."

"부분적이라고 하시면?"

리코가 되물었다.

"음, 뭐랄까요. 이왕 하는 거라면 3층, 4층, 5층 다 같이 할 수는 없나요?"

라이트노벨 마니아가 말했다.

"다 같이요?"

"네. 예를 들어 백화점 같은 데서는 전 층에서 다 같이 세일 행사를 하잖아요. 그런 식으로요."

유일한 여성 참가자가 대신 대답했다.

"맞아요. 유독 서점은 딱딱한 느낌이잖아요. 북온 같은 서점에 가면 최신 노래도 흐르고 모든 점원이 밝게 인사도 해주니까 가게 전체가 활기차다고나 할까. 여기는 건물이 낡아서 그런지 왠지 좀 우울한 느낌이 들어요. 전체적으로 밝아졌으면 좋겠는데."

북온이란 요즘 급부상하는 중고서점을 말한다. 이 건물 옆 빌딩의 1층에도 있다.

"아니, 전 그런 건 별로예요. 시끄럽기만 하지 차분히 책도 못 고르잖아요."

중년 남성이 얼굴을 찌푸리며 반대했다. 그러나 리코는 순간 번뜩이는 아이디어가 하나 떠올랐다.

"음악을 켜고 말고는 일단 제쳐 두고 하나의 기획을 전 층에서 진행한다는 건 좋은 생각인 것 같아요. 마침 다음 달은 크리스마스니까 각 층에 크리스마스 책을 둔다거나."

"트리를 두는 것도 좋지 않을까요?"

여성 참가자도 찬성했다.

"다른 서점에 가 보니 해리포터 책을 팔 때 점원이 마법사 가운을 걸치기도 하더라고요. 여기도 모든 점원이 산타로 변신한다든가, 뭐 그 정도는 괜찮지 않을까요?"

"네. 그런 시도도 좋을 것 같군요."

이 아이디어는 쓸 만하다, 하고 리코는 생각했다. 매장 전체에 통일감을 주고 축제 느낌으로 연출해 보자고 다짐했다.

"조금 전에 북온이 잠깐 언급됐는데 그런 접객법에 관해서는 어떻게 생각하시나요? 저희는 아까 한 분이 말씀하신 대로 되도록 손님이 책을 고를 때 방해가 되지 않도록 인사도 최소한으로만 하고 있습니다. 그러나 북온 같은 곳은 적극적으로 인사하는 게 회사 방침인 듯하더라고요. 이 부분에 관해서 여러분의 의견은 어떠신가요?"

리코가 질문을 던졌다. 이제야 서포터 회의답게 굴러가게 되었다. 뒤에서 보고 있던 아키도 마음이 놓인다는 표정이었다. 그때, 주머니 안에 있던 핸드폰이 울렸다. 매너모드였기 때문에 진동은 계속해서 울렸다. 발신자를 봤더니 노부미쓰였다. 이 시간에 어쩐 일이지? 아키는 살짝 문을 열어 복도로 나왔다.

"무슨 일이야? 지금 회사 아냐?"

문을 열고 나온 아키가 작은 목소리로 물었다.

"지금 아가치 씨 건으로 회사에 난리가 났어."

"뭐?"

순간 무슨 말인지 잘 몰라 아키가 되물었다.

"아가치 씨에게 네가 직접 이벤트 제안을 한 거지? 그것 때문에 우리 편집부가 엄청 난처하게 됐다고."

"하지만 아키 씨는 아가치 씨에게 제안만 먼저 했을 뿐 히토쓰보시 출판사 영업부에 공식적으로 의뢰한 거 아니었어요? 제대로 절차를 밟았는데 뭐가 문제라는 거죠?"

리코가 아키에게 물었다. 이튿날, 아키는 리코에게 아가치 나오 이벤트에 관해서 상담을 요청했다. 이대로라면 아무래도 문제가 생길 것 같다고 하면서.

"물론 저는 절차에 따라 진행했다고 생각하는데요……."

아가치 나오 이벤트는 아키가 기획했다. 지금 잘 팔리는 만화가 아가치 나오의 모든 작품을 소개하면서 아가치 본인이 이제까지 영향을 받은 만화, 애독하는 만화, 라이벌이라고 생각하는 작가의 작품 등을 코멘트와 함께 소개한다는 기획이다. 아가치 나오의 연표도 작성하고 작업실 사진과 애용품도 전시할 예정이다. 서점 이벤트 기획치고는 꽤 신경을 쓴 편이기도 하고 무엇보다 작가의 적극적인 협력이 필요하다 보니 미리 연락해 제안했다. 아가치는 흥미로워하면서 적극적으로 여러 아이디어를 냈는데 이벤트 기간에 사인회와 토크쇼를 해보자는 말까지 했다.

아가치의 적극적인 의지를 확인한 아키는 기획서를 써서 사내 승인도 받았다. 그리고 아가치의 대표작을 출간한 히토쓰보시 출판사의 영업 담당자인 이와타에게 서류를 제출

했다. 이와타가 '긍정적으로 검토하겠습니다'라고 말했기 때문에 잘 되겠지, 하고 낙관적으로 생각하고 있었다. 그러나 그렇지가 않았다.

"아무래도 아가치 씨와 담당 편집자 사이가 별로 안 좋은가 봐요."

아가치의 현재 담당자는 노부미쓰의 후배인 곤노 사토루다. 노부미쓰 말에 따르면 아가치와 곤노는 처음부터 잘 안 맞았다고 한다. 회의할 때마다 의견이 엇갈리다 보니 곤노로 바뀐 뒤로 연재 중인 작품 분량이 몇 번이나 줄었다. 실은 1월부터 아가치의 작품이 텔레비전에 방송되는 일정에 맞춰 히토쓰보시 출판사에서도 아가치 이벤트를 기획하고 있었다. 그 중심이 되는 이벤트로 연재 중인 작품을 한데 모은 신간을 낼 예정이었다. 그런데 연재 중이던 만화가 몇 번이나 분량이 줄어드는 바람에 단행본을 내기에는 페이지가 부족했다. 결국 스케줄대로 진행하기 어려워졌다.

이대로라면 이벤트 진행이 어려울 것 같고 그건 담당 편집자인 본인 책임이라며 초조해진 곤노는 과거 다른 출판사에서 냈던 아가치의 단편집을 히토쓰보시 출판사에서 다시 내기로 멋대로 결정해 버렸다. 그건 신인이던 아가치가 작은 출판사에서 낸 첫 단행본이었다. 판형은 국판 A5로 책값이 비싸서 그런지 이제까지 5만 부가량 팔렸다. 작은 출판사치고는 파격적인 판매량이지만 히토쓰보시 출판사에서 B6인 46판으로 내면 훨씬 더 잘 팔릴 거라고 곤노는 주장했다.

"게다가 우리 이벤트 일정에 맞춰 신작을 완성하지 못한 건 아가치 씨 책임이잖아요."

처음 자신의 책을 출간해 준 출판사에 감사함을 느끼는 아가치는 대기업의 횡포 같은 곤노의 방식에 거세게 반발하며 곤노와 격렬한 언쟁을 벌였다고 한다. 그때 곤노가 '무명이던 당신을 잘 팔리게 만들어 준 건 우리 출판사의 힘이다'라고 말해 버려서 아가치는 격분했다. 작가의 자존심을 건드린 셈이다.

갈등은 담당 편집자와 작가의 수준을 넘어 편집부 부장까지 알게 되었다. 결국 편집부 부장이 직접 아가치와 교섭을 벌였다. 이벤트를 열기 위해 만화는 1월에 히토쓰보시 출판사에서 재출간하되 담당 편집자를 곤노에서 다른 편집자로 바꾸는 것으로 결론이 났다. 그러나 그걸로는 분이 안 풀렸는지 아가치는 히토쓰보시 출판사가 이벤트로 예정하고 있던 도쿄와 오사카 사인회에는 일절 협력하지 않겠다고 선언했다.

"그때 마침 저희 쪽에서 이벤트 제안을 한 거고 우리 이벤트에서는 사인회와 토크쇼까지 아가치 씨가 하겠다고 해서 히토쓰보시 출판사 측에서는 기분이 안 좋은 것 같아요.”

“타이밍이 나쁘긴 했네요. 그래도 결국은 아가치 씨와 히토쓰보시 출판사와의 문제이지 우리와는 상관없잖아요. 그 일로 우리까지 이벤트를 못 하게 된다면 좀 난처하겠지만. 아직 히토쓰보시 출판사 영업부에서 다른 말은 없죠?”

“네, 그렇긴 하지만.”

“그럼 영업부 대답을 기다린 후에 그때 다시 생각하면 되지 않을까요? 편집부가 어떻든지 간에 우리는 영업부와 교섭하는 거니까요.”

리코는 그렇게 말하고 격려하듯이 아키의 어깨를 톡톡 쳤다.

“그렇네요.”

아키는 그렇게 대답하긴 했지만 마음이 무거웠다. 리코에게는 말하지 않았지만 전날 이 일로 노부미쓰와 말다툼을 했기 때문이다.

“일을 아주 멋지게 하네. 영업부에서 엄청나게 화내더라.”

어쩐 일로 일찍 귀가한 노부미쓰는 옷도 갈아입는 둥 마는 둥 하며 불쑥 그렇게 말을 꺼냈다. 히토쓰보시 출판사가 기획한 사인회는 신주쿠에 있는 대형 서점에서 개최하기로 예정되어 있었다. 만화가의 사인회 장소로는 거의 사용하지 않는 곳이다. 그만큼 히토쓰보시 출판사는 이 이벤트에 힘을 쏟고 있었다. 그런데 느닷없이 작가가 마음이 바뀌는 바람에 일방적으로 중지되었다. 그런데 같은 도쿄에 있는 중견 규모의 페가수스 서점에서 이벤트와 사인회 신청을 했고 그쪽은 이미 작가 본인이 승낙했다고 한다. 영업부로서는 완전히 한 방 먹은 모양새였다. 그리고 영업부의 분노는 작가를 제대로 컨트롤하지 못한 편집부로 향했다. 이번 이벤트 영업 담당자였던 이와타가 노부미쓰에게 엄청나게 따졌다고 한다.

"내 생각도 좀 해줘. 난 아가치 씨의 전 담당자인데 내 와이프인 네가 작가가 고집부리는 데 가담한 꼴이라 여러모로 난처해."

"이번 일과 노부미쓰는 관계없잖아. 물론 내가 사전에 아가치 씨에게 연락하기는 했지만 영업부를 통해 공식적으로 이벤트 신청을 했다고."

"그렇다고는 해도 내가 너한테 아가치 씨를 소개했다는 걸 모두가 알고 있잖아. 안 그랬으면 네가 직접 아가치 씨에게 연락조차 못 했을 텐데."

노부미쓰의 목소리가 날카로웠다. 화를 낼 때의 목소리였다.

"그야 그렇지만. 싫으면 그쪽에서 거절하면 되잖아."

"그렇게 하긴 어렵지. 이미 아가치 씨는 네 이야기를 듣고 의욕에 넘쳐 있는데 출판사 사정으로 거절하게 되면 되레 화를 내지 않겠어?"

노부미쓰는 꼰 다리를 덜덜 떨며 짜증을 냈다.

"설마 그럴까……."

"아가치 씨는 우리 편집부에 대한 분풀이로 네 기획을 받아들였을 거야. 자기 뜻과 다른 형태로 만화를 출판하게 된 울분을 그런 식으로 풀려는 거지. 그런 쪽으로 머리가 잘 돌아가는 놈이니까."

노부미쓰가 내뱉은 말에 아키는 내심 놀랐다. 집들이 때는 서로 친구처럼 친해 보였는데 그건 겉으로 보기에만 그런 걸까. 편집자와 작가의 관계란 생각보다 훨씬 더 복잡한지도 모르겠다.

"그러니까 네가 그 기획을 철회해 주면 안 될까? 편집부는 이제 더는 아가치 씨의 기분을 상하게 만들고 싶지 않거든. 어쨌든 우리 출판사 입장에서는 돈이 되는 작가니까. 게다가 영업부를 봐도 아키 쪽에서 단독 이벤트를 열면 좀 그렇잖아."

노부미쓰는 부탁한다는 눈빛으로 아키를 바라보았다.

"그건 그쪽 문제잖아. 우리도 매출을 올리기 위해서 필사적이란 말이야. 그쪽 영업부가 안 된다고 하면 어쩔 수 없지만 우리가 먼저 철회할 수는 없어."

아키는 눈썹을 찌푸리며 말했다. 노부미쓰에게 도움을 주고 싶지만 이번만큼은 어쩔 수가 없다. 서점 직원 모두가 이번 이벤트를 기대하고 있다.

"다른 작가도 얼마든지 있잖아. 굳이 아가치 씨가 아니더라도."

"하지만 이 기획이 성립될 만한 유명한 작가를 달리 모른단 말이야. 물론 미안하게는 생각하지만."

"시기라도 좀 늦출 수 없어? 지금은 정말 좀 그래."

노부미쓰가 재차 부탁했다.

"근데 우리도 3월까지 결과를 내야 해서 지금이 아니면 안 돼. 우리 매장 사정은 노부미쓰도 잘 알잖아."

"이벤트 하나 못 해서 서점이 망하는 거라면 더는 가망이 없는 거 아냐? 그런 곳에 계속 근무하는 것도 의미가 없어 보이는데."

노부미쓰의 무책임한 말에 아키는 몹시 기분이 상했다.

"말이 너무 심하잖아. 노부미쓰가 자기 일이 소중하듯이 나도 내 일이 소중해. 애초에 내 일을 너무 가볍게 생각하는 거 아냐?"

노부미쓰는 무슨 말을 하려다 도로 입을 다물었다. 정곡을 찌른 걸 테지.

"게다가 노부미쓰는 작가, 작가 노래를 부르며 작가만 챙기잖아. 내 생일에도 부리나케 미인 작가 작업실에 가지를 않나."

아키가 원망하듯 말했다.

"그야 작가 작업실에 가는 게 내 일이니까! 미인 작가고 뭐고 상관없다고. 작가를 상대하는 게 내 업무일 뿐이야."

말이 안 통한다는 듯이 노부미쓰가 대답했다.

"그럼 나도 다양한 이벤트를 열어서 서점 매출을 올리는 게 내 일이야. 노부미쓰만 일하는 게 아니라고. 응? 제발 이해해 줘. 지금은 우리 매장이 문을 닫게 될지 아닐지 그 갈림길에 서 있으니까. 노부미쓰도 만약 잡지가 망하게 될 것 같으면 어떡하겠어? 할 수 있는 모든 수단과 방법을 총동원하지 않겠어?"

"그야……."

"부탁이야. 정말 우리는 필사적이라고."

"하…… 나도 이젠 모르겠어. 네 멋대로 해!"

그렇게 내뱉고는 방으로 들어가 버렸다.

22

리코는 집으로 돌아와 현관문을 열었다. 이미 자정이 지났는데 방 안에서 텔레비전 소리가 들렸다.

"다녀왔습니다!"

리코는 부츠를 벗으면서 안쪽을 향해 외쳤다.

"어서 오렴."

그렇게 대답하며 아버지가 얼굴을 내밀었다.

"새해 복 많이 받고."

"아, 새해 복 많이 받으세요."

날짜가 바뀌었으니 이제 새해다. 텔레비전에서도 쉴 새 없이 새해 복 많이 받으라는 인사를 하고 있다.

"늦었구나."

"오늘부터 연휴라 미리 일 좀 처리해 두느라고요."

억지로 잡아당겨 다리를 빼내듯이 부츠를 벗고는 일어났

다. 다리가 퉁퉁 부어서 부츠를 벗기 힘들었다.

"그래. 작년엔 이런저런 일로 힘들었으니까 연휴 동안은 푹 쉬어."

"네. 근데 새해 준비를 아무것도 못 했어요. 연하장도 못 썼고."

"지금부터 쓰면 되잖니. 그것보다 토시코시소바*를 준비해 뒀는데, 먹을래?"

"먹을래요. 우선 옷부터 갈아입고 올게요."

리코는 방에서 편한 옷으로 갈아입고 손을 씻은 뒤 식탁에 앉았다. 널찍한 그릇에 따뜻한 메밀국수가 담겨 있었다. 그런데 육수 색을 보니 좀 연했다. 아버지가 식탁을 등진 걸 확인하고는 식탁에 올려진 소금 통을 손에 쥐고 육수에 훌훌 뿌렸다. 식사를 준비해 주는 건 고마운 일이지만 저염식이다 보니 아무래도 리코 입에는 싱거웠다. 다만 아버지 의욕이 꺾일까 봐 이렇게 몰래 맛을 조절하고 있다.

"자, 고명."

아버지는 잘게 다진 파를 종지에 담아서 들고 왔다. 리코가 쓰는 것보다 두꺼운 데다 물에 담그지도 않은 듯하다.

---

* 일본에서는 한 해의 마지막 날 밤에 온 가족이 모여 새해의 무탈과 건강을 기원하며 따뜻한 메밀국수를 먹는다. 메밀면은 찰기 없이 뚝뚝 끊기기 때문에 액운을 끊어 낸다는 의미도 담겨 있다.

“고마워요.”

“시치미도 있는데 필요해?”

“네.”

리코는 대답하면서 괜히 웃음이 났다.

“왜 그러니?”

아버지는 그 모습을 의아한 표정으로 바라보았다.

“왠지 예전과 정반대가 된 것 같아서요. 아버지가 이렇게 나를 챙겨 주다니.”

“지금은 네가 우리 집 가장이니까. 내가 짐이 되면 안 되지. 죽을 때까지는 건강할 거야.”

발작을 일으키기 전에 비해 아버지는 규칙적으로 생활하게 되었다. 그렇게나 좋아하던 담배도 딱 끊고 매일 아침 빼먹지 않고 산책도 하고 있다. 라디오 체조 모임에도 들어갔는데 그곳에서 동년배 친구도 사귄 듯했다. 식사도 저염 음식을 스스로 준비한다.

이번에는 일과성이었지만 생활 습관을 고치지 않으면 무조건 뇌경색이 될 거라는 의사 선생님의 강력한 경고가 효과적이었나 보다.

“짐이라뇨, 그런 말 마세요. 그래도 고마워요.”

리코는 아버지를 향해 환하게 미소 지었다. 아버지는 머쓱했는지 화제를 바꿨다.

"그래, 일은 좀 어때?"

아버지는 찻잔을 들고 와서 리코 앞에 앉고는 두 사람 몫의 차를 우렸다. 아버지는 리코가 스크랩북을 봤다는 사실을 알아차린 듯 언젠가부터 서점 업무 이야기도 묻곤 한다.

"12월은 크리스마스 이벤트도 있었고 열심히 했더니 전년 대비 15% 정도 늘었어요."

"오호, 대단하구나."

아버지는 자기 일처럼 기뻐했다.

크리스마스 이벤트는 반응이 좋았다. 서포터 회의에서 나온 의견을 참고해 처음으로 전 층 합동 이벤트를 실시했다. 건물이 낡은 만큼 벽과 천장도 더러운 데다 책장도 허름하다. 그래서 어떤 식으로 꾸미면 좋을지 끝도 없이 고민하고 고쳐서 완성했다. 각 층에는 커다란 크리스마스트리를 두고 바로 옆에 크리스마스 관련 코너를 설치했다. 소설이나 아동서는 크리스마스 시기에 맞춰 신간이 나오기 때문에 그 신간들을 중심에 놓고 그 주위로 크리스마스 하면 떠오르는 대표적인 책과 선물하기 좋은 예쁜 사진집, 최근 유행하는 그림책도 함께 장식했다. 아울러 문구 코너에서 가져온 크리스마스카드와 장식 띠도 둘렀다. 계산대에는 산타클로스와 루돌프 인형을 두고 천장에는 흰 솜을 덮은 호랑가시나무를 늘어뜨렸다. 계산대 뒤에도 커다란 크리스마스 태피스트리를 걸었다. 모두 직원들이 집에서 가져온 것들이다. 가게에 들어선 순간 크리스마스 분위기가 물씬 나게끔 꾸미고 싶다며 젊은 여직원들이 팔을 걷어붙이고 나서주었다.

계단 쪽 벽에는 초록색과 빨간색 모조지를 붙여 그 위에 별 모양으로 자른 금색과 은색 색종이를 가득 붙이고 생화 리스를 장식했다. 그 사이사이에는 고민하며 고른 크리스마스 동화책으로 마무리했다. 래핑한 실제 책을 양면테이프로 붙이기도 했다. 미술 전문대생인 구라타 카이토와 다카토라는 형제가 중심이 되어 만든 역작이다. 이 형제는 학교 게시판에 붙은 아르바이트 구인 광고를 보고 지원했는데 디스플레이에 흥미가 있다며 들어온 괴짜였다.

"장식이 참 멋지네요."

서포터 회의에 참석했던 호시노를 포함한 여러 단골손님이 그렇게 인사해 주었다. 자연스레 매출도 올랐고 전 층이 참여해서 그런지 다들 사기가 높았다. 이벤트를 준비하느라 우왕좌왕하며 바쁘긴 했지만 폐점될지도 모른다는 사실을 잠깐이나마 잊을 수 있었다.

"젊은 친구들은 그런 이벤트를 하는 게 좋은가 봐요. 이것저것 들고 와서 열심히 꾸미더라고요. 빨간 산타풍 미니드레스를 입고 싶다고 말한 친구도 있었어요."

"나야 그런 쪽으로는 잘 모르지만 손님들도 좋아할 것 같은데?"

"네. 만화책 코너 직원이어서 그러라고 했어요. 문학 코너였다면 좀 될 것 같아서 허락하지 않았을지도 모르지만."

"흐음, 그럴 수도 있겠네."

아버지는 리코 이야기를 흥미롭다는 듯이 들었다.

"아무래도요. 뭐 크게 중요한 건 아니지만."

"뭐야, 뭔가 다른 문제라도 있었니?"

"네. 이것저것요."

요즘 가장 골치가 아픈 건 신간 도서의 배본 수량이 점점 감소하는 것이었다. 도매점 담당자에게 물어도 그럴 리 없다고만 대답하는데 장기 시리즈 소설만 해도 지금까지는 일정하게 열 권 이상 들어왔던 책이 절반 이하로 입고되는 걸 보면 충분히 어떠한 의도가 느껴진다. 슬슬 업계 내에서 폐점한다는 소문이 도는 것 같기도 하다. 쓰지이와 하타케다의 갑작스러운 이동도 있었고 페가수스 서점 관계자 모두의 입을 막는 건 불가능하다. 매출을 올려야만 하는 이 시기에 소문이 악영향을 끼치지 않으면 좋을 텐데, 하고 리코는 작게 한숨을 내쉬었다.

"점장 자리에 있다 보면 아무래도 힘든 일이 많겠지. 참, 와인 있는데 마시겠니?"

아버지가 침묵하고 있는 리코의 표정을 살피더니 말했다.

"네? 웬 와인이에요?"

"이웃분이 주셨어. 퇴원을 축하하는 선물이라면서 말이야."

"어머, 정말요? 이왕 받았으니 조금만 마셔볼까요?"

그 말을 들은 아버지는 찬장에서 와인과 와인잔을 꺼내왔다. 그걸 보고 리코는 흠칫 놀랐다.

바카라 와인잔이었다.

헤어진 연인에게 예전에 선물 받았던 것이다. 오바타 아키가 선물 받은 것과 똑같은 디자인이라 화가 나서 상자째 버렸건만. 아버지가 도로 들고 오신 건가.

"왜 그러니?"

"아뇨, 아무것도 아니에요."

와인잔은 와인잔일 뿐이다. 누가 줬든 간에.

아버지가 와인 병을 기울였다. 붉은 액체가 담기니 가공된 유리 표면이 한층 더 빛났다.

"그럼 새해를 축하하며 건배할까요? 아무튼 무사히 한 해를 보냈으니."

정말이지 감사한 일이다. 아버지도 건강하고 일도 어떻게든 되고 있다. 봄에 어떻게 될지는 모르겠지만 그래도 지금은 괜찮으니까.

이 평온함이 계속 이어질 수 있도록, 하고 리코는 속으로 빌었다.

"올해는 너한테도 좋은 한 해가 되었으면 좋겠구나."

"아버지도요."

그렇게 말하고 잔을 부딪쳤다.

선잠을 자고 있던 아키는 침실 문이 열리는 소리에 잠이 깼다. 어둠 속에서 누군가가 옷을 갈아입고 있다.

"노부미쓰야? 지금 왔어?"

지금 몇 시지? 분명 2시까지는 안 자고 노부미쓰를 기다렸는데 까무룩 잠이 들었나 보다.

"아, 깼어? 미안. 다시 자도 돼."

옷을 다 갈아입은 노부미쓰는 그대로 침대로 들어왔다. 어렴풋이 술 냄새가 났다.

"내일은 쉬는 날이야? 언제부터 출근해?"

"음, 내일은 쉬는데 모레는 출근할 것 같아."

노부미쓰는 귀찮다는 듯 대답했다.

"그렇구나. 새해 인사드리러 가고 싶었는데……."

양가 부모님이 새해 첫 주에는 얼굴을 비추라며 전화를 했었다.

"올해는 바쁘니까 됐어. 근데 나 좀 피곤해서…… 먼저 잘게."

그렇게 말하고 노부미쓰는 이불을 머리끝까지 뒤집어썼다. 노골적으로 대화를 피하는 느낌이다. 요즘은 계속 저런 상태다. 그러고 보니 새해가 됐는데도 새해 복 많이 받으라는 인사도 못 했다. 얼마 안 되는 새해 휴가도 이런 식으로 보낼 작정인가.

원인은 알고 있다. 노부미쓰는 아가치 나오 건으로 단단히 화가 나 있는 것이다. 히토쓰보시 출판사 영업부는 아가치 나오 이벤트를 반대하지 않고 승낙해 주었다. 아가치가 메일로 아키에게 출판사에서 이 기획을 방해하면 자신이 한마디 하겠다고 으름장을 놓을 정도였으니 출판사 측에서도 별다른 말을 할 수 없었을 것이다.

역시 노부미쓰가 말한 대로 이 이벤트를 포기하는 게 나았을까.

그러나 동료들은 이번 이벤트를 한껏 기대하고 있다. 아가치 나오는 요즘 가장 인기 있는 만화가인 데다 서점 스태프 중에도 팬이 꽤 있다. 이벤트가 최종 결정되자 아가치가 인사를 하러 오기도 해서 다들 한층 더 불타오르고 있다. 이 절실한 시기에 직원들 사기가 저하되지 않게끔 신경 쓰는 것도 중요하다. '폐점할지도 모른다'라는 현실의 무게에 자칫 맥이 빠질 수도 있으니까. 이벤트를 진행하고 안 하고의 문제는 이제 아키가 결정할 수 있는 사항이 아니었다.

하지만 노부미쓰는 좀처럼 화를 풀지 않았다. 아키와 말도 섞으려고 하지 않았다. 둘 중 한 사람이 양보해야 할 것 같은데 서로 본인 일과 관련되어 있다 보니 그것도 쉽지 않다.

아키는 이런 일로 부부 사이에 응어리가 생기는 것 같아 속상하고 답답했다. 일과 가정은 구분하며 살자고 노부미쓰 본인이 그렇게 말했으면서.

아키는 노부미쓰에게 들리지 않게끔 이불을 입가까지 끌어당기고는 자그맣게 한숨을 내쉬었다. 노부미쓰는 등을 지고 모로 누운 채 벌써 잠이 든 걸까? 아니면 잠든 척하는 걸까?

기대하던 새해 연휴였지만 무척이나 길고 우울하게 느껴졌다.

23

새해 연휴가 끝나고 아키를 포함한 5층 만화책 담당자들은 이벤트를 열기 위한 준비로 바빴다. 우선은 아가치 나오가 추천한 만화책을 모두 다 모을 수 있을지 없을지가 관건이다. 50권을 선정해 줬는데 작은 출판사에서 출간한 것도 많아서 이미 절판된 책도 있었다. 그래도 어떻게든 다 모으고 싶어서 출판사 영업부에 부탁했다. 그 외에 원화를 어떻게 장식할지 고민해야 했고 아가치의 연표를 제작하고 친한 동료들의 응원 메시지를 부탁하는 등 해야 할 일이 넘쳐 났다. 아가치의 인터뷰 영상을 찍어 매장에 틀어 놓자는 아이디어도 나왔다. 좋은 아이디어였지만 결과물로 만드는 건 쉬운 일이 아니다. 인터뷰를 어떻게 하면 좋을지 감도 안 잡혔다. 게다가 서점 업무를 하면서 이벤트 준비를 하다 보니 엄두가 안 났다.

여러 어려움은 있었지만 그래도 아키는 즐거웠다. 모두의 아이디어를 모아 눈에 보이는 결과물로 만드는 게 이토록 즐거운 일이었다니. 마치 축제 전날 같다. 게다가 업무에 집중하는 동안에는 노부미쓰와의 불편한 감정도 잊을 수가 있었다. 아키는 더욱더 업무에 몰두했다.

드디어 내일 이벤트가 시작된다. 마감하자마자 온 직원이 디스플레이와 장식에 뛰어들었다. 오늘까지 중앙 평대에서 전시하던 겨울방학 과제 관련 도서를 단숨에 정리하고 미리 준비해 둔 아가치 관련 도서로 바꿨다. 계단 쪽 벽의 전시물도 전부 제거하고 아가치 나오의 원화를 순서에 맞춰 장식했다. 이벤트 테이블 중앙에 텔레비전을 설치하고 찍어 둔 인터뷰 영상이 잘 나오는지도 확인했다. 내일부터 배부할 사인회와 토크쇼 번호표도 재차 확인했다. 사인회 홍보 포스터를 어디에 장식할지, 아가치가 그려 준 캐릭터 그림을 어떻게 하면 가장 돋보이게 할 수 있을지 등 해야 할 일과 고민거리가 아직 많이 남아 있었다.

건물 밖에는 토크쇼 번호표를 받기 위해 일찌감치 줄을 선 팬도 있다. 밤샐 작정인 모양이다. 아가치 사인회 자체도 드문 데다 토크쇼는 이번이 처음이라 팬들도 엄청나게 기대하고 있다. 사인회 입장 줄을 관리할 사람도 필요해졌다.

5층 스태프뿐만 아니라 매장 전 직원이 총동원되었지만 아무래도 오늘은 밤샘 작업을 해야겠지, 하고 아키는 생각했다.

"아키 씨, 큰일이에요!"

층계참에서 구라타 형제와 함께 원화를 매다는 작업을 하고 있던 아키를 향해 하기와라 마미가 허겁지겁 달려왔다. 이미 시간은 밤 10시가 넘었다.

"왜 그래?"

마미는 이벤트 테이블 장식을 맡고 있었다. 아키는 작업을 중단하고 의아한 표정으로 마미를 쳐다보았다.

"저기, 지금 확인했더니 아가치 씨의 신간인 『캅카스의 날개』가 100권밖에 반입이 안 됐어요."

"뭐? 그럴 리 없는데."

이벤트 기간 중간쯤에 사인회, 마지막 날에는 토크쇼를 진행한다. 우리 서점에서 『캅카스의 날개』를 구매한 손님만 사인회 혹은 토크쇼의 번호표를 받을 수 있다. 즉 이 책은 이번 이벤트에서 가장 중요한 상품이다. 각각 100명가량 예상했기에 적어도 200권은 있어야 한다. 물론 만화책만 사는 사람도 있으므로 아무리 적게 잡아도 250권에서 300권 정도는 있어야 한다. 이벤트 기간 내 아가치의 기존 도서와 그에 관련된 다른 도서를 판매하는 것도 중요하지만 가장 잘 팔리는 건 역시 신간일 테고 그 신간을 많이 파는 것이 이번 이벤트의 목적이기도 하다. 당연히 이번 이벤트 테이블 한가운데에 대대적으로 장식할 예정이었다.

"도착했을 때 바로 수량을 확인했더라면 좋았을 텐데 다른 일로 바빠서 미처 체크를 못 했어요. 죄송해요……."

마미가 울먹이며 사과했다.

"내가 도매점의 야마모토 씨와 미리 얘기를 다 해 뒀는데."

일단 첫날에는 250권을 반입하고 추후 상황을 보면서 추가 반입하겠다고 분명 일러두었건만. 아키의 얼굴에 짙게 그늘이 졌다. 팔 책이 없으면 이벤트를 하는 의미도 없다.

"어쩌죠? 당장 내일부터 번호표를 받으려는 손님들이 몰려들 텐데. 책이 없다고 하면 패닉 상태가 될 거예요."

소심한 성격의 마미는 그런 상상을 하며 몸을 바르르 떨었다.

"아무튼 점장님에게 말씀드리자. 아직 사무실에 계시지?"

아키는 손에 들고 있던 원화 패널을 같이 작업하고 있던 구라타에게 건네고 마미와 함께 사무실로 향했다.

"뭐가 원인이죠? 배달 사고인가요?"

"잘 모르겠어요."

"우선은 부족한 수량을 내일 이른 시간에 가져와 달라고 연락부터 해야겠네요.”

점장인 리코는 역시 차분하게 대응했다.

“네.”

“그렇게는 할 수 있는 건가요?”

“늦은 시간이라 도매점 직원들도 퇴근했을 거예요.”

“난감하네요. 그럼 담당인 야마모토 씨 핸드폰은요? 번호 알고 있지 않아요?”

“아, 맞네요. 알고 있어요.”

아키는 주머니에서 핸드폰을 꺼냈다. 연락처에서 저장해 둔 야마모토의 이름을 검색했다. 여섯, 일곱 번 연결음이 울린 뒤에야 겨우 연결되었다.

“네, 야마모토입니다.”

“여보세요? 저 페가수스 서점의 오바타입니다. 『캅카스의 날개』가 100권밖에 안 들어왔는데 이게 어떻게 된 일일까요? 수량을 착각하신 건가요?”

“아뇨, 저기…….”

야마모토의 목소리 톤이 낮아졌다. 하기 어려운 말을 못 꺼내고 있다고 아키는 직감했다.

“착각이 아니군요? 야마모토 씨, 알고 계셨던 건가요?”

“오바타 씨에게는 죄송하지만…… 이번에는 그 수량이 최선입니다.”

"그게 무슨 말이죠? 250권 넣어 주겠다고 약속하셨잖아요. 당장 내일부터 이벤트가 시작된다고요. 번호표 배부도 결정된 사항이고."

아키는 필사적이었다. 고생하며 준비해서 드디어 여기까지 왔다. 그런데 정작 중요한 상품이 없으면 이벤트 효과는 반감된다.

"죄송합니다. 하지만 저 같은 사람은 어떻게 할 도리가 없어서요……."

"내일 아침부터 번호표를 배부하겠다고 안내했고 『캅카스의 날개』가 100권밖에 없으면 부족할 게 불 보듯 뻔하잖아요."

아키의 언성이 높아졌다. 리코는 옆에서 숨을 죽이고 들었다.

"아니, 저기…… 아아, 어쩐담."

수화기 너머로 야마모토의 난처해하는 목소리가 들려왔다. 업무 중에 짬이 생기면 종종 수다를 떨기도 하면서 평소에 친하게 지냈던 사이다. 이번 기획도 응원해 줬었는데.

"사실대로 말해 주세요. 야마모토 씨네 회사에서 지시가 내려온 건가요?"

"뭐…… 그런 셈이죠."

"어째서죠? 이번 이벤트 소식을 듣고 야마모토 씨도 응원해 주셨잖아요."

"자세한 건 저도 잘 모르겠어요. 하여간 위쪽에서 그렇게 지시가 내려와서요."

"아무튼 저희는 지금 책이 없으면 곤란해요. 어떻게든 안 될까요?"

"내일 한 번 더 회사에 물어보겠지만…… 지금 당장은 저도 좀…….'"

"알겠습니다. 윗선이랑 이야기해야 하는 거군요. 먼저 끊겠습니다."

아키는 그렇게 말하고는 전화를 끊어 버렸다.

"어떻게 하려고요?"

사무실을 나가려는 아키를 리코가 불러세웠다.

"지금 도매점으로 가서 직접 담판을 짓고 와야겠어요."

"지금이 몇 시인 줄 알아요? 벌써 11시예요."

"그래도 누군가는 있겠죠."

아키는 금방이라도 울음을 터뜨릴 것만 같은 얼굴로 말했다.

"진정해요. 이런 일은 권한이 있는 사람과 얘기해야 하고, 섣불리 행동했다가는 되레 불리해질 수도 있으니까요."

"전 꼭 이 이벤트를 성공시키고 싶어요. 무슨 수를 써서라도요."

아키는 필사적이었다. 이벤트를 성공적으로 끝내지 않으면 노부미쓰를 화나게 하면서까지 진행한 의미가 없다. 무엇을 위해 여기까지 아등바등 노력하며 왔단 말인가.

"도매점에서 수급이 안 된다면 다른 방법도 얼마든지 있잖아요. 출판사에 직접 문의한다든지."

그 말을 듣고 아키는 서둘러 핸드폰을 꺼내 출판사 영업 담당자인 이와타에게 전화를 걸었다. 그러나 전화는 연결되지 않았다.

"전화를 안 받네요. 그런데 전화를 받건 안 받건 어차피 이와타 씨는 그다지 협조적이지는 않을 테니까……."

"아가치 씨 건으로 아직도 꿍해 있는 건가요?"

"그런 것 같아요. 사인회 때도 참석하지 않는다는 식으로 말하더라고요."

"난처하네요."

"어쩌죠? 적어도 번호표 개수만큼은 책이 있어야 불만이 생기지 않을 텐데. 이미 홍보도 해 버렸고 문의도 많았으니까요. 아무래도 내일 아침 일찍 도매 회사에 가 봐야겠어요. 제가 어떻게든 해볼게요."

아키는 어찌할 바를 몰라 했다.

"진정해요. 최악의 경우, 번호표를 배부하는 대상 도서를 신간뿐만 아니라 아가치 씨의 구간들도 전부 포함하면 되니까.”

“그러면 되겠네요. 아, 근데 광팬들은 분명 구간들을 전부 가지고 있을 거예요. 그럼 그건 그것대로 불만스러워할 게 분명해요.”

리코는 불안이 역력한 아키의 얼굴을 보며 대답했다.

“그럴 수도 있겠네요.”

“아 정말…… 도매점에서 책을 못 보내 준다고 하면 내일 아침 일찍 다른 서점에라도 가서 책을 사 와야 하나…….”

“그럴 거 없어요. 책은 내가 어떻게든 해볼게요.”

결심한 듯한 얼굴로 리코가 말했다.

“어떻게든 된다는 건가요?”

“잘 모르겠지만, 할 수 있는 방법은 다 써 볼게요. 일단 오바타 씨는 매장 꾸미는 작업에 집중해 주세요. 그리고 바깥에 대기 줄은 어떻게 되고 있나요? 오바타 씨가 없으면 다들 곤란할 거예요. 아무튼 지금 할 수 있는 일을 합시다.”

“알겠습니다…….”

아키는 사무실 밖으로 나갔다.

리코는 한숨을 푹 내쉬었다. 제한 시간은 가게 문을 여는 열 시 반까지인가. 그 방법을 쓸 수밖에 없으려나. 이런 상황이 아니었더라면 쓰고 싶지 않은 방법이지만.

리코는 핸드폰을 꺼내 심호흡을 한 번 하고는 번호를 눌렸다.

오픈 10분 전. 이미 매장 앞에는 수많은 손님이 길게 줄을 서 있다. 100명은 훌쩍 넘는 것 같다. 인기 만화가나 유명 배우가 사인회를 하면 이렇게 긴 줄이 생기기도 하지만 사인회 자체를 잘 하지 않는 페가수스 서점에 대기 줄이 생긴 건 처음 있는 일이다. 서점 직원들은 새삼 긴장했다. 긴급히 요청해 일정에 없던 아르바이트생들까지 총동원해서 대기열 정리를 돕고 있다. 5층 계단 끝에서부터 2열로 손님들의 줄을 세웠다. 줄은 5층에서 1층까지 이어졌다. 줄이 더 생긴다면 건물 주위를 둘러싸게 될 것이다.

"줄 서 있는 손님들을 세어 봤는데 이미 200명이 넘어요."

"어쩌죠? 번호표 발부 대상 도서를 늘린다는 안내 포스터를 붙일까요?"

마미와 안나가 아키를 찾아와 보고했다. 아키를 비롯한 만화책 담당자들은 지난밤 밤샘 작업을 했다. 혹시 몰라 사인회 번호표 발부 대상 도서를 늘린다는 취지의 포스터도 어젯밤에 준비해 두었다.

"조금만 더 기다려 보자. 점장님이 돌아오시면 결정하실 테니까."

전날 리코는 "내일 아침까지는 어떻게든 책을 구해볼 테니까 포스터를 붙이는 건 최대한 기다려 주세요"라는 말을 남기고 새벽 2시쯤 퇴근했다.

"하지만 이제 겨우 10분밖에 남지 않았다고요. 지금 도착하지 않으시면……."

안나가 그렇게 호소하는 와중에 삐르르 하고 아키의 휴대폰이 울렸다. 점장이었다.

"네, 오바타입니다."

"니시오카예요. 100권 구했어요. 지금 역이니까 곧 도착해요."

"정말 다행이에요! 번호표 분량은 한시름 덜었네요."

아키가 큰 소리로 말했다. 안나가 옆에서 놀란 표정을 지었다.

"그런데 점장님 혼자 들고 오시는 건가요? 무거울 것 같은데, 도우러 갈까요?"

"끄떡없어요. 역에서 매장까지 5분도 채 안 걸리니까요. 나도 현역 서점 직원이에요. 만화책 100권쯤은 거뜬히 들 수 있어요. 그보다, 지금 당장 움직일 수 있는 사람 있나요?"

리코는 비장한 어투로 말했다.

"네. 한두 명 정도는요."

"오기쿠보점에서 스무 권, 이다바시점에서 열다섯 권, 오쿠보점에서 열 권씩 융통해 주기로 했어요. 최대한 빨리 가지러 가 줘요. 각 매장 점장님을 찾아가면 돼요. 이야기는 다 해 놓았으니까."

"알겠습니다!"

아키는 어린아이처럼 큰 목소리로 대답했다.

"점장님 대단하시네요. 진짜 책을 구해 오시다니."

안나는 그 능력에 놀라워했다.

"정말 놀라워요. 어떻게 하셨으려나."

마미도 감탄했다. 아키는 한시름 놓으며 이렇게 말했다.

"역시 점장님이야. 덕분에 어떻게든 되겠어."

오픈과 동시에 배부한 번호표는 한 시간이 채 되기도 전에 동이 났다. 사인회와 토크쇼를 합친 예정 인원수는 200명인데 분명 당일에 못 오는 사람이 생길 걸 예상하고 총 230명에게 나누어 주었다. 즉, 신간도 한 시간 만에 230권을 판 셈이다. 이 서점이 만화책 전문점도 아닌데 이정도면 기록적인 판매량이다. 번호표를 받은 손님 대부분은 그대로 귀가하는 게 아니라 매장에 남아 전시물과 인터뷰 영상을 보았다. 한 층당 100평쯤 되는데도 매장 내부가 꽤 혼잡해졌다. 신간 이외의 책을 사는 손님도 많아서 계산대 직원 수를 평소보다 배로 늘렸는데도 계산대 앞에는 대기줄이 줄어들지 않았다. 오전에 다른 지점에서 받아 온 신간도 다 팔리는 바람에 걱정이 태산이었는데 12시쯤 도매점의 야마모토가 의기양양한 모습으로 100권을 들고 나타나서 다행히 별 탈 없이 마무리할 수 있었다.

손님들의 방문은 저녁때까지 이어졌다. 5층 만화책 코너를 다 살펴본 손님들은 3층이나 4층으로 이동했다. 이 매장에서 일하면서 처음 봤을 정도로 많은 손님이 와 주었다. 셔터를 내리기 전까지 아키는 매장을 지켜야 했다.

감사합니다, 하고 연신 되풀이하다 보니 목이 다 쉬었다. 문득 정신을 차려 보니 점심도 못 먹었다는 걸 깨달았다. 계속 서 있느라 발이 부어서 새끼발가락이 아팠다. 그러나 쉴 틈 없이 책이 팔리는 모습을 지켜보는 건 역시 즐겁다. 무엇보다 매장에 활기가 생겨서 기뻤다. 이런 피로감은 되레 기분이 좋네, 하고 아키는 생각했다.

매장을 마감하고 사무실로 들어가자 리코가 퇴근하려는 참이었다.

"수고했어요."

"수고하셨습니다. 오늘 정말 감사했습니다. 눈앞이 캄캄했었는데……."

리코는 쑥스러운 듯 아키의 말을 가로막았다.

“무사히 끝났으니 다행이에요. 오늘은 피곤해서 바로 퇴근할게요. 내일 매출 보고서, 기대하고 있을게요.”

아키는 이렇게 말하고 나가려는 리코의 소맷자락을 붙잡으며 불러세웠다.

“저……”

“네?”

리코가 뒤돌아보았다.

“오늘 아침에 점장님이 가져오신 100권은 어떻게 구하신 건가요? 궁금했는데 물어볼 시간이 없어서.”

리코는 씩 웃었다.

“영업 비밀, 이라고 말하고 싶지만 간단해요. 출판사에 직접 갔어요.”

“그 이른 시간에 어떻게 담당자를 만나신 거예요?”

“그러니까 늘 쓸 수 있는 수단은 아니죠. 출판사에 직접 가서 사내에 있는 견본책을 받아왔어요.”

“아, 사내에 견본책이 있었나 보네요. 몰랐어요. 그런데 출판사에서도 그걸 선뜻 내줄 리는 없을 텐데 그걸 받아 오시다니…… 히토쓰보시 출판사도 만만치 않을 텐데요.”

아키는 그렇게 말하다가 화들짝 놀랐다. 분명 예전에 사귀었던 시바타 씨에게 부탁했을 것이다. 그분이라면 차장이니 그 정도의 힘은 있을 테니까.

“뭐, 구구절절한 과정이야 어떻든 상관없잖아요. 아무튼 제시간에 맞춰 가지고 왔으니.”

리코는 눈을 살짝 내리깔며 대답했다.

“그렇네요. 감사했습니다.”

아키는 리코에게 머리를 숙였다. 리코는 그대로 등을 보이며 먼저 갈게요, 라는 듯이 한 손을 흔들며 문으로 향했다.

24

"수고하셨습니다."

"수고하셨습니다."

서로 그렇게 인사를 하며 삼삼오오 헤어졌다. 2차가 끝나고 지금은 벌써 자정이 지났다. 곧 막차가 끊길 시간이기 때문에 대부분은 지하철역으로 향했다. 밤새 마실 각오인 젊은 서점 직원들과 일부 작가, 편집자는 3차로 이동할 모양이다. 상점가의 아케이드 아래에 줄지어 있는 가게는 모두 셔터를 내렸지만 이 시간에도 총총거리며 돌아다니는 사람들은 제법 있었고 골목으로 들어가면 24시간 영업을 하는 가게도 몇 군데나 있다.

"나도 3차 갈래요."

기분이 좋아진 아가치 나오가 그렇게 말하자 담당 편집자가 열심히 달랬다. 오늘은 이벤트가 대성공으로 끝난 것을 축하하며 히토쓰보시 출판사 관계자와 페가수스 서점 직원들이 모여 합동 뒤풀이를 했다. 아가치는 자신이 주인공이니까 마지막까지 자리를 지킬 의무가 있다고 주장했다.

"선생님, 저도 좀 생각해 주세요. 이벤트 기간 내내 작업실을 비우셔서 이번 달 작업물이 엄청나게 밀렸잖아요. 오늘부터는 저도 봐주지 않을 거예요. 자, 같이 작업실로 가시죠."

"뭐 어때. 오늘은 축하하는 자리잖아. 모처럼 미와 씨도 와 있고."

담당 편집자는 아가치를 질질 끌다시피 하면서 상점가 밖으로 나갔다. 역 앞 큰길로 나오자 마침 지나가던 택시를 붙잡아 억지로 아가치를 밀어 넣고는 자기도 함께 탔다. 택시에 타고도 여전히 불퉁거리는 아가치를 담당 편집자가 열심히 어르는 모습이 유유히 멀어지는 택시 차창 너머로 보였다.

그런 아가치를 다른 몇몇 사람들과 함께 리코와 아키도 배웅했다. 아가치의 모습이 완전히 사라지자 히토쓰보시 출판사의 시바타 슌스케는 안도하듯이 말했다.

"새 담당자는 아가치 선생님과 잘 맞나 보네."

"네. 회식 자리에서도 즐겁게 이야기 나누시더라고요."

곁에 서 있던 리코가 말했다. 새 담당 편집자는 베테랑으로 떼쓰는 아가치를 능숙하게 다루는 듯이 보였다.

"오늘은 정말 감사했습니다. 회식 비용도 모두 내주시고……."

리코는 시바타 쪽을 향해 머리를 숙였다.

"아니, 별말씀을. 당연히 내야죠. 이벤트도 성공적으로 마무리되었고 아가치 선생님과의 관계도 잘 풀렸으니까요. 감사합니다."

"아뇨, 저희야말로 첫날에 책을 제공해 주셔서 덕분에 잘 끝낼 수 있었어요. 그때 책을 못 구했더라면 이벤트도 어떻게 됐을지 모르니까요."

"그건 저희 잘못도 있으니까요. 처음부터 협조를 잘했더라면 좋았을 텐데. 젊은 담당자는 걸핏하면 감정적으로 행동하니까 난감할 때가 많아요. 『언젠가 너의 목소리가 닿을 때까지』로 그렇게나 신세를 졌는데, 좀 더 융통성 있게 일을 했더라면 좋았을 텐데 안타깝네요."

그렇게 말하며 시바타는 가만히 리코를 쳐다보았다. 리코는 당황하며 눈을 피했다. 리코가 전화로 궁지에 몰린 상황을 호소했을 때 깜짝 놀라면서도 시바타는 "이런 말을 할 처지는 아니지만 나에게 의지해 주는 건 기뻐"라며 본심을 말했다. 이미 헤어진 여자일지언정 힘이 되어 주고 싶다는 마음에 거짓은 없으리라. 리코는 그 마음을 알게 된 것만으로도 마음속에 단단하게 응어리져 있던 감정이 스르르 녹는 듯한 기분이 들었다. 물론 그런 마음은 내색하지 않은 채 말했다.

"그렇게 뜨거워진다는 건 그만큼 일에 열정적이라는 뜻 아닐까요?"

그러고는 조금 떨어진 곳에서 기분 좋게 이야기하고 있는 영업부의 이와타를 쳐다보았다. 이와타와 대화하는 건 참고서 판매 담당자인 마미다. 이와타는 마미의 약간 엉뚱한 면을 마음에 들어하는 것 같기도 하다. 서점 직원들에게 오늘만큼은 이와타에게 친절하게 대해 달라고 미리 말해 두었다. 이와타가 계속 우리 서점을 미워하면 앞으로 같이 일을 하기가 곤란해진다. 우리 직원들이 살갑게 굴면 응어리진 감정도 해소될 거라고 생각했는데 아무래도 잘 풀린 것 같아 다행이다.

"어, 오바타 씨. 너무 늦은 거 아니에요?"

"아가치 씨는 지금 막 귀가하셨어요."

목소리가 나는 쪽을 보자 아키의 남편인 오바타 노부미쓰의 모습이 보였다. 노부미쓰는 눈 밑에 다크서클이 내려앉아 있었다. 힘도 없어 보이고 지쳐 보였다.

"오바타 씨는 오늘이 새 잡지의 최종 교정일이었거든요."

시바타가 설명했다. 그래서였구나, 하고 리코는 고개를

끄덕였다. 어쩐지 요즘 모습이 통 안 보인다 싶었다. 이번 이 벤트의 주인공인 아가치는 노부미쓰와 친할뿐더러 이벤트 를 주최하는 서점에 아내인 아키가 근무하고 있으니 노부 미쓰가 참석하지 않을 리가 없다고 생각했다.

"교정 끝내고 부리나케 달려왔는데……."

회사 사람들에게 둘러싸인 노부미쓰가 면목 없다는 듯 이 대답했다. 리코는 조금 떨어진 곳에 서 있는 아키를 쳐다 보았다. 아키는 노부미쓰의 얼굴을 가만히 바라보기만 할 뿐 노부미쓰에게 다가가지 않았다. 노부미쓰도 긴장한 표정 으로 아키 쪽은 쳐다보지도 않았다. 리코는 깊은 한숨을 내 쉬며 노부미쓰 쪽으로 다가갔다.

"오바타 씨, 오랜만이에요."

"엇, 네……."

대뜸 말을 걸어서 그런지 노부미쓰는 깜짝 놀란 것처럼 보였다.

"점장인 니시오카예요. 결혼식장에서 뵙고 이렇게 인사 드리는 건 처음이네요."

리코는 그렇게 말하며 싱긋 웃었다.

"아, 네. 오랜만입니다."

"이번에는 정말 신세를 많이 졌습니다. 아가치 씨의 일, 처음에는 저희 쪽 의도가 잘 전달되지 않아서 편집부에 여러모로 폐를 끼쳤어요……."

"네? 아……."

노부미쓰는 당황한 듯 보였다. 리코와 노부미쓰가 대화하는 모습을 보고 아키가 리코 뒤로 다가왔다. 노부미쓰를 둘러쌌던 편집부 사람들은 자기들끼리 다른 이야기를 하기 시작했다.

"특히나 노부미쓰 씨에게 걱정을 끼쳤다고 아키 씨에게 전해 들어서 정말 죄송하게 생각하고 있었어요."

뒤에서 아키가 "점장님" 하며 리코의 소맷자락을 잡아당겼다. 무슨 말을 하려는지 우려된다는 듯한 얼굴이다. 리코는 애써 무시한 채 말을 이었다.

"아키 씨도 정말 고민을 많이 한 터라 저도 신경이 많이 쓰였거든요."

자신에게 맡겨 두라는 듯 리코는 아키의 팔을 살짝 두드렸다.

"아, 네."

노부미쓰는 맥이 빠진 대답을 했다.

"부디 아키 씨를 나무라지 마세요. 덕분에 우리 서점을 위기에서 구했으니까요. 이번 달 매출이 전년 대비 20%나 늘었어요. 이 정도면 폐점 얘기도 없던 일로 할 수 있을 것 같아요."

“그렇군요. 다행입니다.”

노부미쓰는 가까스로 얼굴에 웃음을 담았다.

“무엇보다 인기 있는 작품과 작가가 있다는 게 서점 입장에서는 가장 감사한 일이죠. 아가치 씨의 작품은 정말 훌륭해요. 이번 이벤트를 준비하면서 저도 전부 다 읽어 봤는데 작품의 속도감이라든가 캐릭터라든가, 센스도 넘치고 시각도 새롭더라고요. 젊은 독자들에게 인기 있는 이유를 알 것 같아요. 『플라이 하이!』는 노부미쓰 씨가 담당한 책이죠?”

“네, 뭐. 제가 첫 담당자이긴 해요.”

“대단하세요. 그 작품으로 작가의 방향성이 또렷해졌달까, 매력이 활짝 만개한 느낌이 들어요. 저는 잘 모르지만, 그런 건 편집자의 영향력이 크지 않나요? 오바타 씨의 편집자로서의 역량이 아가치 씨를 성장시켰다는 생각이 들더라고요.”

“아뇨, 그럴 리가요. 아무래도 그건 작가의 힘이죠…….”

노부미쓰는 겸손하게 말했지만 싫다는 얼굴은 아니었다.

“편집자분들이 좋은 작품을 만들려고 노력하시니까 저희도 에너지를 끌어올려 분발할 수 있어요. 부디 앞으로도 좋은 작품을 만들어 주세요.”

그렇게 말하고 리코는 활짝 웃었다. 그 미소에 이끌리듯 노부미쓰도 미소 지었다.

“네, 서점 직원분들도 힘내 주세요.”

“그럼 앞으로도 잘 부탁드립니다.”

리코는 머리를 숙이고는 노부미쓰 곁을 떠났다. 노부미쓰의 표정이 한결 부드러워졌다. 리코는 다른 사람들에게도 인사를 하고는 역을 향해 걷기 시작했다.

“니시오카 씨!”

뒤에서 잰걸음으로 아키가 뒤쫓아왔다.

“왜 그런 말씀을 하신 거예요?”

리코는 멈춰 서서 아키의 눈을 보며 말했다.

“오지랖인지는 모르겠지만 이번 이벤트 때문에 아키 씨 부부 사이가 나빠지기라도 한다면 나도 마음이 편치 않을 테니까요.”

아키는 무심코 숨을 멈췄다. 부부 사이의 일은 아무에게도 말하지 않았기에 리코가 눈치챘을 거라고 생각하지 못했던 모양이다.

“내가 딱 맞췄죠? 요즘 내내 표정이 안 좋았잖아요. 때로는 딴생각하는 것 같기도 했고. 근데 일이 잘 풀려도 가정이 무너지면 의미가 없잖아요.”

“그래도……”

무언가 말하려는 아키를 리코가 막았다.

“그만 고집부려요. 고집 피우다 소중한 걸 잃기라도 하면 어쩔 셈이에요. 게다가 그런 표정 짓는 걸 보니 사실은 노부미쓰 씨와 화해하고 싶은 거죠?”

“아, 네.”

그렇게 대답했지만 아키는 여전히 난처한 듯한, 울고 싶어하는 듯한 표정을 짓고 있다.

“부부는 애초에 남남이었으니 처음부터 다 잘 맞을 수야 없겠죠. 그래도 부부니까 서로 양보하는 것도 필요하지 않을까요? 동거하는 것과는 차원이 다르니까 그리 쉽게 헤어지거나 하지는 말아요.”

아키는 아무 말 없이 입술을 깨물었다.

“뭐, 결혼한 적도 없는 내가 이런 말을 하는 것도 웃기지만. 어쨌든 기운 내요.”

리코는 약간 장난스러운 말투로 말했다. 아키는 뭔가 말을 하려 했으나 결국 “감사합니다”라고만 말하고 머리를 숙였다.

“인사 들을 정도는 아닌걸요.”

기운 내라는 듯이 리코가 아키의 어깨를 도닥거렸다.

25

"아, 점장님. 잘 다녀오셨어요?"

3층에서 엘리베이터를 내린 리코는 오자키와 마주쳤다. 오자키는 잡지를 교체하고 있었다.

"어떻게 됐어요?"

"네, 뭐."

리코는 적당히 얼버무리고 냉큼 사무실로 향했다. 3층은 오른쪽이 잡지, 왼쪽이 문학 코너다. 가운데에는 계산대가 있고 그 앞에는 커다란 평대가 있다. 이번 달의 테마는 '기치조지를 무대로 한 작품'이다. 서점 위치와 관련된 출판물을 전시하는 건 어느 서점에서나 쉽게 볼 수 있지만, 대부분은 그 지역 역사와 문화를 소개하는 책을 전시한다. 그런데 이곳은 '젊은 세대가 살고 싶어하는 동네 1위'로 자주 뽑히는 곳이다. 그렇다 보니 소설과 만화에 곧잘 등장하는데,

그래서 '기치조지'를 무대로 한 작품을 한데 모아 3층부터 5층까지 합동 기획을 진행하기로 했다. 3층에는 소설과 기치조지를 특집으로 다룬 잡지로 전시 코너를 만들었다.

소설은 생각했던 것 이상으로 다양한 종류의 책이 모였다. 조금 오래된 책으로는 구라하시 유미코의 『어두운 여행暗い旅』과 무라카미 하루키의 『노르웨이의 숲』에도 잠깐 등장하고, 비교적 최신 책으로는 후루카와 히데오의 『루트350ルート350』과 『기프트』, 하나무라 만게츠의 『기치조지 맨션 이야기吉祥寺幸荘物語』, 가쿠다 미츠요의 『더 드라마』, 야마다 에이미의 『돈 없어도 난 우아한 게 좋아』, 츠지 히토나리의 『편지』, 시마모토 리오의 『리틀 바이 리틀』, 오사키 요시오의 『아디안텀 블루』, 모리 에토의 『언젠가 파라솔 아래에서』, 타케모토 노바라의 『카페 소품집カフェー小品集』과 『해피니스ハピネス』, 마스노 코이치의 『쇼트 송』, 나카타 에이이치의 『기치조지의 아사히나 군』 등 직원들이랑 다 함께 찾았는데 이렇게나 많은 인기 작가가 기치조지를 다뤘다는 사실에 내심 놀랐다. 본격적으로 기치조지를 무대로 한 책과 잠깐 등장하는 책이 있는데 그 작가의 이름만으로도 출판사 이벤트를 기획할 수 있을 만한 호화로운 라인업이다. 그저 진열만 하기에는 진부한 것 같아 소설 속에서 동네를 묘사한 부분을 발췌해 POP를 만들어 소개했다. 보기만 해

도 재미있다며 손님들도 좋아했다. 기치조지라는 지역에 산다는 자부심이 높다 보니 판매도 순조로웠다.

지난달에는 아가치 나오라는 인기 만화가를 대대적으로 다루었다. 엄청난 인기 작가여서 먼 곳에 사는 분들까지 일부러 찾아와 주었다. 그래서 이번에는 단골손님들이 관심을 가질 만한 이벤트를 기획했다. 지난주에는 지방 신문에도 이 이벤트가 소개되었다. 이번 기치조지 이벤트는 여러 곳에서 좋은 평을 받았다. 물론 단골손님들에게도 반응이 좋았고 이벤트 소식을 접하고 일부러 매장을 찾아온 손님도 있었다. 여러 손님이 서점을 찾아왔고 즐겼다. 이 이벤트를 진행하기 잘했다고 진심으로 생각했다.

리코는 이벤트 테이블을 지나 문학 분야 선반을 하나하나 확인했다. 책장 앞의 평대에는 베스트셀러가 진열되어 있다. 날이 갈수록 본사의 매입 통괄 부서에서 가하는 제한이 엄격해지고 있다. 그래도 오기쿠보점과 오쿠보점, 이다바시점 등 몇몇 지점에서 신간을 몇 권씩 보내 주어서 어떻게든 버티고 있다. 오쿠보점과 이다바시점의 점장은 입사했었을 때 담당 교육자가 리코였다. 그때 신세 진 것을 기억하고 돕는 것일 수도 있지만 이유가 그뿐만은 아니었다.

"기치조지점 일은 남 일이 아니니까" 하고 오기쿠보점의 에토 점장이 말했다. 실적이 부진한 매장을 본사는 하나둘

미련 없이 버리는 거 아닐까, 하는 두려움과 불안감은 모두가 얼마간 느끼고 있다. 게다가 기치조지점은 페가수스 서점 내에서도 가장 오래된 노포이기도 해서 더 그런 마음이 들 수도 있다. 예전에 점장 회의에서 리코가 와타나베의 면전에 대고 반항했을 때, 그들은 속으로 박수갈채를 보냈다고 한다. 공공연하게 협력할 수는 없어도 뒤에서 몰래 리코네 서점을 응원하는 사람도 적지 않다. 그렇기에 이런 상황에서도 신간을 이만큼이나 진열할 수 있는 것이다.

"점장님, 수고하셨습니다."

우연히 지나가던 젊은 아르바이트생이 인사를 했다. 그의 가슴 언저리에는 '미스터리는 저에게 물어보세요'라고 적힌 큼직한 원형 배지가 달려 있다. 손님들이 편하게 질문할 수 있도록 고안한 것이다. 미스터리나 시대소설 등 특정 장르에 자신 있다고 자진하는 스태프에게는 이 배지를 달게 했다. 스태프가 낸 아이디어였다.

일단 뭐든 해보자. 만에 하나 잘 안 풀리면 그때 또 다른 방법을 쓰면 된다. 그렇게 손님들과 함께 가게를 바꿔 나가면 된다고 리코는 생각했다. 실제로 '미스터리는 저에게 물어보세요'라는 배지를 달자마자 미스터리 광팬으로 보이는 손님들이 질문 공세를 퍼부었다며 질렸다는 듯이 그 점원은 말했다. 그러나 그 일이 되레 자극되었는지 출판사 상황이라든가 재고에 관해서도 스스로 알아보기 시작했다. 리코에게는 그건 그것대로 좋은 방향으로 느껴졌다.

잡지 코너도 기치조지 특집이다. 지역 정보지에서 기치조지를 특집으로 다루었던 과월호가 줄지어 있다. 용케 잘 모았다고 생각한다. 『도쿄 워커Tokyo Walker』*, 『산책의 달인散步の達人』**, 『하나코Hanako』***, 『오즈OZ』****와 같은 유명 잡지부터 일반 여성지와 남성 패션지까지 꼼꼼하게 조사해서 기치조지 특집호를 모았다. 잡지 담당자가 반년 전부터 생각해서 혼자 몰래 조사하고 모아 둔 것들이다.

그나저나 정말 자주 다뤄졌었네, 이 동네. 이제 보니 『빈티지』 과월호도 진열해 두었다. '우리 서점이 실렸어요'라고 쓴 POP까지 붙어 있다. 예전에 리코가 인터뷰했던 기사가 실린 호다. 리코의 사진은 이 매장 안에서 찍었기 때문에 틀린 말은 아니다. 멋쩍어져서 그쪽은 얼른 지나쳤다.

계단을 올라갔다. 계단 쪽 벽을 갤러리처럼 활용하는 건

---

* 가도카와 출판사에서 1990년부터 2020년까지 발행했던 잡지로, 도쿄 근교 맛집과 관광지 등을 소개했던 잡지이다.

** 교통신문사에서 1996년부터 현재까지 발행하고 있는 잡지로, 도쿄 근교 위주의 추천 산책지와 맛집 등을 소개한다.

*** 매거진하우스에서 1988년부터 현재까지 발행하고 있는 잡지로 주된 독자층은 이삼십 대 여성이다.

**** 스타츠 출판사에서 1987년부터 현재까지 발행하고 있는 잡지로 주된 독자층은 여성이다.

이제 기본적인 전시 방식이 되었다. 지금은 기치조지가 등장하는 작품 속 해당 부분을 장식해 두었다. 이 동네가 나오는 부분을 크게 확대해서 붙인 것이다. 만화책에 관해서는 잘 모르지만 오시마 유미코의 『솜나라 별絹の国星』에 나오는 반은 고양이, 반은 사람인 주인공이 원피스에 앞치마를 두른 차림으로 공원에서 울고 있는 장면과 미우치 스즈에의 『유리가면』 속 주인공 마야가 상점가에서 손님을 끌기 위해 요정 분장을 하고 춤추는 장면은 어렸을 때 본 적이 있다. '와, 옛날 생각나네' 하며 절로 넋을 잃고 보았다. 그림 옆에는 실제 장소를 찍은 사진과 해설 코멘트도 있다. 누가 썼는지는 모르겠지만 꽤 멋진 문장이었다.

4층으로 올라갔다. 4층도 분위기가 많이 바뀌었다. 전문서 특유의 딱딱한 분위기를 어떻게든 부드럽게 풀기 위한 노력인지 시들지 않는 프리저브드 플라워로 장식한 벽은 태피스트리로 덮여 있다. 이 층도 기치조지 관련 서적이 한가운데에 놓여 있다. 역사와 풍토 관련 서적이 중심이지만 근처에 사는 예술가의 사진집과 근처 대학교에서 교편을 잡은 교수의 책도 얼핏 보인다. 이곳은 학자나 예술가에게도 사랑받는 동네구나, 하고 새삼 느꼈다.

리코가 그중 한 권을 골라 책장을 넘기고 있는데 뒤에서 손님이 한 점원에게 질문을 했다. 점원은 "잠시만 기다려 주세요” 하고는 주머니에서 메모지를 꺼냈다. 손님에게 받은 질문을 적어 두는 메모지다. 구두로만 끝내지 말고 메모지에 적어서 확인하라는 리코의 지도를 그녀는 잘 지키고 있었다.

그대로 5층으로 올라갔다. 5층에도 기치조지 특집이 크게 다뤄지고 있다. 후지사와 토루의 『GTO』, 모리타 마사노리의 『비바 블루스』, 에구치 히사시의 『스톱!! 히바리 군!』, 오시마 유미코의 『솜나라 별』과 『구구는 고양이다』, 카츠라 마사카즈의 『전영소녀』, 네기시 쿄코의 『cafe 기치조지에서 Cafe吉祥寺で』, 요시자키 미네의 『개구리 중사 케로로』, 아즈마 키요히코의 『아즈망가 대왕』 등 기치조지라는 지명을 밝히지 않은 것도 있고 누가 봐도 기치조지라는 걸 알 수 있는 것도 있다. 소설이라면 몰라도 만화책으로 이런 특집을 하는 건 드물어서 손님들도 재미있어 했다. 만화는 손님들 취향이 확고해서 이러한 형태로 진행해도 괜찮으려나 걱정도 했지만 예상보다 매출이 좋았다. 계단 갤러리와 연결되는 부분이 좋았는지, 혹은 내용 한 컷을 보고 다시 그 만화를 읽어 보고 싶어졌는지는 모르겠지만 오래된 작품이 오히려 더 잘 팔렸다. 만화는 한 테마로 이벤트를 짜는 게 어려울 거라고만 생각했는데 새로운 발견이었다.

5층은 특히 라이트노벨 코너가 완전히 새로운 모습으로

탈바꿈했다. 항상 라이트노벨을 읽으러 오던 안경 쓴 손님의 의견을 수용해 작품들을 싹 바꾸었다. 니시오 이신 같은 팬이 많은 라이트노벨 작가의 책은 3층 신서판 코너와 함께 이곳에도 두기로 했다. 그리고 안경을 쓴 손님이 주최한 라이트노벨 홈페이지 인기투표로 선정된 작품을 평대에 진열해 두었다. 협소한 공간이긴 하나 소규모 이벤트처럼 꾸며져 있다.

아동서 코너에는 작은 테이블과 의자가 놓여 있다. 바닥에는 카펫이 깔렸고 인형도 있다. '아동서는 저에게 물어보세요'라는 배지를 단 점원이 어린아이 세 명에게 동화책을 읽어 주고 있다. 하루에 두 시간 정도 간격을 두고 요청이 있을 때 점원이 이렇게 읽어 주기도 한다. 수고롭기도 하고 인력이 필요하지만 이런 노력이 이 서점을 다시 방문하는 데 영향을 끼칠 거라고 리코는 믿었다. 그뿐만 아니라 훗날 이 아이들이 커서 책과 이 서점을 자주 찾아 주면 좋겠다는 게 담당자의 바람이기도 했다.

진심으로 좋은 서점이라고 리코는 생각했다. 몇 달 사이에 정말 몰라볼 정도로 좋아졌다. 이곳에 있으면 마음도 편하고 새로운 발견을 할 수 있고 활기 또한 넘친다. 점원도 친절하다. 내가 손님이라도 계속 오고 싶은 서점이라고 생각할 것이다.

그런데 다음 달에 폐점해야 한다니.

아침에 리코는 의기양양하게 본사로 향했다. 1월 매출은 작년 동월 실적보다 20%나 올랐다. 점장 회의에서 약속한 숫자는 가뿐하게 넘긴 셈이다. 이 실적이라면 임대료가 오른다 해도 문제없다.

점장 회의를 했던 그 회의실에서 이번에는 사장에게 직접 호소할 생각이었다. 사장이 직접 보고를 듣고 싶다고 말했기 때문이다. 회의실에 들어섰더니 사장의 양옆으로 와타나베와 야마다가 앉아 있었다. 리코는 도도하게 서점의 상황에 대해 설명했다. 전 직원이 얼마나 노력했는지, 그 노력이 어떻게 숫자로 반영되었는지를. 리코는 불안하지 않았다. 할 수 있는 최선을 다했다는 자신이 있었기 때문이다.

대강 설명을 끝내고 리코는 사장의 얼굴을 보았다. 사장은 평소처럼 에비스 같은 미소를 짓고 있었다.

"어떻게 들으셨나요?"

"이거 참…… 정말 열심히 해 줬다고 생각해요."

사장은 생글거리는 얼굴을 유지한 채 말했다.

"설마 이렇게까지 해낼 줄이야……."

그렇게 말하는 야마다를 와타나베가 휙 째려보았다. 야마다는 말실수했다는 듯이 목을 움츠렸다.

"그럼 지금처럼 계속 영업해도 될까요?"

리코의 질문에 사장은 아무런 말도 하지 않은 채 와타나베 쪽을 보았다. 와타나베가 딱딱한 표정으로 엄숙하게 선언했다.

"안타깝지만 폐점은 번복할 수 없어."

리코는 자신의 귀를 의심했다.

"그게 무슨 말씀이시죠? 분명 사장님께서 말씀하셨잖아요. 매출이 올라가면 계속 영업해도 된다고요."

"그게 무슨 소리야? 사장님은 한번 해보라고만 말씀하셨어. 그런 약속은 한 적 없다고."

"난데없이 직원들 유니폼을 없애지를 않나, 계약 사원을 멋대로 층 책임자로 뽑지를 않나, 서포터 회의다 뭐다 영문 모를 회의에 손님을 이용해먹으면서 그동안 실컷 제멋대로 굴지 않았나? 매출이야 조금 올랐을지 몰라도 그런 식으로 일을 하면 되레 민폐라고."

와타나베의 말이 끝나자마자 야마다가 쏘아붙였다. 둘은 리코의 속을 뒤집어놓았다.

"그렇게 말씀하시면서 어째서 정직원 보충을 해 주지 않으신 거죠? 저도 계약 사원에게 그렇게까지 무거운 짐을 짊어지게 하고 싶지 않았습니다. 그런데 어쩔 수 없잖아요. 정직원이 부족하니까. 유니폼도 없앤 게 아닙니다. 신규로 채

용한 아르바이트생만 복장을 조금 자유롭게 했을 뿐이에요. 그것도 아낄 수 있는 부분은 최대한 아껴보자는 고육지책입니다. 그 외에도 다들 얼마나 절약하고 있는지 아십니까? 고작 반년 만에 이렇게까지 매출을 올린다고 다들 얼마만큼 애썼는지, 단 한 번도 매장에 오지 않은 분이 뭘 아신다는 겁니까!"

리코의 기세에 겁에 질렸는지 야마다의 목소리가 한 톤 내려갔다.

"그건 미안하게 생각하지만 폐점은 이미 결정된 사항이야."

그러고는 와타나베 쪽을 힐끔 보면서 "이렇게나 매출이 오른 데다 이 오름세가 지속된다면 계속 영업해도 될 것 같다는 생각도 들지만……" 하고 말꼬리를 흐렸다.

그런 야마다의 나약한 발언을 단박에 부정하듯 "이제는 어쩔 수 없어!" 하고 와타나베가 쐐기를 박았다.

"어째서죠? 납득이 안 갑니다. 여기까지 매출을 올리기 위해서 다들 얼마나 노력했는지 아십니까? 제대로 된 이유를 말씀해 주시지 않으면 저도 직원들에게 설명할 수 없습니다."

리코는 끝까지 물고 늘어졌다.

"그건 내가 말하죠."

그때 슬며시 웃는 얼굴을 유지한 채 사장이 말했다.

"사장님!"

와타나베와 야마다가 동시에 외쳤다. 사장은 몸을 앞으로 쭉 내밀었다.

"그때는 분명 그리 말했습니다. 다만 지금은 워낙 매장 경영이 어려운 시대예요. 물론 기치조지지점 매출은 눈에 띄게 개선되었지만 과연 앞으로도 그럴까요? 지금까지는 일시적으로 인건비도 내려가고 여러 이벤트도 하고 있으니까 손님들 눈길을 끌 수 있었겠지만 그걸 언제까지 지속할 수 있죠? 건물 리모델링 작업하는 동안에 애써 모은 손님들 발길도 끊기지 않을까요?"

"그렇지만 매출이 전년 대비 20%나 올랐습니다. 다른 지점과 비교해도 독보적이지 않나요? 리모델링 기간에 잠깐 공백이 생길지언정 현재 스태프들을 중심으로 헤쳐 나간다면 금방 메울 수 있습니다. 매장도 새로워지는 만큼 새 공간에서 더욱더 성장할 수 있게끔 노력하겠습니다."

"리모델링 공사가 끝났을 때 같은 조건으로 매장을 할 수 있을 거라고 단정 지을 수 없습니다. 새 건물 임차인을 어떻게 할지도 정해진 바가 없을뿐더러 건물을 통째로 한 기업과 계약한다는 얘기도 나오고 있어요."

리코는 입술을 깨물었다. 그것까지는 리코도 몰랐던 사

실이다.

"게다가 대형 서점이 신규로 이 지역에 뛰어들 거라는 소문도 돌고. 오기쿠보점보다 더 큰 규모로 준비한다고 하더군요. 그렇게 되면 그 지역은 점점 더 격전지가 될 겁니다."

"어떤 형태여도 좋습니다. 장소가 바뀌건 설령 매장이 좁아져도 상관없습니다. 저희 매장을 없애지 말아 주세요."

리코는 애원하듯 말했다. 눈물 작전이라고 해도 상관없다. 어떻게든 해야 한다.

"어째서죠? 어째서 끝까지 고집을 피우는 겁니까? 점장 자리가 아쉬워서? 이번 성과를 인정해서 니시오카 씨에게는 다른 지점 점장 자리를 내줄 생각도 하고 있습니다. 어디가 좋을까. 그래, 이제 막 개업한 오기쿠보점이라든가."

오기쿠보점은 페가수스 지점 중 최대 규모를 자랑한다. 어떻게 보면 훨씬 더 좋은 조건을 제안받은 셈이다.

"말씀은 감사합니다만, 무엇보다 저는 그 지역에 저희 매장을 남겨 두고 싶습니다."

"어째서 그곳에 그렇게 집착하는 겁니까? 그런 낡은 서점 한 곳쯤 없어져도 아무 상관없을 텐데."

뿌리치듯 말하는 사장에게 어떻게 말하면 좋을까, 리코는 망설였다.

지금 근무하고 있는 스태프들의 일터를 지키고 싶다든가

자신에게 소중한 곳이라는 식의 감정적인 이유로는 비웃음만 사게 될 것이다. 말문이 막힌 리코의 입에서 순간적으로 나온 말은 이랬다.

"그렇지만 저희 매장은 페가수스 서점의 1호점입니다. 선대 사장님도 저희 매장만큼은 마지막까지 신경 써 주셨고 말하자면 이 페가수스 서점의 심벌마크 같은 존재라 생각합니다. 그런 곳을 없애 버리다니⋯⋯."

"그래서 더 없애야만 합니다. 내 시대에 그런 구태의 상징 같은 매장은 필요 없으니까!"

사장의 격양된 목소리를 듣고 와타나베와 야마다는 움츠러들었다. 둘은 등을 둥글게 말고 각자의 의자에 앉아 있다. 마치 사장 앞에서 자신들의 존재를 없애고 싶어하는 것처럼 보였다.

리코도 숨을 멈췄다. 사장이 그런 목소리를 내는 걸 처음 들었다.

"선대는 그 매장을 자랑스럽게 여겼죠. 시골 촌구석에서 올라와 바와 카바레로 성공한 걸 부끄러워했으니까. 시골 출신에 교육도 잘 못 받은 사람인지라 문화적인 콤플렉스가 상당했어요. 그래서 서점을 하는 게 문화적이라고 착각한 겁니다. 뭘 파느냐의 차이지 결국 장사를 하는 건 똑같은데."

사장은 재킷 안주머니에서 담배를 꺼냈다. 그러자 그때

까지 가만히 있던 와타나베와 야마다가 튕겨 나오듯이 움직였다. 와타나베는 불을 켠 라이터를 내밀고 야마다는 사무실 구석 선반에서 재떨이를 꺼내왔다. 이런 순간에도 찰떡궁합인 콤비라며 리코는 감탄했다. 사장은 천천히 담배를 한 모금 빨고는 말을 이었다.

"사실 선대는 서점을 장녀인 미호코에게 물려주려 했습니다. 아끼던 딸이었으니까. 음식점은 장남에게, 서점은 미호코의 데릴사위를 얻어 그놈에게 상속한다는 게 아버지의 꿈이었어요. 나는 안중에도 없었고."

그러고는 오만상을 찡그리며 쓴웃음을 지었다. 평소에 보던 사람 좋아 보이는 웃음이 아니었다. 남에게는 숨기고 있던 일그러진 마음이 그대로 드러난 듯했다. 봐서는 안 될 걸 봤다는 기분이 들어 리코는 저도 모르게 눈을 내리떴다.

"하지만 미호코는 끝내 부모가 반대하는 결혼을 하면서 가출하듯이 집을 나가버렸어요. 재산도 아무것도 필요 없다면서. 그래서 하는 수 없이 예정에도 없던 차남에게 순번이 넘어온 겁니다."

차남이라는 건 물론 사장 본인을 말한다. 리코도 그 이야기는 들은 적이 있다. 총애하던 장녀를 위해 페가수스 서점을 시작했다는 이야기는 유명하니까. 장녀가 집을 나가자 선대는 심하게 낙담했다고 한다.

“나는 그 매장에서 허드렛일만 했어요. 벌써 30년이나 지난 일이지만. 선대는 당시 점장에게 일러서 나에게 가장 힘든 일을 시키라고 했고, 그래서 나는 매일 아침부터 밤까지 청소만 했습니다. 접객이라든가 책 관리 같은 머리 쓰는 일은 해보지도 못하고. 근무시간 중에는 엘리베이터를 쓰지 말라고 해서 그 계단을 하루에 몇 번이고 오르락내리락하면서.”

사장은 툭 내뱉듯이 토해냈다. 그러고 보니 이 사장은 우리 매장에 온 적이 단 한 번도 없었다고 리코는 그때 처음으로 깨달았다. 선대는 자택이랑 가깝기도 해서 한 달에 한 번은 꼭 얼굴을 내비쳤었다. 이 사장에게는 기치조지지점이 떠올리기도 싫은 장소인 것이다.

“그래 놓고 나 같은 놈한테 매장을 맡길 수 없다며 아버지는 죽기 직전까지 실권을 놓지 않았습니다. 내가 하려는 건 전부 반대하면서. 나는 그저 아버지가 말하는 대로 할 수밖에 없었어요. 교양 없는 그 아버지가 하는 말에.”

어느샌가 선대에서 ‘아버지’로 호칭이 바뀌었다. 아버지라고 말할 때는 어마어마한 증오심이 눈에 드러났다. 어째서 이 부자지간은 이렇게까지 사이가 나빠지게 된 걸까.

“이젠 그 아버지도 없고, 난 내가 하고 싶은 대로 할 겁니다. 아버지는 할 수 없었던 일을 해낼 거라고요.”

차남은 부드러운 성격의 소유자지만 수완가인 장남에 비해 능력도 배포도 없다느니 업무는 임원에게 다 맡겨 두고 아무것도 안 한다느니 이제까지 들었던 그런 소문과는 정반대였다.

"그래서 그 매장을 없애려는 건가요?"

매장 문을 닫게 하려는 사람은 와타나베도 야마다도 아니었다. 다름 아닌 사장 본인이었음을 그제야 리코는 깨달았다. 와타나베와 야마다도 그저 사장의 일개 말일 뿐이다.

"그래요."

사장은 다 피운 담배꽁초를 재떨이에 비벼 껐다.

"이렇게나 노력했는데……."

허탈해진 리코는 무심코 나지막하게 중얼거렸다. 부모에 대한 콤플렉스. 그런 시시한 이유로 매장 하나를 없애 버리는 건가. 사람은 어떤 일로 앙심을 품게 될지 모른다. 물론 사장에게는 중요한 일일지도 모르겠지만 리코는 이렇게 생각했다.

정말이지 시답잖다고.

우리 매장에서 일하는 서른 명 넘는 직원도, 찾아와 주는 몇백 명 되는 손님들도, 아무래도 좋단 말인가.

"니시오카 씨에겐 미안하게 됐군요. 그날, 눈 하나 꿈쩍하지 않고 말하는 걸 보니 얼마만큼 해내는지 두고 보고 싶었어요."

리코는 맥이 탁 풀렸다. 와타나베와 야마다는 그렇다 쳐도 사장이라면 사정을 이해해 줄 거라 믿었는데.

리코도 결국 일개 말일 뿐이었다.

"내 예상보다 훨씬 더 잘 해냈군요. 역시 카리스마 서점 직원답게."

비꼬는 건지 칭찬하는 건지 도무지 알 수 없었다. 사장의 말투로는 어느 쪽인지 분간이 되지 않았다.

"그 매장은 사라지겠지만 당신에게는 다른 일을 맡겨 볼 생각이에요. 겨우 점장 같은 자리가 아니라 훨씬 보람을 느낄 수 있는 업무로."

그렇게 말하고 사장은 몸을 앞으로 내밀었다.

"전자책 인터넷 판매 책임자를 해보지 않겠습니까?"

"전자책이요?"

"그래요. 점포에서 책을 파는 시대는 이제 한물갔어요. 지금은 종이책 시대가 아닙니다. 무거운 데다 부피도 크고. 그걸 점포에 진열해서 파는 건 너무나도 비효율적이죠. 공간도 많이 차지하는 데다 인건비도 들고. 도난이나 재고 관리 등 귀찮은 일뿐이에요. 앞으로는 인터넷에서 전자책을 사는 게 주류인 시대가 올 겁니다."

편리함만이 중요한 게 아니라고 리코는 말하고 싶었지만

침묵을 지켰다. 사장의 목소리에는 들뜬 기분이 묻어났다. 무슨 말을 한들 소용없을 것이다.

"이미 준비는 시작했어요. IT 기업과 합병해서 새롭게 회사를 설립할 생각입니다."

그러고는 대기업 회사명을 말했다.

"꽤 큰 이벤트가 될 것 같지 않습니까? 사실 원래는 조카인 노지마에게 맡길 생각이었는데 그쪽보다는 당신이 더 적임자인 것 같군요."

노지마는 기치조지지점의 전 점장이다. 그렇구나, 그래서 본사로 간 거였구나. 그러나 전자책이 그렇게 빨리 보편화가 될까? 게다가 그런 사업은 이미 출판사가 한발 빠르게 착수하고 있다. 콘텐츠 저작권을 가진 출판사가 훨씬 유리할 텐데. 이제껏 판매를 전문으로 해 온 서점이 과연 상대할 수 있을까. 리코가 그런 생각을 하염없이 하고 있는데 사장이 다시 몸을 앞으로 내밀며 말했다.

"어떻습니까. 해보고 싶지 않은가요?"

26

리코는 혼자 술집에 있었다. 서점 근처에 있어서 직원들이 아지트처럼 와서 먹고 마시는 모모키치라는 가게다. 지난번 아가치 나오의 사인회 뒤풀이 때도 이곳에서 모였다. 혼자 오는 건 처음이었지만 단골이라 그런지 바로 카운터 자리로 안내받았다.

이런 날은 혼자 마시고 싶다.

회사에는 사표를 냈다. 새 비즈니스를 맡아달라는 사장의 제안을 거절한 이상, 회사에 남아 있을 수는 없다.

조금 전, 모두에게 폐점 소식을 전했다. 대부분 망연자실했다. 울음을 터뜨리는 직원도 있었다. 그 모습을 지켜보는 게 가슴 아팠다. 그간 같은 목표 아래 일치단결했었는데. 분하고 속상해서 눈물이 나올 것만 같았다.

하지만 퇴사하는 것에 후회는 없다. 할 만큼 했다. 다섯 달가량 서점 직원으로서 할 수 있는 모든 수단을 총동원했다. 이곳이 정말 좋은 서점으로 바뀌었다고 진심으로 생각한다. 그런데도 안 된다면 이 회사에서 더는 할 수 있는 일이 없다.

"여기에 계셨네요."

그런 목소리가 뒤에서 들려왔다. 뒤돌아보자 아키가 서 있었다.

"같이 앉아도 되죠?"

그렇게 말하며 아키는 리코 옆에 앉았다.

"저, 난 혼자서 마시고 싶었는데."

"죄송하게 됐네요."

아키는 일어날 기미가 없었다. 근처를 지나던 점원에게 맥주를 주문했다.

"술 말고 음식은 주문 안 하셨어요?"

리코 앞에 채소 샐러드만 놓인 걸 보고 아키가 물었다.

"식욕이 있을 리 없잖아요."

"그래요? 전 주문할 건데. 저기요, 낫토 달걀말이랑 닭 다리 스파이스 구이 보통 사이즈, 그리고 냉 두부, 새우 아보카도 마요네즈 무침도 주세요."

"식욕이 왕성하네요."

리코는 조금 어이가 없었다. 폐점 소식은 아키에게도 충격일 텐데.

"배가 고프면 전쟁을 할 수 없잖아요."

"전쟁요?"

"저도 사표를 냈으니 새 직장을 알아봐야 하거든요."

아키는 태연하게 말했다.

"어째서 오바타 씨까지?"

리코는 저도 모르게 큰 소리를 냈다. 쉿, 하고 아키가 입가에 검지를 갖다 댔다.

"저도 잘 모르겠어요. 홧김이랄까. 그렇게 열심히 노력해서 서점을 좋게 만들었는데 그걸 인정해 주지 않는다면 어쩔 도리가 없잖아요. 그런 회사에 미래는 없다고요."

"무슨 소릴 하는 거예요? 어떤 회사건 조금씩 불합리한 부분은 있어요. 그런 이유로 그만두다니 정말 부잣집 아가씨라니까."

"그렇게 말하는 니시오카 씨도 똑같잖아요. 사장님이 전자책 부문을 맡기고 싶다고 하셨다면서요."

"뭐야, 알고 있었어요? 하지만 난 실제 서점에서 종이책을 팔고 싶거든요. 전자책은 나랑 안 맞아요."

게다가 다른 직원들에게 '이 매장이 망하면 그때는 그만두겠다'라고 선언했었다. 그 말을 믿고 모두 노력해 주었을 텐데 자기만 냉큼 다른 부서로 옮길 수는 없다고 리코는 생각했다. 물론 옮긴다고 해서 아무도 자신을 비난하지는 않겠지만.

"맞아요. 서점은 매장에 종이책이 진열되어 있고 점원과 손님이 있어야 진짜 서점인 거예요. 서점은 책의 쇼룸이니까요. 서점에서 팔 때 책이 가장 근사하게 보이잖아요."

그렇다. 아키가 말한 대로다. 전자책은 책이 아니다. 데이터다. 책과는 다른 종류다. 서점은 손님과 영업사원, 서점 직원 외 여러 다양한 사람이 모여 대화하고, 때로는 충돌하며 무언가가 탄생한다. 그렇게 책이라는 물건을 매개로 사람과 사람이 이어진다. 그게 바로 서점이다. 리코가 좋아하는 서점이라는 형태다.

"앞으로 어떻게 할 생각이세요?"

"그러게요, 어쩐담. 그래도 저축한 것도 조금은 있고 당장 굶어 죽지는 않을 테니 천천히 생각해 볼까 해요. 게다가 몇 군데에서 제의받은 것도 있고."

이건 사실이었다. 폐점한다는 소문이 돌자 '혹 무슨 일이 생기면 우리 회사로 오지 않겠나'라는 제의를 여러 곳에서 받았다. 아마도 그중 한 곳으로 가게 될 것이다.

"이래 봬도 카리스마 서점 직원이니까요. 어떻게든 되겠죠."

리코는 장난스러운 말투로 말했다.

“맞아요. 우리 매장의 마지막 분투는 업계에서도 소문이 자자했고 조건을 너무 따지지만 않는다면 어떻게든 잘 풀릴 것 같아요.”

“분명 그럴 거예요.”

점원이 아키가 주문한 맥주와 냉 두부를 테이블에 놓고 갔다. 아키가 리코를 향해 맥주잔을 기울여서 리코도 맥주잔을 들어 서로 부딪쳤다. 쨍그랑, 하고 맑은 소리가 울렸다. 그대로 아키는 단숨에 절반 정도를 비웠다.

“아, 맛있다!”

리코도 묵묵히 맥주잔을 기울였다.

“뭔가 신기하네요.”

“뭐가요?”

“니시오카 씨와 이렇게 단둘이 마시고 있으니까요. 한때는 얼굴을 마주치는 것도 싫었는데.”

“그건 나도 마찬가지거든요? 아 참, 남편하고는 화해했어요?”

“네, 덕분에요. 뭐, 아이가 생기면 또 이러쿵저러쿵 싸울 것 같기는 하지만 지금부터 조금씩 길들여 보려고요.”

살짝 쑥스러워하며 아키가 말했다. 리코는 진심으로 다행이라고 생각했다.

“그래요. 조바심 내지 말고 조금씩 길들여 봐요.”

리코는 해맑게 웃으면서 말했다.

"그나저나 정말 많은 일이 있었네요."

"그러게요. 지나고 보니 즐거웠어요. 솔직히 니시오카 씨가 점장이 아니었더라면 그런 경험은 하지 못했을 거예요. 여러모로 감사했습니다."

그 말을 듣자 리코는 마음 한쪽이 찌르르 하면서 찔리는 일 하나가 떠올랐다. 자신은 그런 말을 듣기에 적합한 사람이 아니다.

"저기, 있잖아요."

리코가 말을 꺼내려고 하자 아키가 빤히 쳐다보았다. 그 무구한 눈빛을 견디다 못한 리코는 눈을 내리떴다. 그러나 말해야만 한다.

"오바타 씨에게 사과해야 할 일이 있어요."

"무슨 일이요? 더구나 지금 이런 상황에서."

"그게…… 예전에 히토쓰보시 출판사의 시바타 씨가 보낸 와인잔을 깬 사람이 사실은 나였어요."

"네?"

"미안해요. 그게 일부러 그런 건 아니에요. 내용물을 확인하고 싶어서…… 시바타가 오바타 씨한테 무슨 선물을 보냈는지 꼭 확인하고 싶었거든요. 그저 내용물만 확인하고 바로 돌려놓으려고 했어요. 근데 그때 갑자기 무슨 소리가 나서 깜짝 놀라는 바람에 떨어뜨리고 말았어요.”

“왜 그러셨어요? 어째서 그런 짓을 하신 거예요?”

“그게, 아마 알고 있겠지만, 나, 시바타와 예전에 사귀었거든요. 그러다…… 지금 결혼한 여자가 나타나서.”

“네, 소문은 들었어요.”

“시바타랑 사귀면서 처음 받은 선물이 바카라 와인잔이었어요. 그런데 오바타 씨한테 선물한 것도 똑같은 바카라였던 터라 너무 신경이 쓰였거든요……. 변명도 안 되는 이유겠지만. 이유야 어떻든 선물 받은 걸 타인이 개봉할 권리는 없으니까요. 그때는 나도 제정신이 아니었나 봐요. 정말 미안해요.”

리코는 머리를 떨구었다. 아키가 과연 어떤 말을 할까. 자신에게 욕을 퍼붓더라도 어쩔 수 없다며 내심 각오를 다지고 있었다.

“그래서…… 어땠나요?”

“네? 뭐가요?”

“점장님한테 선물한 거랑 똑같은 거였나요?”

“아, 네. 그래서 당황하는 바람에…….”

“하, 어이가 없네요.”

“네?”

“아, 점장님을 두고 하는 말이 아니라 시바타 씨요. 남자들은 정말 하나같이 왜 그럴까요? 여자 마음을 그렇게도 모르다니. 그런 식이라면 분명 지금 아내에게도 똑같은 걸 선물했을 거예요.”

“설마…… 아니, 그럴지도 모르겠네요.”

시바타라면 그럴 수도 있다고 리코는 생각했다.

“일은 잘하면서 여자 마음은 이렇게나 모르다니. 그런 사람이랑 잘 헤어졌어요, 점장님.”

이건 무슨 상황이지? 나를 위로하는 건가?

“그래도 뭐, 그런 이유라면 어쩔 수 없네요. 바카라 잔은 살짝 아깝긴 하지만.”

“그게 실은 새 걸로 사서 준비해 뒀었어요. 그날 오바타 씨가 오기 전에 살짝 바꿔치기하려고 했는데…… 어쩌다 보니 늦어져서…….”

“에, 그런 건 미리 말씀해 주세요. 저는 그것도 상관없다고요.”

아키는 아무렇지도 않다는 듯이 말했다. 화를 내지도, 그렇다고 리코를 비난하지도 않았다. 리코는 그제야 가슴을 쓸어내렸다. 내내 마음속에 무거운 짐으로 남아 있었기 때문이다.

“하지만 당시는 그런 사정을 말할 상황이 아니었으니까요.”

“그렇긴 하네요. 그나저나 그때는 어째서 그렇게 서로를 못 잡아먹어서 안달이 났던 걸까요.”

“그러게요. 왜 그랬을까.”

그래, 지금은 아키가 그 누구보다 가깝게 느껴지는데 말이다. 본사 사람들과 싸웠던 일에 비하면 둘의 말다툼 따위 아주 사소한 일이었다. 분명 아키도 그렇게 생각할 것이다. 그러니까 와인잔 일도 웃으면서 넘길 수 있는 거겠지.

“그래도 다음이 정해지면 알려 주세요.”

“네?”

“새 근무처요. 저도 그 매장에 들어갈래요.”

“진심이에요?”

깜짝 놀란 리코는 하마터면 들고 있던 맥주잔을 떨어뜨릴 뻔했다.

“니시오카 씨가 고른 곳이라면 분명 재미있게 일할 수 있을 것 같아서요.”

“여전하네요. 일을 하는 데 재미만 따질 수 있나요.”

“그건 저도 알고 있어요. 하지만 니시오카 씨도 혼자 새 직장에 들어가는 것보다 저랑 같이 들어가는 게 좋지 않아요?”

그럴지도 모르겠다. 아키와 또 새로운 무언가를 시작하는 것도 재미있을 것 같다. 그러나 입에서 나온 말은 본심과

달랐다.

“그럴 리 있나요. 난 홀가분하게 혼자 새 인생을 시작할 거라고요. 과거의 오점이 따라오다니, 부끄럽잖아요.”

“과거의 오점이라니요!”

아키가 살짝 뽀로통해졌다. 그런 아키를 바라보면서 리코는 계속해서 말했다.

“하지만 사정이 정 안 좋으면 생각해 볼게요. 오바타 씨 같은 말괄량이를 받아 줄 서점도 많지 않을 테니까.”

삐딱한 말투일지도 모른다. 하지만 순순히 ‘앞으로도 같이 일해 봐요’ 하고 말할 정도로 솔직하진 못하다.

“정말, 꼭 그렇게 거만하게 말씀하셔야겠어요? 아, 맞다!”

아키는 주머니에 손을 넣어 메모지를 꺼냈다.

“깜빡할 뻔했네요. 퇴근하려는데 호시노 씨한테서 전화가 왔었거든요. 이 번호로 연락 달라고 하셨어요.”

“호시노 씨? 무슨 일이지.”

호시노는 단골손님 중 한 명으로 서포트 회의에도 참석했었다. 리코가 갑질 고객 때문에 곤란했을 때 도와주기도 했었다. 그러나 개인적인 친분은 전혀 없었다.

“취하기 전에 전화하고 올게요.”

그렇게 말하고 리코는 핸드폰을 들고 가게 밖으로 나갔다.

몇 분 뒤, 자리로 돌아온 리코는 왠지 멍한 표정을 짓고 있다. 그대로 흐느적거리며 자리에 앉았다.

"왜 그래요? 호시노 씨한테 사귀자는 고백이라도 들었어요?"

마음이 딴 데 가 있는 듯한 리코를 놀리듯이 아키가 말했다.

"아니, 그것보다 더 깜짝 놀랄 만한 말을 들었어요."

"그게 뭔데요?"

"스카우트 제의를 받았어요."

"네?"

"이 동네에 규슈의 대형 서점이 진출한다는 기획이 있다나 봐요. 그, 뭐더라……."

리코는 규슈의 유명 서점 이름을 말했다.

"완전 메이저급이잖아요. 그래서요?"

호시노 말에 따르면 역 앞에 생기는 새 건물 1층에 대형 로드숍을 만든다고 한다. 2, 3층도 같은 서점이라 다 합치면 일본에서 최대 규모인 서점이 될 것이다. 호시노는 그 서점 직원으로, 프로젝트를 담당하는 책임자였다. 시장 조사를 하기 위해 이 지역에 있는 여러 서점을 돌아다니다 리코와 직원들이 일하는 모습을 보며 감탄했다고 한다.

"새 점포에 점장으로 와 달라는 제안을 받았어요."

“와, 굉장하네요!”

아키가 흥분하며 말했다.

“스태프도 원하는 만큼 데려와도 좋다면서요.”

“야호! 역시 하늘은 우리를 버리지 않았네요. 물론 승낙 하시는 거죠? 다 같이 그곳으로 이동하는 거죠?”

아키는 어린아이처럼 기뻐했다. 그런 아키를 보면서 리코 는 신중하게 대답했다.

“잘 모르겠어요. 왠지 일이 너무 잘 풀리는 것 같기도 하 고. 다음 주에 구체적인 이야기를 듣기 위해 만나기로 했지 만.”

“그 서점이 맞으면 걱정할 거 없어요.”

“그래도 아직 아무런 조건도 못 들었고…….”

“그런 게 무슨 상관이에요. 오자키 씨라든가 마미랑 안 나 등 다 같이 이 동네에서 계속 일할 수 있잖아요. 그게 가 장 좋은 거 아닌가요? 세세한 건 어떻게든 된다고요. 무슨 일이 생기면 그건 그때 생각하면 되잖아요.”

“그래도…….”

리코가 주저하고 있는데 뒤에서 큰 목소리가 들렸다.

“점장님, 발견!”

“치사해요. 둘만 마시다니.”

두 사람이 고개만 돌려 어깨 너머로 뒤를 보자 서점 스태프들이 서 있었다. 마미와 오자키, 미타, 야마네, 구라타 형제, 그 외에도 오늘 출근한 사람은 거의 다 있었다.

"다들 어쩐 일이에요?"

리코가 깜짝 놀라며 물었다.

"어쩐 일이라뇨. 저희도 같이 마실래요."

오자키가 화내듯이 말했다.

"위로하는 모임이라면 다 같이 해야죠. 우리, 동료잖아요."

마미도 그렇게 말하면서 뒤에서 아키를 끌어안았다.

"저기요, 사장님. 좌식 테이블 하나 비어 있나요?"

미타가 사장에게 물었다. 다행히 비어 있어서 사장이 안쪽 방으로 모두를 안내했다. 다들 같은 방향으로 몸을 돌려 줄줄이 사장의 뒤를 따랐다.

리코와 아키도 본인 맥주잔을 들고 뒤를 따랐다. 리코는 들릴락 말락 한 목소리로 귓속말을 했다.

"방금 그 이야기는 하지 말아요. 아직 어떻게 될지 모르니까."

아키는 아무 말 없이 고개를 끄덕였다. 좌식 테이블이 있는 방에 모두 앉았다. 리코는 스태프들이 권하는 대로 가운데에 앉았다. 주문을 받으러 온 점원에게 저마다 메뉴를 말했다. 한바탕 주문이 끝나자 오자키가 혼자 벌떡 일어섰다.

인사를 하고 싶은 듯했다. 그 모습을 보고 다들 조용해졌다.

"저, 오늘 여기에 다 같이 온 건 접장님에게 감사히다고 말씀드리고 싶어서예요."

"네?"

리코가 깜짝 놀라 되물었다.

"덕분에 반년 동안 정말 좋은 경험을 했습니다. 자신감도 생겼어요. 우리 모두 앞으로 어떤 서점에 가더라도 잘 해낼 수 있을 것 같아요."

"하지만 난 매장을 지키지 못했는데……."

"아뇨, 점장님이 최선을 다해 싸워 주셨다는 건 우리 모두 잘 알고 있어요. 회사를 그만두신 것도요. 매장이 없어지는 건 아쉽지만 점장님에게는 고마워하고 있어요. 정말 감사합니다."

"아니……."

리코가 어떻게 말해야 좋을지 모른 채 오자키를 바라보고 있자 야마네 쇼코가 꽃다발을 들고 가까이 다가왔다.

"이거, 저희가 감사한 마음을 담아 드리는 선물이에요."

그렇게 말하며 리코에게 꽃다발을 내밀었다. 리코는 깜짝 놀라 아무 말도 못 한 채 받았다.

"정말 수고 많으셨어요."

미타가 그렇게 말하자 다른 사람들도 "감사했습니다",

"애쓰셨어요" 하고 인사했다.

"다들……."

리코는 말문이 막힌 채 고개를 떨구었다.

"고마워요."

가까스로 그렇게 말하고는 흘러넘치는 눈물을 참을 수 없었다.

그 모습을 보고 누군가가 손뼉을 쳤다. 그러자 다른 직원들도 따라서 손뼉을 쳤다. 그 박수 소리의 중심에 리코가 서 있다. 리코는 떨리는 목소리로 말했다.

"저야말로 여러분 덕분에 지금까지 노력할 수 있었어요……. 정말 고마워요."

그 말이 끝나자 박수 소리는 더욱더 커졌다. 리코의 눈물은 멈추지 않았다. 그때 주문한 맥주가 도착했다. 박수가 중단되고 리코도 자리에 앉았다. 모두 맥주잔을 열심히 옮겼다. 맥주잔이 다 돌아가자 누군가가 "아키 씨, 건배사를 부탁합니다" 하고 말했다. 그 말을 들은 아키가 일어섰다.

"점장님, 그리고 여러분, 반년 동안 정말 고생 많으셨습니다. 힘든 일도 많았지만 이 경험은 우리의 재산이 될 거라고 생각합니다. 오자키 씨가 말씀하신 것처럼 어디에 가든지, 무얼 하든지 우리는 걱정 없어요. 그 정도로 귀중한 경험이었다고 생각합니다. 그런 멋진 경험을 하게 해준 점장님과 멋진 우리 스태프들에게 진심으로 감사함을 전합니다.”

짝짝짝, 하고 박수가 일었다. 마미가 놀리듯이 “아키 씨, 그건 건배사가 아니죠!” 하고 외쳤다.

“네, 이건 제가 여러분에게 전하는 제 마음입니다. 그럼, 서론은 이쯤 해 두고 멋진 동료들과 우리의 미래를 축하하며, 건배!”

“건배!”

큰 목소리가 어우러지고 모두가 맥주잔을 드높이 들어 올렸다.

모두 웃는 얼굴이었다. 아키도 오자키도 미타도 야마네도. 분명 괴로운 상황일 텐데도 다들 찬란하게 웃으며 맥주잔을 들고 있다.

한 명 한 명의 얼굴을 둘러보면서 리코는 아직 더 할 수 있다고 생각했다.

아직 끝난 게 아니다. 이제는 새로운 모험에 나서야 한다. 내일부터 또 힘을 내야지.

한 번 더 이렇게 다 함께 웃기 위해서.

“건배!”

리코도 큰 소리로 외치고 단숨에 맥주잔을 비웠다.

여긴 서점이니까
SE.1 페가수스 서점 기치조지점

초판 1쇄 인쇄 2026년 1월 30일
초판 1쇄 발행 2026년 2월 6일

지은이 아오노 케이
옮긴이 임지인
펴낸이 정상우
편집 이민정
디자인 문성미
관리 남영애

펴낸곳 오픈하우스
출판등록 2007년 11월 29일 (제13-237호)
주소 서울시 은평구 증산로9길 32(03496)
전화 02-333-3705 **팩스** 02-333-3745
페이스북 facebook.com/openhouse.kr
인스타그램 instagram.com/openhousebooks234

ISBN 979-11-92385-41-9 03830